KB176402

빛에 대한 예의

지구상 가장 나중에 도착하는 빛, 그리고
그녀에 대한 나의 마지막 예의

한국작가교수회

빛에 대한 예의

푸른사상
PRUNSASANG

독자는 작가에게 어떤 기대를 하는가

소설이라는 말은 소설작품만 떼어놓고 생각하게 한다. 그 작품을 누가 썼는지, 누가 읽는지, 작품이 어떻게 소통되는지 하는 문제는 제쳐놓게 된다. 그래서 소설현상이라는 말을 씀으로써 소설과 연관된 통합적 총체성을 추구해보자는 뜻을 밝힌 적이 있다.

소설현상을 완결형으로 만들어주는 것은 독자들이다. 독자가 있어서 읽어주지 않는 소설은 소설현상의 주역으로 자리 잡을 수 없다. 독자는 소설을 역동화하는 주체인 셈이다. 따라서 작가의 몫과 독자의 몫이 상호 견인하면서 소설의 위상을 만들어간다.

독자는 소설을 읽으면서 어떤 형태든지 작가에게 기대를 하게 마련이다. 신선한 감수성, 현실을 파악하는 안목, 인간에 대한 깊이 있는 사유, 세계에 대한 비전, 그러한 것들이 독자가 작가에게 기대하는 항목일 것이다. 그러나 다른 한편으로 소설에서 위안을 받고 싶어 하는 기대도 있게 마련이다. 위안의 한편에 선정적 감각이 자리 잡는다. 그 곁에 현실에 안주하고 싶어 하는 타성의 수용에 대한 욕구도 놓여 있다. 그래서 재미있는 소설, 편한 소설을 요구하게 된다.

소설가들은 좀 독한 사람들, 혹은 야무진 사람들이다. 감수성은 민감하고 남달리 세상 고민을 떠안고 사는 사람들이다. 소설가는 남의 삶을 작품으로 대신 살아가는 사람들이다. 그러다 보니 소설가의 삶은 이중으로 부하가 걸린다. 하나의 인간 안에 현실을 살아가는 소설가가 있고, 작중인물의 삶을 살아가는 작가가 있다. 소설가의 자아는 그렇게 이중화된다. 그러다 보면 일상인보다 정서적, 정신적 부담을 배로 져야 한다. 이러한 이중적 부담을 견뎌내기 위해서는 독하고 야무져야 한다.

　독한 사람은 고독하다. 자기 길을 혼자서 가야 하기 때문이다. 혼자 간다는 것은 자유롭다는 뜻도 포함된다. 자유롭다는 것은 남의 눈치를 안 본다는 오연한 행동으로 드러난다. 남 가운데는 독자가 포함된다. 현실을 살아가는 생활인으로서 가족과 이웃에 무관심할 수는 없다. 소설가의 일상생활은 평범하다. 그러나 작품을 다루는 소설가는 늘 최고의 높이를 지향한다. 타협이 용납되지 않는다. 그렇기 때문에 작품의 완결성이 문제일 따름이다.

　만일 소설가가 타협을 한다면 그것은 독자의 요구를 충실히 따르는 식으로 구체화된다. 독자의 요구는 사실 강력한 마성을 지닌다. 소설가는 기본적으로 누군가 읽어주기를 바라기 때문이다. 한편 소설가가 감수성, 논리, 윤리 차원에서 남과 타협을 할 경우 자신의 최고 경지를 유지할 수 없다. 이러한 모순을 해결하기 위해서는 소설가에 대한 독자의 기대가 최고 수준으로 향상되어야 한다. 최고의 경지를 지향하는 소설가와 그에 상응하는 독자의 요구가 소설을 진정한 문학의 경지로 이끌어 올릴 수 있는 최상의 문화전략이다.

이 책에 모은 작품들은 소설가들이 최상의 경지를 지향한 고투의 산물이다. 아무쪼록 독자의 기대지평을 한 단계 이끌어 올리는 작품이 되기를 바랄 뿐이다.

이번 작품집에는 한국교수작가회에서 추진하는 추천작을 선보인다. 이강홍의 「빛에 대한 예의」는 현대인의 심리적 왜곡과 그 극복 가능성을 신선한 언어로 형상화한 작품이다. 이 작가가 앞으로 독자들의 최상의 기대에 부응하는 작품을 지속적으로 내놓을 것을 기대한다.

소설가는 그 자신이 하나의 세계이다. 다른 세계와 소통을 도모하되 최선의 선택을 해야 한다. 이 작품집이 우리 시대 소통의 최정상에 자리 잡기를, 독자와 더불어 기대한다.

2013년 가을
한국작가교수회를 대표하여 우한용

표현형

서 용 좌

이화여자대학교 독문과 졸업, 동 대학원 문학박사.

『소설시대』 추천완료.

전남대학교 독문과 명예교수.

장편 『열하나 조각그림』, 연작 『희미한 인(생)』, 소설집 『반대말 비슷한말』 등.

저서 『도이칠란트 도이치문학』, 『창작과 사실』 등.

이화문학상, 국제펜광주문학상 수상.

표현형

> 자연선택이 어떤 유전자를 선호하는
> 것은 유전자 그 자체의 성질이 아니라 그
> 결과, 즉 그 유전자가 표현형에 미치는 영
> 향 때문이다. – 리처드 도킨스

국제우편

큰언니, 아니, 금실언니에게!

오랜만에, 참 오랜만에 금실언니에게 편지를 쓰게 되었어. 언닌 유난히 큰언니 소리 보다는 금실언니라 부르는 걸 좋아했었지. 그건 생각이 나. 참, 개학이 임박한 것 같아 언니가 따로 사는 집주소로 쓰려는데, 그게 좀 이상하기도 하네. 설마 놀라는 건 아니지?

가만! '제이드 한'이 보낸 모처럼의 오프라인 편지다. 이메일이 거미줄처럼 살아있는 세상에서 옛날식 편지를 받아본 지가 얼마만인가. 그런데 막내가 편지를? 정말 드문 일이다. 막내 옥실은 어려서부터 우리가 금실이 은실이라고 불리는 것과는 다르게 옥이라고 불렸다. 그것이 미국 사람이 되면서 그대로 제이드가 된 것이다. '제이드 옥실 한'의 편지는 내가 유독 내 이름을 고집하는 병을 일깨워준다. 나, 큰언니 금실이 대학 내내 줄곧 생각했던 목표 그대로 졸업하자마자 파리로 떠나기 전까지 — 98년 봄을 맞으며 — 그 앤 겨우 중학생 꼬마였다. 우리가 함께 했던 마지막 겨울에. 나는 늘 내 생각만 했고, 동생들은 막연히 거기에 그냥 있을 것이라 믿었을 것이다. 거의 그 애들이 염두에 없었다 해야 옳다. 그런데 막내가 곧바로 더 멀리 미국으로 떠날 줄이야. 그해 여름에 가족이 함께 중부님 회갑을 계기로 미국을 방문했을 때, 놀랍게도 중부님이 옥이에게 유학을, 입양을 권했단다. 입양까지는 한참 나중에야 알게 된 일인데, 그 편이 학업에도 생활에도 안정적이라는 것이었다. 무엇보다 중부님에겐 소생이 없었고 아버진 늘 다른 사람들의 의견을 존중하신다.

　　우리가 언제 헤어졌는지 금실언닌 그거 생각 나? 내가 지금 서울-뉴욕 간 비행거리 7,000km보다 더 멀리 떨어진 곳에서 살고, 식구들이 내 얼굴 몰라볼까 걱정이기도 하지만, 난 언니가 떠나던 날을 기억해. 언니는 떠나는 것이 필수적인 일처럼, 숙제처럼, 의무처럼 당연하게 집을 나섰어. 난 두 언니들보단 한참 어렸잖아, 그때 겨우 중3 올라갈 무렵. 언니는 내 작은 몸보다 더 큰 가방을 들고서 내 눈에 인사했을 뿐이야. 손이 모자라서인지 손을 잡아주지도 않았고. 엄마 아빠랑 우리 다섯이서 다 타면 언니의 큰 짐에 자리가 좁다고 은실언니랑 나는 집 마당에서 헤어졌어. 너무 어렸을 때 헤어진 거지. 그리곤 언제 다시 만났지? 내가 '앨버트랑 집을 찾았던 추석에 다시 본 것이 전부? 참 앨버트 인상은 어땠어? 언니가 놀란 것 사실이지?

그랬었지. 10년도 넘은 세월동안 우린 떨어져 살았어. 난 가족이라거나 동생들 생각을 별로 하지 않았던 것이 사실이야. 너도 그랬지 않을까? 서로 자신의 삶에 몰두한 것이겠지. 너도 어린 나이에 이민에 이젠 결혼까지 해서 완전히 거기에 정착하다니. 우리가 공유했던 시간은 유년시절 뿐이구나.

은실언니랑은 좀 달랐어, 우리가 처음이자 마지막 여행을 함께 했었거든. 금실언니 떠난 그해 여름, 그러니까 1998년 여름에 우리는 태평양을 건넜어. 날짜변경선을 지나 같은 날 거의 같은 시간에 미국에 내렸지. 하루를 벌었다고 신기해했어. 이 하루는 한국에서 미국에 도착하는 누구에게나 주어지는 선물이지만, 뭔가 만회할 수 있는 하루, 것도 한국에 돌아가지 않아야 효과가 있을 덤이지.

사실 내가 엄마 아빠 미국 여행에 따라오게 된 것은 은실언니 덕택이었다는 것을 나중에야 알게 되었어, 나중에야. 왜냐하면 고모 네랑 다른 집에서는 다들 어른들뿐이었으니까. 은실언니가 좀 아파서, 딱히 아프기 보다는 좀 우울해서, 암튼 언닐 배려하느라 우릴 데려간 거였지만, 우리는 여행 내내 귀염둥이 자리를 독차지 했어. 미국의 큰아버지 – 지금의 대디는 그때 회갑이라고 했는데 완전 청바지 차림에, 동생인 울 아빠랑은 많이 달랐지. 아빠들도 서로들 너무 오랜만에 만나는 거야. 거의 이산가족 상봉 수준이었지. 아무도 서로를 못 알아보겠다고, 난리도 아니었지. 자라서는 평생 한 번도 못 본 것 같았어.

말이 났으니 말인데, 내가 여기에 남게 된 것은 아무래도 큰언니, 금실언니 영향이 컸었나봐. 난 언니의 뒷모습을 보면서 사람이 자라면 그렇게들 부모를 떠나는 것인 줄 알았으니까. 집에 남은 은실언닌 아파서 그런 것이고. 지금 생각하면 은실언니가 아픈 것이 아니라, 우리가, 떠난 사람들이 병든 것 아니었을까? 아니, 큰언닌 지금 돌아갔으니 나만 이상한 건가? 여기 남은 걸 후회하느냐고 물어봐줄래 언니? 지금 말고 더 나중에.

오늘은 우리가 이렇게 멀리 떨어져서도 끈이 닿아있게 만드는 사건 – 사건 말고 뭐지? 그런 일이 생겨서야. 놀라지 마 언니. 아니 벌써 놀랐어? 또 하나의 봉투를 설마 먼저 열진 않았겠지?

그래 아니다, 옥아. 무슨 이야기를 하려는 거냐. 내 이름이 적힌 이 봉투는 대체 뭐란 말이냐. 여기 이 보낸 사람은…….

언니, 먼저 여기 마미 이야기를 해야겠어. 그래야 봉투가 무슨 영문인지 어렴풋이 알게 될 거야. 마민 대디와 결혼하기 전에 한국에서 온 것이 아니라 독일에서 온 분이래. 독일에서 간호원 하다가 이리로 이민 온 한국 사람들이 꽤 있었대. 한번 서독에서 살아본 사람들이라 미국이라고 별 다르겠냐고 그런 생각들이었대. 똑똑한 마미는 그때 미국 와서 대학에서 장학금 받고 공부를 하기도 했는데, 그때 간호원이면서 암에 관련된 공부를 하면 장학금을 주는 대학이 있었대. 문제는 결혼을 미루고 미루다가 여기 대디랑 병원에서 만나 결혼했는데 첨부터 아이를 가질 수가 없었어. 그래서 대디가 나더러 딸 하라고 조르셨던 거야. 난 천연덕스럽게 그러겠다고 대답했고, 울 엄마 아빤 놀라셨지만, 특히 여기 마미가 얼마나 설명을 잘하시던지. 그 며칠 있는 동안 설득 당했고, 미국은 여자 아이도 꿈을 펼칠 수 있는 나라라고 믿게 되었어.

아니, 내 이야기가 아니라 마미 이야기라니까. 마미에겐 교회 친구들도 많지만 특히 독일을 거쳐서 온 한국 사람들하고는 아주 가깝게 지내셔. 앞서거니 뒤서거니 지구를 한 바퀴 돌아서 온 사람들이 일가친척 같은가 봐.

마미는 독일에 있을 때 벌써 어려운 일을 겪으셨대. 수술실의 보조간호원이면서 자신이 수술대에 눕게 될 줄이야. 난소 적출이라면 놀라운 수술이지? 더구나 아직 젊은 나이의 처녀가. 그때 어머니와 단 둘이 살아온 삶을 도망친 것 벌 받았다고 하셨어. 무조건 어머니를 떠나고 싶었대. 이해심은 전혀 없었고, 어머니가 돌아가신 지금도 이해하는 마음은 잘 안 된다고 하셨어. 생각해 봐, 네댓 살짜리 아이를 엄마가 무섭다고 앞장 세워 데려가? 마미의 엄마는 어린 마미를 앞세웠대, 경찰에 불려갈 때면 늘 그랬대. 아버지가 옛날 말로 입산? 아무튼 입산가족이라서 어머니가 경찰에 불려갈 때면 어린 마미를 데리고 가셨대. 무서워서 부들부들 떨었지만, 가지 않겠다고 손을 잡아 뺐지만 소용없었대. 그렇게 아버지 없이 자라면서 뭔가 말

썸도 아닌 것, 고집만 부려도 홀로자식, 뭘 조금만 잘 못해도 홀로자식이라 그랬대. 그런데 독립할 나이가 되자마자 어머니를 버리고 떠났대. 어머니가 쫓아오지 못할 곳으로, 독일로. 마미는 다른 동료들이 한국으로 돈을 모아 부치곤 할 때 꼬박꼬박 저축을 했대. 한국에 남은 어머니는 생활이 어려운 형편은 아니었고, 무엇보다 별나게 사치스러운 편이었나 봐. 뭐냐, 이런 것, 옛날엔 유난히 까만 코트들을 입었대. 그럼 어디서나 희끗희끗 뭔가 달라붙기 일쑤고. 그럼 마미의 어머니는 그걸 인절미로, 콩가루 묻히기 전의 하얀 인절미로 떼어내곤 했대. 그게 말이나 되냐고! 마미는 그걸 분개하셔. 그 땐 사람들이 쑥떡도 못 먹던 세상인데 콩떡으로 옷에 묻은 먼지를 털어냈다고! 그것도 뭐 부잣집 마나님도 아니면서. 더구나 마미는 외국생활 하면서 배운 것도 많다고 하셔. 독일 여자들한테서도 많이 배웠대. 간호원들도 상당한 부자들도 있었는데, 남편이 의사인 사람, 교수인 사람도, 그런데 그 여자들 얼마나 알뜰한지, 직접 눈으로 보지 않고서는 몰랐대. 왜 옛날에 뭐 독일 사람들은 네 명인가 다섯 명인가 모여야 담뱃불 붙일 성냥을 켰다고 그런 소리들 있었잖아. 분명 맞벌이로 탄탄한 여자들인데, 일주일이 뭐야, 가을 겨울철엔 2주일도 같은 옷만 입더래. 코트거나 뭐 하나 입으면 겨울을 난다니까. 물론 속에 입는 옷들이야 바꾸지만 말이야. 텔레비전에서 뉴스 하는 여자들도 그러더래, 일주일 내내 같은 재킷을 입고 나오더래. 돌이켜 보면 모양새를 너무 갖추려는 게 한국 사람들이래. 거의 다 그렇다 쳐도 마미의 어머니는 좀 심했다고. 하긴 요사이 미국에 사는 한국인들은 한국에서 온 아줌마들 보고 기절해. 관광 온 아줌마들, 아무튼 지금은 이래저래 엄청 많이들 왔다 갔다 하잖아, 100불 지폐를 제 밭에서 무 뽑듯이 쑥쑥 뽑아 쓰는 걸 보면 아주 기겁들을 하지. 것도 요즈음엔 카드까지 긁어대니 뭐. 유학생들도 상당수는 사람 놀래키더라. 난 분류 상 교포야, 후훗.

마미는 내게 너그러웠어. 어머니와 딸이 서로 다 이해할 수 있는 건 아니라고, 특히 우린 양부모 관계잖아, 그래서인지 마미는 날 구속하지 않으려고 하시지. 마미가 어머니를 이해할 수 없었던 이야기들도 서슴지 않고 하시는 것은 내가 마미를 이해 못해도 그쯤 다 이해한다, 뭐 그런 뜻인지도 몰라. 내가 오늘 왜 이렇게 왔다 갔다 하는지, 원.

마미가 착실히 저축을 했던 목표는 정상적으로 보이는 환경에서 살고 싶었던 것뿐이래. 정상이 뭐냐고? 아버지와 어머니 그리고 아이들이 있는 집. 그런데 느닷없이 수술을 하게 되었으니, 처녀의 몸으로. 마미의 꿈은 반쯤은 닫힌 거야. 그래서 다른 사람들을 돌보는 일에 나선 건가봐. 마미는 나이가 많은 편이었고, 더 젊은, 어리다시피 여겨지는 간호조무사들을 정말로 언니처럼 품어 주었나봐. 특히 젊음 특유의 사랑이라는 질병으로 애달픈 여자들을. 그 중엔 딘스라켄 로베르크 광산에서 일하던 한국남자를 만나 미래를 설계하던 중 광산사고로 연인을 잃은 여자, 금발의 재즈뮤지션 지망생을 만나 꿈에 부풀다 속절없이 끝낸 사랑의 후유증으로 수면제를 털어 넣은 여자 등. 브레멘 시절에는 환자로 있던 젊은 독일남자의 아기를 가지게 된 간호원 이야기며.

뭐야, 브레멘이면, 환자와 어쩌고, 그럼 배 교수 어머니 이야기? 그래서 배승한의 우편물이? 설마.

그런데 여기 다시 미국으로 모인 사람들 가운데는, 늘 희망에 부풀었던 분이 이 씨 아저씨야. 자주 집에 오시는 분이라서 나도 잘 알아. 그 아저씬 처음 1963년 크리스마스를 앞두고 60명 일행과 함께 아돌프 광산에 배치되었던 이야기를 단골로 하는 분이야. 김포공항을 출발해 알래스카와 뒤셀도르프 공항을 거쳐 스무 시간 가까이 비행기를 탔던 일부터. 한국에선 신학대학을 다닌 목사 지망생이었지만, 독일에 가니 그런 건 아무 소용없었다고. 광산 주위에 나무를 심는 일부터 시작해서, 석탄을 캐내면서 파 올린 돌을 쌓고 쌓으며……. 그 아저씬 가끔 '글뤼크 아우프'라고 건배를 해서 첨엔 좀 이상했지. '굿 럭'쯤 되는 말이라는데, 아우프가 아웃이란 말인걸 알았을 땐 소름이 끼쳤어. 땅속에서 나와야 행운인 거지! 탄광에서 죽지 말고 살아서 밖으로 나와서 만나자는 뜻이라니. 사고로 죽는 사람들이 많았다는 말이겠지. 일 년에 한두 명은 희생되고, 매일 두어 명 씩 사고를 당했다는데 뭘. 하긴 너무 힘든 노동 때문에, 말도 안 되지만 망치로 손을 쳐달라고 부탁하는 동료도 있었대, 좀 쉬려고. 몸무게 60kg이 안되던 사람들이 20kg이 넘는 착암기를 들고 48도 온도의 지하 1,000미터의 구멍에 들어가야 했던 그때. 주말까지 일하면 1,200~1,500마르크를 월급으로 손에 쥐던 나날들. 탄광촌 하숙집에서 한 방에 3명이 같이 살며 돈을 모았는데, 일당은 19마르크 - 19라는 말을 늘 강조하시지, 지금도. 그때 한국 돈으로 1,200원 남짓, 독일에선 맥주 대여섯 잔 마실 돈이었다 해도 한국에선 큰돈이었다고. 그러다 거기서 간호원 아내를 만나 아들을 얻었고, 아들의 미래를 위해 귀국 대신 미국을 선택한 거였대요. 얼마나 올바른 선택이었는지, 그 아들이 선망의 하버드 대학에 다니고 있었어. 참 나중엔 하버드 로스쿨로 진학했고, 최근에는 아주 젊은 나이에 연방법원 판사까지 되었으니 다들 부러워하지. 특히 마미가 그래. 나더러도 꿈을 높게 가지라고 하셨지. 독일에서 태어난 한국인도 연방판사가 되는 곳이 미국 사회라고, 다시 한 번 뭔가 관직 같은 직업을 권하고 계셔. 그럴 때면 마미가 참 안 되었다 싶어. 사람들 뒤치다꺼리는 도맡아 하시지. 정작 소생은 없으시지. 물론 내가 외동딸이지, 법적으로. 그 딸이 아무리 대단한 레스토랑이지만 주방에서 가운을 입고 일하는 것을 속상해 하셔. 왜 한국 사람들은 요리사를 가벼이 여기지? 요샌 조금 이해하시려고 하는 편. 암튼 마민 다른 사람들 도와주는 일을 발벗고 나서는 분이야. 그러니 사람들이 우리 집으로 모이지, 방도 항상 남아 있고. 우선 한국에도 그런 집들 있잖아. 정문리 큰집 같은 데도 그렇잖아. 청주 한 씨들은 다 재워주고. 나 어렸을 때 미국 왔지만 정문리 이야긴 더러 기억이 나. 아빠가 하신 말 중……

아니, 마미 이야기. 아니, 한국-독일 아저씨 이야기. 그렇게 우리 집에 오는 사람들 중에 오늘은 한국-독일 아저씨 이야기부터 할게. 내가 미국에 와서 몇 년 안 지나서였을 거야. 한번은 아주 이상한 사람이 왔어. 한국말을 유창하게 하는 서양인, 영어는 잘 못하는 그런 사람이 찾아왔어. 그 사람은 분명 한국 이름에 어머니 아버지가 다 한국에 사는 한국 사람이라는데. 모습은 영락없이 서양 사람이었어. 게다가 반은 독일인이라면서 독일어도 잘 못한다고 해서 이상했어. 무슨 영문인가. 그 아저씨 어머니가 옛날에 간호원이었나 봐, 독일에서. 아저씨가 브레멘에서 태어났을 때 독일인 아빠는 벌써 그곳을 떠난 상태였다나. 병원에 환자였었다고 하니까. 다행히도 어머니가 곧 한국 아저씨랑 결혼을 할 수 있었던 모양이야, 역시 독일로 일하러 갔던 광부. 아무튼 곧 아이를 입양하고, 그리곤 소문 없이 한국으로 돌아가고, 그래서 한국에서 자랐으니까 모국어가 한국말이지 뭐. 하지만 아이는 독일 사람이 진짜 아버지인 것을 알게 되었겠지, 모습이 달랐으니까. 그러니까 아빠 찾아 삼만 리 같은 거랬어, 어른이 되자마자 독일로 아버지를 찾아 나선 것이래. 거기서 아버지의 흔적이 미국을 향했던 거지 뭐. 난 잘은 몰라. 아무튼 미국에 와서 여러 사람들 만나러 다니고, 그러다가 한 몇 달인가 여기 살았어. 그동안에 잠시 잠시 우리 집에 들르기도 했고, 그리고는 또 몇 년 후엔 다시 이곳에 왔는데, 그땐 아예 얼마간 우리 집에 있다가 갔어.

그런 사람 이야길, 지난 이야길 왜 하냐고? 그게 이번엔 또 몇 년이 흘러 그 동생이 또 우리 집에 왔으니 놀랄 일 아냐? 지난번 크리스마스 지나고 대디 마미한테 잠깐 들렸을 때야. 크리스마스 때는 앨버트랑 그쪽 집에 가거든. 근처의 부시 일가가 다 모여. 미 대통령 부시 네 말고, 버드와이저를 생산하는 부시 일가 말이야. 산타클로스나 크리스마스트리 전통이 독일계에서 미국에 정착된 것은 결혼 후에야 알았어. 독일계 이민자가 생각보다 많아 여기에. 대여섯 명 중 한 사람은 독일계라니까. 어쩜 잉글랜드계 만큼 된다고도 해. 그래서 문화도 많이. 킨더가든이란 말 자체가 독일어이고, 고등교육시스템도 독일계가 가지고 온 것들이래. 출판사다 신문사다 뭐다. 독일계는 과학, 건축, 산업, 스포츠, 연예계, 신학, 정부와 군사의 거의 모든 분야에서 영향력이 있는 편이야. 우리가 위대한 미국인이라고 배웠던 많은 사람들, 아이젠하워 대통령은 물론, 워싱턴과 닉슨은 모계가 독일이랬어. 우주인 닐 암스트롱, 엄청난 사업가들 록펠러, 보잉, 크라이슬러, 웨스팅하우스, 힐튼, 구겐하임, 골드만 앤 색스, 리먼 브라더즈, 심지어 애플과 구글마저. 내 말은 독일계 미국인들은 자존감이 높은 편 같아. 부모 중 한 사람만 독일계이어도 꼭 밝히려 하거든. 참, 언니가 프랑스문학 말고 독문학을 했더라면 앨버트랑 좀 더 잘 통할 걸. 우린 학부에서 만났어. 암튼 앨버트는 예정대로 의과대학에 진학했지만, 난 망설이고 있다가 결혼을 먼저 했지. 여기 사실 대개는 뭉클하게 큰 사람들 사이에서 난 여전히 꼬마인데다가 비루먹은 망아지처럼 말라서는 꼬마라고들 그래. 대디의 실망을 견딜 수 없어서 그런대로 준비하긴 했지만, 생물학 자체도 그렇고 또 앞으로 해야 할 의대 공부가 정말 적성에 맞지 않았어. 그래도 앨버트 덕택에 생물학은 견디어냈지만, 가까스로 졸업을 하고나서는 병이 날 지경이었어. 결혼이 돌파구였을까? 아, 왜 또 내 이야기로 돌아가지?

그때 또 마미를 찾아온 사람, 이번엔 특별한 사람이 아니라 그냥 한국 사람이 와 있었어. 한국 사람인데 독문과 교수라나? 그런데 뭣 때문에 미국엘? 이상한 일은 그 젊은 교수가 형을 찾아 왔다는데 그 형이 두 번씩이나 우리 집을 다녀갔던 한국-독일 사람이란 거야. 전에 엉클 요한이라고 했던 그 아저씨……, 그런데 이 한국 교수가 어떻게 그 동생이냐 말이야! 그리고 어떻게 어른이 사라지고 또 그 동생이 찾아오고…….

그래도 갑자기 떠오른 것이 있었지. 독일이 연결고리라는 것. 마미가 바로 한국과 독일과 미국이라는 연결고리로 큰 원을 그리고 있잖아. 해서 그 두 아저씨들도 그 원 안에 존재하는 거다, 라고 생각되었어.

또 있어. 두 아저씨들은 얼핏 서로 다른 골격인데, 한 사람은 서양인 비슷하고, 이번에 온 사람은 완전 동양인이야. 하긴 흰 꽃을 피우는 완두와 자주 꽃을 피우는 씨앗을 수정 교배했을 때라도 팔레트에 물감 섞이듯 연분홍색 완두가 생겨나지 않듯 일단 다르지. 하지만 똑같은 것이 있었어, 눈빛이 그래. 어두운 눈빛이 어쩜 똑같은지. 인간의 게놈이 30억 쌍의 염기서열로 이루어져 있으니까, 어머니만 같아도 엄청 많은 같은 것을 공유하는 것이야. 일단 피노타입에서는 그래. 피노타입 - 표현형이라고 하나?

표현형

표현형이라는 옥실의 표현에 난 그만 뒤통수를 맞은 기분에 **빠진다.** 이 아인 생물학과 전공이 맞긴 하다. 적성이 어쩌고 하더니만, 게놈, 유전체 운운, 전공 공부가 뇌의 상당부분을 차지하고 있는 것이다. 그래, 그렇담 너 한옥실의 확장표현형은 어찌 되려는 거냐?

옥실은 자신의 환경에 적응하고 있는 것 같다, 분명히. 의대 진학을 포기하고 이제는 요리사가 되겠다니, 그 자유로운, 거의 창의적 발상이 그 애가 만일 여기 평택에서 고등학교까지, 잘하면 서울에서 수능 성적에 맞춘 어떤 학과의 학생이 되었더라면 가능했을까? 아니다. 옥실은 미국 사람들의 문화를, 사고방식을 자신의 뇌세포에 접목시켜서 확장 변화해나가고 있는 것이다. 그것은 순 한국 소녀의 표현형을 넘어선 확장표현형인 셈이다.

확장표현형 - 우린 인간 유전자의 놀라운 발현효과에 대해 그렇게 부른다. 유전자라고 하는 것이 얼마나 철저하게 이기적일 수 있는지, 최근에 읽은 책에서 놀란 적이 있었다. 심지어 숙주와 기생자의 상호작용은 악어와 악어새 등, 어려서 그저 아름다운 공생이라고 배웠던 어렴풋한 상식과는 사뭇 달랐다. 기생자의 적극적이고 필사적인 필요에 의해, 즉 이기적 유전자의 발현효과가 숙주를 조작하기에 이르는 상태 - 속여서 착취하는 상태인 셈이란다. 뻐꾸기를 보라고!
뻐꾸기가 멧새나 때까치의 둥지에 제 알을 낳아 두는 것이나, 뻐꾸기새끼가 배다른 형제, 그러니까 둥지의 적자들을 둥지에서 밀어내는 것이 창조적 본능일까. 다윈은 그것을 특정 종에게 개별적으로 창조된 본능으로 보기보다는 모든 생물을 증식시키고 변이시키는 자연선택의 일반적 법칙의 작은 결과로 간주하는 편이 훨씬 자연스럽다고 했었다. 심지어 맵시벌 유충이 살아 있는 모충의 체내에서 그 몸을 파먹는 것까지도 말이다. 살아남기 위해서.
그래도 기이한 설명이 없지 않았다. 제 몸보다 훨씬 커버린 뻐꾸기새끼 - 도둑의 새끼이자, 제 새끼들을 죽인 살인자 - 에게 정성스레 먹이를 물어다 먹여주는 멍청한 어미멧새의 사진을 본 적이 있다. 자

라버린 뻐꾸기 새끼의 주둥이가 양부모의 몸체를 삼켜버리고도 남을
만큼 큰데도 그 입에 먹이를 넣어주는 장면이라니. 그건 도무지 다윈
의 설명으로는 부족했다. 그래서 도킨스는 뻐꾸기 새끼가 바위종다리
나 멧새 같은 양부모를 속여 부양을 받는 이것을 속이는 것 이상의 그
무엇, 단순히 정체를 숨기는 것 이상의 무언가를 하리라고, 즉 숙주의
신경계에 중독성마약과 같은 무엇인가를 사용하여 불가항력적으로 통
제하는 것이라고 가정하여 설명한다. 기생자가 숙주의 뇌와 몸을 조작
한다는 설명이다. 이 모두 자신의 유전자를 가진 자식을 퍼뜨리기 위
한 본능의 무서운 기능이다. 이기적 유전자! 나는 최근 들어 시간이 남
아돌아 이런 저런 책들을 보다가 특히 도킨스의 여러 가지 설명들을
좋아하게 되었다.

　하물며 다른 나라 다른 문화의 땅에 내리자면 고유하고 공통적인 문
화심리, 우리가 지닌 무의식 속 우리 조상 배달민족의 문화 같은 것도
변하고 확장되게 되어있다. 그런데 나는? 나는 지성과 감성을 통째로
가장 흡습성이 좋다는 젊은 시절을 파리에서 보내고서도, 무수한 젊은
이들의 선망의 땅 그곳에서 보내고서도 다시 도루묵이더냐! 도루묵은
막내의 편지나 마저 읽을 것이다.

　금실언니, 내가 왜 이러지? 이젠 다시 두 아저씨들 이야기를 할게, 그것
이 본론이라니까.
　한국-독일 아저씨, 형은 그러니까 친아버지의 흔적 찾아서 세상을 헤매
는 것이랬어. 동생은, 순 한국인 아저씨는 그 형을 찾아다니고. 내가 보기엔
한참 어른들인데 왜 안쓰럽지. 누가 더 안쓰럽냐고? 글쎄. 자신의 근원을
찾고 싶은 욕망은 어쩜 이해되지만, 반쪽짜리 형을 찾아 지구를 한 바퀴 돌
아온 아저씬? 그런데 마미 말씀이 동생 교수님은 그분 어머니 땜에 그 일을
해야 한다고, 어머니가 몸져누워있기 때문에 형을 찾아야 한다고 그랬대.

한국은 참 대단한 나라야, 여전히. 난 그 말에 머리를 쥐어 박힌 느낌이었어. 엄마 아빠가 멀쩡히 눈 뜨고 계신데 난 왜 가볍게 떠나왔을까? 겁도 없이. 미국을 동경했을까? 남녀차별이 없는 나라라는 환상에? 우린 딸부자라는 허울 속에서 은근히 아들 아닌 존재에 불편을 느꼈었지. 불편이라기보다는 주변의 시선들을. 하지만 남녀차별, 그런 것은 사실 문제가 되지 않아. 여긴 빈부의 차별이 너무 극심해서, 지난 세기에는 세상사람 모두에게 아메리칸드림을 갖게 했다는 정상적인 나라가 이미 아냐. 대학을 졸업해도 변변한 직장 갖기가 어렵고, 학자금 대출 상환을 못해 신용불량자가 되고, 만일 전업일자리를 갖고서 열심히 일해도 생활임금을 벌지 못해. 집 장만? 꿈도 꿀 수 없어. 난 여기선 비교적 행운아지, 여전히 한국 사람들은 자녀들에게 올인 투자를 하니까. 그런데 울 엄마 아빠 내가 기껏 식당에서 일하려고 미국에 갔냐고 서운해 하시겠지, 알아. 하지만 여기선 정식 요리장 셰프가 단순 직업은 아냐. 그 나름대로 보람도 있고. 어느 정도 인정받기까진 좀 더 시간이 필요하겠지만. 큰언니가, 금실언니가 엄마 아빠껜 잘 말씀드려, 옥이도 제 몫은 하는 사람이라고. 그리고 여기 대디는 좀 쇠약해지셨어, 내가 가까이에 사는 것에 만족해 하셔, 비록 의대를 포기했지만. 이젠 또 음식이 약이나 치료보다 사람을 더 기쁘게 하는 것임을 아시나 봐. 아, 정말 자꾸 내 이야기에 빠지게 되네.

오늘 느닷없이 편지를 보내게 되는 것은 그 한국 아저씨가, 동생이, 뭘 놓고 가서야. 바로 이 작은 봉투. 옷장 속 선반 서랍에, 거기 그렇게 놓여 있는 누런 봉투에서 내가 금실언니의 이름을 보고서 얼마나 놀랐을지 짐작이 가지? 어떻게 그 많은 한국 사람들, 지금 5,000만 명이 넘는다지? 내가 중학교 다닐 땐 4,000만 명이 조금 넘었나 그랬었는데. 암튼 그 많은 사람들 중에서 어떻게 언니를 아는 교수님이 우리 집엘 다녀갔느냐 말이야. 첨엔 놀랐고, 그 다음엔 이것을 부러 놓아두고 갔을까, 깜박해서 그랬을까 갸웃거렸지. 얼마간 두고 보리라, 그랬어. 그런데 오래도록 연락이 없어. 그럼 뭘까. 어디서 잊었는지 모르는 걸까? 그러다 질문을 해 보았지. 이것을 발신인에게 돌려보내는 것이 옳을까? 그러다가 결론은 이것을 수신인에게 보내는 것이야, 언니한테. 왜냐하면 이미 수신인이라고 기록되어 있으니까.

그 다음은 언니가 알아서 해. 열든가 돌려보내든가. 교수님이 다음 학기엔 강의 때문에 한국에 들어가신다고 했어. 먼저 일단 다시 베를린에 가셨다가. 거기 꼭 만나 보아야할 사람이 있다고 했지 싶어. 그러니 이 우편물이 주인보다 더 먼저 갈지도 모르겠어.

후우, 여기까지가 오늘의 편지야. 손으로 쓰지 않고 컴퓨터에서 쓰는 이유를 알아주기 바란다고, 후후. 맞춤법이 중3 실력에서 멈췄으니 엉망이거든, 그런데 컴퓨터가 다 잡아주잖아. 또 이렇게 쓰니까 많이 쓰게 되네. 잘못 쓴 종이를 구겨가면서 써야 된다면 몇 자 못 썼을 것인데.

참 아빠 엄마 안부도 묻지 않고 본론 먼저 쓴 걸 보면 나도 어느새 미국 사람 다 된 건가? 아빠가, 뭐야, 써든 센소리 뉴럴…… 그래, 급발성, 아니, 돌발성난청 소식 나중에 듣고 얼마나 놀랐는지, 대디 말씀은 그런 난청은 곧바로 치료했으니까 7, 80 퍼센트는 회복되셨을 거라고, 마취과 의사래도 잘 아시겠네 뭐. 또 아빠의 전화 목소리가 엄청 커진 것은 나이 들면 다 그러는 것이라고 위로를 하시지. 여기 대디도 옛날 음반 틀어놓으시면 사실 집안이 쩡쩡 울려. 뒷마당 넓은 주택이라 다행이지. 집안 내력일까, 청력 나쁜 것이? 아빤 그러니까 청력 외엔 괜찮으신 거지?

엄만 어떠셔? 난 엄마의 부엌을 좋아하지 않았어. 엄마가 늘 부엌에만 있는 것이 싫었어. 엄만 왜 늘 부엌에만 계셨을까? 난 그 어두운 부엌에서 도망치고 싶었는지도 몰라. 내가 한국에서 계속 살았더라면 언젠가는 내가 들어앉게 될 부엌이. 그러고서 이제 여기서 요리사를 하겠다니 내일 일 모르는 것이 삶인가 봐.

그래, 인생은 새옹지마. 네가 벌써 그런 말을 하는 나이가 되었구나. 늘 꼬맹이이던 네가 이젠 대화가 통하는 어른이 되었어. 하지만 넌 엄마의 부엌을 잘못 이해했구나. 엄마는 부엌에서 늘 편안해 하셨단다. 서두르지 않고 천천히 뭔가 먹을 것을 만드시는 일 자체를 일상이라고 여기신 거야. 너, 미래의 셰프가 말하는 요리라는 개념과는 다르겠지만, 맛있는 먹을거리 만드는 일에 엄마가 힘들어하시는 것 보았어? 그런 자질이 네게 유전되어 너를 요리의 세계로 이끈 것이야. 은실도 곧 잘 음식을 하거든. 그런데 난 뭐냐! 난 공부가 버려놓았나? 너무 고급 음식을 사먹는 것, 잘 차려서 먹어 없애는 것을 죄스럽게 여기게 되었으니 말이지. 누군가가 천 원도 안 되는 라면으로 – 삼양라면 5개 들이가 2,700원 하는 매장도 있으니까 – 끼니를 때울 때, 그 열배 만 원짜리 점심이면 이해가 가지, 그러나 백배만큼 10만 원을 점심에 쓴다면 그건 뭔가 죄가 되는 일이 아닐까. 그런데 그보다 더 심한 2, 30만 원짜리 점심이라면? 어쩐지 적게 소비하는 것이 미덕일 것만 같은 삐딱함으로 살다보면 소비가 미덕인 이 사회에서 열등한 사람으로 밀리게 되겠지. 이미 밀렸고! 하지만 네가 있는 한 미국에서도 내로라하는 셰프가 만들어주는 음식을 구경할 날이 있겠지? 그 전에 비뚤어진 내 사고를 교정해 놓으마, 가능하다면.

언니, 난 어쩌다가 그렇게 쉽게 이곳을 택했을까? 선택의 무서움을 실감해. 사실 대학 막 들어가서 내 가슴을 뭉클하게 했던 사람은 일본계였어. 일본사람이었다고, 우리의 원수! 우린 그렇게 비슷하게 배웠던 것 같아. 그런데 그는 전혀 원수가 아니었어. 그래도 무서워서 도망친 셈이야. 미래의 혼혈이 무서웠어, 가해자와 피해자의 혼합. 그건 너무 이질적이라서 영영 섞이지 않을지도 몰라. 독일계도 이질적이기는 어차피 마찬가지라는 생각을 하긴 해. 하지만 그쪽은 직접 한국과 원수진 일은 없으니까.

지금 무슨 말을 하니. 우리나라도 이젠 화두가 다문화사회다. 결혼 이주여성이 10만 명이 넘어요. 남자도 2만 가까이 된다던가. 절반이 한국계를 포함해서 중국인이라지만, 네 말대로 하자면 원수라 치는 일본인도 만 명 쯤 된다고 그러던걸. 요즈음 또 하나의 화두는 국어 말고 한국어다. 영어로 말하자면 국어나 한국어나 똑같이 코리언 랭귀지.

미국에도 한국어 가르치는 곳 상당히 많다던데. 하긴 넌 한인교회가 아닌 미국 교회엘 다닐 테니 잘은 모르겠지만.

　물론 우린 아직 아기 계획은 없어. 앨버트가 의대 공부를 더 해야 하고, 나도 요리사가 되고 싶으니까 더 해야 하고. 마미는 한국사람 정서로 우리 아길 키워주시겠다고 어서 서두르라고 하시지만, 레스토랑 실습이 대단한 격무이다 보니까 아길 서두를 수 없을 것 같아. 난 이번에는 성공하고 싶거든, 요리사로서는. 물론 남자들이 더 많은 세계, 그들도 체력으로 버티는 일에 가끔 역부족을 느끼고 있긴 하지만. 그런데 아빠 괜찮으실까, 우리 미래의 아기를 보시는 일이? 앨버트를 보시는 것도 굳은 얼굴을 피려고 노력은 하셨지만, 아빠 특유의 미소까진 못 보고 돌아왔어. 아빠 조금 비뚜름한 미소 멋있으신데⋯⋯. 그럼 잘 있어! 엄마 아빠에게 사랑한다고 말해 주고! 은실언니에게도!

　그렇구나. 아버지에게선 희미한 미소가 거무스레한 얼굴을 밝게 해주는 것 같았지. 내 한심한 이력에도 늘 미소를 보내주시지. 엄만 한숨이 좀 먼저이시지만. 미소와 한숨 사이, 염려라는 같은 공간을 나는 견디기 어려워하는 것이야, 그래서 이렇게 전혀 엉뚱한 고장에 들어와 살고 있지. 벌써 몇 년 째를. 그렇다고 여기에 뿌리내릴 그 어떤 매력도 계기도 발견하지 못하면서.

　옥실이 보내온 우편물 속의 또 하나의 봉투가 네모반듯하게 내 앞에 놓여있다. 원룸이라는 공간의 특색 없는 왜소한 책상 위, 컴퓨터 앞 작은 공간에. 이 누런 봉투를 열면 아마도 단편적인 메모들이 들어 있을 것이다. 내가 처음 글쓰기를 시작했던 계기가 되어준 그의 메모들. 단순히 메모들이 흩어 있어서 정리 삼아 글쓰기를 시작했었는지 ― 난 섞이고 흐트러진 걸 참지 못하는 병이 있다 ─ 그와의 연결을 어렴풋이 기대하면서 그 일을 했었는지는 이젠 모르게 되었다. 다만 그 가운데에서 내가 기록해낸 여러 표현형들, 배달민족의 다른 표현형들을 나는 사랑했던 것 같다. 나는 일반적으로 사람들을 사랑한다. 어떤 얄팍한 모습까지도, 부족하고 비굴한 모습까지도. '인간적'이라는 단어는 온갖 진부한 것들을 포함한다.

봉투를 열까. 아니, 기다리자.

이 얄팍한 서류봉투에 무엇이 들어있을지 관심을 누르기로 했다. 발신인이 지척에 들어와 있으니까. 평상시처럼 형의 흔적에 관한 메모들이라면 겉모양은 옥실의 편지에서 이미 들은 대로일 것이다. 베를린에서 미국으로, 남미로, 다시 미국으로. 형의 행방을 찾았다는 이야기는 옥실의 간접적인 소식에 들어있지 않았다. 형의 소식을 모르는 채로 그는 베를린에 들렀다가 한국으로 돌아올 거라 그랬다. 꼭 만나야할 사람이 있다는 그곳 베를린.

꼭 만나야할 사람? 누구일까. 누구면 어때서. 누구면 어때. 누구면? 혹시? 그의 사적인 영역에 관해서 들어 알고 있는 것이 전무하다. 유학시절 내내 그가 형의 흔적만을 찾아 헤매었을까. 그의 청춘은 늘 혼자였을까. 공부하는 사람이라고 늘 혼자였을까.

어쩌면 그는 처음으로 이 얄팍한 봉투 속에 자신의 이야기를 담았을지도 모른다는 상상을 해본다. 이제 그만 자신의 생을 찾아, 베를린으로 기다리는 여친(?)에게로, 기다리다 지쳤을 그녀에게 이번에는 프러포즈를 준비하련다고, 매우 인간적인 사실들을 털어 넣었을지도 모를 일이다. 그래서 차마 부치려다 말았고. 어쨌거나 곧 학기가 시작될 것이다.

학기는 곧 시작되었다. 연락이 아직 없다. 거기에, 미국에 그냥 우편물을 두고 온 것, 그게 일부러 그랬던 것일까? 마감 또는 휴지부 같은? 아니, 그냥 단순히 부치는 것을 잊을 수도 있는 것 아닐까? 그냥 기다려 볼 밖에. 발신인이 돌아온 이상, 가까운 시일 내에 무슨 소식은 있을 터. 미리 열어보긴 조금 애매하다. 내가 여차여차 '당신이 내게 보낼' 봉투를 미리 손에 들고 있노라고 연락한다? 그건 더더욱 못할 짓이다. 나는 그에게 무엇이었을까? 그 동안 모종의 수신인이었다는 사실에 너무 큰 의미를 부여했었던 내 자신이 우스꽝스럽게 여겨지기도 하는 찰나.

폐강

전화다. 이 사람, 양반은 아닌가 보네.

어라, 그런데 그의 전화가 아니었다. 어떻게 당연히 그의 전화라고 생각했을까.

전화는 비슷한 번호였지만 전혀 다른 한국어 담당 직원의 전화였다. 그것이 또 한 번 나를 절망케 하는.

간단히 말해서 폐강 소식이다. 비정규직 운명이 늘 그런 것이라곤 하지만, 이번엔 좀 많이 서러웠다. 언어교육원 강의가 아니라 대학 강의고, 외국인 대학생 상대 강의라는 특성 때문에 그 동안 수강신청 인원제한은 적용되지 않았었다. 지난해에도 열세 명으로, 열여덟으로 강의를 했었다. 그런데 이번 봄 학기부터는 예외가 인정되지 않는단다. 그걸 몰랐었다. 손에다 쥐어주지 않으면 행정을 모르는 것도 물론 내 탓이다.

그래서 학기 시작해서 한 주간의 강의가 아무런 의심 없이 끝났다.

열심히 수업안내를 했고, 교재를 두 권이나 소개했다. 구입하라는 말이었다. 참고서적도 보여주기 위해서 일주일 내내 무거운 책들을 들고 나갔다. 처음에도 수강 학생 수가 적었지만, 시간이 지날수록 두어 명씩 늘었다. 계속 수업안내를 해야 했고, 그래도 첫 주에 1과를 마쳤다. 자기소개서를 쓰게 해서 몇 사람 받아 놓은 상태였다. 주말이 지나고, 오늘 오전에 인터넷에서 수강 현황을 들여다보니 학생들은 더 늘어 있었다. 다시 첫 시간 유인물부터 부족한 만큼을 복사했고, 새로 오면서 책을 가져오지 못할 학생들을 위해서 2과 전체를 몇 장 복사했다. 내일 수업을 위해서였다. 첫 시간에 파워프린트를 이용해서 수업안내를 할 때, 몇 가지 멋진 기능을 배우고 싶은 생각이 났다. 그래서 내일 수업 끝나고 간단히 나를 가르쳐줄 아르바이트 학생도 구해 놓았다. 그런 오후였다.

그런 오후에, 수업 준비로 달아올라 아침에 열어둔 창문이 그대로인 것도 모르고 있는 오후에. 전화는 간단했다.

그게, 폐강 결정이 되었습니다, 수강인원 미달로.

폐강이?

얼른 대꾸를 하지 못했다. 그럼 낼 수업에 가서 폐강이라고 해야 하나요? 인원 미달?

나는 옛날 그 목소리를 다시 듣는다. 위험을 경고하는, 마감시간을 알리는 목소리.

한 선생님, 아홉 명입니다. 벌써 네 시가 넘었는데요.

언어교육원 프랑스어 시간이 폐강 위기에 처했던 그 날의 일이었다. 직원의 분명한 암시에 점점 굳어지려는 입을 여는 대신에 눈을 들어

시계 쪽을 향했을 때. 무정한 시계는 멈추지 않고, 더 이상 사람은 올 것 같지 않았을 때. 그때 스스로 궁여지책이지만 방법이 있다고 중얼거리며 내 프랑스어 시간에 등록을 했던 사람, 배승한. 그는 그때 갓 부임한 제2외국어 팀장 교수였다.

왜 지금 그를 생각하는가. 그가 나에게 주소를 써놓고 부치지 않은 봉투를 받아서? 그에게서 받은 것도 아닌데? 그는 아무려나 2년의 외유를 마치고 돌아와 있을 것이다. 물론 벌써 언어교육원과는 직접 관련이 없다. 제2외국어는 언어교육원 몸통을 줄이는 과정에서 팀장이라는 자리가 없어졌다. 대신 한국어 담당 부장이 있다. 이젠 팀장이 아니라 부장이라는 이름으로 승격되었다. 영어 부장, 한국어 부장. 아니, 이 순간 봉투 쪽에 시선이 머물러 있다는 것은 과장이다. 난 그저 혼란스러울 따름이다. 그때의 폐강 위기와 지금의 폐강 통보가. 그땐 제2외국어 팀장의 기지로, 도움으로 위기를 넘겼었다. 그때 사실은 늦은 시간에 인터넷 등록자가 한 명 더 생겨나서 어쨌거나 폐강 위기를 넘길 것이었지만, 나는 그때 그에게 큰 빚을 졌었다. 폐강에서 구해준.

지금은 무지의 상황에서 폐강 통보를 받았다. 이번에는 누가 미리 언질도 주지 않았다. 프랑스어에서 한국어로 갈아탄 내가 별로 달갑지 않았을까? 한국어 담당도 국어 전공이 아니라 영어라고 들었는데. 대학 갓 졸업한 직원이니 우리 강사들보다도 한참 젊다 못해 어릴 것도 같은데? 하긴 직원은 입에 불과하다. 학교 시스템이 총장부터 많이 바뀌고, 언어교육원도 새 원장이 입성한 때이니 처리 방식뿐 아니라 콘셉트 자체가 달라졌을 것이다. 오래된 ─ 내가 오래된 강사에 속할까? ─ 오래된 강사들을 물갈이 하겠다는 선언이 나온 것이 불과 몇 주 전이다.

강사 워크숍에서 부장 교수가 쇄신의 원칙을 일갈했다. 3년 이상은 어느 대학이고 무조건적으로 강사위촉 연장을 하지는 않는 추세입니다. 초창기에 한국어강사 2급 자격증 없이 양성과정 수료증만으로 임용되신 분들은 바로 가을학기부터 위촉을 배제하겠습니다. 총 30% 선에서 위촉을 제한하려고 합니다. 그분들은 새로이 어플라이 하시는 분들하고 함께 신청하시면 되겠습니다.

상당 수 불안한 웅성거림이 일었다. 진짜 기술적 질문 두 가지를 생각하며 메모를 하고 있었던 나는 숨을 죽이고 말았다. 자격증이 없이 강의를 잘하고 있는 강사들이 있다는 사실도 나는 금시초문이었다. 정말 초창기 때 임용되어 근 십년도 된 경우들이 있는 모양이었다. 당장 질문이 나왔다. 한국어 2급교원자격 검정시험이 년 1회로 10월에 있는데, 그러니까 가을학기까지는 기회를 주어야 하지 않겠느냐고. 그때까지는 자격을 구비할 법적인 가능성이 없으므로. 부장 교수의 답은 단호했다. 원장님하고 충분히 논의된 사항이고, 어쨌거나 무자격은 일단 이번 학기로 끝이라는 요지였다. 거의 살벌한 분위기에서 점심들을 어떻게 함께 했는지 모르겠다. 물론 나는 점심은 다른 핑계로 사양했다. 회식이라고 부르는 어정쩡한 밥을 잘 먹어두는 겸손함을 아직 못 배웠다. 당장 강의 시간도 없어질 주제에. 당장 버는 밥값에 축이 날 것인데도.

하긴 이 대학의 문제만은 아니다. 새 학기를 맞아 많은 대학들이 시간강사에 맡기는 강의는 줄이는 대신 전임교원에 배정하는 강의를 대폭 늘리고 있다. 내년 1월에 시행된다는 개정 고등교육법 ─ 우리는 강사법이라고 하는데 ─ 때문에 대학들이 저마다 구조조정에 나섰기 때문이다. 교원확보율을 제고하기 위해서는 시간강사를 줄이고 대신 전임교원에 포함되면서도 연봉은 적은 강의전담교수나 겸임교수 채용을 늘린다고 한다. 그러니 잘났으면 그렇게 채용되라는 말이 된다. 수강 학생 수를 늘리고, 아예 졸업이수 학점을 조정하는 대학마저 있다고 하여 강의 수가 통째로 줄어들 거라서 흉흉한 터다. 시급 5만원이 안 되는 – 시간당 평균 4만 7,100원이라는 뉴스가 있었지만 – 십만 명 보따리 장사들, 두 과목을 해야 강의가 있는 달에 100만 원 정도를 받는 우리들. 이공계는 운이 좋으면 연구재단이나 기업들의 연구 프로젝트에 꼽사리 끼는 경우가 있고, 영어는 학원이라도 가면 되지만 순수 인문학은 상황이 심각하다. 그러니 참고 강의나 열심히 해보자, 그런 마음이었다.

정말 어리석은 내 모습이 떠오른다. 바로 엊그제. 일주일 뒤 폐강이 될 것을 모르는 채 열심히 수업안내를 하는 나. 나를 간단히 소개하고…… 프랑스문학을 가르쳤습니다. 그러다가 한국문학에 관심을 가지게 되었고, 서투른 소설을 써보기 시작했고, 국어 공부를 더 하려다가 한국어 선생님이 되었습니다. 이번이 첫 학기인가요? 가을에 도착했어요? 한국의 봄은 처음이지요? 한국의 봄은 개나리와 진달래 색으로 대표된답니다.

개나리와 진달래 예쁜 사진을 구하느라 한참을 헤매며 만든 자료들. 이름을 한국어로 쓸 때 유의해야 할 것, 외래어 한글 표기에 관한 규정을 열거하고, 그 중 중요한 것, 받침에는 'ㄱ, ㄴ, ㄹ, ㅁ, ㅂ, ㅅ, ㅇ'만을, 파열음 표기에는 된소리를 쓰지 않는 것을 원칙으로 한다고 역설했다. 그러니 프랑스 빠리는 안 되고 파리입니다. 유난히 베이징보다는 북경식 이름을 선호하는 중국 학생들을 위해 모옌의 예를, 왕웨이의 예를 들어주었다.

모옌이 누구죠? 예, 중국의 노벨문학상 수상자 맞습니다. 한국에서 한자 읽는 식으로 모언이라고 하지 않고, 중국어 발음대로 모옌이라고 합니다. 등소평 아닌 덩샤오핑, 호금도 아닌 후진타오 ― 그렇게 말하려다가, 일본인 학생도 있어서 정치인 이름은 들지 않았다. 소용없었다. 중국 학생들은 자신들의 이름을 한국 사람이 한자 읽는 식을 고집한다. 아마도 유학 오는 과정에서 한글 이름을 그렇게 부여받는 것인지.

정말 소용없었다. 일주일 이상을 고심하면서 내 나름대로 부족한 미학적 요소까지 공들여 만든 첫 시간 수업안내, 또 애써 준비했고 내 나름대로 성공적으로 끝낸 제1과 수업, 내일을 위해 준비하던 모든 것들이 아무 소용없었다. 폐강이 결정되었습니다, 그 한마디에 아무 소용없었다. 나는 다시 강의를 잃었다. 기초교육원에서 한국어 강의가 신설되었다는 것, 그리로 학생들이 분산되었을 것이라는 핑계도 나를 구해주지 못한다. 언어교육원의 모든 교양한국어가 폐강이 아니라 살아남았다. 분반도 없는 내 강의만 죽었다. 처음부터 수강생 숫자가 적은 것은 매력 없는 강의계획서 탓이었을까? 일주일 사이에 하나 둘 불어나는 학생들을 보면서 회심의 미소를 띠었던 어리석음이여! 내 강의가 학생들을 내쫓지는 않는구나, 하고서 난 살짝 자부심을 가질 뻔 했다. 실제로 한국어 수업을 거쳐 갔던 외국인 대학생들 중에 크리스마스와 새해, 더러는 구정에 맞춰서 보내오는 짧은 이메일 인사들로 마음 흐뭇해하는 소인배가 나였다. 불시에 폐강이 되었다. 아무 것도 소용이 없었다.

언어교육원 원장과 한국어 부장에게 폐강 인사를 남겨야 할 것 같다. 내 무능한 소치로 언어교육원 과목 하나가 죽었다. 그러면 뭔가 죄송하다는 메시지를 전달해야 한다. 형식을 갖추어 감정을 배제하고 메

마른 인사를 남겼다. 막상 다음날 수업 시간에 폐강 안내를 하러 교실에 들어갈 엄두는 나지 않았다. 다행스레 한국어 지원실에서 담당 직원이 후속 조처를 안내해줄 것이란다. 수업 시간이 다가오자 나는 선고를 기다리는 죄수처럼 우두거니 컴퓨터 앞에 앉아 있었다. 그 시간이 지나갔을 때에서야 모든 것이 확정되었음에 큰 숨을 쉬었다. 아무도 돌이키지 못하는 시간, 폐강. 한국어용 가방을 뒤적여서 이미 자기소개서를 제출해놓은 학생들 가운데 휴대전화가 있는 네 명의 학생에게 문자메시지를 넣었다. 각각의 이름을 넣어서. 교양한국어 폐강 유감입니다. 수강인원 미달로 폐강되는 걸 몰랐습니다. ─ 곧 전화벨이 울린다. 저 한국어 폐강 어쩌고……. 아, 마○, (목소리로 이름이 생각났다, 지난 시간에 자발적으로 문단을 읽은 남학생이니까.) 폐강된 게 미안해서 문자 넣었어요. 선생님이 수강인원 미달로 폐강되는 제도를 몰랐어요. 지난 학기까진 외국인 학생 대상 강의는 그렇지 않았거든요. 중국 학생이 잘 알아듣는지 걱정되었지만, 뭐라고 말을 해야 했다. 학생들 다 왔고, 더 많이 왔는데……. 아, 다들 왔어요? 글쎄, 선생님이 몰랐어요. 폐강되는 줄 알았으면 친구들 몇 사람 더 데려와야 한다고 미리 말했을 것을. 한국어 지원실에서 안내 나왔지요? 예. 나왔어요. 어떻게 하는 줄 알죠? 예. 금요일에 인터넷으로 수강신청 또 하고……. 의사전달은 된다. 예, 그럼 다른 과목 수강신청 잘하고 열심히 하세요! 우물쭈물 그렇게 전화를 끊었다. 다시 네 명의 학생들에게 문자메시지를 보냈다. 새로운 과목 수강신청 잘 하고, 즐겁고 유익한 유학 생활이 되기를 바랍니다. 끝이다.

아니다, 한 과정이 더 남았다. 한국어 지원실에서 빌려다 본 책 하나가 있다는 생각이 났다. 잘 싸서 등기우편으로 보낼 것이다. 마침 다른 우편물도 있다. 언어교육원 원어민 강사에게. 영어 클래스에 나가는 일도 못할 것 같았기 때문이다. 강사소개 페이지에 그의 이메일 주소가 없어서 간단한 메모를 써두었다. 정말 아무렇지도 않은 듯이 언어교육원에 드나들 수 없을 것만 같다. 아니, 이것은 무슨 일인가. 학교 앞 원룸에서 살면서 학교에 나가는 일이 불발이라면? 닫혀있는 철문으로 시용 성이 되고 말 것인가. 시용 성 – 함부로 쓸 말은 아니다. 이 자발적인 잠금은 수년을 묶여 감금되었던 정의의 사도 프랑수아 보니바르 신부를 욕되게 하려나? 감금 아닌 잠금의 비겁함이여.

이순규

갑자기 이순규가 떠올랐다. 줄어드는 강의를 아예 접고 낙향하고 싶다던 그 사람. 시간강사가 수업시간이 없어지면 아무 소용이 없다. 처음엔 모교에서, 다음엔 아예 갈 곳이 어렵다. 어찌어찌 모교 선배가 전임교수가 되어 있는 대학에서나, 그것도 지방일 경우 가뭄에 콩 나듯 시간이 난다. 그것도 해마다, 학기마다 좌불안석이다. 보따리 장사 10년 세월, 간이역의 삶을 더는 견디지 못해 낙향하리라던 그. 한국인, 비인기 인문학 전공, 비정규직 젊은이, 그밖에는 나와의 공통점을 모르겠는 내게 동반자를 구한다는 객관적 표현으로 어리둥절하게 했던 그. 그는 동반자를 구했을까? 정말로 고향에 내려갔을까? 고흥군 봉래면. 쉽게는 외나로도. 연륙교와 연도교를 차례로 지나 이제는 배를 타지 않아도 된다는 섬 아닌 섬.

군청에서 차로 한 시간도 안 걸려요. 뱃길이 아니라 찻길이라니까요.
그래도 섬은 섬 아닌가요?
그렇지요. 바다로 둘러싸였으니 섬은 섬이지요. 언제 멋있는 일몰과 일출을 보러 오실래요? 거긴 나로도 건너가기 전이니 겁먹을 것 없어요. 신년 일출 어때요? 추워도 밀려오는 파도소리를 들으며 일출을 볼 수 있다니까요, 동쪽 남열리예요, 드넓은 백사장에서 해돋이를 본 적 있어요? 전날 밤에 미리 가서 석화를, 굴 말예요, 굴을 장작불에 구워 먹는 재미를 상상해 봐요! 고흥 9품 중 여섯 번째가 굴이죠. 그 전에 해질녘에 잠시 남양면 중산리에서 서쪽을 향해보아요. 한낮의 빛을 잃고 사그라져가는 멋진 낙조를 다른 어디에서도 못 보았을걸요. 그리고 맘 내키면 우리 동네 구경을…….

나는 어처구니없어 하는 표정으로 그저 듣고만 있었다. 너무 갑작스럽고 또 열심인 것도 얼떨떨했었다.

우리 동넨 면소재지 근처라서 이것도 저것도 아니고. 더 아래 남쪽 외가가 있는 외초리엔 농사가 많아요. 쌀농사는 물론 밭에서 마늘을 본격적으로 출하하고. 유자도 꽤 있고요. 거긴 최 씨 집성촌이었는데, 초계 최 씨. 지금은 많이 섞였고요. 이 씨들은 그 옆 예내마을에 삼사백 년 전부터 난세를 피해 들어와서 살았다고 하데요, 박 씨들이랑. 숙종 때 사화들 좀 많았어요? 이 씨들도 외나로도 전체에 퍼졌고요. 그러기에 내나로도에 가까운 진기나 축정에까지 흩어진 채로, 또 일가들 가까이 살게 되었고. 울 아버진 할아버지가 진기에 들어오신 뒤에 태어나셨다던 걸요. 진기는 좀 척박하지만, 그래도 거기까지 내려가 보면 좀 좋을까. 근처 나로 항도. 나로도 절경을 일별하려면 나로 항에서 유람선을 타면 되지요. 나로 항을 출발해 한 바퀴를 돌면 그 광경을 못 잊어 평생 나로도에 눌러 살게 될지도 몰라요, 히히. 삼치파시라고, 거긴 삼치어장 중심지라서 한 세기 전에 벌써 전기와 수돗물이 들어온 곳이라요. 그땐 고흥 세금 반에 반은 모두 이곳에서 냈다고들 하지만, 과거 영화를 말하면 뭐해요. 지금도 어선 수백 척이 들어 설 수 있는 부두가 있으니, 주변에 넓은 상가도 많고, 수협위판장은 외지 사람들에게 인기라요. 낙지며, 꽃게, 활어들, 조개류들. 수산물이 일단 좋고 싸니까요. 반대편 나로 해수욕장은 이삼백년 된 곰솔 몇 백 그루가 엄청나죠, 바로 해변에. 또 봉래산 사백 미터 산정에는 거긴 백년 된 삼나무와 편백나무가 셀 수도 없이 많아 울창하기가 서슬이 퍼럴 정도라요. 거기까진 아니더라도, 어때요, 한번 남도행 여행을 감행하는 건?

그때 난 대꾸도 않고 이순규의 말을 끊었었다. 내가 끊은 것은 아니지만 내가 아무런 대꾸를 않자 그가 거기서 입을 다물었다. 왜 그때의 그의 말이 생각나는지.

포두면에서 내나로도를 잇는 연륙교 380m, 내나로도에서 다시 450m가 개설된 지 10년이 넘어도 아무 소용없어요. 이천 명 가까운 내나로도 사람들이나 삼천 명 다 되는 외나도로 사람들은 각각 따로 살아요. 다리 연결로 서로 십 분이면 갈 수 있으나 애초에 중학교가 따로 있죠, 내나로도의 백양중과 외나로도의 봉래중은 대강 사십 명, 육십 명 수준의 학생들이 있을 뿐인데, 교사는 각각 열 명은 될 걸요. 교사-학생 비율로는 서울 강남 학교들이 못 따라올 환상적인 환경이지요. 문제는 연륙도와 연도교가 덩그러니 놓아졌어도 고흥 주민의 경제적 정신적 통합은 요원하다는 데에 있지요. 외나로도 봉래엔 겨우 외초리에 농사가 넉넉할 뿐, 유자 산업이라거나 예컨대 지금 각광받는 포두면 중심의 신 석류산업에 외나로도 사람들이 참여하기란 아주 어려운 문제고.

포도가 아니라 포두라고? 포두라는 말을 그가 처음 말할 때 나는 포도나무와 관련된 것으로 들으며 의아해 했었다. 포도면 포도지 왜 석류가 거기서 끼어드는가 하고. 물론 대꾸는 하지 않았다.

　종형은 석류산업 시작할 때 그쪽에 뛰어든 이후로 거의 포두에서 살다시피 한다는군요. 왜 종형이 농업대학 진학 문제로 서울, 그러니까 일산에 올라갔다가 지금의 종수를 만났다고 했잖아요. 중국에서 온 조선족이라고 이야기 했었죠? 원래 우리 마을은 나로 항 쪽이니 결국 수산업이에요, 많지는 않아도 다시마나 미역 등을 양식하죠. 농사는 마을 뒤가 암반 같은 바위산이라서 잘 안되죠. 거의 산비탈에 집이 있는 셈이니까요. 겨우 사오십 호 정도. 노인들이, 독거노인들만 많은 동네에 아이들이라뇨, 축복인 셈이죠. 하지만 벌써 동생네도 육지로 떠날 건가 봐요. 제수가 군 단위에서 하는 다문화가정 사업에 자원봉사랑 간단한 강의를 하기도 한다나 봐요. 한국어랑, 가정간호 관련해서랑. 원래 필리핀에서 간호대학 다니다가 우리 동생을 만났었다고 말했었죠? 또 봉사활동 하면서는 더 이상 필리핀이라고 불리지 않고 조안이라고 이름을 불러준다는군요, 조안 선생님, 조안 쌤! 또 종형 네도 포두 산업단지 쪽으로 옮겨야 하는지 생각 중이래요, 형이 아예 집에 못 오고 있으니까. 형은 섬사람이면서 왜 농업에 그리 관심을 갖는지 의아했는데, 지금은 형의 선택이, 아니 취향이 배달민족 본성에 더 가까운 거다 싶어요, 특히 남쪽 사람들. 이 좁은 반도 땅에서는 유목민의 피가 흐르는 건 아닐 테니까요. 배달민족의 밈은 고구려 이래로는 반도 안으로 안으로 안정을 향하여 축소되었다고 보아야죠. 그런데 다시 글로벌 시대가 되자 밖으로 튕겨진 듯 나가는 거예요. 이건 뭐랄까 북방적, 고구려적인 모험과 용맹 같은 것이 새로운 환경에서는 그 환경에 뛰어난 적응을······.

밈? 밈이라면 비유전적 문화요소 말예요? 환경에 따라 적응하는 정보가 유전된다는? 정말 어리둥절해진 내가 이번엔 끼어들었다.

예. 경주평야와 김해평야를 가진 신라나, 김제평야, 호남평야, 나주평야를 다 가진 백제와 북쪽 고구려는 비교나 되었나요. 땅이 풍부하지도 비옥하지도 않았으니까 말을 타고 사냥을 해서 먹거리를 얻다보니 고구려인들의 기상이 더 용맹해진 거요. 배달민족이라지만 표현형은 자연환경 조건에 따라서······. 티비에도 매주 등장하잖나요, 〈글로벌 성공시대〉인가 거기 나오는 인물들 안 보세요? 세계 최초로 시각장애인이 직접 운전하는 자동차를 개발한 미국의 로봇공학자도, 바다에서 돌아가신 아버지를 위해 꼭 바다에서 성공하겠다고 원양어선에 몸을 싣고 시작해서 연매출 1조원에 40여척의 배를 갖게 된 국제적인 선박왕도 한국인인데요. 우리 배달민족의 유전자가 폭발적인 확장된 표현형을 가지게 되는 것이······.
그럼, 그 이전에 우리 유전자의 고유한 형질은 엷어지나요?
이를테면 혈연자 같은 거 말요? 그렇지요. 예, 물론 근연도 계산을 보면 ― 이것도 도킨스의 『이기적 유전자』에서 읽은 개념인데요, ―부모자식 간은 1/2로서 가장 가까운 근연도를 나타내기 때문에, 자식사랑을 그렇게 설명합디다, 유전자의 이타적 행동이 작용하는 것이라고. 그에 비하면 친형제는 평균적 1/2로서 불안정하고, 삼촌과 고모나 이모와 조카, 조부모와 손자는 1/4, 사촌끼리라면 1/8, 육촌이라면 1/32로서 남보다 조금 더 특별한 사이 정도에 머물고 만다고. 그런데 특출난 것과는 상관없이 전혀 다른 환경, 가령 북반구 서쪽이라거나,

아예 남반구에 위치시킨 동아시아인의 유전자라면 필시. 하지만 그 이기적 유전자가 몸 밖으로까지 멀리 확장되어, 그러니까 확장된 표현형의 형질이, 그곳에서 태어난 후손은 물론 그곳 토박이들의 신경계에 영향을 미치고…….

그럼, 이건 또 다른 접근인데요. 자식이 부모를 속이고 심지어 해치고, 남편과 아내가 서로를 속이고 심지어 해치고, 형제들끼리 속이고 심지어 해치는 것을 날마다 뉴스에서 보면서, 진화와 종의 이익이 관련된다고 말할 수 있나요?

거기까진 나도 잘 모르네요. 그런데 같은 근연도 1/2인 부모자식 간과 형제간 사이가 이타적 애틋함에서 다른 이유는 있지요. 부모자식 간에는 확실성이 형제 간 사이는 가능성이라는 거요. 유전자형이란 놈이 가능성 보다는 확실성 쪽에 이타적인 선택을 하는 것이라고요. 그럼 부모의 자식사랑과 자식의 태도가 같을 수 없는 이유는 뭐냐! 그건 생존가능성과 관련이 있다고 하던데. 이타적 행동이라면 최소한 자신의 유전자형의 지속을 위한 것인데, 먼저 죽을 확률이 확실히 아주 높은 부모에게 자식이 이타적 행동을 하는 것은 손익 계산 상 손해라는 거요. 이것을 인간의 정의적 측면으로 설명하지 않고 유전자형이 자신의 가능한 무한 복제를 위한 혈연 선택이라고 설명하는 게 참 흥미롭더군요. 물론 인간의 이익, 좁혀서 배달민족의 이익? 그런 것은 정확히 말하면 추상적이지요. 개체는 의사소통 체계를 이기적으로 이용하고야 마니까. 유전자의 작용으로 이기적인 거요, 모든 동물들이 똑같이. 먹이를 찾고, 먹히지 않으려고 하고, 질병이나 사고를 피하려 하고, 짝을 찾아 자손을 퍼뜨리려 하고, 자기들이 누리는 것을 자손들에게 물려주려 하고……. 그러다 보면 필연적으로 이기적 행동을 하게 될 밖에요, 사람을 포함해서. '모든 동물의 의사소통에는 처음부터 사기 요소가 포함되어 있다고 보는 것이 타당할지 모른다. 왜냐하면 모든 동물의 상호작용에는 적어도 어느 정도 이해의 충돌이 내재하기 때문이다.' 정확한 인용은 아니지만, 이 비슷한 말을 그 책에서 읽었을 때 머리가 띵 했어요. 모든 생물은 생래적으로 거짓말을 한다, 그런 말 아닌가요. 하지만 도킨스는 설명이 친절했어요. '유전자의 팔은 길다'는 표현이 회화적이면서도 정의적으로 마음에 들어왔었거든요. 그때 난 확장된 표현형이란 적응도의 능력에 따라 발휘될 수 있는 것이라고, 건장한 뻐꾸기 새끼들이 왜소한 양부모를 착취, 그래 착취라 하죠, 이건 제 표현이니 이해하시고, 양부모를 이용하는 능력으로 확장된다는 이야기요. 새들이라면 당연히 얌전히 제 둥지에 있다가 제 어미가 물어다 주는 먹이를 먹는 유전자를 공유하고서도 그렇다니.

도킨스 학설에 완전 공감하는군요!

딱히 도킨스라기 보다도 기본적으로 진화론이 자연스럽게 이해된다고나 할까요. 하늘에 계신 분을 하느님이라고도 하지 않고 유일신 하나님이라고 부르는 개신교의 창조론은 신앙이 아니고서는 납득이 가지 않더이다. 하느님이 6일간 천지를 만드셨다는 창세기의 창조설화를 문자적으로 해석하면서 그 6일 동안 지구와 우주가 함께 창조되었다 하질 않나, 우주의 나이도 기껏 육천에서 만년이라는 주장이 설득력을 갖기는 어렵지요. 지구에서 수십억 광년 거리에 있는 별을 관측할 수 있다는 사실만 봐도 그렇잖아요.

아, 잠깐. 그것은 좀 피하죠.

뭐요, 진화론이다 창조론이다 그런 대립 말인가요? 저도 그런 토론에는 관심 없어요. 다만…….

아직 열려 있는 창으로 냉기가 들어온다. 바람이 차다. 만물이 생동

한다는 봄날, 훤한 대낮에 좁은 방구석에서 환기한다고 창을 열어놓는 것이 밖과 교류하는 전부? 대인공포증도 자폐증도 아닌데. 하긴 어려서 자폐증으로 진단받고도 동물학자가 되어 콜로라도 주립대학 교수가 된 미국 여자가 있었다. 영화가 있었는데 실존인물이었다. 태리 그램든? 자폐증도 아니면서 이렇게 박혀있는 나는?

　창 쪽 선반의 화분이 둘이 되었다. 한 분에 있던 두 개의 서로 다른 작은 선인장들을 며칠 전 따로 나누었다. 두 개의 서로 다른 작은 선인장이 한데 심긴 분이 늘 마음에 걸렸기 때문이다. 두 개의 서로 다른 물건이 나란히 있으면서 서로 어울리지 않으면 참으로 곤란하다. 꽃집에서, 아니 아마 이런 것들도 공장 식의 화원에서 대량으로 만들어졌겠지만, 처음에 누구는 어떻게 그런 발상을 할까. 한 분에 서로 다른 두 개의 종을 심을 생각을. 마지막 수업에 내게 그것을 가져다준 중국인 여학생 연O는 예쁜 비닐 종이로 포장된 선인장 분을 예쁜 마음으로 샀을 뿐이다. 두 달이 지나도록 그 둘을 함께 소화하지 못하고 있다가 드디어 갈라서 심은 내가 문젠가 싶기도 하다. 문제까진 아니더라도 매사에 소화불량증이 심한 종이다. 유전일까?

　나는 도킨스의 책들을 다시 찾아보았다. 『이기적 유전자』와 『확장된 표현형』은 집에 두고 온 것 같았다. 아버지도 재미있다고 읽으셨다는 생각이 난다. 근년의 『만들어진 신』만 보인다. 생물학자가 웬 종교서일까, 라고 하면서도 신드롬의 와중에 책을 샀다. 번역판 표지의 현란한 수식어는 오히려 반감을 일으켰다. 신은 없고 모든 종교는 틀렸고, 오히려 신을 믿음으로써 참혹한 전쟁이, 기아 그리고 빈곤 문제들이 생겼다는 원론적 도발이다. 물론 그런 식으로 읽을 생각은 애초에 없었다. 다행히도 그는 신이 없을 가능성이 매우 높다고, 인간은 종교가 없어도 경이로움을 느끼고 감동하고 영적인 체험을 할 수 있다고만 말하고 있었다. 그는 많은 지식인들의 종교적 회의를 대변하는 것에 불과하다고 했다. 그러면 굳이 이런 생각을 출판한 이유가 뭐냐, 그건 부시 행정부의 4년 정치를 겪은 이후 어떤 의무감이 발동했다니, 과학도 철학도 정치와 무관하지 않다는 생각을 다시 하게 되었다. 그런데 역사철학자 이순규는 마치 자연과학도의 엄밀성으로 도킨스의 진화생물학 책들을 줄줄이 외고 있었다. 참 독특한 사람이다.

이순규. 난데없이 그의 가족들이 떠올랐다. 말로만 들었던 다문화가정의 아이들이 자라고 있는 남쪽. 중국, 필리핀 그리고 베트남에서 온 여자들이 사촌 간에 동서들이 되어서 살아간다는 그곳. 셋 다 엄마들이 되었고, 각각 제 이름도 없이 중국, 필리핀, 베트남으로 불리는 가운데서도 씩씩하게 일곱 째 아이를 키우고 있다는 동네. 변방의 초라한 환경에서도 생의 활기로 떠들썩할 사람들이 그리웠다. 그리움의 대상이라면 뭔가 잘 알고 있는, 기억에 사무치는 어떤 것이어야 한다는 고정관념은 문제가 되지 않았다.

고향으로 내려가겠다던 그는 정말 그리로 갔을까? 아무렇지도 않게 동반자를 구한다고 말하던, 그 말을 어디 안 쓰는 컴퓨터나 노트북 같은 것 하나 구한다는 정도로 스스럼없이 말하던 그. 그가 정착하려다는 그곳, 그곳에서 배달민족 고유의 유전자형은 동남아 피와 섞이어 또 어떠한 자연선택에 의해 변화되며 확장된 표현형들을 낳을 것인가.

아니 배달민족 자체도 이미 북방형과 남방형의 유전자 형질이 섞이고 섞이어 내려온 것 아닌가, 그 출발에서부터. 단군의 조상 환인은 누구인가? 환인, 환인 ― 천제라는 의미나 발음상 하느님과 비슷한 존재이리라. 웅녀 설화 또한 몽골족 특유의 곰 숭배사상에서 곰의 신성을 생각하면 인간의 신성을 말할 뿐이리라. 신성? 신성은 우리의 생명의 신성을 말하지 않을까. 살아있는 것의 신성. 살아있음의 신성. 찰나 후에 끝날 수 있는 생명이 아직 살아있음 자체가 신성 아닌가. 누구라도! 그런데 신성한 단군의 후손 배달민족 '우리'는 학교에 입학하자마자 '우리는 하나'라고 배우면서 단일민족 신화 속에서 배타적이 되려는 것이나 아닐까. 단일민족이라는 의식 또한 어떤 생물학자가 유전학적 실체를 증명해낸 학설에 근거한 것이 아니질 않는가. 오히려 반만년 동안 외세에 시달려온 반도의 역사가 낳은 민족적 자부심을 위한 지향적 관념은 아니었을까.

예로부터 배달민족은 섞이었다. 주몽 또한 해신의 딸 유화가 천제의 아들 해모수와 통하여 낳은 자식이었다. 왜 나라를 세운 빼어난 인물들은 하나 같이 하늘에서 내려오거나 알에서 깨어나는가. 하늘에서 오는 것은 북방계의, 알에서 깨어나는 것은 남방계의 유입이라는 설명도 설득력을 얻는다. 김수로왕은 인도 아유타국 공주와 혼인했고, 석탈해는 용성국 왕과 적녀국 왕녀의 자식이다. 용성국은 최근에는 '왜국 동북쪽으로 멀리 떨어진 곳'이라는 문구에서 유추하여 캄차카 반도일수도 있다는 설이 등장했다. 중국과의 교류를 말함은 이미 사족이다. 벌써 「황조가」의 주인공 치희는 고향 중국으로 돌아가서 유리왕의 애를 태웠으니 말이다. 또 신라의 시조들은 해양을 통해 널리 타국과 닿아 있다. 「처용가」의 처용은 그 탈의 모양을 보면 검은 피부에 눈과 코가 큰 페르시아 인으로 여겨진다는 설이 있었다. 또 최근 이란에서 발굴된 고서 「쿠쉬나메」는 절반이 신라에 관한 이야기를 다룬다고 해서 처용의 페르시아인 설을 뒷받침 한다. 쿠쉬나메, 즉 쿠쉬의 이야기는 쿠쉬에 밀려 신라로 망명한 페르시아 왕족 아비틴이 신라의 공주와 혼인하여 사내아이를 낳고 그 아이가 장성하여 페르시아의 영웅이 되었다는 줄거리라고 한다. 그것이 7세기경에 필사된 고서라고 하니까, 처용과 관련된 신라 헌강왕 시절과도 맞아 떨어지는데. 이런 건 우연일까 그저 상상의 소산인 설화에 불과할까.

혼혈은 이어진다. 세종대왕의 거란족과 여진족 귀화 정책 또한 배달민족의 혼혈 가능성을 증거하는 요소이다. 불행한 전쟁도, 이익을 쫓는 교류도, 유학생활도 혼혈을 조장한다. 이제 와서 순백의 혈통 배달민족이라는 용어는 무색해진 것이 아닐까. 민족의 이상화가 걸림돌이 되는 세상이 되었기 때문이다. 배달민족이라는 유전자형이 있었다 하더라도 그것의 표현형은 날로 확장되고 있을 운명에서 자유로울 수 없다. 우리 또한 모든 생물체의 자연선택에 종속된 존재이니까.

내 몸, 이 생물체, 나의 유전자형의 생존기계는 어떠한 상호작용으로 자기복제를 시도할 수 있을까. 나, 두 개의 서로 다른 물건이 나란히 있으면서 서로 어울리지 않은 것을 참으로 곤란해 하는 내가. 장구 깨진 무당처럼 시들해서는.

나는 이순규의 전화번호를 찾는다. 아직 017을 쓰고 있는 그의 번호가 쉽게 눈에 들어온다. 01…… 아직 나는 숫자를 다 누르지 못하고 그만 둔다. 어디에서 용기를 낼 핑계를 만들까.

꽃을 찾아서

양영수

제주대학교 명예교수.
2002년도 『소설시대』 추천으로 등단.
소설집 『마당 넓은 기와집』을 냄.

꽃을 찾아서

　　　　　　　　　　이창우가 친구 박상훈을 경쟁자로 여기게 된 것은 중학생 때부터였다. 시골 마을에서 초등학교를 마친 이창우가 읍내의 중학교로 올라갈 때 새로운 분발의 결심을 다지면서 급우들과의 경쟁심이 커진 것이었다. 이들 두 사람의 생년월일이 꼭 같다는 데에서 우러나온 다부진 경쟁심리도 작용하였다. 이창우는 읍내 초등학교에서 올라온 친구 박상훈이 자기보다 깔끔하고 단정한 외모에다 키가 크고 어깨가 넓다는 것에 대해 대번에 꿀리고 들어가는 심정이었고 게다가 그는 학급대표 운동선수로 나갈 정도의 단단한 체력이었기 때문에 처음에는 겨루기 어려운 경쟁 상대로 생각되었었다. 이창우는 이 같은 열등감을 극복하기 위하여 공부 하나만은 열심히 하기로 굳게 결심하였고 그 결과였는지 1학년 첫 학기부터 친구 박상훈보다 단연 우수한 성적을 뽑아냄으로써 그와의 경쟁에서 밀리지 않는다는 자신감의 뿌리를 단단히 내릴 수 있었다.

　　이창우와 그의 친구 박상훈은 중고등학교를 같은 캠퍼스에서 마친 다음에 서울에서 같은 대학에 다니게 됨으로써 경쟁심보다는 우정을 키우는 단계를 맞게 되었다. 경영대를 택한 이창우는 인문대를 택한 친구 박상훈에 대해 별다른 경쟁심을 갖지 않게 되었고, 중고등학교를 같은 학교에서, 그것도 지방의 소도시에서 마쳤다는 공통의 출신 배경이 두 사람 사이의 각별한 우정과 협동심을 일으키게 된 것이었다. 이 창우는 친구 박상훈이 입학관련 시험에 자신이 없었기 때문에 들어가기가 비교적 수월한 인문대학을 지망했고 여기에서도 더욱 수월한 편인 불문학과를 지망했음을 잘 알고 있었다. 친구 박상훈이 훤칠한 키와 떡벌어진 어깨, 수려한 미모에다 사근사근한 말씨로 뭇 여성들의 시선을 모으고 수많은 여대생들에게 인기가 있다는 소문도 들렸으나 이 같은 소문을 두 사람 사이의 경쟁관계라는 맥락에서 듣지는 않았다. 두 사람은 앞으로 갈 길이 엄연히 다를 것이고, 인생의 성패를 가름하는 것은 더욱 중요하고 확실한 능력, 그러니까 세상 사람들이 한 남자를 평가할 때 잣대로 삼는 직장을 통한 능력 발휘라는 믿음을 갖고 있었던 것이다. 친구 박상훈이 졸업 후에 마땅한 취직자리를 얻지 못하는 막막한 심정을 달래려는 심산으로 유럽으로 배낭여행을 떠나는 것을 볼 때만 해도 그를 인생행로의 경쟁상대로 바라보는 일은 다시 없을 것으로 생각했었다. 대학을 졸업하는 즉시 괜찮은 대기업체에 취직이 된 이창우는 시골 출신 누구에게도 뒤지지 않는 당당한 출세 길의 첫발을 확실하게 내디딘다고 자부했던 것이다.

이창우가 친구 박상훈을 다시 경쟁 상대로 바라보게 된 것은 대학을 졸업하고 10년이나 지난 다음이었다. 친구 박상훈이 입신 가도를 과감하게 개척하는 방법에는 남다른 투지가 엿보였다는 것이 나이 오십 줄에 접어든 지금에 와서 과거를 돌아보는 이창우의 생각이다. 박상훈은 대학 졸업 후 유럽으로 배낭여행을 가기 위해 반 년 동안 집중적으로 생활영어 수련을 쌓았고 여행비를 마련하기 위하여 막노동판 잡역부로 전전하기도 하였다. 낯선 땅 여행지에서 온갖 어려운 문제에 부딪치고 터지고 해야 하는 배낭여행 석 달 동안에 세상 사는 요령과 자신감을 얻었는지 그는 귀국 후 해외여행사 두어 군데에 5, 6년 근무한 것을 밑천으로 하여 자기 자신이 조그만 여행사를 차렸다. 때마침 한국 국민들 사이에 해외여행 붐이 일어나기 시작할 때여서 그의 사세는 단기간에 크게 신장되어 창업 10년 만에 50명 사원을 헤아리는 성공적인 중견 여행사로 발전하였다. 불어불문학과 출신이라는 자신의 전공 특성을 살려서 유럽지역을 주요 대상으로 하는 테마기행 형태의 여행 프로그램 활용이 사업 신장에 적지않게 기여하였다는 것이 그의 사업 성공 비결에 대한 자평이었다. 반면에 앞날이 막막하게 된 것은 이창우의 출셋길이었다. 이름 있는 기업체에 취직이 되었다고는 하나 무한 경쟁의 피나는 노력과 억척스러움과 민첩한 감각을 요하는 대기업의 속성상 시골 출신의 무딘 감각세계를 벗어나지 못한 그로서는 승진의 기회를 잘 잡지 못하고 있었고 언제 어떻게 사원 정리의 대상이 될지 모르는 신세가 되었던 것이다.

중견사원으로서의 현상유지조차 힘겨운 이창우의 입장에서 볼 때 잘 나가는 여행사 사장으로 자리를 굳힌 친구 박상훈은 창조적인 인생의 개척자요 승리자였다. 어릴적 친구 박상훈에게 꿀린다는 느낌이 더욱 쓰리게 다가오는 것은 그가 젊은 나이의 여행사 사장으로서 세계여행의 기회를 마음껏 즐긴다는 생각을 할 때였다. 세계여행 다니는 것이야말로 세상 사는 맛을 양적으로나 질적으로 쌈박하게 즐기는 최고의 기회일 것 같았다. 박상훈에 비하여 자신의 처지가 뒤쳐진다는 느낌이 더욱 절실해지는 것은 중학교나 고등학교 동창들이 모인 자리에서였다. 중고등학교 시절의 친구들은 비교적 안정된 직장인 대기업체에서 일한다는 이창우를 부러워하는 것이 아니라 세계여행을 실컷 즐기고 있을 박상훈을 부러워하는 것이 역력하였다. 친구들 사이에 오가는 말들을 듣자 하니, 박상훈은 그동안 일년 중 절반 정도의 날들을 유럽 등 해외 지역에서 지냈다고 하였는데 그럴 정도면 자연히 가보고 싶은 관광 명소들을 거의 모두 구경 다닐 수 있을 것이라고 선망의 시선을 보내는 것이었다.

성공적인 인생설계에 뒤지고 있다는 생각에 떠밀린 이창우는 심사숙고 끝에 회사에 반 년 간의 휴직원을 내고 그동안 오래 방치되었던 외국어 실력을 확실하게 쌓는 데에 열중하였다. 다행히 마음 먹은 계획이 적중되어 유럽주재 사원으로 파견 근무를 나가게 된 이창우는 업무상 출장 여행 명목으로 유럽대륙 곳곳에 구경 다니는 기회를 얻게 되었다. 학창시절 친구의 여행사업 번창을 계기로 한 편의 여행기로서의 한평생의 의미에 눈을 뜨게 된 이창우는 본격적으로 세계여행의 설계에 나서게 된 것이었다. 여행 중에 낯선 이질문화의 장면들에 부딪칠 때마다 새로운 세상을 발견하는 흥분과 감격이 어떤 것일지, 유럽 여러 나라의 관광명소들을 하나씩 답파해 나갈 계획은 그의 해외주재 직장생활의 새로운 활력소가 되었다.

부풀은 기대와 희망을 안고 시작된 이창우의 유럽주재 근무는 그러나, 흡족한 결과를 안겨주지는 못하였다. 자유시간이 넉넉지 못한 회사원의 사생활 패턴으로 인하여 유럽여행을 즐기는 일이 애초에 기대했던 대로는 되지 못하였던 것이다. 이 같은 자신의 현실로 보아서 여행사 사장으로 세계여행을 즐기는 박상훈과는 비교가 안 될 것을 알게 된 이창우는 이대로 간다면 친구 박상훈의 여행과 세상체험이 절대적인 비교우위를 점하게 될 것임을 인정해야 했다. 이 같은 열등감이 더욱 고조되는 것은 친구 박상훈 이름으로 발행되는 여행사 사보를 받아볼 때였다. 타이틀도 거창하게 「세계를 품 안에」라는 이름으로 나오는 이 사보를 정기구독하여 읽으면서 이창우는 친구 박상훈의 세계여행의 실상을 그 편린이나마 헤아릴 수 있었다. 세계 도처의 명승지와 역사유적지를 미사여구로 소개하고 현지답사를 권하는 갖가지 여행상품들은 이창우의 마음을 번번이 주눅 들게 하였으며, 인생은 곧 여행이고 세상구경이라는 말의 의미가 새로운 무게로 느껴졌다.

박상훈 사장이 경영하는 여행사는 '오딧세이여행사'라는 회사명부터가 특이해 보였다. '일리아드'와 함께 세계문학전집 제1호로 잘 나오는 호메로스 작 『오딧세이』 작품의 개요를 인터넷 사전에서 찾아본 창우는 '오딧세이여행사'라는 회사명에 담겨있는 작명의 취지를 추측해 볼 수 있었다. 트로이전쟁을 그리스연합군의 성공으로 이끈 뛰어난 지략의 영웅 오딧세이우스가 사람들의 부러움을 사는 이유는, 그가 트로이목마 계략으로 승전의 일등수훈을 세웠기 때문보다는, 반복되는 일상의 틀을 벗어나 갖가지 색다른 체험을 가능케 했던 그의 모험적인 귀향길 여행 때문이라고 할 때, '오딧세이여행사'가 표방하고 나선 것은 그 같이 색다른 모험으로서의 여행 프로그램이라는 뜻으로 해석되었다. 혼신의 힘을 다 바쳐 위험천만한 귀향 길을 찾아가는 오딧세이우스의 파란만장하고 아슬아슬한 모험행로는 그것 자체로서 멋지고 매력적인 인생처럼 보이는 것이었다.

친구 박상훈이 경영하는 여행사의 사보를 빠짐없이 받아보는 이창우는 때로는 움츠러드는 마음을 추스르고 생각을 돌이켜 보기도 하였다. 사장이라고 해서 자기 여행사 사보에 실리는 여행 코스를 실지로 얼마나 섭렵했는지는 알 수 없는 일일 터이었다. 여행사 사보에 실리는 여행 정보의 내용들은 고객들의 상품 구매욕을 유도하기 위해 상업적으로 편집된 광고 같은 것이라고 자위해 보기도 하였다. 화려한 상업 광고를 보면서 속이 쓰릴 일은 아니라고 자위하면서 열등감을 달래던 이창우가 눈을 번쩍 뜨고 주시할 일이 벌어졌다. '세계를 품 안에'라는 제호의 사보에 친구 박상훈 사장의 집필로 된 「유럽문화탐방기」

가 연재되기 시작한 것이다. 친구 박상훈의 직접적인 여행체험이 실지로 어떤 것일지에 대해서 막연하게만 그려보면서 세월을 보내던 이창우였지만, 이제 박상훈이가 직접 쓰는 유럽여행기가 사보에 실리게 되었으니 그의 구체적인 여행체험의 실상을 확인해 볼 수 있게 된 것이었다. 영화나 소설 속에 나오는 사람 사는 모습들은 작가의 의도적인 테마가 있어서 일정한 한계를 벗어나지 못하지만, 여행기에 나오는 여행자의 세태 견문과 가지각색 사건들은 그 사람 자신의 자유로운 상상과 직접적인 세상체험을 아무런 제한 없이 쓴 것이기 때문에 그 적실함, 다양함, 신기함에 있어서 더욱 흥미가 있을 것이라는 생각이 들었다.

친구 박상훈의 유럽여행기는 확고한 유럽숭배주의에 입각해서 쓰여지고 있었고 이 같은 입장은 다시 불어불문학과 출신인 그가 쌓은 상당한 수준의 서구문학적 식견으로 뒷받침되고 있었다. 인간이 도달한 정신문화의 꽃을 찾아 나선 사람들에게 유럽사회는 최고최선의 본보기를 보여준다는 믿음이었다. 오늘날 전세계적으로 보편화되고 있는 문화적인 혜택의 태반은 곧 유럽인들에게서 시작된 것이고, 정교함을 극하는 제반 학문의 기초는 유럽에서 출발한 것이며, 인간적인 감성과 상상력의 최고 경지를 보여주면서 인간영혼에게 최고의 환희와 휴식을 제공해 주는 것도 고도로 세련화된 유럽의 예술이라는 것이었다.

친구 박상훈의 「유럽문화탐방기」는 주요국별로 나뉘어 있는 가운데 각 나라의 여행기는 다시 그 나라 문화의 주된 특징을 하나씩 골라서 그것을 주제로 하는 테마기행문 형식으로 풀어갔다. 유럽숭배주의 사상이 곳곳에서 감지되는 친구 박상훈의 유럽탐방기의 첫 장인 영국편은, 영국이 산업화와 민주화라는 두 가지 면에서 세계사 발전의 모범이 될 수 있었던 것은 세계 최초로 산업혁명과 의회민주정치의 양면에서 근대화 혁명을 실현함으로써 가능했다는 말로써 시작되고 있었고,

서두를 장식하는 이 같은 영국 찬양은 펍(pub)이라는 대중술집의 번창이 영국의 민주정치 발전에 초석이 되었다는 생뚱맞은 문장으로 이어지고 있었다. 아마도 그의 생각으로는 여행 체험의 알짜배기가 술잔을 통해 온다고 보았던 모양이었다. 그러나, 영국 역사에 대한 풍부한 자료를 동원하고 필자의 두터운 인문학적 식견을 기초로 한 친구 박상훈의 문화탐방기는 엉뚱한 데가 있으면서도 재미도 있고 그럴싸한 설득력도 있는 수작이라 여겨졌다.

  펍은 여러 가지 점에서 영국민의 특성을 보여준다고 하였다. 영국에는 생긴 지 수백 년에 이르는 고풍스러운 펍들이 수도 없이 많이 있다는 점에서 역사와 전통을 숭상하는 그네들의 국민성을 보여주고, 펍의 손님들은 웬만큼 마시고서는 취하지 않을 정도로 도수가 낮은 맥주를 즐겨 마시고 맥주 두어 병을 가지고도 몇 시간의 담소를 즐긴다는 점에서 영국민의 온건주의와 끈기를 보여주고, 그들은 고정석에 가만히 앉아서 마시기보다는 이동하기 좋게 서서 마시기를 좋아하며 술집 문턱을 넘어 거리까지 나와서 마시기를 잘한다는 점에서 고독과 단절과 폐쇄보다는 교감과 소통과 개방을 선호하는 국민임을 보여주고, 몇 잔의 술로 인생을 즐기는 가운데 권력의 부침에 대한 정치토론, 전설적인 영웅담, 애틋한 사랑 이야기, 문학과 예술에 대한 갖가지 화제를 샘솟게 할 수 있다는 점에서 그들의 세상 사는 멋스러움과 알뜰한 경제생활을 엿보게 한다는 것이다. 초대면의 인물을 십년지기처럼 친밀하게 만드는 화끈한 소통의 장인 민속주점 펍의 번창은 감성억압이라는 영국인의 국민성을 역으로 반증한다는 논리의 비약은 좀 억지스러운 역설처럼 들렸지만 역설의 진실성을 보여주는 예가 바로 이런 것이로구나 할 정도로 설득력 있는 세태 설명처럼 들리는 것이었다. 평소에 점잖은 체면을 지키고 사회적 신분에 어울리는 매너를 갖추느라 자기 감정과 속마음을 얼마나 감추었으면 대다수 국민들이 그렇게 열심히 펍을 찾고 그 안에서 못할 말 없이 일탈적인 대화와 유머를 즐기겠는가 하는 것이다.

친구 박상훈의 탐방기에 나온 민속주점 펍의 내력담은 영국 역사에 대해 지식이 넓지 못한 이창우에게 놀라운 것이었고, 한 국가의 역사를 국민의 사회생활 패턴 속에 진득하게 반영해 온 이 나라 특유의 대중술집 풍속에 대해 자연스러운 찬탄과 부러움을 자아냈다. 영국에는 수백 년 역사를 지닌 펍이 수없이 많은데 이들 펍의 역사가 오래됐다는 것을 알아보기 위해서는 술 판매 영업허가증의 발급 연도를 조사할 필요가 없이 이들 술집의 간판에 나온 상호와 민속화 그림을 눈여겨 살펴보면 된다고 하였다. 고색창연한 술집 간판 위에 15세기 후반 장미전쟁 당시의 왕실 이름을 펍의 상호로 쓰고 있거나 다섯 차례 결혼 경력의 정력적인 국왕 헨리 8세 초상을 그려 넣었다면 이들 술집의 역사가 적어도 500년을 넘었다는 확증이 된다는 것이다. 1620년 역사적인 아메리카행 항해의 돛을 올린 청교도 집단 필그림파더스를 기리는 다수의 〈메이플라워〉 펍들은 신대륙에 자유와 평등의 이상국가 깃발을 꽂는다는 뜻깊은 역사의 무게를 안고 있다고 하였다. 16세기 초 영국 국교회가 가톨릭과의 단절을 선언한 이후 종교 대신에 왕실 관련 민화가 펍 간판에 올려진 것은 시대상의 변화를 반영함이라고 하였고, 특히 17세기 초 스코틀랜드 왕이 잉글랜드 왕을 겸하면서 붉은 사자의 상을 왕의 권위의 상징으로 적극 유포함에 따라 사자의 그림, 조각상, 휘장 같은 것이 펍의 마크로 애용되는 전통이 생겨났다고 하였다. 17세기 중엽 청교도 혁명 당시 의회의 결의로 교수형을 당한 국왕의 얼굴 화상이 펍의 간판에 올려진 것은 그만큼 혁명의 역사에 대한 자유 토론이 그 술집에서 많이 행해졌음을 보여준다는 것이고, 해적 관련

민화들을 펍 간판에서 많이 볼 수 있는 것은 해적 활동이 국력신장에 쌓은 공로를 국민들이 인정한 결과이고, 처칠 수상이나 다이애나 황태자비 관련 간판이 많이 등장한 것은 이들의 높은 인기를 반영함이라고 하였다.

역대 국왕이나 국민적인 영웅, 역사적인 사건 등을 술집 간판에 올리는 술집 주인의 결정이 술 마시러 올 지역주민들의 발길을 끌기 위함이라 할 때 그것은 곧 국민적 관심과 정서의 향배를 반영한 것이라는 추정이 친구 박상훈이 집필한 영국 대중문화론의 요지였다. 국민이 싫어하거나 눈길을 돌려버릴 인물을 술집 간판에 올리지는 않았을 터이고, 술집 주인이 역사 속으로 사라진 인물을 술집 간판에 올리는 것은 그 인물과의 친분관계를 고려한 결과도 아니고 어떤 권력자가 그렇게 명령했기 때문도 아닐 것이라는 얘기였다. 대중주점 펍은 일반 대중의 삶과 가장 가까이 있는 대화와 소통과 교감의 장소로 오랜 세월 이어왔기 때문에 역사의 무게가 온전히 담겨있는 곳이라는 말이 억지로 들리지 않았다. 넬슨 제독이나 웰링턴 장군의 역사적 수훈과 관련된 수 백 군데 술집 간판이 300년 역사의 부침을 지켜보면서 같은 자리에 걸려있다는 것은 그 술집에 오는 사람들이 이들 국민적 영웅을 잘 기억하고 존경한다는 것을 의미하며, 여기에서 술 마시는 사람들은 이들 역사적 인물들을 화제로 올리면서 그들의 국가의 운명과 국사의 운영을 토론하였을 것이라는 얘기였다. 현재 속에서 과거사의 의미를 망각하지 않는다는 영국적인 발상법은 최근에 생긴 펍의 경우에도 해당된다는 것이니, 도시계획이 바뀌어 소방서 건물에 들어선 펍의 간판이 불타오르는 듯한 빨간 글씨의 '파이어 하우스(Fire House)'가 된다는 식이다. 영국 역사와 더불어 생겨나고 번창해온 펍의 내력은 바로 당대 영국 사회의 대변자로서 시대적 트렌드 생성의 산실 역할을 하고 있으며, 대중주점에서 여론의 결집과 민의의 총화가 자연발생적으로 이루어지는 나라가 영국이라는 것이니 잠재적인 지식층 여행자들을 영국으로 유인한다는 여행상품 광고 치고는 대단한 수준의 문화론을 담고 있다고 생각되었다. 그러나, 이창우에게 더욱 부럽고 샘이 나는 것은 친구 박상훈의 영국여행 체험이 술을 즐길 뿐만 아니라 이렇게 수준 높은 술문화론을 쓸 정도로까지 깊고 넓은 경지에 이르렀다고 생각되기 때문이었다.

친구 박상훈이 집필하는 「유럽문화탐방기」의 영국편 다음에 나온 것이 프랑스편이었고, 이 또한 술문화 서술로써 그 서두를 장식하고 있었다. 그가 전개하는 프랑스인들의 술문화론은, 민심의 반영으로서의 민속주점 펍을 중심으로 펼쳐진 영국문화 찬양과는 대비되는 관점에서 프랑스 국민의 심미적 예술정신을 가지고 유럽문화 찬미의 포인트로 삼고 있었다. 대중술집의 간판 역사와 개방적인 공중 매너를 실마리로 하여 영국국민의 고품격 생활문화를 한껏 치켜 올리고 나서 이와는 크게 다른 프랑스의 음주문화를 소개하고 찬미한다는, 일견 논리적인 모순을 범하는 비교문화론이었다. 그러나, 현대 서구문화의 양대 산맥을 주요 대상으로 그것의 가장 현저한 차이점을 비교 고찰하는 방법을 통하여 문화의 꽃을 피우는 길은 획일성이 아니라 독특한 개성 가운데 있음을 보여주고 있었다.

역사의 무게를 마신다는 거창한 명제를 가지고 영국의 대중주점 펍을 소개한 친구 박상훈의 유럽문화 서술은 프랑스 문화론에 이르러서 이 나라 국민의 뛰어난 예술정신을 가지고 이 나라의 오래된 와인문화를 소개하였다. 영국의 민속주점인 펍에 해당되는 것이 프랑스에서는 카페인데 펍의 주요 메뉴인 맥주나 위스키는 영국인의 실용주의적인 국민성을 보여줌에 반하여 카페의 주요 메뉴인 와인은 프랑스인들의 예술적인 국민성을 보여준다는 대담한 비교가 프랑스편 유럽문화탐방의 요지였다. 영국인들이 펍에서 맥주나 위스키를 마시는 것은 술 자체를 즐기기 위함이 아니라 술 마시는 것과는 다른 어떤 목적 때문임에 반하여, 프랑스인들이 와인을 좋아하는 이유는 술 자체의 맛과 향기와 색깔을 즐기기 위함이라는 것이다. 와인으로 말하면, 그 새콤달콤한 맛과 그윽한 향기와 깊고 다양한 음영의 색깔을 가지고 이를 마시는 이로 하여금 미각과 후각과 시각을 동시에 즐기도록 만들어준다는 얘기는 흔히 듣는 바이지만, 영국인들이 맥주나 위스키를 즐겨 마시는 것은 술 아닌 다른 목적 때문이라는 얘기는 음주 경력이 빈약한 창우로서는 얼른 납득이 가지 않았다. 더구나 알콜 도수가 낮은 맥주는 얼마큼 마셔도 취하지 않기 때문에 즐겨 마시고 알콜 도수가 높은 위스키는 마셔서 취하기 때문에 즐겨 마신다는 말은 논리적인 자가당착으로 생각되기도 하였다. 친구 박상훈의 비교문화론은 이 부분에서 영국적인 국민성을 다시 두 유형으로 나누어서 잉글랜드 출신처럼 점잖고 온건한 사람과 스코틀랜드 출신처럼 매섭고 화끈한 사람을 구분하고 있었는데, 맥주 한 병을 까 놓고 몇 시간이나 친교의 대화를 즐기는 것이 전자의 타입이고 첫잔부터 얼근하게 취하는 것이 후자의 타입이라는 것이다. 일견 황당한 논리 같이 보였지만, 맥주나 위스키의 유야무야한 향기, 단조로운 색깔, 단숨에 시원하게 들이키게 만드는 씁쓸한 맛 등을 상기하게 되자 그런대로 납득이 가는 말이라고 생각되었다. 감각이 뛰어난 사람은 와인 마실 때의 향기와 맛을 가지고 그 술의 생산지와 생산 연도를 감지해 낸다는 것이며, 이 같이 오묘하고 정교한 와인 감식력이 프랑스적인 예술성의 단적인 사례라는 얘기였다. 이렇듯 세련된 와인 문화를 바탕으로 발달된 프랑스인들의 감각세계는 세계적인 명성의 상품 브랜드를 얻는 데에 성공하였으니, 후각의 발달은 샤넬 같은 화장품을, 시각의 발달은 입생로랑 같은 의상 패션을, 미각의 발달은 코르동 블루 같은 요리학원들을 각각 탄생시켰다는 것이다.

영국과 프랑스의 대중술집 비교가 다소 억지스러운 감이 들었음에 비하면 이 같은 국민성 비교가 확대되어 런던과 파리의 관광명소들을 비교함에 이르러서 비로소 상당한 설득력이 느껴진다는 것이 이창우의 생각이었다. 런던 여행자가 손꼽는 관광명소 치고 애초에 실용적인 목적이 없이 만들어진 것은 거의 없음에 반하여 파리의 중요한 관광명소들 대부분이 다만 보는 것 자체를 즐기기 위해 만들어졌다는 사실은 양국 국민성의 차이를 잘 보여준다는 것이다. 런던 관광의 주요 행선지로 꼽는 웨스트민스터의 사원과 국외의사당과 빅벤 시계탑, 런던타워, 윈저 궁 등은 영국의 왕조사와 의회정치 역사를 건립 배경으로 하는 실용적 목적의 건조물이었지만, 파리 관광의 주요 콘텐츠는 사람들이 그것을 보고 느끼는 것 자체를 존재이유로 하여 그곳에 서게 되었다는 것이다. 영국에서 제일 큰 왕궁인 윈저캐슬은 역대 국왕들 자신의 거주지였고 현재도 영국 여왕의 주요 거처 구실을 하고 있음에 반하여, 프랑스의 베르사유 궁전은 국왕의 거주지로서는 지나치게 웅대하고 호화로웠기 때문에 이곳에 일시 머물던 왕비들은 실지 거처로서는 작은 별궁을 인근에 다시 만들어야 했으며, 이 어마어마한 거대 궁전의 진짜 존재이유는 화려한 궁정의식이나 연회, 국세 과시용의 국제회의를 여는 데에 있었고, 결국에는 역사박물관 이상의 별다른 용도가 없게 된지가 오래다는 얘기였다. 나폴레옹의 이집트 원정 후 위대한 프랑스의 영광을 세계에 과시하기 위해 건립된, 열두 방향의 갈래 길로 퍼져나간 개선문 광장과 여기에서 시작되는 샹젤리제 거리, 프랑스 대혁명의 상처를 아물리기 위한 화해의 상징물인 콩코드광장, 자유와 낭만을 찾아 모여든 가난한 예술가들의 이색적인 동네라는 것 말고는 별다른 생성 이유가 없는 몽마르트언덕 등이 프랑스적인 예술성의 사례로 언급되었지만, 가장 많은 지면을 할애하여 소개된 것은 에펠탑이었다.

프랑스혁명 1백주년 기념 행사인 파리 만국박람회를 세계 만방에 알리는 건조물이 되도록 에펠탑이 세워질 때는 영국에 뒤지지 않는 과학기술력을 과시한다는 의미 말고는 별다른 실용적인 목적이 없었다고 한다. 실제적인 아무런 용도도 없는 건조물이기 때문에 박람회가 끝난 다음에는 없애버린다는 계획이었지만 철거 비용이 너무 비싸다는 이유로 남겨두었던 것이 오늘날에는 어마어마한 관광소득을 올려주고 있다는 재미있는 스토리를 소개하면서 무목적의 목적이야말로 프랑스적 예술정신의 핵심이라고 하는 박상훈식의 전방위적 유럽예찬 논리가 전개되고 있었다. 현재 에펠탑은 방송전파 송신과 군사용 통신, 기상관측 등 다각도의 목적에 이용되고 있지만 이는 애초의 계획에 있었던 것이 아니라 건축 후 사회발전에 따라 생겨난 부수적 용도라고 하였다. 318m 높이로 하늘을 향해 웅혼한 자태로 우뚝 솟아있는 이 탑에 수직상승이라는 순수한 상징성 말고는 아무런 실용적 기능이 없기 때문에 사람들은 활짝 열린 유쾌한 마음으로 이 탑을 올려다 보게 되고 그러는 가운데 자유로운 상상력과 풍부한 감성세계를 열어갈 수 있고 여기에서 예술적인 창작 에너지가 발동된다는 것이다. 또한, 에펠탑의 구조는 직선의 강직함과 곡선의 유연함을 겸비하는 동시에 전체적인 철근 구조물 사이사이에 무수히 많은 큰 구멍들이 숭숭 뚫려 있어서 시원한 바람이 아무런 저항도 받지 않고 자유롭게 통과할 수 있는데 이렇게 오가는 바람의 유통을 전적으로 허용하는 무제한 포용의 구조가 보는 이에게 시적 영감과 무한한 상상력을 불어넣어 준다는 재미있는 해석도 소개하고 있었다. 에펠탑 전망대에 올라가서 파리 시가지를 내려다 볼 때 이 도시는, 도시 전체가 하나의 예술적 건조물로 설계된 것처럼 조화롭고 아담하게 느껴지기 때문에, 런던 시가지에서 역사의 무게를 느낀다면 파리에서는 역사의 향기를 느낀다는 말이 나온다는 것이다.

실용적인 쓸모에 상관없이 자유로운 상상과 감각을 즐기는 프랑스 적인 예술성을 엿볼 수 있는 것이 파리 시민들이 애호하는 그라피티 미술이라고 하는 것이 친구 박상훈이 집필한 프랑스편 대중문화론의 종결부분이었다. 파리의 거리를 돌아다니다 보면 퇴락한 건물 벽이나 우중충한 골목길 담벼락, 어둡고 냄새나는 지하도의 시멘트 벽, 녹슬 고 변색된 공중전화부스나 열차선로 같은 곳에 강렬하고 도발적인 터 치로 페인트 칠해진 낙서나 만화들을 쉽게 만나볼 수 있는데, 이 같은 그라피티 작품들이 불러일으키는 유쾌하고 자유로운 상상이 예술적인 창조정신과 상통한다는 것이다. 막춤 추듯이 아무렇게나 휘갈겨 쓰고 기분 가는 대로 별별 희한한 모양을 그려놓은 것들은 길 가는 사람들 의 시선을 끌되 어떤 확실한 해석을 강요하거나 부담감을 주는 것이 아니며, 특히 이 같은 낙서나 만화가 웅장하고 위엄어린 대성당 같은 건물의 뒷전에서 발견될 때는 그들이 즐기는 자유와 낭만이 엄숙 장엄 하기만한 것이 아님을 일깨워준다는 것이다.

그라피티와 더불어 파리 구경 다니는 사람들의 눈을 즐겁게 해주는 것은 시내 도처에서 쉽게 볼 수 있는 원예작물이라 하였다. 호텔이나 식당, 공공기관의 출입통로는 물론이고 아파트 베란다나 창고 출입구 등 그럴 만한 빈 공간이면 어디든지 찾아서 화분이나 관상수로 채워 넣어 주변 환경을 쾌적하게 만들어 준다는 것이며, 이 같은 도시미관 은, 주요 거리마다 건립된 프랑스 예술가들의 동상과 더불어 이 도시 를 역사의 향기 가득한 곳으로 만들고 있다고 하였다. 런던 시내의 공원 안에는 나무와 잔디밭과 벤치밖에는 별로 시선을 끌 만한 것이 없음에 반하여 파리 시내의 공원들 안에는 역사상 인물이나 만화적인 캐릭터들의 동상과 그림 등 다양한 전시물들이 관람객들의 눈을 즐겁게 한다고도 하였다. 또한, 파리는 시민들의 눈만이 아니라 귀를 즐겁게 하는 일도 중요하게 여기는 곳이어서 파리 지하철의 환승역에는 재즈 피아노를 연주하는 아마추어 악사들이 퇴근길 시민들의 발걸음을 가볍게 만들어 준다고 덧붙이고 있었다.

친구 박상훈의 「유럽문화탐방기」는 영국과 프랑스 이외의 여러 나라에 대해서도 쓰여지고 있었지만, 그것의 출발에서부터 극히 대조적인 이들 두 나라 사이의 문화 비교를 주된 테마로 한 것이었기 때문에 다른 나라들에 대한 문화탐방도 자연히 이 같은 테마에 따르는 나라 간 비교를 주된 내용으로 하고 있었다. 나라별로 제각기 특색은 있지만 대체로 북구 방면의 국민들은 실용성을 중시하는 영국 국민성에 가깝고 남구 방면의 국민들은 예술지향적인 프랑스 국민성에 가까운 것으로 대별되고 있었다. 자본주의 경제의 발달사로 보아서는 절도와 질서가 우선인 북구의 나라들이 모범적인 발전 패턴을 보여주었지만 진정으로 인간적인 문화와 예술을 자유롭게 즐긴다는 면에서는 프랑스를 위시한 남구의 나라들을 따를 수 없을 것이라는 암시적인 결론은 박상훈이 불어불문학과 출신임을 말해주는 것 같아서 이창우의 입가에 은근한 고소를 자아내기도 하였다.

이창우는 친구 박상훈의 여행기를 마주할 때 단순히 여행 정보를 얻을 목적이나 자기가 가보지 못한 곳에 대한 호기심을 대리만족시키는 의미로 읽었던 것이 아니었다. 한창 나이에 이른 두 사람이 제각기 세상 구경과 인생 체험이 어느 수준에 와 있느냐, 보고 듣고 즐길 것이 한없이 많은 넓고 넓은 이 세상을 어떤 수단과 방법으로 만나고 즐기느냐, 하는 문제를 갖고 서로 비교해보는 것이 그의 마음의 중심을 차지하고 있었던 것이다. 그러다 보니 친구 박상훈의 여행기를 읽는 이창우의 마음은 상대적 상실감과 열패감으로 우글어 들 수밖에 없었다. 친구 박상훈이 이 정도의 깊이와 넓이로 유럽문화탐방기를 썼다는 것은 그만큼 그의 유럽여행의 내용이 풍부하고 알찬 것이었음을 알려주는 것으로 여겨졌고 이에 비하면 자신의 보잘 것 없는 세상 구경이 부끄럽고 한심스럽게만 느껴지는 것이었다. 이창우는 이 같은 열패감에서 헤어나기 위하여 자신의 유럽여행 계획에 박차를 가하기로 결심하였다. 이창우의 이 같은 결심은 주말 휴가시간 대부분을 유럽여행 여정에다 바치는 결과로 나타났다. 유럽문화 탐방의 고급 여행기를 읽으며 얻은 생생한 배경 지식을 갖고 있는데다 어릴적 친구와의 경쟁의식에서 나오는 열의가 가해져서 그의 유럽여행 일정은 고도의 관심과 주의력을 기울여 기획되었고 이에 따라 그 여행체험의 내용은 양적으로나 질적으로 상당한 수준의 것이 될 수 있었다.

이창우의 유럽여행 코스는 친구 박상훈의 문화탐방기에 언급된 곳들을 중심으로 정해졌으며, 어떤 목적지에 이를 때마다 그곳을 다녀갔을 이 친구의 여행체험은 어떤 것일지를 상상하면서 각국의 사람 사는 모습을 눈여겨 바라보고 그 나라 문화의 특색을 탐색하는 데에 여념이 없었다. 이창우는 장기간에 걸친 직접적인 유럽여행의 결과 뜻밖의 사실들을 발견하고 자신이 이제까지 지나치게 순진했음을 되돌아보게 되었다. 박상훈의 여행기는 그 내용들 하나하나를 세심하게 들여다보면 정확한 사실의 기록이라기보다는 상상력과 동경심이 빚어낸 허구의 결과물인 것이 많았으며, 자신의 여행기가 독자들에게 더 흥미있고 풍성하게 보이도록 하기 위하여 실지로 있는 사실을 대폭 부풀리거나 그럴싸하게 미화하고 경우에 따라서는 왜곡시켜서 썼다는 것을 알게 된 것이다. 이창우는 영국내 곳곳의 펍을 많이 들어가 봤지만, 거기에는 박상훈의 표현대로 옛날 역사를 소재로 하는 민화나 상호의 간판이 전혀 없는 곳도 많이 있었으며, 잉글랜드인들의 성격을 보여준다는 맥주나 스코틀랜드인들의 성격을 보여준다는 위스키가 아닌 다른 종류의 술들도 많이 진열하고 있었고 아예 프랑스식 카페도 여러 군데 발견할 수 있었다. 프랑스에서도 카페라는 이름 대신에 펍이라 불리우는 술집도 여럿이 발견되었고, 카페라는 간판을 단 술집에서 와인 말고 맥주나 위스키 같은 술을 마시는 사람도 볼 수 있었다. 민속주점에서 술잔을 들이키면서 영국인은 역사의 무게를 마시고 프랑스인은 역사의 향기를 마신다거나, 영국인은 술 마신 결과를 즐기고 프랑스인은 술 마시는 과정 자체를 즐긴다는 박상훈의 명제는 그 표현방식 자체가 혼란스러울뿐더러, 객관적인 사실의 정확한 관찰이라기보다는 있는 사실을 그 일부분만 잘라내어 모양나게 포장하는 허세 어린 호언장담 같은 것으로 생각되었다. 박상훈의 탐방기에 따르면, 영국의 펍은 감성 억압이라는 영국인의 국민성이 정지되는 예외적인 장소라 하였었다. 두꺼운 껍질 속에 갇힌 듯 수줍고 과묵하고 비사교적이고 계급의식이 강한 영국인들로 하여금 활발한 사교가로 변신하게 만드는 곳이, 웨이터 서비스가 따로 없는 영국 펍의 바 카운터라고 하였던 것이다. 그러나, 여러 나라의 술집을 돌아다녀 본 이창우의 소견으로는, 생면부지의 낯선 사람과 친교의 물꼬를 트는 곳이 술집인 것은 어느 나라에서나 흔히 볼 수 있는 사람 사는 모습일 것 같았다. 거나하게 술기운이 돌면서 그 사람에게 그전에는 안 보이던 숨겨졌던 성격이 들통 나는 것은 어느 한 나라에 국한되는 일이 아닌 것이다.

　술집 얘기 말고 다른 관광명소에 대한 서술 부분에서도 사실의 왜곡은 비일비재하였고, 유럽문화를 찬양하려는 목적에 충실한 나머지 억지춘향격의 무리한 논리도 많이 발견되었다. 영국의 중세 역사에서 앵글로 색슨족과 싸워 이기고 강력한 새 왕조를 창시한 노르만디공 윌리엄 정복왕의 거주 공간이자 왕권 방어의 성채였던 윈저캐슬에 대하여 박상훈의 탐방기는, 이같이 웅대한 왕궁이 건립된 사실은 이민족인 윌리엄 왕의 영국 정복이 확고한 성공을 거두었음을 국내외에 과시한 것이라고 서술하고 있었지만, 이창우가 직접 답사하면서 알아본 바로는 윌리엄 왕이 세웠던 목조 왕궁은 오래 전에 없어졌고 현재 우리가 볼 수 있는 윈저캐슬 건조물들 모두가 그의 후대 왕들이 자신의 야망과 필요에 따라 만들어진 것들이었다. 또한, 템즈강 남쪽 연안에 있는 세익스피어 시대의 원형극장(The Globe Theater)을 두고 박상훈의 탐방기에는 전통문화를 애호하고 보존하는 영국인들의 애국심을 보여준다고 되어있었지만, 이창우가 가서 본 바로는, 16세기 중엽 청교도 혁명의 열기에 휩쓸려서 파괴된 옛날 원형극장의 자리에 20세기 말에 와서야 과거 역사의 재현을 목표로 새로 건조된 극장만을 볼 수 있을 따름이었다. 과거 한때에 번영했던 극장의 모형을 재현했다는 것도 전통문화 애호의 표현임에는 틀림없지만, 친구 박상훈이 정확한 문화탐방의 여정을 실지로 거쳤는지, 의아스럽지 않을 수 없는 것이 이창우의 심정이었다.

사실이 왜곡 서술되었다고 느껴지는 것은 프랑스편 탐방기에서도 마찬가지였다. 친구 박상훈의 탐방기에서는 파리의 몽마르트르 언덕을 가난하고 고독한 예술가들의 아지트로 표현하며 프랑스의 저명한 화가들이 젊은 시절의 꿈과 낭만을 키웠던 곳으로 소개하고 있었지만, 적어도 이창우가 가서 본 이곳의 느낌으로는 젊은 예술가들의 꿈과 가난한 순수예술의 향기 같은 표현은 이미 옛날 얘기였음을 확인케 했으며 아마추어 화가들의 순수한 예술취향보다는 환락 뒤의 환멸과 번영 뒤의 쇠락이 감지될 정도로 카바레, 술집, 섹스숍이 번성하고 야바위꾼, 취객, 소매치기에게 당할까 조심해야하는 우범지대 같은 곳이었다. 루브르박물관에 소장된 미술품들은 프랑스 민족의 뛰어난 예술취향과 문화육성 정책을 보여준다고 되어 있었으나, 레오나르도 다빈치의 모나리자나 밀로의 비너스 등 미술교과서에 나오는 다수의 유명한 소장 작품들이 외국에서 찬탈된 작품이라는 문화파괴적인 과거사는 언급하고 있지 않았다. 파리 근교의 베르사유 궁전을 찬미하는 부분에 나오는 박상훈의 표현은, 끝간 데가 아득하게 멀리 펼쳐진 뒤뜰에 조성된 거대한 궁내정원을 궁정 높은 곳에서 내려다보면 마치 광활한 평야를 화폭으로 삼고 그 위의 나무들을 붓으로 삼아 여러 가지 문양의 고급스럽고 정교한 풍경화를 그렸다는 상상을 불러일으킨다고 되어있었으나, 이창우가 이곳을 구경하고 나올 때의 감상은 그렇게 호의적인 찬사가 나올 정도의 공감이 느껴지지 않았다. 한국 조선시대의 궁내정원인 비원에서 느껴지는 자연 그대로의 숭엄미와 아늑함과 비교할 때 그것은 사람 손질이 너무 많이 들어가서인지 남의 옷 빌려 입은 것처럼 생경하고 거칠은 정원 스타일로 느껴졌다.

로마에서 목격하는 건조물과 그 속의 벽화에 대한 친구 박상훈의 찬양 표현도 많은 부분에서 이창우의 공감을 얻지 못하였다. 수십 미터의 높이에 수백 미터 길이의 어마어마하고 무시무시한 모습으로 솟아 있는 2천 년 전의 원형투기장 콜로세움이나 으리으리한 높이의 원형천장이 아득하게 올려다 보이는 세계최대의 성전 성베드로 대성당은 이를 우러러보는 이들을 대번에 압도함에 틀림없지만, 이에 대한 친구 박상훈의 감탄어린 서술에 대해 반발심이 솟는 것도 이창우의 솔직한 심정이었다. 기독교도 박해를 위해 콜로세움 건축을 주도한 황제가 네로였다는 박상훈의 서술에 이르러서는 기본적인 사료 조사에서까지

착오를 범하고 있음을 알게 되었다. 이창우가 알아본 바로는, 네로가 로마 역사에 악명 높은 황제이기는 하지만, 콜로세움의 건축은 그의 다음 대 황제에 의해, 검투시합에 열광하는 서민대중의 저열한 인기에 영합하기 위해 고안되었고, 콜로세움 건축과 기독교도 박해와의 관련을 구태여 찾자면, 4만 명에 달하는 유태인 포로들을 동원하여 그 엄청난 공사를 밀어붙였다는 사실 정도였다. 로마제정 시대의 대형 건조물에 대한 박상훈의 감탄 어린 미사여구를 그대로 받아들이기 어렵다는 이창우의 생각에 대해 단순히 오랜 경쟁자의 흠을 잡으려는 동기의 소치라고 꼬집었다면 아마도 그의 낯부끄러움과 화내는 얼굴을 동시에 유발하였을 것이다. 로마의 거리 곳곳에서 부지기수로 목격할 수 있는 장대하고 화려하고 견고한 조형미술 작품들은 그 엄청난 규모나 정밀성에 있어서 보통사람들의 정상적인 인력으로는 도저히 이루어질 수 없었을 것이라는 인상을 주기 때문에, 그 시대 그 나라의 위정자들은 아침에 깨어나면 어떤 교묘하고 잔인한 방법으로 노예들을 닦달하여 그 거대한 공사를 달성시킬 것인지 궁리하기에 바빴을 것으로 추측되는 것이었다. 괴테는 그의 이탈리아 기행문에서, 그의 그림 그리기 공부에 대한 야심을 단념케 한 것이, 로마 기행 중에 목격한, 도저히 흉내 낼 수 없을 것 같은 고대 로마시대의 벽화미술이었다고 술회했다고 하였는데, 이것조차도 같은 유럽문화권에 대한 애착심과 자부심이 작용한 것이라고 여겨지는 것이었다. 로마가 자랑하는 명물 가운데 판테온이라 불리우는 만신전(萬神殿)에 대한 친구 박상훈의 유식한 듯한 표현들도 이창우의 속마음에 비웃음을 자아냈다. 판테온의 건축구조에서 가장 먼저 시선을 끄는 돔 형상의 둥근 천장은, 우주에 편재하는 다양한 신들의 속성이 하나의 원 안에 공존한다는 그들의 다신교적 종교를 상징한다는 것이 친구 박상훈의 해석이었는데 이창우가 보기에 이는 해석을 위한 해석에 지나지 않았다. 기독교를 국교로 채택한 후대의 로마인들이 전시대의 유물인 이 다신교적 성전을 성모 마리아에게 헌정하여 그녀들의 일신교적 종교의 교회로 전용하였을 때에는 둥근 원 형상의 돔 천장이 무한대의 유일신적 신성성을 상징하게 되었고, 미켈란젤로 등이 설계한 성베드로 대성당의 돔 형상 천장도 판테온의 건축 구조를 본 딴 것이라 했기 때문이다. 완벽에 가깝다는 판테온의 건축미를 종교관이 다른 기독교 교회 건축에 전용한 사실이 의미하는 것은 로마시민들의 철저한 현실타협주의 세계관의 표출이라는 것이 이 문제를 두고 고심을 거듭한 이창우의 결론이었다. 끝으로, 친구 박상훈의 탐방기에서는, 유서 깊은 에게해 남쪽 크레타 섬의 크노소스 유적지를 탐방한 소감을 쓰면서 유명한 미노스 왕궁의 지하미로를 직접 보았다는 듯이, '3,600년 전에 건조된 래버린스, 들어가기는 하고 나오지는 못하게 설계된 신비의 미궁에 대한 오랜 호기심을 풀었다. 수없이 많은 왕궁내 방들이 여러 층으로 복잡하게 얽혀있어서 도무지 어느 방향인지 알 수 없었다'고 되어 있었지만, 이창우가 가보고 확인한 사실은 반인반수의 괴물 미노타우로스가 살았다는 지하미궁이란 신화상에만 있고 실지로는 존재하지 않았다는 것이었다. 눈에 보이는 사람이면 닥치는 대로 잡아먹는 미노타우로스의 허구적인 감금 공간을 역사적 사실 속의 왕실 거처인 왕궁과 혼동하는 왜곡 서술은, 친구 박상훈이 이런 곳에 직접 가보지 않았든지, 직접 가본 것이 사실이었더라도 그냥 피상적으로 둘러봄에 그쳤음을 의미하는 것이라고 여겨지는 것이었다.

　여행사 사보에 실린 박상훈의 문화탐방기는 그중 많은 부분이, 그 자신이 직접 해본 여행체험을 기록한 것이 아니고 독자들이 흥미를 느끼도록 여기저기서 모아놓은 잡다한 여행 관련 지식을 펼쳐놓은 것이라는 심증이 가자 이 친구에 대한 이창우의 열패감은 어느 정도 가실 수 있었다. 이창우 자신이 직접 부딪쳐보는 유럽여행 체험이 많이 쌓여가면서 친구 박상훈의 탐방기 안에서 정확하지 못한 오류는 더욱 많이 발견되었고 그때마다 그의 성공을 부러워하는 쓸쓸함은 봄눈 녹듯이 사라지고 그 대신에 일말의 고소한 승리감과 쾌감까지 들어서게 되었다. 그 같은 오류는 관광명소의 서술에서뿐만 아니라 여행 다니는 동안에 거치는 공간적 이동 과정의 기록에서도 많이 발견되었다. 가령 어느 지역에서의 공간 이동에서 어떤 교통편을 이용하였고 그 과정에서 어느 정도의 시간이 소요되었으며 어떤 것들이 눈에 보였는가 하는 서술에 있어서 그의 오류를 여러 군데에서 확인할 수 있었고 이 같은 확인은 결국 이창우 자신의 여행 체험이 친구 박상훈보다 더 정확하고 알차다는 것을 의미한다고 생각되었다.

이창우가 친구 박상훈의 문화탐방기를 읽으면서 느끼던 쓸쓸함이 차츰 희미해지고 이에 따라 경쟁대상이던 어릴적 친구에 대한 열패감도 차츰 사그라지는가 할 즈음에 '오딧세이여행사'의 사보 「세계를 품 안에」의 연재물은 「유럽문화탐방기」라는 이제까지의 제목을 바꾸어서 「꽃을 찾아서」라는 새로운 제목으로 등장하였다. 필자는 여전히 박상훈 사장으로 되어 있었다. 처음에는 꽃을 찾는다는 게 무슨 뜻인지 아리송했으나 이것이 세상의 마음 약한 남성들을 현혹시키는 여색을 의미한다는 것이 곧 드러났다. 그러니까 '오딧세이여행사' 사보에 실리는 연재물에서 꽃을 찾아간다는 말은 유럽 천지의 색향과 환락가를 찾아 나선다는 것을 의미하는 것이었다. 잊지 못할 기억 속 어릴적 친구의 여성편력 기록이라니, 이창우로서는 그것을 반드시 읽어 봐야 할 이유도 있었고 반면에 죽어라고 읽기 싫은 이유도 있었다. 이창우가 남몰래 앓고 있던 고민꺼리는 과거에 그 자신이 고심 어린 남성클리닉 처방에서 참담한 실패를 겪었다는 사실이어서 그림의 떡 같은 환락가의 세태묘사가 신문이나 인터넷에 올라올 때에는 아예 오불관언의 무관심으로 대처해왔으나 박상훈의 유럽여행기는 그의 마음에 전에 없던 파동을 일으키기 시작하였다.

이창우가 아내를 한국에 그대로 남아있게 해온 것도 그 은밀한 이유는 그의 남성불능이라는 역할 상실 때문이었다. 남편 구실을 못하는 처지에 부부가 같은 지붕 아래 산다는 것의 굴욕감과 열패감은 죽을 맛 그대로였던 것이다. 그는 과거 언젠가 자신의 성 역할 불능이라는 문제를 두고 고민하다가 자신과 박상훈의 처지를 비교 관찰해보게 되었는데 그 결과 이 친구도 같은 문제를 안고 있다는 추측을 내리게 되었다. 박상훈은 근래에 들어 자신의 주된 거주지를 프랑스 파리에 두고 있다고 들었는데 국제적인 여행사의 사장이라고 해서 자기 아내를 한국에 두고 혼자 떨어져 살아야할 큰 이유는 부실한 성 역할 문제 말고 무엇이겠느냐 하는 생각이었다. 더구나 박상훈의 아내는 외동딸 하나가 한국에서 대학을 마치고 도예 공부를 하러 중국에 가버린 이후 별 일거리 없이 집에서 소일한다는 말을 들은 터이었다. 그리고, 3년 전엔가 어쩌다가 우연히 이창우와 박상훈은 프랑스 파리에서 인천공항으로 같은 비행기에 탑승한 적이 있었는데, 그때 자기 아내가 공항으로 마중 나오지 않을 것을 두고 이 친구에게 꿀린다는 생각을 하고 있다가 그 친구 역시 자기처럼 아내의 공항 영접을 받지 못하는 것을 보면서 안도의 한숨을 내쉰 적이 있었던 것이다. 박상훈도 자기와 같은 고개 숙인 남성일 것으로 넘겨짚어 오던 이창우로서는 이 친구가 유럽천지의 색향 답사 모험기를 써내는 것을 보고서 자기의 섣부른 짐작이 틀렸음을 인정해야할 것 같았다. 아내와 거처를 함께한다는 것은 고개 숙인 남성 환자로서도 거추장스러운 일이지만, 핑크빛 속의 남녀

상열지락을 집 밖으로 무한히 밝히는 건강한 남자에게도 껄끄러운 일일 것이라는 방향으로 생각을 바꾸게 된 것이었다.

　박상훈의 대학시절 친구들 가운데에는, 그가 집필하는 여행기의 「꽃을 찾아서」라는 제목만을 보고서도 고개를 끄덕이면서 한창 때의 그의 모습을 떠올릴 사람이 많이 있을 것이라는 게 이창우의 생각이었다. 이창우 역시 이 제목을 보니까 옛날 기억이 되살아나면서 박상훈 자신의 뛰어난 남성 매력이 연상되었고, 사회인이 된 다음에도 이를 바탕으로 전개되었을 그의 화려한 여성편력이 떠오르는 것이었다. 그것은 정녕 꽃을 찾아 나서는 나비의 춤일 터이었다. 친구 박상훈의 주변에 꽃 같은 여성들이 끊임없이 출몰하던 것을 알고 있는 이창우로서는 이번에 나오는 여행기는 박상훈 자신이 벌이는 화려한 엽색행각의 족적을 담고 있을 것이라는 추측이 가는 것이었다. 이창우는 친구 박상훈의 새로운 여행기를 읽어가며 집필자와 집필 내용 사이의 상관관계를 추리해보는 색다른 재미도 예상할 수 있었다. 지나간 한때 국내에서 뭇 남성들의 선망의 대상이던 그의 섹스어필이 낯선 땅 먼 나라에서 어떻게 그 진가를 발휘하는지 사뭇 밀물 같은 호기심이 발동되는 것이었다. 훤칠한 키에다 미남형의 얼굴인 친구 박상훈의 서글서글한 눈매에는 언제나 산들바람처럼 엷은 웃음기가 감돌았고, 도톰한 입술은 그냥 가만히 있어도 달싹 움직거리는 듯 싶은 것이 마치 무슨 다정한 말을 들려줄 것 같은 기대감이 들게 하였었다. 꽃 같은 미인들과의 교제로 끊임없는 풍문꺼리 화제를 뿌리고 다녔던 그는 연애자금 들이지 않고도 여자의 환심을 사는 비결을 갖고 있는 남자로 통하면서 일찍부터 가까운 친구들의 부러운 시선을 한 몸에 모을 수 있었던 것이다.

　친구 박상훈이 유럽대륙을 무대로 하여 꽃을 찾아 나서는 것이 어떤 부류의 것일는지 이창우는 한동안 궁금하였다. 그것은, 연애자금 뿌리기보다는 남성매력과 섹스어필을 무기로 여성의 사랑을 얻는 낭만적인 꽃 찾기일는지, 아니면 해외여행자들이 흔히 하듯이 화류계 직업여성들을 대상으로 하여 벌이는 향락적인 꽃 찾기일는지, 이창우의 상상력은 얼마 동안 저만치 앞을 달려 나갔다. 얼마간의 상상력을 구사한 다음에 그는 전자보다는 후자의 방향이 될 것이라는 예상이 들었다. 친구 박상훈의 엽색 순력기는, 고객들의 호기심과 취향에 맞춘다는 여행사 경영자의 입장에서 집필되는 것이라는 점에 생각이 미친 것이다. 남녀 간의 원초적인 애정욕구를 충족시킬 것을 목표로 하는 전자의 경우에는 유럽대륙에서나 한국 내에서나 그 성격이나 양상이 대동소이할 것임에 반하여, 후자의 경우에는 남성을 유혹하는 꽃의 색깔과 자태와 향기를 탐스럽게 키우는 조직적인 섹스산업의 발달과 밀접하게 관련되고 그 양상은 나라와 도시에 따라서 크게 달라질 것이므로 그 지역을 여행하는 사람들의 관심과 흥미는 자연히 그 쪽 방향으로 집중되리라고 생각되는 것이었다.

친구 박상훈이 펼치는 유럽대륙 엽색기행의 서두는 그러나 체험 현장에서의 구체적인 사실 기록으로 시작되지 않고 퍽이나 생뚱맞게도 유럽지역의 역사 강론으로부터 시작되었다. 현재와 같은 유럽사회의 섹스모랄이 형성되기까지의 문화사적인 배경을 알아야 프리섹스 천국을 구가하는 유럽인들의 섹스문화 실상을 거부감 없이 수용하고 즐길 수 있다는 얘기였다. 한국인에게 있어서 유럽여행의 참맛은 문화탐방에서 나올 수밖에 없으며, 어느 나라에 대해서든 문화탐방의 참맛을 알려면 문화사적인 배경을 알아야 한다는 논리였다. 아메리카나 아프리카의 경우에는, 미리 알아둘 만한 정신문화의 역사가 빈약한 관계로 인적미답 또는 원형보전 상태를 매력 포인트로 치는 자연경관을 주된 관광명소로 내세우게 되지만, 자연경관보다는 문화적 자산을 주된 콘

텐츠로 하는 유럽관광의 진정한 맛은 이와 다르다는 것이었다. 오래된 역사 유적지나 유물의 관람, 높은 품격과 세련미가 담긴 음악 미술 건축 연극 등 역사의 향기 가득한 예술 작품의 감상, 이 지역의 역사에 뿌리를 둔 이색적인 풍속이나 풍물의 현장 체험 같은 것들이 유럽관광의·인기 품목이라는 사실을 감안할 때, 이 같은 문화관광의 품목들을 고객들에게 소개해주는 여행사의 주요 책무가 그것들에 얽힌 문화사적인 유래나 배경을 설명하는 일임은 당연한 일이라는 얘기였다.

친구 박상훈이 집필하는 새로운 여행기 「꽃을 찾아서」의 서두는 온통 이같이 장황한 역사 이야기로 채워지고 있어서 그의 구체적인 여행 체험 이야기를 기다리던 이창우의 마음을 다소 실망케 하였다. 유럽 여행자들에게 관광지역의 역사와 문화적 배경을 설명하는 일이 아무리 중요하다고 해도 그것이 지나치다 싶을 정도로 과거 속으로 거슬러 올라갈 때 이것은 여행 체험기라기보다는 역사 강의를 듣는 것이 아닌가 하는 기분이 들었지만, 막상 읽어본 박상훈의 역사 이야기는 그것 자체로서도 흥미가 있었고 앞으로 있을 그의 연재물을 기다리게 하는 효과도 있었다.

박상훈의 유럽문화사 이야기는, 세계에서 가장 앞서서 성 개방 풍조가 자리잡은 지역이 바로 유럽이라는 대담한 명제로 시작되고 있었다. 역사적으로 볼 때 미국보다도 앞서서 프리섹스 풍조가 만연된 지역이 유럽이었지만, 뒤늦게 출발한 미국이 이제 유럽의 성 개방 수준을 따라잡으려고 하는 것은, 기계문명을 발달시킨 미국이 뒤늦게 정신문화의 수준을 끌어올리고 있음을 의미한다는 설명도 있었다. 문화가 발달하면서 개인의 성 본능 발산을 금기시하고 억압하는 사회적인 규범과 제도가 타파되고 보다 자유롭고 개방적인 휴머니즘 문화가 널리 수용됨에 따라서 보다 관용적인 성 개방 풍조가 자연스럽게 자리잡게 된다는 것이다. 유럽에서 섹스 산업이 먼저 번창하게 된 것은, 다양한 방법의 성욕 발산을 자연스러운 것으로 인정하는 풍토가 조성되면서 서비스 산업적 가치 창조의 차원에서 고도로 세련되고 자극적인 성욕 충족의 방법을 개발한 결과라는 설명이었다.

문화의 발달은 프리섹스의 길로 통한다는 박상훈의 유럽문화사 요지는, 성 본능 해방의 역사에 대한 가설을 근대 이후 유럽 풍속사의 개요를 통해서 증명하는 내용이었는데, 이 같은 프리섹스 역사의 가설을 정리하면 대략 다음과 같았다.

1. 중대한 역사적 변혁의 고비마다 사람들은 그것을 성 본능 해방의 기회로 삼는다. 유럽의 근대역사에 있어서 정치적 변혁의 풍속사적 효과는 분명하다. 근대사가 시작되어 교회의 세력이 약해지고 국왕의 통치 권력이 확립되면서 육체적 욕망이 사악한 것이라는 종교적인 가르침이 무력해지고 성욕 발산에 대한 종교적인 금기가 크게 완화된다. 왕권의 횡포에 반기를 든 시민혁명의 소용돌이는 국민의 정치참여 권리를 확대할 뿐만 아니라 인간의 성 본능에 대해서도 그 표현의 자유를 넓히는 결과를 가져온다. 민주화가 진척됨에 따라 인간적인 행복을 추구하는 것이 국민들의 당연한 권리로 인정되면서 그들의 본능 충족의 기회도 확대시키는 것이다.

2. 과학기술의 발전과 산업사회의 시발은 성 본능의 충족을 기술적인 조작의 대상으로 만든다. 이로써 섹스의 상품화가 본격적으로 이루어지고 각종 향락산업이 번창하며, 이에 따라 정신적인 사랑보다는 육체적인 욕망을 중시하는 경향을 낳는다.

3. 국가비상사태인 전쟁은 성욕발산의 금기를 깨는 방향으로 작용한다. 전쟁은 일정 기간 성 본능의 강제적 억압을 불가피하게 만들고, 전

쟁의 종식과 더불어 억압되었던 성욕의 폭발적 충족이 행해지며 그 표현 방법을 극단화하는 현상이 일어난다. 지리상의 발견이나 생활공간의 이동, 세계여행 등 공간적인 시야의 확대는 성행위상의 오래된 금기를 깨고 대담한 성욕 표출을 조장하는 방향으로 작용한다.

　문명 발달의 역사를 인간욕망의 확대 과정으로 보고 그 예를 들어가는 역사 이야기는 딱딱할 듯한 내용을 재미있게 풀어가는 효과가 있었다. 유럽 근대사의 시발점인 르네상스라는 용어를 풀이하는 박상훈의 문장부터가 욕망론으로 시작되고 있었다. 르네상스라는 단어는 원래 우리 말로 '재생'이라는 뜻이고 보통 '문예부흥'이라고 번역되지만, '인간욕망의 부활'이라고 보면 더 적절할 것이라는 표현은, 본능적으로 타고난 인간욕망의 양상이 시대변화와 함께 변천할 수 있음을 일깨워주었다. 친구 박상훈은, 유럽 근대사의 실상은 곧 성 본능 해방의 과정이라는 역사적 가설을 근대 이후 유럽의 역사적 사실들을 광범하게 예거하면서 입증하려고 하였는데 그 중에 중요한 내용을 요약하면 다음과 같았다.

　기독교 교회의 세속적 권력이 약화된 르네상스 시대는 '인간의 재발견' 운동을 통하여 고대인들의 자유분방한 성 본능 표출을 부활시킨 시대였다. 인간의 본능적 욕망을 오랜 억압에서 해방시키는 섹스혁명의 풍조는, 섹스가 임신과 종족번식을 위한 절차가 아니라 쾌락 그 자체를 위한 행위이며, 쾌락 추구의 목적에 충실하는 섹스가 곧 종족번식의 자연법칙에 충실하는 것이라는 논리를 담게 됨으로써 교회의 경건주의적 성욕 금기를 무력화시켰다. 지금도 남아있는 르네상스 이탈리아 미술의 목욕탕 그림을 보면, 남자와 여자가 알몸으로 같은 욕조에 들어가는 것이 보통이며, 공중목욕탕에 남녀 손님을 위한 탈의장이 하나밖에 없다. 보카치오의 「데카메론」에 나오는 화끈한 음담패설들은 당시대의 이 같은 섹스해방 분위기에서 나온 것이었다. 레오나르도 다빈치의 유명한 '성교해부도'에서는 과학적 정확성과 예술적 감흥을 모두 느낄 수 있다. 당시에 이탈리아의 최강국인 피렌체 왕국의 실권자였던 메디치 가문의 득세는 르네상스 시대 남부 유럽의 풍속도를 엿보게 한다. 세속적인 통치력과 재력을 거머쥔 메디치 가(家) 집단이 세인들을 방탕한 섹스 향락의 풍조에 물들게 한다고 본 수도원 세력이 이들을 단죄하려고 신앙부흥 운동과 정치적인 책략을 동원하였으나 권력투쟁의 최종 승리자가 된 메디치 집단은 관능적인 르네상스 예술의 꽃을 피우는 후원자가 될 수 있었던 것이다. 상당한 예술적 소양을 가진 고급창부들은 당시 이탈리아 사교계의 선망의 대상이었다.

스페인 전설에 나오는 희대의 바람둥이 '돈 후안'을 둘러싼 여러 편의 인물평전은 금기시되던 신앙적 일탈과 환락의 풍속을 긍정하는 세태의 변화를 잘 말해준다. 17세기 초 수도원장이면서 희극작가였던 스페인의 티르소 데 몰리나가 지칠 줄 모르는 엽색행각의 '돈 후안' 평전을 희곡 작품으로 재창조해낸 것은 영혼 구제를 도외시하는 육체적인 욕망의 죄악성을 드러내기 위함이었다. 성적인 욕구 충족만을 위해 사랑하기 때문에 어떤 여자에게서도 완전한 만족을 얻지 못하고 수천 명을 헤아리는 여성들을 사랑의 이름으로 농락한 끝에 천벌을 받고 지옥의 불구덩이로 추락하는 '돈 후안' 스토리는 결코 사랑의 욕망을 미화한 것이 아니었다. 그러나 17세기 중엽 프랑스의 고전주의 극작가 몰리에르의 '동 쥐앙'과 18세기 오스트리아의 작곡가 모차르트의 유명한 오페라 '돈 조반니'는 갖가지 신분에 다양한 성격을 가진 숱한 여성들의 애정 욕구를 채워주는 무한 열정의 소유자, 세기의 바람둥이 사내를, 지상의 모든 권위와 억압에 죽음으로써 저항하는 자유주의자이자 본능적인 감성의 영웅으로 그려냄으로써 많은 사람들의 감동을 얻었고, 19세기 영국의 낭만주의 시인 바이런의 장편시 '돈 주안'에서는 이 같은 문화영웅으로서의 연애꾼의 이미지가 더욱 뚜렷하게 부각됨으로써 당대 유럽의 독서 대중에게서 폭발적인 공감을 획득하였다. 끝없는 욕망과 환락의 인생을 추구함이 남성 자신만의 욕망과 충동으로 가능한 것이 아니고 여성의 애욕 본능을 열정적으로 일깨우고 충족시킴으로써 가능한 것인 이상 위대한 남성으로 찬미의 대상이 된다는 것이다.

프랑스의 시민혁명은 정치적 압제에 대한 저항권뿐만 아니라 인간의 성 본능 충족까지도 천부의 인권으로 인정하는 결과를 가져왔다. 자유와 평등을 외치는 프랑스 민중은 고루한 인습에 얽매인 구제도(앙샹 레짐)와 귀족사회의 가식적인 우아함을 매도함으로써 남녀의 육체적 접촉과 섹스 풍속이 거칠고도 대담한 모습으로 바뀌는 계기를 만들어 주었다. 외설스러운 언행에 대한 부끄러움은 그것 자체의 비천한 성격 때문이 아니라 수구적인 제도권 교육의 위선과 가식에 의해 형성된 것으로 간주하고, 성적인 일탈행위나 근친상간 등 종래에는 절대 금기시되던 성 풍속을 본능적인 인간성에 기인하는 것으로 설명하게 되었고, 이 같은 고정관념 타파는 귀족사회의 전통적 규범을 타도하는 방법의 하나가 되었다.

혁명의 투사들에게 이성의 신은 관능의 신이 되어버렸다. 나폴레옹 1세의 아내가 되어 후일에 프랑스의 황후가 된 조세핀 보아르네는 혁명정부 실권자인 바라스 통령의 애첩이었을 정도로 방탕한 여자였다. 공공연히 애첩들과의 정사를 즐긴 나폴레옹 3세의 치하에서 환락의 도시로 변한 파리에는 '러브 호텔'(maison de rendezvous)이라는 신종 환락시설이 생겨났고, 여기에 고용된 여자들 중에는 여염집 아낙네들도

적지 않았다. 알렉상드르 뒤마의 『춘희』와 플로베르의 『보바리 부인』에서 신분추락의 모험을 걸고 환락을 쫓는 귀족과 부르주아 시민층은 이 시대 프랑스의 풍속도 변화를 잘 보여준다. 외설적인 연극이 파리 중심가의 극장에서 공연되었고, 최초의 누드 사진도 이 시대에 출현되었으며, 점점 방만해져 가는 성도덕 실태를 단속하기 위한 예술작품 검열제도가 나타난 것도 이 시대였다. 나폴레옹 제국의 종말을 초래한 보불전쟁에서 프러시아 군대가 승리를 거두고 파리에 진주했을 때, 그들은 파리시민의 대담한 향락 풍속에 매료되었으나, 통일 독일의 수도 베를린에서 이를 재현하려는 일부 흥행업자의 시도는 성공을 거두지 못하였다. 19세기 말에 개장된 댄스홀 '물랭 루즈'는 환락과 예술의 도시 파리의 이미지를 한껏 과시하는 명물이 되었다. 프렌치 캉캉을 비롯한 신나는 버라이어티 쇼의 흥행이 파리 시민들과 관광객들을 환호케 하였으며, 여기에는 드가, 고흐, 고갱, 르누아르, 모네 등 유명 화가들이 단골손님이었고, 영국 왕실에서의 따분한 규칙생활에 염증을 느낀 빅토리아 여왕의 장남(후일의 에드워드 7세)이 자주 등장하여 세상의 화제가 되었다. 이와 함께 영국인의 보수성과 프랑스의 진보성향을 보여주는 것이 오스카 와일드였다. 전통적인 도덕과 예의범절에 대한 반발과 조소, 번쩍이는 위트와 재치로써 런던 사교계의 총아가 되었던 와일드는 탈선의 도를 더하여 후작 아들과의 동성연애 행각을 벌임으로써 완고한 영국 귀족사회의 공적이 되었고 결국은 프랑스로 추방되는 몸이 되는데 이국의 도시 길바닥에서 외로움과 궁핍 속에 죽어간 그의 말로는 그 당시 영국 사회의 경직성을 말해주는 대표적인 사례로 꼽히고 있다.

16세기 후반 영국인들이 이탈리아인들보다 순진했음을 알려주는 일화가 있다. 헨리 8세 치하였던 영국의 화물선이 여러 차례 베네치아 항구에 닻을 내렸지만, 순진한 선원들은 뭍에 오르려 하지 않았다. 거리낌 없이 인생을 즐기는 베네치아 남녀들의 대담한 향락 풍조에 겁을 먹고 있었던 것이다. 영국인들의 전통을 이루고 있던, 수전노에 가까운 일상생활의 검약정신이 남녀 간 향락의 길로 쉽게 일탈함을 막고 있었다고 할 것이다. 엘리자베스 1세 시대 이후 전지구적인 식민지 확대 및 국부 창출이 국가의 최고 목적이 되면서 런던은 세계 제일의 교역항이 되었고 이에 따라 세계적인 향락도시로 서서히 변하게 된다. 공공연히 애첩을 거느리고 있었던 영국의 왕족과 귀족들은 뒷골목 유곽의 단골손님들이었다. 계속적인 식민지 확대와 전세계적인 문물교류에 따른 성 풍속의 자유화를 즐기던 영국은 한동안 방종과 향락의 풍조에서 금욕과 엄숙주의 방향으로 바뀌는 듯하였다. 19세기 후반 빅토리아 여왕이 남편을 잃은 다음 근신자중하는 과부의 모범을 보여준 모습은 점잖고 경건한 대다수 영국인들의 모델 역할을 하였다. 여성의 신체 노출이나 상스러운 언어 표현은 교양 있는 영국인들 사이에서 엄격히 금기시되었고 혼전 성교는 가문의 수치로 비난받았다. 그러나, 이 같은 풍속의 양태는 겉모습에 불과하였으니 대담하고 자극적인 음란 행위들은 대부분 지하로 숨어들었다. 이 시대에도 런던에서는 공공연한 음주나 도박과 더불어 매춘이 성행하였으며, 성적인 도덕기준은 표리부동의 이중적 형태를 띠고 있었다.

20세기 들어서 프리섹스를 받아들이는 풍속 변화는 사회적 금기에서 벗어나는 정도에 그치지 않고 과학적인 여러 가지 이유를 내세우는 적극 권장의 시대로 접어들게 된다. 섹스는 단지 환락 인생의 일부에 불과한 것이 아니라 떳떳하고 자연스러운 건강생활의 일부라는 이론적인 뒷받침을 얻게 되는 것이다. 성교를 비롯한 남녀 간 스킨십이 부부간 사랑법의 비결로 권장되는가 하면, 활발한 성 호르몬 분비는 전반적인 신체기관의 활동을 원만하게 촉진해준다는 연구 결과를 토대로 남녀 간 성교가 건강 섭생법으로 소개되기도 한다. 이러는 가운데 영국의 소설가 D. H. 로렌스의 성 본능 해방론은 섹스의 의미를 종교적 인간구제의 차원으로까지 올려놓음으로써 섹스 예찬의 특이한 정점을 이루게 된다. 로렌스에 의하면, 문명사회의 거짓된 위선과 가식을 내던지고 순수한 남녀 간 애정으로 이루어지는 섹스 행위는 신비하고 우주적인 생명력과의 만남을 이루게 함으로써 쇠락하는 인간영혼을 소생시키고 타락 일로의 문명을 구제하는 길이라고 설파했던 것이다. 섹스를 테마로 말하는 자리에서는 함부로 웃지도 못할 정도로 엄숙하고 경건한 로렌스의 성 본능 해방론은 왕왕 무절제한 프리섹스 찬양과 혼동되기도 하지만, 섹스를 사회적 금기의 대상에서 풀려나게 했다는 점에서는 일정 수준 같은 방향의 노선을 지향한다고 할 수 있다. 영국의 철학자 버트랜드 럿셀이, 일생중 네 번씩이나 결혼했을 정도로 여성과의 사랑에 절대한 의미를 부여했던 배경에는, '성현이나 시인들이 꿈꾸던 천국의 열락'을 바로 남녀간 합궁의 순간에 얻을 수 있을 것이라는 믿음이 있었다. 럿셀은 자신의 저서 『서양철학사』에서 난봉꾼 시인 바이런의 낭만주의에 대해 한 챕터를 모조리 할애할 정도로 그의 자유연애 편력에 박수를 보냈다.

한편 섹스 풍속의 금기 해제와 성적인 향락풍조의 만연을 재촉한 것은 전쟁이었다. 1차 세계대전 중 전시체제의 강요된 금욕 기간 틈틈이 군인들의 사기앙양책이라는 명분을 내세운 섹스조달 응급시설인 이동식 유곽이 고안되었다. 섹스에 굶주린 병사들을 위한 선심과 배려 정책에 찬성하는 의사들의 제안에 따라 프랑스와 영국에서 먼저 시작된 야전 공창의 선례는 오스트리아, 헝가리, 독일의 야전 캠프에도 설치되었다. 오랫동안 억압되었던 욕망은 종전 후 폭발적인 배출구 마련을 불가

피하게 만들었다. 장기간의 이산가족 생활은 수많은 결혼 파탄을 가져왔고 인생의 절망 심리는 자포자기의 향락을 낳음으로써 매음행위가 도처에서 이루어졌고 술집과 나이트클럽에는 귀환병들로 넘쳐났다.

유럽지역은 대체로 자유연애와 프리섹스의 본 고장처럼 되어 있지만, 북구와 남구의 연애자유주의는 그 양상을 달리한다고 하였다. 오늘날 유럽 여러 나라가 보여주는 향락산업의 판도는 과거의 전통이 다소 재조정된 느낌이다. 일찍부터 유럽 낭만주의의 원조 노릇을 했던 남구 지역에서는 지중해의 출렁거리는 파도와 온난한 기후가 경쾌하고 개방적인 자유주의를 낳았다고 볼 수 있다. 한편, 북구지역은 현재 알려지기로는 남구보다도 더 찐한 자유연애를 구가하는 것처럼 보인다. 풍요로운 사회복지 선진국으로 안착함에 따라서 섹스 자유화를 누리게 된 이 지역은 움츠러들기 쉬운 추운 날씨 탓으로 두꺼운 베일 속에 갇혀있던 자유주의가 뒤늦게 표면화된 셈이다. 전통적으로 자유로운 풍토에서 성 개방주의의 선봉에 섰던 남부유럽의 향락 욕구가 개인 단위의 생활 속으로 잠겨든 반면에 종교적 경건주의를 성 생활 속에서 실천하던 북유럽이 근래에 와서는 섹스 산업의 발전에 앞장서고 있다는 말이 나올 정도이다. 외국 여행자들에게 달콤한 일탈과 방종을 즐기게 하였던 자유주의 파리 환락가의 오래된 매력은 은밀한 지하세계나 빈민가로 숨어들은 것 같다. 이탈리아에서도 향락산업은 조심스러운 모습으로 변모하거나 지하로 숨어드는 경향이다. 매춘가마저 공식적으로는 폐지되어 마사지 살롱 같은 위장된 시설로 둔갑하여 유지된다. 반면에 점잖은 영국인들이 향락 풍조 조성에 발 벗고 나선다는 평을 들으며, 런던에 대해 세계 최고의 향락도시라는 딱지를 붙이기도 한다. 1960년대에 들어와서 황홀한 리듬을 폭발시키는 비틀즈 악단을 탄생시켰고, 은폐되었던 각선미의 섹스 어필 부위를 스릴감 넘치게 살짝 열어놓는 미니 스커트 패션을 개시한 것도 영국인들이었다. 네덜란드는 마약이나 도박과 더불어 매춘까지도 합법화시키고 있다. 독일 제일의 항구도시 함부르크의 숲공원에서는 희한한 매매춘 방법이 창안되어 관광객의 발길을 끈다. 공원 벤치에 남자가 얌전히 앉아있으면 그의 양무릎 위에 치마 입은 단정한 창녀가 아랫도리를 간단히 열고 걸터앉아서 다정한 아벡크족 마냥 뜨거운 접촉의 열락을 즐길 수 있는 것이다. 북구 3국에서는 섹스의 자유가 더 넓게 허용되고 있다. 이들 나라에서는 외설죄의 개념이 흐려질 정도로 막된 포르노 영화의 제작과 공연이 허용되고 있으며, 섹스의 금기가 거의 없기 때문에 성범죄가 오히려 줄어들고 매춘산업이 시들해진다는 보고가 나올 정도이다. 사회복지제도가 발달하여 미혼모의 자녀 양육에 걱정이 없다는 것도 섹스의 자유를 누리는 좋은 조건이 된다.

미국의 건국 시조들은 종교적인 자유를 찾아서 신대륙 이주를 결행한 사람들로서 청교도적인 순진성과 금욕주의가 이들의 특징으로 알려져 있는데 이 같은 전통은 부분적으로나마 20세기를 넘긴 현재까지 남아있다고 할 수 있다. 기독교 근본주의자들의 보수적인 성경해석이 미국인들 사이에 아직도 많이 남아있는 점과 유사하다. 미국의 많은 도시에서 '성인용'(ADULT ONLY)이라는 밀봉 딱지가 붙은 그림엽서나 만화들의 대부분이 유럽 여러 나라의 관광 기념품 가게에서 그냥 깨놓고 공공연히 팔리고 있음을 볼 수 있다. 오늘날 미국사회의 일부가 대담한 성 개방주의에 있어서 유럽에 못지 않은 진보적 현상을 보이고 있다면 이는 두 차례의 세계대전과 세계의 선봉을 달리는 자본주의와 물질주의 물결의 만연에 기인한다고 할 것이다. 전쟁은 순수한 정신적 사랑의 무력함을 절감케 함으로써 육체적인 섹스 향락에 도취됨을 정당화하였고, 돈 벌기 위한 섹스 산업의 번창은 갖가지 방법으로 섹스 향락의 산업생산적 가치를 높여놓았다. 정신적인 가치가 인정받지 못하는 가운데 남녀 간의 사랑은 로맨틱한 향기를 잃어버렸고 그 대신에 파트너 쌍방이 만족하는 성관계를 의미하게 되었다는 실망어린 문명비평가의 말이 나올 정도이다.

나날이 가속화되고 있는 기술혁명은 성욕충족 수단의 기술적 조작을 가능케 하고 있다. 전기기구에 의한 성행위 보조 역할을 통하여 인간이 타고난 신체적 한계를 넘어서는가 하면, 가상공간 설치에 의하여 물리적 공간의 한계까지 극복하고 있다. 인터넷을 통한 사이버상의 섹스행위나 섹스게임 참여 등의 방법으로 성욕의 대리충족을 가능케 하며, 모조 인체에 의한 섹스파트너 조작으로써 애정부재의 섹스를 가능케 하는 등 기술적 장치에 의한 성욕 충족은 기술천국 테크노피아를 구가하는 것 같지만, 이런 현상이 인간의 진정한 욕구충족을 기약할 것인지는 의문스럽다 할 것이다.

'오딧세이여행사'의 사보에 달마다 실리는 친구 박상훈의 유럽문화사 이야기가 예고도 없이 갑자기 중단되었다. 그 자리에는 필자의 사정으로 당분간 연재를 중단한다는 짤막한 고지만 나와 있어서 이 기사를 빠짐없이 읽어오던 이창우를 실망케 하였다. 당분간이라는 막연한 표현으로는 앞으로 몇 달이나 더 빠진다는 뜻인지 알 도리가 없었다. 「꽃을 찾아서」의 서론에 해당되는 유럽지역의 섹스혁명사 부분이 끝나면 이 지역 프리섹스의 실상에 대한 견문과 체험기를 내보낼 것이라는 기대를 걸고 기다렸었는데 헛물을 켠 꼴이 되어버린 것이다. 어떤 사유로 연재가 중단되는 것인지, 이 연재물이 언제 다시 속개되는 것인지, 이런 궁금한 문제에 대해 알려달라고 박상훈에게 직접 전화를 걸지 못할 바도 아니었지만 그에게 꿀리는 심정을 보이고 싶지 않았다. 그 전에 「유럽문화탐방기」를 두고 벌였던 은밀한 경쟁에서는 패사 직전의 자존심을 겨우 일으켜 세웠지만 이제 새로이 벌어지는 짜릿하면서도 힘겨운, 연애하는 대결에서는 아무래도 백기를 들어야 할 것 같다는 것이 이창우의 심정이었다.

하기는, 마음 한 구석에 그래도…, 하는 생각이 없는 것도 아니었다. 타다 남은 재가 다시 기름이 되는 일이 생길지도 모르는 일이었다. 친구 박상훈의 연재물 「꽃을 찾아서」를 읽기 시작할 때 이창우의 마음은 형편없이 움츠러들었으나, 그것을 네댓 달에 걸쳐서 읽는 동안 뜻하지 않던 개심의 계기가 보이는 듯 하였다는 것이다. 자신의 남은 여생에서는 남의 일로 돌려버리기로 했던 운우지락에 대한 미련을 다시 소생시켰을 정도로 박상훈의 연재물은 이창우의 마음에 큰 울림을 일으키는 은근한 목소리로 다가왔다. 어릴적 친구의 생생한 목소리를 듣고 대오각성 분기탱천하였는지, 꿈만 같은 회춘의 가능성을 타진하기에 이른 것이다. 어디선가 읽은 내리막길 남성클리닉의 지침 한 구절이 불현듯 생각나기도 하였다. 활활 타오르는 화톳불 피우기가 끝났다고 해서 캄캄한 암흑세계로 바로 들어가는 것은 아니고 긴가민가 있을 듯 말듯 잿더미 속에 남은 불잉걸을 찾는 시기가 온다는 한 구절의 뜻을 음미하면서 오랫동안 쫄아 들었던 그의 남성을 추슬러 볼 기백이 생겼던 것이다. 혈기왕성한 청년기의 돌격형 섹스 스타일이 실패했던 사람도 과거의 전력을 거울삼는 자기조절 여하에 따라 말년의 은근자중형 성생활을 즐길 수 있다는 희망론이었다.

역사의 큰 고비마다 이를 본능 해방과 억압 해제의 기회로 삼아온 유럽의 섹스혁명사와는 반대 방향으로 연이어 오그라들기만 했던 것이 자신의 욕망이 겪었던 좌절과 수모의 과거사였음이 회상되면서 이창우의 마음을 슬프게 하였다. 아내와는 애초부터 궁합이 맞지 않았는지 합궁의 참맛을 모르고 그 좋은 시절을 보낸 셈이다. 아내의 불감증은 섹스에 대한 기피증으로 바뀌고 기피증은 다시 혐오증으로까지 악화되었다. 아내가 침실에서 흥분하거나 도취하는 것을 본 적은 없었지만, 창우 자신은 합궁의 참맛에 대해 꿈꾸기를 쉽게 포기하지 못했다. 제 딴에는 적지 않은 시간과 금전을 투자하여 여러 형태의 홍등가 여성을 찾아다녔지만 그 결과는 참담하였다. 호탕하게 돈을 팍팍 쓰지 않은 탓인지, 위아래로 칠칠치 못하게 생긴 몸 탓인지, 그런 방면에 어울리지 않은 깐깐한 결벽증 때문이었는지, 꽃을 찾아다닌 그의 추억이라고는 생각하기조차 싫은 것들뿐이었다. 직장 회사의 목표달성을 두고 닦아세우는 강공 스트레스 때문이었던 것도 같다. 상당한 기간 이런 저런 논다니들을 찾아다녔지만 바라는 만족을 얻기는 커녕, 얻은 것은 자신의 궁상맞은 꼴에 대한 자책감과 모멸감이었다.

그런 가운데 읽은 친구 박상훈의 유럽문화사 이야기는 그에게 큰 울림의 충격이었고 경종이었다. 근대 서양정신의 사표로 추앙받는 바이런과 럿셀과 로렌스 같은 인물들이 사랑하고 도취하고 찬미한 것을 이창우 자신은 기피하고 혐오하고 저주하고 있다는 얘기였다. 박상훈의 연재물은, 인간의 섹스 본능을 얼마나 충족시키느냐 하는 것이 그 시대의 문화수준을 판가름하는 잣대임을 근대 유럽의 역사적 사실들을 증거로 하여 증명하는 것이었다. 역사발전의 과정은, 자유와 정의의 기회를 확대한 것처럼, 섹스 충족의 기회를 확대해왔다는 것이다. 남자 인생의 성패 여부는 곧 남성클리닉의 성패 여하에 달렸다는 말인데 그럴진대 이창우 자신의 경우는 얼마나 참담한 패퇴란 말인가.

유럽대륙에 대한 박상훈의 프리섹스 보고서를 막연히 기다리며 마음을 졸이던 이창우는 자신의 나약한 생각을 바꾸기로 하였다. 그동안 고심해오던 남성능력 회복 문제에 구체적인 실천과 행동으로 부딪쳐

보기로 결심하고 추석 명절을 앞뒤로 하는 일시 귀국의 휴가원을 회사에 제출하였다. 깊은 밤 꿈자리에서조차 훤칠한 모습의 친구 박상훈이 저 멀리 앞질러 가는 것이 눈앞에 어른거려 오는데 마냥 궁상스럽게 어물거릴 수 없다는 심정이었다.

이창우가 파리 근교의 국제공항에서 귀국행 항공기 탑승을 기다리고 있는 동안에도 그의 머릿속에 어른거리는 것은 유럽천지를 누비면서 화려한 색향 탐방을 즐기고 있을 친구 박상훈의 미끈하게 잘생긴 얼굴이었다. 시간 여유가 넉넉하도록 비행기 탑승 수속을 일찌감치 마치고 간단한 수하물 탁송까지 끝낸 다음 마음 편하게 탑승구 근처 벤치에 걸터앉은 이창우는 머릿속을 정리하고 휴가기간에 있을 일들을 생각해 보기로 하였다. 가족들 만나는 것도 여러 달 만에 있는 일이어서 궁금한 것이 많았다. 특히 오래 격조했던 아내와의 관계를 재정립하는 문제가 부담스러웠는데 뒤늦게 호쾌한 합환주 건배를 시도하는 일이 쉽지는 않을 터이었다.

하염없이 시간 가는 줄 모르고 앉아있던 이창우는 소스라쳐 놀라면서 몸을 일으켰다. 그의 뇌리 속을 떠나지 않던 사람, 잠 자다가 목소리만 들어도 그의 눈을 번쩍 뜨게 할 수 있는 바로 그 사람이 그의 시선에 잡힌 것이었다. 그가 앉은 곳을 비스듬히 스치면서 바쁘게 걸어가는 모습을 그 뒷꼭지만 보아도 금방 알아볼 수 있을 사람, 천만뜻밖에도 박상훈 바로 그 친구였던 것이다. 그는 저만치 멀어져간 박상훈을 급하게 불러 세웠다. 악수를 나눈 후 사정을 알아보았더니, 박상훈은 이창우보다 한 시간 정도 이른 시간에 한국행 비행기에 탑승하기로 되어있었다. 추석 명절을 앞두고 있어서 일시 귀국하는 것이라고 하였다. 두 사람이 한국행 비행기를 타는 날짜가 우연찮게도 같은 날이었고 탑승구도 바로 이웃에 위치하고 있었으니 원수를 외나무다리에서 만난 격이었다. 이창우는 박상훈이 동쪽 하늘로 날아간 뒤끝을 바로 뒤쫓아서 날아가게 될 자기 신세가 좀 묘하다는 느낌이 들면서 그를 벤치에 끌어 앉혔다.

"이 사람아, 여행사 사장이나 된 사람이 비행기 이륙 5분전에 탑승구에 나타나면 어떻게 되냐고."

"학교 가까이에 사는 학생이 지각 잘하는 격이지뭐."

"오딧세이여행사는 잘되고 있는가 보든데."

"그저 그렇다네. 경쟁사가 너무 많이 생겨나거든."

"자네가 그동안 쌓은 여행사 노하우가 어디 가겠나."

"아이디어 싸움인 것 같애. 자금력도 중요하지만."

"여행사 아이디어야 박상훈이 따를 사람이 어디 많겠나. 자네 여행기는 나도 잘 읽고 있다네. 그, 「꽃을 찾아서」라는 자네 연재물의 애독자라는 말일세."

"그런가. 고마운 일이구만."

"애독자는 맞는데, 요즘 그림의 떡을 보는 것 같으니까 문제지. 근데, 자네 그 연재물은 언제 다시 나온다지? 기다리는 사람들이 있다는 거 모르는가?"

"언제 다시 시작할지 나도 잘 모른다네. 그런 글 쓴다는 게 쉬운 일이 아니잖은가. 테마가 너무 어려운 것도 같고 …."

박상훈은 말을 마치지 못했으나 비행기 이륙 시간이 걱정되는지 몸을 일으키면서 손을 내밀었다. 이창우는 친구의 손을 잡으면서 한국에 들어가는 대로 다시 만나면 좋겠다는 말을 하다가 오늘처럼 이렇게 만나는 것도 쉬운 일이 아니니 아예 인천국제공항에서 다시 만나자는 의견을 내놓았다. 한 시간 먼저 도착한 박상훈이 공항에서 기다리고 있다가 이창우가 나가는 공항출구에서 만나면 어떠냐는 말이었다. 박상훈은 별로 생각해 보는 기색도 없이 그러자고 하면서 잡았던 손을 놓았다. 그는 바쁜 시간 중에도 각자의 명함을 교환하는 것은 잊지 않고 챙긴 다음에 자신의 탑승구 쪽으로 총총히 사라졌다.

인천공항에 도착한 이창우는 공항출구를 빠져나오면서 자기를 기다리고 있을 친구가 어디 있는지 사방을 두리번거리며 찾아보았다. 그러나, 알아볼 만한 사람은 아무도 보이지 않았다. 장소를 잘못 알고 있을지도 모른다는 생각이 들면서 호주머니에 넣어두었던 친구의 명함을 꺼내어 그곳에 적힌 이동전화 번호를 보면서 전화를 걸어보려고 하는데 단말기 자판에는 이미 친구 박상훈이 보낸 문자 메시지가 찍혀 있었다.

─맹추야 나에게도 꽃들이 그림의 떡인 것을 어떡하냐─

메시지를 잠시 들여다보던 이창우는 역시, 하는 심정에서 입가에 가벼운 웃음이 흘러나왔다. 이럴 때는 고소한 웃음이 될 줄 알았는데, 웬일인지 씁쓸한 웃음이 되어버렸다. 박상훈 부부의 별거에 대해 애초에 했던 지레짐작이 맞아 들어간 것이라는 직감이었다. 친구 박상훈이 자기네 여행사 사보에 실리는 「꽃을 찾아서」라는 연재물을 중단한 이유와 그 중단 이유를 이창우에게 똑똑히 밝히지 못했던 이유가 지금 공항에서 자기를 만나지 않고 그냥 사라져 버린 이유와 같을 것이라는 생각이 드는 것이었다.

지모밀 언덕의 노래

우 한 용

『월간문학』에 「고사목지대」로 등단.

단편집 『불바람』, 『귀무덤』, 『양들은 걸어서 하늘로 간다』, 『멜랑꼴리아』,

장편소설 『생명의 노래 1,2』, 『시칠리아의 도마뱀』 등이 있음,

서울대학교 명예교수.

지모밀 언덕의 노래

시형이 속달로 우편물을 보내왔다. 그 안에 지모밀에 놀러 오라는 정갈하게 접힌 쪽지가 들어 있었다. 작인이 메모를 펼쳐 보는 순간, 아랫배에서 무엇이 꾸물꾸물 움직이다가 느끼하게 목울대를 밀고 올라왔다. 기침을 해서 목을 다스리고는 우편물을 펼쳐 보았다. 시형이 그동안 작업한 작품이 포장지 안에 차곡차곡 개인 채 안존하게 재워져 있었다. 아 시형이 작업을 일단락했구나, 하면서 종잇장을 훌훌 넘겨보았다.

이전에 작업한 「자국눈」이란 작품이 눈에 들어왔다. 작인은 창을 열고 하늘을 올려다보았다. 이제 시월 말, 하늘은 깨질 듯이 푸르게 개어 올라가 머릿속이 찡하니 금이 갈 지경으로 맑았다. 아랫배에서 꾸물거리던 것이 사타구니를 타고 내려가면서 물건을 불뚝 세워놓았다. 쑥스런 일이었다. 푸른 하늘을 보고 몸이 달아 용두질이라도 할 계제는 아니었다. 작인은 아마 시형의 작업이 사랑으로 가득 차 있어, 그 기운이 그렇게 뻗어오는 게 아닌가 생각을 다스렸다. 아무튼 시작품에서 기가 뻗쳐 나오는 것은 평생 처음 겪는 일이었다.

이양반이 작품에다가 뭣을 섞었길래 사람을 이렇게 달아오르게 하나 하면서, 시형에게 전화를 했다.

"시형 작품을 받아보니, 팍팍 꼴리는데, 거 왜 그렇소?"

"뭐시 통하는갑만, 역시. 좋소. 지모밀로 내려오시오."

"지모밀이라면?"

"거시기, 전에 쓴 자국눈에서, 이미 형한테 얘기했던 거기 지모밀 말이시."

"미륵산 사자사 밑에 있는 동네 말이군요. 그런데 거기 가는 차편이 어떻게 되더라?"

"어허, 우리 작인이 늙은 모양이요. 뭔 차 타령을 다 한당가요? 바람 타고 와요."

"바람을 타고 오라니?"

"'소리판' 말이요. 들어 보소. 거칠고 사나운 바람을 골라/제 소리를 다듬어내는 솜씨라니//뿌리까지 흔들어대는/성깔 있는 바람이라야/길 들이는 맛이 나는 거지/… 보게나, 회오리로 감기다가 바람은 벌써/허공을 한창 쳐 오르지/그러니 바람을 타고 오라지 않소?"

작인은 "탁, 하고 무릎을 치고 눈 크게 떠서/우선 그놈의 기를 눌러 놓"고는 자리를 차고 일어섰다.

그렇게 해서, 앞뒤 가릴 것 없이 작품을 보자기에 싸 들고, 길을 나섰다. 작인은 「매실을 담그면서」에서 "매실은 씨가 여물기 전에 따야 혀" 하던 할매의 젖꼭지를 생각하고 혼자 웃었다. "유리 항아리 속 설탕 인제 설탕 아니듯/빨릴 것 다 빨린 젖꼭지 이제 젖꼭지가 아니다" 헌데, "매실은 다 빼내야 혀, 몰라 그건" 이렇게 요염한 말을 내뱉는 할매도 여자는 여잔가 하는 의문이 들었다. 달리 생각하면 빼낼 것 다 빼낸 그게, 사랑이 아닐까 싶기도 했다. 아무튼 쫓아가서 매실주는 얻어먹어야 할 판이었다.

구름을 타고 가듯 발길이 가벼웠다. 차령고개를 넘어 백제 땅으로 들어서면 옆으로 지나가는 얼굴들이 더욱 낯익어 보였다. 낯은 익은데 눈길을 주지 않고 자꾸만 옆으로 얼굴을 돌리곤 했다. 마음속에 묵직하게 가라앉은 상처를 지니고 사는 사람들처럼 보였다.

"저기, 거시기 어디까지 가는 손님입니까?"

"나요? '담양 가는 길'이라오."

"나도 거기 가 본 적이 있지요. 허리가 절딴나서 도무지 낮질 않길래 거기 가서 젊은 한의사 만나 침도 맞고 약도 먹었지요. 효험을 봤어요."

"그럼사, 혹시, 시형이란 분 아실랑가요?"

"기연이요, 댁이, 시형이 전방 포병부대 근무할 때 "사관학교 생도 대장을 했다는 김소위, 연필 글씨 편지를 보내던 누이가 예쁜"…, 그 누인 지금 어디 삽니까?"

나그네는 입을 다물었다. 삶의 내력이 호락호락하지 않은 모양이었다. 길이나 물을 걸, 공연히 지난날 아픈 기억을 건드린 것이 아닌가 싶었다.

"그런 말을 했을 겁니다, 아마. '유능한 장군이 나기까지 사병 몇 백, 천은/죽어야 하는 거야' 우리 삶의 역사라는 것이, 백성들 허리 휘고 손가락 발가락 터지면서, 아프게 아프게 이어가는 게 아닙니까. 이성계의 위화도 회군 이래 그랬지요. 우리 〈회문산 아재〉 빨치산인 것/아무도 모르지', 지휘관이 죽으니까 '다음 명령이 있을 때까지 각개 행동이다' 그렇게 우리 누이동생도 각개 행동으로 풀려 나갔어요. 지금 왕궁인가 어디 식당이라던가 하는 데서 일하고 있다오."

작인은 자기도 모르게 고개를 떨구었다. 아직도 빨치산이었던 아재와 살아가고 있으며, 전쟁의 피바람이 가시지 않은 역사를 더터가고 있다는 실감이 목줄기를 서늘하게 훑어내리기 때문이었다.

"왕궁? 거기 논 가운데 부부 불상이 있는 데 말입니까?"

"맞소, 그러지라. 거기 칡범이라던가 하는, 고봉밥이랑 탁배기 파는 밥집이 있답디다."

작인은 전에 시형의 초대로 왕궁이라는 데를 다녀온 기억을 떠올렸다. 길에서 만나는 사람을 오다가다 만났다 할 일이 아니다. 길을 찾아나섰다는 것 자체가 우연성을 배제하는 조건이었다. 우연히 가는 길이 어디 있겠는가. 그러고 보면 담양 가는 길에 나선 옛날의 김소위를 만나 회문산 아재 이야기를 하는 것도, 천만 우연이 아니었다.

"나는 작인이라고 하오. 형씨는 이름이?"

"나리, 김나리라 하지라."

작인과, 자기 이름을 김나리라고 소개하는 나그네 둘이 한꺼번에 푸푸 웃음을 터뜨렸다. 나그네의 어머니는 그를 낳고 평생 처음으로 고봉밥을, 보리 낟알 섞이지 않은 순쌀밥 고봉밥을 먹었다고 한다. 김이 솔솔 나서, 고실고실한 밥알이 입안에서 살살 녹아서 눈물이 되어 놋주발 위로 떨어졌다고 했단다. 첫국밥을 먹고 나자 남편이 해산 비린내 가시지 않은 방으로 들어와서 이런 말을 꺼냈다.

"우리 첫애 이름을 김사반이라고 하면 어떨랑가?"

"김자반 같아서 거시기하요. 어니놈이 쌀밥 숟가락에 올려 달랑 먹어뿔면 어쩔라우."

그러면서 제안한 것이, 고봉밥에서 김 올라오는 걸 보니 은하수 쳐다보며 눈물짓던 게 생각나고 구시포 모시조개들이 생각나서, 그저 고봉밥에 김 올라오는 것처럼만 살아라 하고 빌었다면서, 이 아이가 장래 이 나라 백성을 위해 김을 내라 하는 뜻으로 '김나리'를 우겨대는 바람에 남편도 손을 반짝 들고는 그렇게 호적에 올렸다는 것이었다.

김나리의 어머니는 고향이, 고창군 상하면 해리라고 했다. 거기가 시형이 「모래밥상」이라는 시에서 '차려낸 밥상은 미리내에서 보내온 것들로 채웠다'고 한, '내지르는 추임새, 그 질펀한 미리내 소리판이 흥을 돋울 터'라고 한, 바로 거기라는 것은 뒤에서야 알았다.

"나리형, 나랑 지모밀에 같이 갑시다."

"그 비린내나는 데를, 온통 사랑으로 풋밤 같은 비린내 풍기는 데, 이팝나무 밤새워 흘레하는 거기에 나를 데려가 어쩌려고 그러오?"

"저기 저쪽 길좀 보시오. '나무를 떠나는 은행잎이 하도 고와서 바람을 타고 가라고 쓸지 않았' 구면. 허니 같이 갑시다."

김나리는 눈썹에 얹히는 햇살이 무겁다는 듯 손차양을 하고 있었다. 작인이 김나리의 팔을 잡아 끌었다. 김나리는 차양을 했던 '손을 놓'고, 「은행나무들의 축제」에 어울렸다. '둘이서 마주 안아야 손가락 끝 닿을 듯 닿을 듯하는 늙은 은행나무…에 손목 잡혀 은행나무 축제에 나섰'던 터였다.

"작인이라 했소? 헌데, 작인 등에 멘 그 봇짐은 뭐요?"

"지모밀로 시형을 만나러 간다 하잖았소? 그 시형이 지은 시업이라오."

"시업이라면 시의 업보일 터, 헌데 왜 남의 업보를 당신이 지고 다니시오?"

"같은 하늘을 이고 사는데, 그래서 '은백양나무숲에 달빛이 먼저 자리를 잡았다' 하는데 그의 업이 내 업이요 내 업이 그의 업인 셈이지요. 거꾸로 해도 마찬가지일 거요."

"시인 같은 소리 하지 말고, 미륵 같은 소리 하지 말고, 내놓고 봤으면 쓰겠스라."

작인이 보따리를 내려놓자 김나리가 달려들어 허겁지겁 보자기 옥매듭을 풀었다. 종잇장를 풀풀 넘기면서 눈알을 재빨리 굴리던 김나리는 잠시 허공에 눈을 주고, 한참을 멍하니 숨을 죽였다.

"당신이 미륵님을 지고 다녔소. 보시오."

김나리가 펼쳐 놓은 것은 「고도리 부처님 말씀」이라는 제목이 달린 데였다. 작인은 눈을 찔러오는 활자들을 헤집고 행간을 더터나갔다. 전에 왕궁에 들렀다가 벼가 누렇게 익은 들판 가운데 서 있던 석상, 돌부처 내외 모양이 생생하게 떠올랐다. 헌데 말씀이 요상했다. '부처님 가운데쯤'이라면? 살아 있는 미륵이 아닐 것인가 싶었다. 그러니 봄에 김유정의 동백꽃(생강나무 꽃)이 피면 허리를 굽혀 꽃향기를 맡기도 하고, 꽃향기에 취해서는 장대한 남근을 세워서 꺼덕거리며 바람에 거풍도 하고, 그러다가 어느 사이 어여쁜 모시조개 모양 '부처님 가운데쯤'에 허공을 낸 보살을 끌어안고 '입술이 터져라 부비더라는 숭헌 소문에 이른 것'이라면, 그 이야기가 정녕 미륵이어야 할 것이었다. 살아 있는 미륵이어야 할 터였다. 그 입에서 '때가 이르렀다' 소리가 우렁차게 터져 나온다면, 그게 누구의 입이면 무슨 상관이 있을 것인가. '태초에 말씀이 있었다'는 한 마디는 '태초에 입맞춤이 있었다'고 고쳐야 할 판이었다. 눈앞이 아물아물했다. 미륵을 지고 다니다니.

"날이 저무는 모양이요. 어디 밥집이라도 찾아 쉬어 갑시다."

"이것 보시오."

김나리가 작인 앞에 원고를 펼쳐 보였다. 「느닷없는 풍경 하나」라는 제목이 달려 있었다. 은행나무 길이 끝나고 마을로 접어드는 어름에 감나무 한 그루가 서 있었다. '돌담에 내려앉은 감나무 그림자 못 견디겠다고 허리를 꺾는구나. 감나무 겨드랑이에 간지럼을 먹여댄 게다.' 그때 '참 뜬금없는 풍경 하나'가 눈앞에 펼쳐졌다. 수리성으로 불러제키는 판소리 한 대목, '쑥대머리 귀신 형용' 그렇게 내지르기 시작했으니, 적막 옥방 찬 자리에 보고지고 보고지고 한양낭군 보고지고, 그렇게 이어갈 터였다. 소리가 주춤할 때쯤이면 지금 소리하는 여자 앞에 앉은 사내가 손을 달달 떨며 돋아 오르는 춘정을 억눌러 가다듬다가는 끝내 참아내지 못하고, 벌떡 일어나 아가씨를 덥석 끌어안을 판인데, 거기에 재를 뿌릴 수 없는 일이었다.

"저게 내 누이인 모양이오."

둘이는 서로 눈을 찔끔해서 속내를 털고는 같이 발걸음을 떼어놓기 시작했다. 둘이는 '불의 씨를 물고 몇 하늘을 날아/비로소 짐을 푸는/수천의 태양' 그 '노을밭' 속으로 잠겨들었다.

바람을 타고 간다고 해도, 길은 길이라서 고단하고 배도 고팠다. 어디선가 '워낭소리'가 땅그랑 땅그랑 들려왔다. '목매기 송아지 한 마리/오늘 젖을 떼기로 작정한 것'인 모양이라서, '어미 코 끝에 워낭 소리 묶어 놓고/아롱아롱 길 내어 갈 모양이다'. 작인은 허리가 굽어지고 뱃살이 오그라들어 걸음을 옮기기가 힘들었다. 워낭소리는 밥냄새로 뒤바뀌어 작인의 온 감각을 휘잡아 흔들어놓았다. 김나리가 그걸 알아챈 모양이었다.

"당신이 찾아가는 시형이라는 사람 고향이 전라도 고창 바닷가라지?"

"이팝꽃 피는 데마다 배고프지 않은 동네 있었을까만."

"맞소, '제 밥그릇 꼭 있는 줄은 아는 농투산이', 그들이 제 밥그릇 빼앗겼을 때, 죽창 들고 일어나는 법이지라. 우리도 '꽃밥' 한 그릇 먹고 갑시다."

둘이 들어간 밥집은 지모밀을 한 마장 앞둔, 메타세콰이어가 줄지어 늘어선 길가 석물공장 근처에 자리잡은 '백제마루'였다. '밥사발이다,

흰 이밥 고봉으로 잘 다독인 밥사발'을 앞에 놓고, 배고팠던 시절 이야기를 하는 동안 밥냄새가 이팝꽃 향기처럼 피어올라 방안을 가득 채웠다. 작인은 방에 들어가다 말고 귀를 쫑긋 세웠다.

"김나리 형, 저 소리 들려요? 치닫는 말발굽 소리."

"논둑에 미루나무가 바람을 타고 있소만."

"가만, 이게 보따리 안의 시가 소리를 지르는 모양이오. 시라는 게 귀신이던가?"

"'꽃소문'이라? 손수건이라도 매어줄까/땀이라도 닦아야지//사자암 내려오는 어윽새 내리막인데/바랑은 항상 저리 짊어지지/지모밀언덕을 말 잔등쯤 여기고 있는 거지//꽃편지는 선화공주 쓰신 것 맞지?/풀풀 하늘에 번지는 꽃소문/꽃편지라? 그걸 선화공주가 썼다면 마둥이가 썼다는 것과 뒤바뀐 폭인데?"

"누가 썼으면 어떻습니까? 사랑이라는 게 주고받는 거라서 주체가 그렇게 중요한 거 아니잖소? 상호간에 쥔이 되어 올라타고 깔리고 뒤집고 하면서 애 만들고 생명의 다디단 비린내 피워내고 하는 거 아니던가 말요?"

"작인, 당신이 그렇게 이로를 뒤집어서 글 썼던 적 있지?"

작인은 자기도 모르게 잠시 눈살을 찌푸렸다. 이로? 理路! 아직은 반말을 할 처지까지는 거리가 있다고 생각하는 중이었다. 하기는 전에 언제던가 그런 적이 있었다. 소설 속에서 「서동요」에 나오는 '善化公主主隱'이라는 구절을 비틀어 보았던 것이다. 이 구절은 일반적으로 '선화공주님'은 그렇게 해석하는 것이었는데, '선화공의 맏딸'이라고 하고, 남들 해석하는 맥락을 뒤집어서 이야기를 꾸민 적이 있었다. 그걸 두고 잘못이라고 지적하는 이야기라면 받아들일 용의가 있었지만, 역시 말투는 거슬렸다.

"그래, 있다, 왜?"

"배채기로 나오기요?"

"그러면 어쩔 것인데?"

잠시 말이 엇갈리는 사이, 창밖으로 날아가는 새소리가 들렸다. 식당 아주머니가 젖가슴을 출렁이면서 상을 들고 들어왔다.

"공주님 만나러 가는 길손들인갑만, 얼굴들이 왜 그라요?"

"우리가 공주님 만나러 가는 걸 어떻게 알았습니까?"

식당 아주머니는 툇마루 건너 하늘을 가리키면서 그저 빙긋이 웃었다. 김나리가 꼬리를 내리듯 하면서, 자아 들어보소, 하고는 보따리에서 종잇장 하나를 추려 들고 읽었다.

"파스텔 한 다발 묶어서/하늘을 부벼 부벼대고/갈대 한 무리 외딴길에 서 있다//…배소를 잘도 연주하던 새떼들//… 휘파람 휘파람을 부는 뱃머리/공주님 만나러 가겠지."

김나리가 거기까지 읽었을 때, 작인이 손을 내밀어 저으면서 그만하라는 시늉을 했다. 그리고는,

"'지모밀 하늘 아직 그 빛깔이지', 그런데 말꼬투리를 잡아 머한다요? 미안하요." 하며 김나리의 옆구리를 간질였다. 김나리가 깨어지듯 웃었다. 작인이 마음 조금 놓인다는 듯 물었다.

"아줌씨, 여기서 지모밀이 얼마 남았다요?"

"지모밀이라께? 내가 지모밀인 게라."

"건 또 무신 말씀이라오?"

"지모밀이라면, 땅에 풀이 가득하다는 뜻 아니겠소? 내가 말이시, 머랄까 거기 둔덕에 풀이 무성해서, 여근곡에 거웃이 빽빽해서 그런 벨호가 붙은 거 아니요?"

둘이는 껄껄대고 같이 웃었다. 아주머니도 앞치마 자락을 들어올리

며 같이 웃었다.

"그래서, 지모밀에 금막대기가 박히고 나면, 사내들을 쑥쑥 무 뽑듯 했겠소."

"하마, 그러지라 이… 내가 '백제 금동대향로'라니께 그라요. '황금이 언덕처럼 쌓였던 지모밀 옛날에도 이랬던가 보다 지평선 끝까지 넘실대는 황금빛' 그래서 자식들은 무 뽑듯 잘도 낳았어라."

작인은 전에 시형과 함께 부여 박물관에 가서 보았던 백제 금동 대향로를 떠올렸다. '남방 담로 배소 완함을 즐겨 탔다지? 북소리 피리소리 뒤따르며 악사들이 오른쪽 머리를 매만지며' 오는 모습이 새겨졌던 것은 놀라운 일이었다. 원융한 삶의 가닥이 다 그려져 있었기 때문이었다.

"작인, 당신이 틀렸구만? 이거 보소."

"왜 또 질러오는가?"

김나리는 원고를 들이대며, 식당아주머니가 읽은 다음 구절을 짚으면서 눈을 똑바로 뜨고는 작인을 쳐다봤다. '서동이 지은 노랫말 선화공주는 남방 담로의 배소 완함을 즐겨 탔다지?' 하는 구절을 가리키며, 서동이 노랫말을 지었다고 했지 않으냐고, 보라는 것이었다. 그러면서, 시형도 선화공주라 했지 어디 선화공의 맏딸이라 했는가, 따지듯 다그쳤다.

"아니래도 그러시오. 넘실대는 황금빛이 서동이 지은 노랫말이라고 했지, 어디 선화공주님이라 했소? 님이 없어요. 선화일 뿐이요."

"'선화랑 함께 편지를 끝낸 마동이'는 뭐요?"

"밤을 기다리지 못하고 노을 아래 사랑을 했다는 거겠지요."

식당아주머니가 기름기밴 웃음을 낄낄낄 흘렸다. 지모밀에 금막대 박고 실그렁 실그렁 박타기를 하는 게 편지질이지, 그 짓을 끝낸 마동이 몸이 발갛게 달아 잿등을 넘어 달아나니까 멀리서 지켜보던 허수아비도, 선덕여왕 사모하다가 가슴에서 불이 솟아 불귀신이 된 지귀처럼, 몸에 불이 붙어 노을을 사르며 따라나선다는 건데, 그게 선화면 어떻고, 아니 미륵이면 어떠냐는 책망이었다.

"난 금막대기 세우고 기다리는 서방 만나러 가야 헐 참인디, 밥값은 상밑에 놓고 가소."

식당아주머니는 그렇게 일러 놓고는 대문을 밀고 나갔다. 작인이 오늘밤 저 집 돌쩌귀에 불이 나겠구먼, 하는 바람에 김나리가 따라 웃었다.

마동이 넘은 잿등을 바람처럼 넘어갔다. 미륵산 산봉우리 끝에 황동빛 노을 끝자락이 걸려 서럽게 고운 빛을 발했다. 여기까지 올라오면서는 못 보았던 연못이 저 아래서 어둠에 잠기기 시작했다. 연못에는 물안개가 수묵화처럼 옅게 감돌았다. 바람이 한 줄기 지나가면서 풍경을 건드렸는지 댕그렁 댕그렁 향 묻은 음파가 산자락을 타고 번져갔다. 지모밀에서 시형이 기다리기로 한 '미리마루'가 아담하게 미륵산 산자락을 등에 업고 땅거미에 잠겨들고 있었다.

시형이 먼저 와 있을 터였다. 미리마루 저쪽 안에서 '풀피리' 소리가 들려왔다.

"작인 말이요, 쪼매 지둘립시다."

"시형이 이미 와 있을 터인데, 왜요?"

"지금 시형이 오르가즘 직전에 있는 듯하오. '꽃잎 하나 따 물면/개똥밭도 자갈밭도 이승이지… 뒤채이면서 끊어내는 숨소리 한 보따리… 언덕을 출렁거리는 금엽이 풀피리…' 그거 아니오?"

"지모밀의 금막대기라?"

안에서 무슨 일이 진행되는지를 몰라 주춤거리고 있는데, 장지문을 열고 대청을 지나 뜰로 내려서는 아가씨가 얼굴이 그림처럼 고왔다. 강물에 비친 달빛이었다.

"들어오시지요. 시귀선생님은 아직 안 오셨습니다."

"시귀선생이라니?"

"우리는 시형선생님을 시의 귀신이라고, 시귀선생님이라고 불러요."

"그럼 금방 언덕을 출렁거리고 뒤채이면서 끊어 내던 숨소리는 뭔고?"

"질투 하시나 봐요? 전 그저 시귀선생님의 시를 읽고 있었을 뿐인데. 암튼 들어 오세요"

결국 시를 읽는 실감이 언덕을 출렁이게 할 지경이라면, 시와 현실이 거기가 거기 아닌가 싶었다. 둘이는 아가씨를 따라 대청으로 올라섰다. 대청에서 뒷문을 열고 들어가자 긴 복도가 연결되어 있었다. 황토를 바른 벽에는 채색 그림들이 풍성하게 어우러졌다. 파도가 밀려와 부서지는 산언덕 위로 칡덩굴이 무성하게 전나무를 막아 올라가고 칡꽃도 숭어리 숭어리 달려 향을 흘렸다. 멀리 돌섬 둘이 하늘을 찔러 올라갔다. 칡꽃 너우러진 사이로 젊은 남자가 눈을 지긋이 감고 아가씨 젖무덤을 서왕모의 천도복숭아인 양 어루만지고 있었다. 젊은 남자는 길동이인 모양이었다. '길동이 주흘산 산채를 떠나가서/동해 독도 갈매기 울음에 한 박 한 박 넣는/추임새 아무도 모르지' 그런 소리가 들렸다.

"쟤가 길동이면 넌 누구냐?"

"걔는 '갈매기 치는 길동이'고요, 나는 하염없는 금엽이지요."

맥이 잘 잡히지 않았다. 그러면 나는 누구인가? 작인은 혼자 그렇게 중얼거렸다. 후 앰 아이, 후 앰 아이? 뮤지컬 〈레 미제라블〉에서 장발장은 그렇게 처절하게 노래했다. 그러나 공연히 장발장이 되어 처절한 감정을 가장할 필요까지는 없었다. 금방 그런 생각할 짬을 후려쳐 버리는 장면이 전개되었기 때문이었다. 복도를 돌아가는 모퉁이에 그려진 그림은 원시의 숲에서 숫총각과 숫처녀들이 무리를 지어 윤무를 추는 장면이었다.

넋놓고 쳐다보는 사이 '숲은 알몸으로 드러눕고 말았다'. 젊은 남녀가 부둥켜안고 어우러져 젖가슴을 주무르며 돌아가는 위로 새들이 자욱히 날아났다. 새 새끼들의 울음이 아스라한 공간을 울리며 피어올랐다. 새소리로 어우러진 공간은, 지난 여름의 파장 모양으로 '새소리로 엉켜진 실타래 펄럭이다 찢어지는 소리'가 낭자해 어지럼증을 일으켰다. 보랏빛 옷을 걸친 젊은이가 허벅지에 최음제를 뿌리고 왼쪽으로 돌아서다가는 허리춤을 추기 시작했다. 옅은 연보랏빛 옷을 걸친 젊은이가 보라색 옷을 입고 춤으로 어우러지던 젊은이를 덥썩 안고는 목언저리를 맹렬하게 핥다가 쩍쩍 소리가 나게 빨아댔다. 절벽 아래 바다에서 '물꽃 물의 꽃'이 거세게 일었다. 물꽃을 바라보고 있던 작인이 금막대기를 세우기 시작했고, 마침내 김나리에게 다가갔다. 김나리는 이미 금막대기에서 김이 오르는 중이었다.

"이러시면 안 돼요. 선생님들은 칡도 아니고 등나무도 아니란 말예요. 저건 칡과 등나무 그림일 뿐예요. 오기에 가득찬 시귀선생님이 차마 춘화야 그렸겠어요?"

"금엽이, 나랑 배꼽이나 대보자."

"아니되옵니다, 김나리 선생님."

잠깐 기다리라 해 놓고 나갔던 금엽이 '석류'를 압착해서 만든 주스를 들고 들어왔다. 갈증은 갈증이되, '타는가 목이 타는가… 우지직 터뜨리는 순간… 찢어지는 것의/찢어지는 아픔을 모른다'고 눈시울 붉히며 다가오는 금엽이 두 사람을 현실로 잡아 낚아 채는 것이었다. 하기는 그랬다. 작인도 명색이 글을 쓰는 사람이고, 상상력으로야 장자의 붕새를 능가해서 은하계를 넘나들 수 있었다. 주제에 비하면 너무나 치사한 반응이었다.

"다른 방으로 자리 옮기세요."

둘이는 금엽이를 따라 방을 나섰다. 길게 이어진 복도 벽에는 꽃들이 그려져 있었다. 꽃은 살아 있었다. 소나무 아래 난초가 자라고 그 사이 '뀡밥'도 청초하게 대궁을 뽑아 올렸다. '반딧불이 떼 지어 오르는' 하늘 아래, '채송화'도 핏빛으로 자지러졌다. '서울 아까시꽃' 꽃길 사이로 '소나기성 그리움'이 아롱지기도 했다. '팽기꽃 뒤뚱뒤뚱 피어나는' 동네에서 할머니는 할미꽃처럼 질기게 늙어갔다. '초막' 옆에는 온갖 나무들이, 풀들이 시집 한 권도 넘게 우죽우죽 자라 올랐다. 징그럽게 어우러져 핀 '선운사 꽃무릇'은 향기가 너무 진해 독오른 사랑을 숲속 자욱히 뿜어내고 있었다.

금엽이 안내한 방이 손님을 위해 마련한 방들 가운데 가장 잘 꾸며진 것 같았다. 출입문을 낸 벽을 제외한 나머지 벽에 '백제 금동대향로'에 새겨진 풍경과 인물이 커다랗게 확대되어 그려져 있었다. 초례청이며, 밭을 가는 사람들, 각종 진귀한 악기를 연주하는 악공들이 여실하게 그려져 있었다. 오른편에는 실물보다 크게 확대해서 만든 금동대향로가 서늘하고 그윽한 향을 뿜어냈다. 그 맞은편에는 미륵보살 반가사유상이 미소를 흘리며 눈을 지긋이 감고 앉아 명상에 잠겼다. 술청이 아니라 법당처럼 꾸며 놓은 미빌의 미궁 같았다. 어찌 보면 사이비종교의 의례를 행하는 밀실처럼 보이기도 했다. 그런데 실내에 폭포를 만들어서 그림 아래로 물이 떨어지게 한 것은, 다른 데서 보지 못한 또 다른 면모였다.

"잘 오셨소, 작인! 김나리선생 환영합니다."

시형이 한 사람 한 사람 끌어안고 볼을 부볐다. 작인은 시형이 금막대기를 세우고 있나 사타구니에 슬그머니 손을 디밀어 보았다. 아무것도 만져지는 게 없었다. 시형이 작인의 엉덩이를 더듬으며 왼쪽 눈을 찡긋했다.

"지모밀까지 오라고 한 건 뭐요?"

작인이 시형을 쳐다보며 질책이 섞인 톤으로 물었다.

"님이 보고 싶으면 뽕 따러 가자고 하는 거 아니던가?"

"소나기성 그리움?"

김나리가 나서서 한마디 던졌다. 시형은 고개를 가로저었다. 아니라는 것이었다.

"그럼 '다람쥐는 곰이 걱정이다' 라는 건가?"

시형이 고개를 끄덕거렸다. 그렇다는 모양이었다.

"다람쥐하고 곰하고 그게 되나? 다람쥐 금막대기래야 쥐좆만한 거 아니오?"

"하아, 작인, 우리 소리나 한 자락씩 하면서 한잔 합시다. 창에 '대바람 소리' 들리는 걸 보니, 밖이 어두워 칠흑인 모양이오."

작인은 좀전에 들쳐본 '대바람 소리'를 떠올리고 있었다. '강줄기에 댓잎 쳐/바람 길을 열러 주기까지//푸른 연어 떼의 은빛 함성/절로 악기가 되기까지' 놀아보자는 이야기 같았다. 그것은 어쩌면 유희의 '광장'으로 나서자는 권유 같기도 했다. 허나 꾸며놓은 모양이 밀실인데, 밀실 안에서 광장을 꿈꾸는 것은 어설프기 짝이없는 관념의 유희 같기도 했다.

김나리가 술병을 들고 들어오는 금엽을 불러 놓고는 허리에 팔을 돌려 감았다. 그리고는 금엽을 꼰아보았다. 시를 읊듯 김나리의 입김이

이미 열에 달아 올랐다

"누이야, 전깃불 끄고 우리 촛불을 밝히자. 그리고 놀자. '숲이 제 배꼽께에다 옹달샘 하나 놓듯이/광장은 거기 새암으로 솟아올라야 하네', 그렇게 놀자고. '넘실거리는 밤파도/나직나직 일러주었네' 우리 놀자, 춘향이와 이몽룡이처럼 업고 놀자, 이리 오너라, 앞태를 보자."

금엽은 자기 허리에 감겨오는 김나리의 팔을 밀어 제치지 않고, 오히려 손을 잡아 자기 배꼽께로 가져갔다. '누이는 지금 목이 마른가 봐요' 하면서 김나리의 목을 핥아대기 시작했다. 그때 문이 소리없이 열렸다. 그리고는 몸집이 거판진 여자가 밀물처럼 '아침나절 안개비'를 더불고 '쑥부쟁이' 바람과 함께 밀실 안으로 들어왔다. 여기 '미륵마루'에 오기전에 들렀던 고봉밥집 여자였다. 작인의 눈이 여자의 배꼽께를 핥었다. 그리고는 감탄섞인 한 마디와 함께 그 여자를 불렀다.

"아, 지모밀 여사!"

"금막대기들 여기 언덕에서 놀 줄 알았소."

"어떻게 그걸 다 알았다오? 용하시오."

"나도 이제 어떤 귀신이 씐 모양입니다. 시귀선생이 날 불렀지라."

작인이 지모밀 여사의 손을 잡아끌어 어루만졌다. 그 사이 향그런 술이 몇 순배 돌아갔다. 작인이 지모밀 여사 눈을 말끄러미 들여다보며 환상에 젖어들어가기 시작했다. 그리고는 혼자 중얼거리듯이, '얼었다 녹고 헐어 부풀어 오른 땅/지긋이 밟아 부스럼 같은 것들/가만가만 땅바닥에 다독'이듯, 그렇게 지모밀 여사에게 다가가는 손길이 흙처럼 부드러웠다.

"헛짓 하지 마시오. '땅맛을, 땅을 알아야 하지' 않겠소?"

작인이 지모밀 여사를 데리고 잠시 자리를 뜰 눈치였다. 덧나지 말아야 한다면서, 잔등을 넘어 푸른 이내가 마을로 내리듯, 둘이는 조용히 눈가에 물기를 머금고 나가 문을 닫았다.

"오늘 작인이란 분을 만나기 전부터 시형을 보고 싶었습니다. 내가 소위 계급장 달고 날칠 때, 시형은 꿈을 꾸고 있었던 모양입니다. '호박 속보다 환한 호박꽃' 그 꽃밭에서 '호박벌 가마띠 만지듯 조신조신 넝쿨손을 꼬고 애호박은 호박벌 쏘이지 않게 숨겨다가 '풋국' 한 솥 끓인다' 그 생명의 도가니에 잠시 같이 들고 싶었지요."

"잘 왔소, 정녕 잘 왔소. 나도 그림 그리면서, 시라도 쓰면서, 당신 생각 하고 하고 많이도 했다오. 나라고 할 일 없어 여기 오죽잖은 집에다가, 겨울잠 자는 곰 걱정하는 다람쥐나 그리고 앉아 있을 까닭이 있겠소? 아시잖소, 내 고향 옆동네 무장성에 돌아온 연이를 차마 못 봐서, 사할린, 만주, 후쿠오카 돌아다닌 작인에게 내 시를 읽어 달라고 한 것이요. 간수에게 미소를 주던 시인, 윤동주의 여리고 섬세하게 피어나는 봄날의 그 연연한 잎사귀를 어떻게 잊는단 말이요? 직지대모 박병선을 어떻게 외돌려 놓고 시를 이야기할 수 있단 말입니까? 사람은 이야기로 존재하지요. 그래서 작인을… 이야기꾼 작인을 불렀던 겁니다."

"아직은 밤입니다. 밖에 바람이 미친 듯이 대숲을 어수선하게 흔들고 지나는 중이요. 미당의 스승 석전이며, 완당이 그 묘비명을 쓴 백파며, 그리고 저 지모밀 여사는 아무래도 시형 몫이 아닌 듯하오. 그리고 말이 나왔으니 말인데, 작인이라는 그 사람 말이요…"

김나리의 말이 끝을 맺지 못한 자락에서, 문이 슬그머니 열리고 작인과 지모밀 여사가 서로 몸을 기댄 채 팔을 걸고 방안으로 들어왔다. 작인이 미륵반가사유상 옆으로 다가가 가슴에다 손을 대고 어루만지더니만, 불상을 붙들어 안고 볼에 입술을 비비며 꺽꺽 울기 시작했다.

"작인 말요, 공연히 지모밀 여사 탐내지 말고 소설이나 잘 쓰시오.

내 '선운사 꽃무릇' 같은 이야기 하나 하리다."

시형은 금엽을 불러 침향을 사르게 하고는 이야기를 시작했다. 백제 적이라던가, 암튼 선운사 골짜기는 도둑떼들의 소굴이었다고 하오. 선운사를 창건한 걸로 알려진 '검댕선사'는 소금 굽는 재주가 하늘이 내린 턱이었는데, 도둑떼들을 바닷가로 몰고 가서는 침향을 만들려고 잘라 놓은 참나무를 턱 턱 갈라 장작 잉걸불을 피워 놓고, 하얀 재를 남기고 불이 사그러들면 다시 장작을 올려 불꽃을 피웠다고 하오. 그러기를 몇 날이고 계속하면서 가마솥에다 서해바다를 다 떠다가 붓고 달였던 것이라오. 도둑들이 속이 검댕이가 잔뜩 앉아 눈들만 반짝반짝하고 서로 쳐다보며 히죽히죽 웃으면 햇소금처럼 하얀 이빨이 햇살을 받아 사리인 양 빛났던 것이요. 그런 이야기는 내가 '선운사 꽃무릇'과 연관지어 한마디 하기는 했지만, 그건 당신 작인의 몫이요. 작인은 지모밀여사의 허리에 감았던 팔을 거두어, 메모지에다가 무엇인가를 한참 끄적거리며 적었다. 그 모습이 하도 진지하고 안으로 유열(愉悅)이 넘쳐나 마치 반가사유상의 얼굴에 떠오르는 미소를 닮아 보였다.

"그런데 곰과 다람쥐는 지금 무얼 하고 있을까?" 금엽이 지모밀 여사를 흘긋 바라보며 시형에게 물었다.

"하긴 그렇다, 우리는 단군 이래 몇 차례 아침이 찬란하게 밝은 날이 있기는 하지만 아직도 겨울잠을 자고 있는 거야. 곰이 겨울잠을 자니까 다람쥐가 안달이 난 것이지. 다람쥐가 뭐야? 그게 일반 백성들이야. 농투산이 말이렸다. 시앗을 줄줄이 두어 새끼를 바글바글 낳아 기르는 다람쥐니까 알지, 곰이 겨울잠을 자는 게 치명적이라는 것을 알지. 그래서 곰과 사랑을 하고 싶은 거야. 미끌한 자식 하나 낳았으면 하고 말이지."

시형이 자기 시를 해설하고 있는 동안, 작인은 꼬부장하니 눈을 곱지 않게 뜨고 시형을 쳐다보며 이를 부딪쳐 딱딱 소리를 냈다. 뭔가 불만이 가득한 입이었고, 미간이었다.

"말이라고 다 말인가, 시형 그게 말이 되오? 다람쥐 주제에 겨울잠 자고난 곰을, 묵국수 해장국을 먹여?"

"사랑하니까…!"

"유전자가 달라요. 당신 시는 이데올로기만 넘쳐나고 실체가 없어. 칡과 등나무가 엉켜서 그걸 하지 않나, 그리고 뭐라고? 곰과 다람쥐와 바람과 물소리, 고로쇠나무가 한 덩이 자연으로 얽혀 생명의 연쇄를 이룬다는 것이지요? 논리가 안 서요."

작인이 열을 올리자, 김나리가 일어나 작인 옆으로 다가와 의자를 끌어다 놓고 앉으면서, 손을 자꾸 아래로 아래로 훑어내렸다. 방하착 방하착, 정구업진언… 염불하듯이 탁자에 놓인 목탁을 들고 두드리기 시작했다.

"멧돼지다, 엎드리세요, 엎드려!"

금엽이 소리를 지르는 바람에 졸고 앉았던 지모밀 여사가 눈을 떴다가 다시 작인에게 몸을 기대고 눈을 감았다. 금엽이 외치는 것을 군호 삼아 시형이 붓을 들고 벽으로 다가가 멧돼지를 그렸다. '멧돼지 저놈 줄행랑 치다 말고/바웃뎅이 하나 궁글린다/바위 밑으로 굴 하나 내고 싶은 게지. 작인은 그런 생각을 했다.

"난 가서 잘란다."

지모밀 여사가 졸음에 겨운 채, 금동대향로 그림을 펼친 벽을 따라 걸으면서, '가시덤불 까치밥 붉은 열매/꽃관 하나 서둘러 만들었'나 싶게 얼굴이 벌겋게 달아 땀까지 내비쳤다.

"아침에, 달라붙은 속 함께 달래기요, 친구들"

시형이 작인을 바라보며 그렇게 말했다. 작인은 듣는 둥 마는 둥이었다. 김나리는 금엽의 볼에 입술을 가볍게 갖다 대고는 방을 빠져나갔다.

그날 밤, 작인은 꿈을 꾸었다. 다산이 차를 우리다가 수염을 쓰다듬고 또 쓰다듬고 했다. 그 뒤로 우람한 산자락이 펼쳐졌다. 산자락 밑에 커다란 바위가 자리잡았다. 다산이 정을 들고 돌에다가 글자를 새기느라고 망치질을 했다. 머리가 깨지는 것처럼 아팠다. 날아오는 돌에 맞을까 몸을 피하느라고 비탈길로 접어들었다. 비탈길은 밟히고 무너지고 눌리고 짓눌리어 길섶에 피가 흥건하게 괴었다. 그것은 지모밀 언덕에서 솟아나는 금빛 물로 변했다. 그 물에 손을 담그자 몸이 돌이 되었다. 그런데 산이 몸속으로 어슬어슬 기어들었다. 열이 펄펄 나고 몸이 덜덜 떨렸다. 산이 돌속에 파고든 까닭이었다. 산에 돌이 든 게 아니었다.

작인은 꿈속인 듯 의식이 눈을 뜨는 어름인 듯, 말달리는 소리를 듣고 있다가 눈을 뜨고 일어나 창가로 다가갔다. 밖이 환하게 밝은 뒤였다. 장식을 그렇게 했는지 창에는 수정발이 걸려 있었다. 수정발 사이로 다시 밖을 내다봤다. '자국눈'이 내려 마당이 하얗게 덮여 있었다. 시형이 자국눈을 밟으며 시를 읊고 있었다.

"지모밀 언덕 위에 창을 내고 허공을 들였었네. 멎었던 눈이 먼 길을 돌아 먼 길을 돌아서 창가에 이르고 있었네. 창백한 백제의 왕후께서 수정발을 젖히고 흰 눈송이를 마주하고 있었네."

시형이 시를 읊고 있는 동안, 작인은 시형을 따라 마당으로 나갔다. 시형의 걸음 폭만큼 거리를 두고 따라 걸으며 시형의 발자국을 밟아갔다. '지모밀 사람들 금막대기를 들고 나왔네' 하는 데 이르러서, 작인

은 '쓰고 있던 모자를 벗어 던지고' 금막대기를 세워 가지고 지모밀 여
사의 고봉밥집 백제마루를 향해 냅다 뛰었다. 그 뒤에서 김나리와 금
엽이 얼싸안고 뛰면서 춤을 추었다. 겨울잠에서 깨어난 곰과 다람쥐의
흘레 같은 춤이었다.

시간에 관한 임상연구 사례 하나

유 금 호

1942년 전남 고흥 출생, 경희대 대학원(문학박사).

1964년 『서울신문』 신춘문예에 소설 「하늘을 색칠하라」 당선으로 데뷔.

장편소설 『내 사랑, 풍장』, 『만적 1.2부』,

소설집 『새를 위하여』, 『허공중에 배꽃 이파리 하나』 등.

한국소설문학상, PEN문학상, 만우 박영준 문학상 등 수상.

목포대 명예교수.

시간에 관한 임상연구 사례 하나

1.

'민서, …나, 한영우일세.'

리모컨 빨간 단추를 누르자 벽의 대형 화면에서 한영우가 화면 밖으로 걸어 나오며 오른손을 들어보였다.

'내 메시지를 마주하고 있다면 자네 치료는 성공적일세… 현재 이 홀로그램은 상호소통 불가, 미안하게 내 일방적 메시지네만, 1년 후에는 실제 만날 수 있을 거네.'

혈색 좋은 피부에 반백 머리칼과 웃음기 가득한 눈. 영우, 한영우 박사. 박민서는 반사적으로 일어서려다 눈앞 친구가 실재하지 않는 이미지라는 것을 짐작했다.

병원 침대에서 눈을 떠 맨 처음 보았던 의사 얼굴, 그때 박민서는 그를 옛 친구, 한영우 박사라고 생각했다.

"…자네, 영우. 한영우 박사?"

검은 뿔테 안경의 의사가 그때 고개를 저으며 말했다.

"혼란스러우실 것입니다만 한영우 박사 막내 조카뻘 되는 한민석입니다. 지금은 제가 연구소 소장을 맡고 있습니다."

"…"

"삼촌 메시지를 보시면 이해가 되실 겁니다… 주무셨다가 깨셨어요."

그때 그윽한 백합꽃 냄새를 맡았고, 간호사가 작은 꽃다발을 안겨주면서, '건강하게 회복되신 것 축하드려요.' 했었다.

백합 꽃 냄새 속에 박민서는 다시 눈을 감아 버렸다.

짙은 안개 속, 회색 안개 입자들이 목덜미에 거미줄처럼 휘감기는 느낌, 안개 속에서 처음 인식한 것은 눈앞의 탱자나무 울타리였다.

꽃 냄새는 그 울타리 안쪽 탱자나무 가시 사이로 새어나오고 있었다.

소년들 둘이 울타리 안으로 두 남매가 완전히 사라지자, 서쪽 하늘이 벌겋게 황혼으로 물들어가는 것을 올려보았다.

한영우와 그 여동생, 한미혜…

뒤이어 안개 속에 나타난 영상은 대학 강의실 풍경.

반백의 교수가 칠판에 '고려시대의 신분 장벽'이라고 쓰고, 아래 공간에 붉은 매직으로 '도전과 좌절'이라고 쓰고 있었다.

그리고 한순간, 교수가 가슴을 움켜쥐며 주저앉는 광경, 학생들이 자리에서 일어나는 소란스러움…

"박 교수님. 눈을 떠 보세요. 괜찮으시지요?"

눈앞에 다시 굵은 뿔테 안경이 나타났다.

"얼마간 혼란스러우실 것입니다."

'…얼떨떨하겠지만 시간상으로 30년을 건너 뛰어, 자네 거기 앉아 있는 걸세… 자네 간과 폐 쪽에 손상이 있었거든. 지금 이 메시지를 마주하는 것은 치료가 성공적이라는 의미. 현실문제는 조카가 잘 처리해 줄 걸세. 나도 곧 만나게 될 거고… 그리고, 아, 장훈이가 자네보다 앞서 깨어나서 가까운 곳에 살고 있을 거네. 만나 보게. 그럼 즐겁게

잘 지내게.'

"장훈이가?"

박민서가 반문했지만 한영우는 손을 흔들고 화면 속으로 빨려 들어가 버렸다.

리모컨 파란색 버튼 1을 눌렀다.

그러자 한 민석이 흰 가운 차림으로 바로 화면에서 걸어 나왔다.

"박 교수님, 조금 쉬셨어요…? 삼촌 메시지 보셨지요? 메시지가 일방적이었을 거예요. 지금 저하고는 상호 영상통화입니다. 박 교수님 현재 건강상태는 최상입니다. 문제된 장기(臟器)들은 면역반응과 상관없는 장기로 교체되었고, 교수님 체내 센서가 병원 책상에 모니터링되고 있어 앞으로 건강문제는 염려 안 하셔도 됩니다."

"내 몸이 인공물이 된 건가요?"

"그 부분을 명확하게 환자에게 전달하지 못하도록 윤리규정에 규제되어 있습니다. 죄송합니다. 그냥 잊고 지내십시오. 일상생활은 최 변호사가 돌보아 드릴 것입니다. 파란색 버튼 2가 최 변호사 호출버튼입니다. 언제나 대기상태에서 최 변호사는 교수님 곁으로 달려갈 것입니다. 그럼 오늘 저는 이만…"

거실 유리창 밖으로는 눈부신 신록이 한창이었다.

그는 베란다로 걸어 나와 창문을 열었다. 녹음이 시작된 거목들이 창밖을 채우고 있었다.

베란다 한쪽에 화분이 몇 개, 그리고 난초들도 보였다.

뿌리가 훤하게 드러난 투명한 유리 화분이었다.

살던 아파트가 맞았다. 거실, 베란다, 서재 역시 낯이 익었다. 콧속을 맴돌던 병원 소독약 냄새가 낮게 깔려 있는 것 이외로 집안은 정갈했다. 그러나 화분의 흙과 난초 화분 난석들이 유리 화분 속에서 액체로 바뀌어 있는 것이 거슬렸다.

"교수님, 식사하세요."

집에 들어서면서 눈인사를 나눈 중년의 파출부였다.

"'전통반찬가게'를 다녀왔는데 입맛이 맞으실지 모르겠어요."

김치와 생선조림, 두부와 콩나물… 낯익은 반찬들이었다.

"건강식품으로 '전통 반찬'을 찾는 손님이 점점 많아져서 가게가 번성한다고 그러던데요."

30년이라니… 30년 만에 깨어났다면, 지난 30년과 지금 이 시간은 별개인가, 연계된 것인가. 박 교수는 식사를 하며 한영우 박사가 말하던 '시간'에 대해 잠시 생각했다.

'시간' 이야기를 한 박사가 여러 번 했던 기억이 났다… 본질과 실존의 차이랄까, 유쾌한 스포츠나 놀이 때 시간과 회의장의 한 시간이 다르게 느껴지는 것은 인정하지? 자네 강의 듣는 학생들은 알거야. 재미없는 자네 강의시간하고 저희들 좋아하는 연예인들과 어울리는 한 시간이 똑같이 느껴지는지, 다르게 느껴지는지…

박민서는 리모컨 파란색 버튼 2를 눌렀고, 연구소에서 집까지 그를 데려다 준 최 변호사가 바로 집으로 오겠다는 메시지를 보냈다.

2050년 6월 30일.

196도C 액화질소 통 속에 누워 정확하게 30년.

최고 '저온생물학' 권위자 한민우 박사 시술과 성공적 해동과정, 부분적 인공장기 교체 후, 깨어난 박민서 교수.

30년 전, 정지된 나이로 60세지만 부분적 장기 교체로 현재 신체 나이는 건강한 50대.

최 변호사가 간결하게 박민서가 처한 상황을 설명해 주었다.

"'가족'이나 '결혼' 개념이 지금은 거의 소멸되었고요. '현금' 개념

역시 없습니다. 모든 국민은 중류생활이 유지되도록 정부재원에서 개인계좌에 월 단위 연금으로 입금되고, 모든 결제는 손가락 지문으로 본인 계좌에서 지출됩니다. 박 교수님은 과거 연금이 30년간 복리로 축적되고… 해서요. 제 판단으로 당분간은 개인적 경제활동은 필요 없으실 것으로 생각됩니다. 옛날 거주하시던 이 아파트 역시 교수님 소유이고, 가구나 생활 용품들은 30년 전 기준으로 마련되어 있습니다. 일상문제는 나와 파출부가 돌보아 드릴 것입니다. 저희 보수 관계는 연구소와 연계된 사회보장 시스템에서 보장받고 있고요. 필요하실 때는 언제나 저를 호출하시면 됩니다."

상황이 조금씩 이해되었다.

서재 문을 열었을 때, 책상과 컴퓨터, 옷장 속, 옷들이 고도의 재구성이라는 사실을.

"한영우 박사님은 1년 후, 깨어나시면 만나시게 되고요… 사모님은 25년 전, 세상을 떠나셨고, 아드님은 미국에… 아, 손녀 분이 한 분, 이 도시에 살고 있는 것으로 확인되어 가까운 날, 만나 보실 수 있을 것입니다."

"장훈 화백도 살아있을 거라고 한 박사 메시지가 있었는데 혹시…?"

"확인해서 곧 알려드리겠습니다."

"시골에서 함께 자랐어요. 한 박사와 장 화백 두 사람 다…"

"그러셨군요. 곧 알 수 있을 것입니다."

'2000년대 커피숍'

"이곳이 편할 것 같아서요"

'냉동치료'로 소생한 사람들 수효가 불어나면서 옛날식 '커피 집'이나 '음식점'들이 한 두 개씩 생겨나고 있다고 했다.

최 변호사 제안으로 거리에 나와 처음 들린 가게였다.

창 쪽 자리를 잡자 최 변호사가 커피와 생수 두 병을 쟁반에 받쳐 들고 왔다.

"일반 식수나 생활용수는 현재 모두 바닷물을 정화시켜 사용합니다. 에너지 문제 역시 10년 전부터는 바닷물에서 해결하고요. 앞으로 300년은 바닷물로만 기본 자원 문제가 해결되는 것으로 정부 발표가 있었어요… 그래도 생수산업이 현재도 유지되니까 아이러니 하지요."

강한 초록색을 품어내는 창밖 나뭇가지 끝, 대기층 윗부분이 안개가 낀 것으로 느꼈는데 최 변호사가 그의 기분을 알아챈 듯 했다.

"황사가 있을 거라는 예보로 하늘을 잠시 덮은 모양입니다."

창밖으로 거리를 지나는 사람들 머리 색깔, 옷차림이 각양각색이었다.

정장 차림 남자 곁을 스쳐 지나간 초록색 머리칼의 젊은 여성은 비키니 차림이었다.

인도너머 차도로 자동차들이 오갔고, 차도 위 공중으로 작은 날개를 편 자동차 몇 대가 날아가고 있는 것이 보였다.

지상 교통이 혼잡해지면서 필요할 때, 날개를 펴고 날 수 있는 '비행자동차'가 몇 해 전부터 보급되었다고 했다.

"주로 장거리 이동시 활용됩니다. 이륙과 착륙지점이 지정되어 있어서 도심에서는 별 소용이 없거든요."

그가 자랐던 유년시절, '에스컬레이터'라는 개념이 얼마나 허황되게 와 닿았던가. 중학교 시절, 과학 교사가 사람이 그대로 서 있어도 길이 움직이는 시설이 생긴다고 했을 때, 아이들이 얼마나 낄낄거렸는가. 박 교수가 그 이야기를 하자 최 변호사도 쿡, 웃었다.

땅에 직접 곡식을 심는 농사방법도 오래 전 중단되었다고 했다.

인공조명과 영양소 공급이 최적인 생산시설에서 농산물이 생산되고, 흙으로 식물을 가꾸는 일부 취미가들을 위해 살균된 인조 흙과 화분을 판매한다고 했다.

박 교수는 아파트 베란다 액체에 담겨있는 유리 화분들을 옛날식으로 바꿀 수 있느냐고 물었다.

최 변호사는 전화를 하고 나더니, 그를 작은 화원으로 안내했다.

왕래하는 사람들은 복장뿐만 아니라 피부색도 머리카락 색깔만큼 각각이었다.

"모두 섞여 사니까요, 그래서 개성이. 더 중요해집니다."

짙은 보라색 머리칼을 한 가게 여자는 옛날식으로 화분을 가꿀 수 있도록 인조 토양과 화분을 준비해 주었다.

그는 변호사 안내대로 계산대 앞에서 오른쪽 검지로 처음 결제를 했다.

유리 화분 액체 속에 뿌리를 내보이던 난초들을 옛날식 흙 화분에 옮겨 심는 일로 그는 첫날을 보냈다.

난초는 옛날에 길러왔지만 꽃이 없는 시기여서 잎과 뿌리만으로 종류를 알아내기는 힘들었다. 가정부는 그가 흙 화분에 난초들을 옮겨 심는 것을 흘끔거렸으나 말을 걸지는 않았다.

화분을 갈아 심고, 거실로 들어오면서 그는 탁자위에 놓인 포장된 상자를 보았다.

'효자손 시제품'이라는 글씨가 보였다.

파출부가 받아 놓은 듯했다.

궁금해서 포장을 뜯자, 주먹보다 조금 큰 원숭이 인형 하나가 상자 안에서 폴싹, 탁자 위로 뛰어 올라 빤히 그를 올려보면서

"가려운 등 긁어 드려요. 가려운 등 긁어 드려요."

하고 종알거렸다.

인형 안에 녹음이 되어 있는 듯 했다. 눈을 깜짝거리던 원숭이 인형이

한 순간 어깨 위로 올라오더니 앞발로 등 여기저기를 긁기 시작했다.

"필요 없어."

박민서가 손사래를 치자, 탁자위로 내려 온 원숭이가 다시 종알대었다.

"필요 없으시면 상자에 넣어 현관밖에 내 놓으세요. 필요하신 시제품은 회사에서 다시 보내 드려요."

그는 원숭이 인형을 상자에 집어넣어 현관 입구 쪽으로 밀어 버렸다.

손녀 딸, 서영의 전화를 받은 것은 막 잠자리에 들려던 시간이었다.

휴대폰이 산새소리를 내었고, 버튼을 누르자 벽면 모니터에서 낯선 젊은 여자가 걸어 나왔던 것이다.

"할아버지, 할아버지는 더 젊어지셨네요. 저 손녀 딸, 서영이에요. 놀라셨어요?"

"하, 정말… 서영이가 맞는 거야?"

"목마 태워주고, 시소도 함께 타고 했던 서영이 맞아요… 할아버지 소식, 최 변호사가 녹음을 해 두었더라구요… 할아버지는 그대로시고, 저는 중년 여자가 되었네요."

눈매와 이마에서 아내와 아들 얼굴을 떠올려보았지만 금발 머리 색깔 때문인지 낯선 얼굴이었다.

"그래, 서울에 살고 있는 거냐?"

"훗날, 아빠, 혹시 만나시면 서로 힘드실 것 같아요. 아빠, 할아버지보다 지금 더 나이 드셨거든요. 할아버지, 돌아오신 것 정말 환영합니다. 가까운 날, 뵈러 갈게요."

"그동안 결혼도 했고?"

"같이 지내는 남자는 있어요. 노르웨이 남자예요."

"노르웨이?"

"할아버지 젊은 시절, 노르웨이 여행하셨다는 이야기 제게 해주셨는데…"

"그랬었구나." "즐겁게 지내세요. 할아버지. 가까운 날, 뵈러 갈게요. 리모컨 주소록을 눌러두세요. 필요하시면 할아버지가 제게 전화하실 수 있게요."

"그래, 그렇게 하자."

그녀가 시키는 대로 리모컨 저장 버튼을 누르고 그는 거실로 나와 커피를 내렸다.

허구와 실제, 과거와 현재… 동거하는 남자가 노르웨이 남자라니…

그는 커피 잔을 든 채, 서재 문을 열고 책상 앞 컴퓨터를 켰다.

하루 전, 혹은 몇 시간 전 사용했던 것처럼 컴퓨터 초기 화면이 반갑게 그를 맞았다.

그는 천천히 한글자판을 열었다.

여러 개의 칸막이와 미로로 이루어진 실험용 유리 상자 안에 몇 마리 쥐가 들어 있다.

미로를 따라가다가 벽에 막히면 되돌아 나와 다른 길을 찾고, 그러다 계속 통로가 벽으로 막히자, 갑자기 한 마리가 투명한 유리벽을 뛰어오르는 시도를 한다.

그때마다 유리벽에 머리를 부딪치면서 뛰어 오르는 쥐의 행동이 거칠어진다.

한 마리, 두 마리, 세 마리… 여러 놈이 같은 행동을 보이다가 한꺼번에 그대로 주저앉아 움직이지 않는다.

그때 장갑 낀 커다란 손이 상자 뚜껑을 열고, 쥐머리에 전기 충격기를 댄다.

다시 쥐들이 벽을 향해 날뛰기 시작하더니 한 놈이 입에서 피를 흘리며 쓰러진다.

또 한 마리, 또 다른 한 마리도 더 이상 뛰어오르지 못하고, 입에서 피를 흘리며 쓰러진다.

다시 뚜껑이 열리고, 쓰러진 쥐들을 커다란 손이 밖으로 꺼내더니 수첩에 쥐가 죽은 시간을 적고 상자에 던져 넣는다.

남은 두 마리는 다시 머리에 전기 충격을 받고 벽을 향해 뛰어 오른다.

그때 안에 남아있던 두 마리 쥐를 바라보던 박민서가 으윽! 비명을 지르며 주저앉는다.

두 마리 쥐가 장훈과 박민서, 그 자신으로 변해 있었던 것이다.

그는 유리 상자 속 자기와 상자를 바라보는 자기 모습을 한 걸음 떨어져 바라보는 또 하나의 자기를 느끼면서 고개를 든다.

흰 장갑 낀 손의 주인공이 그를 바라보며 히죽 웃었다.

굵은 뿔테 안경. 연구소의 한민철 소장… 그러다가 그 한민철의 얼굴이 한영우의 얼굴로 바뀌는 순간, 박민서는 식은땀을 흘리며 꿈에서 깨어났다.

너무 집안이 조용하다.

침대를 기어 나와 침실 안의 스위치를 올리자 실내가 환해졌다.

그때 산새소리의 수화기가 울렸다.

"저 한민철입니다. 깊은 수면을 못하시는군요. 처방해 드린 파란 색 병에서 수면제 한 알을 꺼내 드세요. 그럼 푹 주무세요."

그는 의사 지시대로 파란 색깔의 약 한 알을 찾아들었지만 입에 넣지 않고, 다시 서재 문을 연다.

2.

한영우 박사. 아니 영우.

지금 나, 내 서재 컴퓨터 앞에 앉았네.

자네, 그 '시간'의 이중성을 꼭 내게 증명해 보여야 했나? 30년의 객관적 시간과 내가 느끼는 주관적 시간 차이를 자넨 내게 확인시키고 싶었던 모양이지.

별로 유쾌하지 않지만 자네 실험은 성공했다고 해야겠지.

내 시간이 멈추어 있었으니까. 나 개인으로는 시간이 거꾸로 흘렀다고 해야 하나? 망가진 육신 일부가 수리되었다니 혼란스럽네.

자네 역시 이 엉뚱한 시간대로 머지않아 귀환한다니 글쎄, 그 순간 자네 표정이 궁금하군. 익숙하고 사소했던 환경이 뒤바뀌고, 소멸된 상황 앞에서 '냉동 해동기술의 성공'을 자네, 자축할 자신이 있나?

그나마 컴퓨터 이 구식 자판기를 두드릴 수 있게 해준 것은 고맙게 생각하네.

컴퓨터에 젊은 날들 자료가 그대로 보관되어 있는 것이 다행인지, 필요 없는 시간 소모인지 모르겠네.

조금 전, 자네도 기억하고 있을 내 손녀 딸, 서영이와 영상 통화가 있었네.

통통하던 볼 살에 속눈썹이 길던 아이가 30대 후반 금발로 나타나서 내 귀환을 환영한다는 영상을 보낸 거야.

생각해 보게. 그 아이의 30년과 정지되어 있던 내 시간.

동거하는 남자가 '노르웨이' 남자라는군.

그 아이가 '노르웨이'라는 말을 꺼내지 않았으면 젊은 날 여행 자료들을 찾아내지 않았을 텐데. 왜 하필 '노르웨이'인가.

내 컴퓨터 속에는 우리 젊은 날, 눈 덮인 그곳 항구들과 빙하 배경의 여행 사진들이 그대로 보관되어 있네.

그때가 6월 말, 한국은 더위가 시작되고 있었는데, 같은 시간대에 섭씨 10도 내외 공간에서 느꼈던 그 당혹감.

공간에 따라 같은 시간에도 기후가 전혀 다를 수 있다는 것을 직접 확인한 셈이었지.

밤과 낮, 여름과 겨울이 똑같은 시간대에도 공간에 따라 반대일 수도 있다는 것은 알았지만 그 여행에서 나는 자네 덕에 많은 것을 배운 셈이었어.

그리고 지금은 같은 장소가 시간에 따라 얼마나 이질적일 수 있는지 자네가 확인시키고 있는 것 같군.

걸어 다니고, 뒹굴고, 커피 마시던 장소가 낯설어지고, 소실되고, 이질화된 시점에 나를 던져 놓고 내 반응을 자네가 지켜보는 기분이 드네.

노르웨이 해안을 따라 북극으로 향하던 그 유람선을 탔을 때도 자네는 내가 느끼는 당혹감을 한 걸음 떨어져 지켜보았다는 생각이 여행 끝나고 나서야 들었네.

그 2주일간의 여행.

북극의 백야가 시작되고 있었고, 첫 기항지였던 '스타뱅거(Stavanger)'였다고 기억되네.

17~8세기 목조건물들이 그대로 보존되어있던 항구, 노르웨이 역사를 안고 있는 네 번째 크기의 항구. 옛날 바이킹 근거지 중 하나.

부슬거리며 내리는 빗속에서 동화나라 같은 항구에 우리 네 사람이 함께 발을 딛었지.

경사 심한 빨강 지붕과 흰색 목조 건물들에서 풍기던 분위기는 연극 시작되기 전, 무대의 고요랄까, 마법 피리에 홀려 사람들이 떠나버린 것 같던 그 휑한 공허의 거리라니… 쓰레기 조각 하나 보이지 않는 정적의 항구 위로 빗줄기가 굵어지고 있었지.

네 번째 크기의 도시라는데 인구는 그때 기껏 12만, 하기야 노르웨이 전체 인구가 당시 450만 명이었다니까 이상한 일도 아니었지.

고대 역사에 대한 내 관심에 걸맞을 것이라고 그곳 신석기 유적지를 찾아 나섰던 길은 목초지 위로 흩뿌리는 빗방울과 함께 바닷바람이 서늘했던 기억이 나네.

자네 여동생, 한미혜.

장훈이는 왼쪽 다리 때문에 목발을 짚고 있어 걸음이 뒤처졌고, 자네 여동생이 그 장훈이를 부축하고 우리 둘을 뒤따라 왔어. 전공이 간호학이었으니 당연한 봉사일수도 있었겠지. 훗날에야 그 여행 무대도 기획되었다는 혐의를 품었지만.

젊은 나이, 과학자로의 위상 구축, '생명연구소' 수석연구원 발탁이라는 게 보통 꿈꿀 수 있는 일은 아니었으니까.

장훈이의 국전 특선과 미술대학 전임 임용, 나 역시 자네들 왕성한 활동에 자극 받은 거지. 내가 어설픈 역사학 학위 논문을 쓸 수 있었던 것은.

그때, 우리 세 사람 자축 여행이 당연한 것일 수도 있었어.

그런데 자네가 왜 그때, 많은 여행지를 다 젖혀놓고, 기후도, 풍토도 엉뚱한 그 북극지역 여행 코스를 고집했는지, 궁금해.

나를 위해 석기시대 인류 흔적과 바이킹 근거지에 대한 호기심을 충족시켜주려고 그곳을 선택했다는 주장은 반쯤 허구였다는 생각이 여행 끝날 무렵 들었네.

첫 기항지, '스타벙거' 석기시대 유적지.

반 지하의 집, 땅을 파서 바닥을 다지고 벽을 세우고 지붕을 덮어 지붕위에 또 흙을 덮는 직사각형 무덤 같은 형태의 주거지, 그 공간 중심, 노지(爐址)에 말린 가축 분뇨의 모닥불, 짐승 가죽을 깐 양쪽 벽의 침상, 환기를 위해서였는지, 지붕과 벽 중간쯤 공기가 들어오도록 작은 문을 만들어 놓았던 기억도 훤하네.

그 안에서 맷돌로 곡식 껍질을 벗기고, 양털에서 실을 뽑아내었던 흔적들.

아름드리나무 숲 사이, 인적은 없고, 빨간 지붕의 한가한 집들이 비에 젖어가던 풍경은 아름다웠네.

집집마다 정원에 핀 꽃들 중에서도 양귀비꽃들의 빨강, 노란 색의 강렬했던 색감이 선명하네. 우리 넷은 아마 동시에 자네 시골 집, 그 탱자나무 울타리 안쪽 화단을 떠올렸을 거야.

어렸을 때는 그 울타리를 경계로 나와 장훈이는 울타리 안으로 사라지는 자네와 미혜와의 거리를 확인하고 했으니까.

작은 시가지 언덕 위에 있던 높은 망루는 그때 지역방송시설이라는데, 아주 오랜 옛날은 바이킹의 망루였다고 해서, 비가 뿌리는데도 우리는 옥상까지 올라갔지.

바이킹들이 노략질을 끝내고 항구로 돌아오는 것을 가족들이 기다리고, 낯선 배가 나타나는 것을 감시했을 그 망루 위는 그날 비바람이 너무 심해 서 있기가 힘들었어.

그때 장훈이가 자네 여동생 어깨에 몸을 기대고 있던 것을 기억하네.

그 자리에 있던 사람들은 비슷하게 옛 바이킹들의 장례(葬禮)에 대한 상상에 잠겼지, 싶네.

뗏목 위에 장작을 쌓아올려 기름을 붓고, 시신을 장작 위에 눕힌 뒤, 썰물 때 닻줄을 잘라 바다로 떠나보내면서 불화살을 날리는 그 사별의 식은 불과 물과 바람 속으로 생명을 돌려보내는 의식이었을까.

하늘과 바다가 안개에 잠긴 몽환적 공간에서 그 '바이킹'의 장례를 함께 떠올리고 있던 것을 확인하고 그때 잠시 우리 놀랐었지. 어떻게 똑같은 환영에 동시에 빠져들 수 있을까. 그때 자네는 '공유된 무의식' 어쩌고 떠들었고, '집단무의식'까지 들먹였던 것이 기억나네.

배에서 항구에 내릴 때마다 날씨는 나빴고, 목발 때문에 불편했던 장훈이는 미혜의 도움을 당연한 듯 받아들였는데, 나는 그것이 두 남녀를 이어줄 거라고까지는 상상하지 않았던 것 같네.

스칸디나비아 반도 맨 꼭대기, 사람이 거주하는 육지의 끝자락에 있는 작은 항구, '호닝스버그(Honnigsvag)' 풍경도 잊혀 지지 않네.

100년 전만 해도 빙하에 덮여 있었던 영구 동토의 땅이었다고 했지.

지구 온난화로 모습을 드러난 갈색의 황막한 육지의 끝자락, 북위 71도 10분 21초. 노르웨이 식 표기로 NORD KAPP.

그때쯤 해서 미혜는 장훈을 받아들이기로 결정한 것 같아.

거리 곳곳, 못생긴 트롤(Troll) 요정형상들이 세워져 있었는데, 숲의 어둠 속에서 살던 놈들이 잘못 햇빛에 몸이 노출되면 돌이 되어 버린다고 했던가. 그곳 바위들은 모두 죽은 요정들 시체라고 들었지.

그 트롤 요정 형상들 곁에서 두 사람은 여러 장 사진을 찍었어. 왜 나나 자네는 그곳에서 기념사진을 찍지 않았는지.

'노스 캠프(North Cape)' 전망대 앞에 차를 멈추고 천길 절벽 끝에 서서 나는 절벽 아래 1912년 '세인트 안나호'의 비극을 떠올렸는데 자네들은 그 생각을 하는 것 같지는 않았어. 얼음에 갇혀 움직일 수 없었던 그 배가 내 발 밑 어느 지점에 있었을까, 계절과 해가 바뀌어도 얼음 위에서 20개월을 꼼짝할 수도 없이 갇혀 있던 사람들의 절망의 무게.

운이 좋은 날, 빙판 위에 나타난 바다사자나 백곰을 잡아, 문짝이며 마룻장을 뜯어 불을 피워 고기를 익히면서 견디어 내었을 그 극한 상황 속에서 뱃사람들은 무슨 생각을 했을까.

내가 읽은 '세인트 안나호'의 비극에 관한 이야기를 열심히 하고 있었을 때, 자네들은 내 이야기는 별로 듣고 있지 않았던 것 같아. 그때쯤 장훈이와 자네 여동생 미혜의 미래가 확정되었다는 생각을 훗날 두 사람 결혼식에서야 했으니, 내가 많이 둔한 모양이야.

장훈이 미혜와 결혼을 했던 그 피로연 자리, 신혼여행을 떠나면서 손님들에게 인사를 하던 새 신부가 아주 잠깐 내게 작은 소리로 그 바이킹 장례식 이야기를 했어.

훗날, 먼 훗날, 자기 장례식도 그렇게 했으면 좋겠다고. 결혼식 날, 자기 장례식 이야기를 한 미혜도 상식적인 사람은 아니었지 싶네만.

그나저나 내가 쓰러지고 객관적으로 30년이 지나갔으면 내 나이는 도대체 몇 살인가.

쓰러진 게 60대였으니 내 나이가 100살 전후여야 하는데, 자네 조카, 연구소 소장 말로 내 육체 나이가 50대 중반이라니, 그럼 '나'는 어디에 있는 건가?

과거 내가 살았던 '나'와 지금 '나'는 같은 사람인가? 아니면 다른 존재인가, 아니면 '복사물'인가?

악몽 때문에 잠이 깨어 수면제를 삼키기 전, 잠시 책상 앞에 다시 앉았네.

고약한 꿈이었어.

또 그 악몽 속에 빨려들까 봐. 겁이 나서 머리를 한참 비워두었다가 처방해 준 약을 삼키기로 했네.

실험실 유리 상자 속, 쥐 두 마리가 왜 나와 장훈이로 변했는지, 그걸 쳐다 보고 있는 나와 더 멀리서 그 유리 상자와 나를 바라보는 또 다른 나.

꿈속이라도 너무 흉측해서 온몸이 땀으로 젖어 샤워부터 했네.

3.

도시 근교 슬로우 시티(slow city)로 이사결심을 한 것은 1주일이 지난 다음이었다.

피곤할 때까지 며칠간 박민서는 도시 이곳저곳을 계획 없이 싸돌아다녔다.

옛날 걸어 보았던 공원과 서점 골목, 카페 거리, 재래시장을 배회하기도 하고, 고속 지하철 종점까지도 왕래해 보았다.

도로와 도시 기본 구조는 그의 기억 속 도시와 별로 달라지지 않은 듯싶었다.

그러나 건물들은 훨씬 거대해지고 다양해져 있었다.

도심 빌딩 중에는 굵은 기둥 한 개만 지상에 내린 채 허공 위에 떠 있는 건물도 있고, 다른 건물은 꼭대기를 가늠할 수 없게 높아, 건물 창 곁으로 바짝 '비행 자동차'가 날아가는 것이 보였다.

피곤해지면 '2000년대 커피 숍'에 들러서 커피를 마셨다.

그는 도시 이곳저곳을 돌아다녔지만 누구도 그에게 말을 걸거나 쳐다보지 않았다.

사람들은 서로 전혀 관심이 없어보였다. 유일하게 관심을 보인 것이 공원 벤치에 쉬고 있을 때, 늙은 노파 한 사람이 그 앞을 지나면서 히죽 웃어 보인 일과 그 다음 날, 다른 여자가 시비조로 그에게 다가왔던 일이 있었다.

햇빛 탓이었을까, 은발 머리에 주름살 없는 피부의 여자는 나이를 짐작할 수 없었는데, 다짜고짜 그의 벤치 옆자리에 주저앉더니

"김 회장, 그럴 수 있는 거야?

대뜸 시비조로 말을 걸었다.

"누구신지? 사람을 착각하신 것 아닌가요?"

"유머가 늘으셨네. 나 최. 최정호. 결혼생활, 직장생활에 지친 남자. 하룻밤, 실수로 치부하고 잊을 수도 있지… 그래도 그렇다. 몇 시간이나 지났다고 깡그리 모른 척 하면 내 자존심 상처받지."

이건 아니다, 싶어 그 자리를 빠져나오자 분수 곁에 서 있던 레게 머리의 뚱뚱한 흑인 여자가 가운데 손가락을 치켜 올리며 히죽 웃었다.

"지금 나, 시간 괜찮아."

박민서 교수가 그날, 서둘러 아파트로 돌아온 것은 '꽃집' 여자를

'2000년대 커피 숍' 앞에서 만난 탓도 있었다.

커피 한 잔씩을 함께 마신 것은 좋았다.

그런데 보라색 머리칼의 여자가 커피 잔을 내려놓으면서 신품종 식물 이야기를 끝없이 늘어놓았던 것이다.

"'토메이토 포테이토', 모종이 들어 와서요. 필요하시면 몇 그루 나눠드릴까 하고요."

감자 뿌리에 줄기는 토마토. 그 가게 유리병 속에서 그 식물을 보면서 불쾌감이 왔었는데, 최 변호사가 그때 '적극적 에너지 활용'이라고 했던 기억이 났다.

"지금도 충분합니다"

"같은 줄기에 일곱 가지 다른 색깔 꽃도 있어요. 시간에 따라 꽃 색깔이 변하는 장미도 왔고요."

여자가 새 품종의 화초 이야기를 끝없이 떠들어서 그는 서둘러 커피집을 나왔다.

옷차림과 사람들 피부색이나 머리 색깔에도 무심해지고, 대형 모니터 입체 영상 뉴스나 광고에도 그는 조금씩 익숙해 갔다.

거리에 나서면 풍경이 낯설고 생소했지만 이국여행이라 생각하면 견디지 못할 것도 없었다.

"낯선 도시 여행이라 생각하시고 즐기세요. 언어와 결제 문제 신경 안 쓰셔도 되니까 느긋해지실 수 있고요."

최 변호사 말대로 젊은 시절, 지구 낯선 곳을 퍽 많이 여행도 했었다.

아프리카 몇 곳 오지와 브라질 아마존 밀림, 파푸아뉴기니, 이스터 섬, 대서양의 카나리아 군도, 그때는 색다른 그곳 관습과 언어의 이질

성 앞에서도 삶이라는 게 유사하다는 것, 언어 이전, 눈빛과 표정으로도 의사소통과 교류가 가능하다고 생각했다.

그러나 언어 소통에 문제가 없는데도 사람과의 소통이 힘들다는 것을 확인하면서 그는 이사를 결심했다.

시도 때도 없이 TV, 대형 화면 광고 내용들 역시 이사를 결심한 것과 무관하지 않았을 것이다.

'완벽한 가사도우미 로봇 출시!!

인종, 나이, 체형도 고객요구에 따라 주문 제작 가능.

바로 전화주세요.'

'화성에서의 환상적 2주일'

'달나라 1주일 여행 체험'

'수억 년 신비의 심해 탐사 1주일'

마침 도시 근교 '2000년대식 슬로우 시티'에 앞서 자리 잡은 장훈 화백의 연락이 이사를 결심하는데 결정적이었다.

최 변호사도 '슬로우 시티' 이사에 긍정적이었다.

"심심하셨을 겁니다. 친구분 만나시고, 옛날식으로 활동도 하시면 즐거우실 수 있으실 거예요. 필요하신 것은 제게 언제나 연락하시면 되니까요."

"여러 가지로 많이 고마워요."

"주택 관계는 알아보고 바로 연락드리지요."

최 변호사가 떠나고, 손녀딸 입체 영상 전화와 장훈 화백 전화가 연달아 걸려 왔다.

손녀딸에게 '슬로우 시티'로 거처를 옮길 것 같다는 소식을 전해주고 나자, 뒤이어 장훈의 모습이 화면 밖으로 튀어 나왔다.

"최 변호사 연락 받았어. 그래야지. 완전히 결정했나? 낯선 곳 며칠 간 여행했으니 이리로 오게. 내 그림 많이 달라진 것도 구경하고. 피차 무사 귀환 축하주도 한 잔 해야지."

"멀미를 실컷 한 것 같네. 며칠…"

"하하하…… 그래 멀미지. 환경이 갑자기 바뀌면 대개 멀미를 해. 자 네는 거기다 여행을 잘 즐길 줄 모르는 체질이야. 낯선 곳에 가면, 첫 번째, 그곳 현지 돈을 써보는 것, 두 번째, 그 현지 음식을 먹어보는 것, 세 번째, 그 현지 여자를 안아 보는 것, 알겠나? 자네 옛날 돌아다 닌 것도 껍데기였을 거라는 이야기지. 그걸 꽁생원이라고 그러는 거 네. 새 환경을 확인하고 즐기는 것이 체득 안 되는 체질. 자네 말이 야… 선생 노릇을 해서 그래… 안 그런가?"

장훈은 직접 만난 것처럼 영상으로 꽤 말을 많이 했다.

그의 기억 속 장훈은 필요 이상 말을 하지 않던 아이였다.

한 가지 일에 빠지면 누가 무슨 이야기를 해도 자기세계에 몰두하던 그런 친구였는데… 빠져드는 일이란 게 대개 그림에 관계되는 것들이 었지만.

다시 생각해보니 그가 결혼을 한 후로 자주 만나지 않았다는 생각이 들기도 했다.

그의 그림 전시회 안내장을 받거나 특별히 한영우와 셋이 어울리기 는 했어도 서로 너무 다른 세계에서 살았던 까닭도 있었지 싶었다.

그의 그림이 보고 싶기도 했다.

그림에 대한 깊은 식견은 없지만 장훈의 그림에는 독특한 분위기가 있었다는 생각이 들었다. 극사실화에서 극단적 실험까지, 그의 그림은 전시회 때마다 그래서 비평가들의 허를 찔렀지 않나 싶었다.

재료만 있으면 종이건, 나무토막이건, 흙바닥이건 그는 그림을 그렸다.

뾰족한 나뭇 가지나, 못, 으깬 나뭇잎의 시퍼런 즙으로도 그는 그림을 그렸고, 또 그렸다. 버드나무 가지를 태운 목탄으로 종이에 그림을 그리는 경우는 행운에 속하는 일이었다.

민서가 놀랐던 목탄으로 그린 단발머리 소녀의 초상.

미혜.

어렸을 때였지만 그 그림을 보면서 민서는 소름이 쫙 돋았다.

사진보다 더 세밀한 얼굴과 표정, 거기에 소녀 머리 위로 날아오르던 노란 나비 한 마리, 그 나비 쪽으로 향한 소녀의 눈이 이상하게 섬뜩했다.

그러나 그가 국전에서 훗날, 특선을 한 그림은 거칠기 짝이 없는 추상화였다.

원색 유화의 그 작품을 사진으로만 보았지만 그가 알고 있었던 유년 시절의 장훈이 아니었다.

우직한 저돌성. 목표를 세우면 목표점에 도달할 때까지 한 눈은 안 파는…

"송곳 꽂을 땅 한 뙈기 없이 남의 집 일만 하다 농약마시고 죽은 우리 아버지. 평생 남 앞에서 고개 한 번 못 들고 산 아버지. 나는 그때부터 누구 눈치 안 보고 앞으로만 가야했어."

중년이 되어 그가 했던 말이었다.

"…자네들에게는 잊혀졌을 것이고 또 몰랐을 거야… 여름 방학이 끝나고 학교에 가져갈 폐품을 못 구해서 고물상에 들어가 솥단지를 집어오다가 들킨 일. 그 주인 털보영감, 내게 꼼짝 말고 그 자리에 솥단지를 모자같이 뒤집어쓰고 앉아 있으라고 했지. 점심때부터 비가 부슬거렸는데 나를 잊어버렸던 듯싶어. 그렇게 이튿날 아침까지 앉아있었다고… 아침에 그 털보 아저씨, 홀딱 비에 젖어 솥단지를 쓰고 있는 나를 보더니 기겁을 하는 거야…무슨 이런 독한 놈이 있냐? 야, 너, 밤새 이러고 있었어…? 그래, 이놈아, 그 솥단지 그리 욕심나면 가져가라. 지독한 놈을 다 보았네… 그날 지각은 했어도 학교에 방학 숙제 폐품을 냈어…”

노르웨이 여행을 끝내고 영국을 거쳐 귀국했던 런던 ‘히드로’ 공항에서, 그는 잠시 내게 작은 목소리로 그 이야기를 했다.

모닥불에 목탄을 만드느라 버드나무 가지를 부지런히 불 위에 던지던 중 불발탄에 불꽃이 튀었을까. 얼마나 큰 소리로 포탄이 터지는지 보려고 일부러 모래톱에서 주어온 불발탄을 던져 보았을까.

그러나 그는 불발탄 폭발 사고가 있고, 병원에서 목발을 짚고 나온 후에도 왼쪽 발목이 으스러진 사고에 대해서 자세한 이야기를 한 적이 없었다.

‘사진보다 정교한 극사실주의’

‘난삽한 추상에 대한 새로운 거역’

확실하지 않지만 장훈의 그림에 대한 신문과 미술잡지의 실렸던 평문의 제목을 박민서는 기억하고 있었다.

극과 극. 완전한 자유의지.

그의 그림들은 생각하기 힘들만큼 발표 때마다 이질적이었지 싶었다.

목탄으로 단발머리 소녀를 흑백사진처럼 그렸던 절름발이 소년은 어디로 갔을까.

슬로우 시티 이사는 순조로웠다.

마을의 비어 있던 단독주택을 구입, 최 변호사가 서둘러 수리를 끝내고, 가구들을 옮겨준 덕에 박민서의 이사는 그날 몸만 옮겨가면 되었다.

"장훈 선생님이 많은 도움을 주셨어요. 마을 분들도 대환영이시고…"

'비행 자동차'가 마을 밖 공터에 날개를 접고 내려앉을 때쯤 박민서는 시골의 그윽한 흙냄새를 오랜만에 맡았다.

"50년 전, 이곳은 아주 외딴 산골이었답니다."

낮은 야산을 등지고 단독주택들과 2, 3층 높이 연립주택 형태의 건물 몇 동이 섞여 있었다.

'박민서 교수 입주 환영'

큼직한 현수막을 앞세운 마을 사람들이 50여 명, 착륙장 앞에 나와 있었다.

"환영하네. 나, 장훈이야."

꽃다발을 안겨준 덥수룩하게 수염 기른 남자 손을 그는 참 오래간만에 잡았다.

박수소리가 왁자해졌다.

"제가 이 마을 회장입니다. 환영합니다."

안경 낀 뚱뚱한 남자가 뒤이어 그의 손을 쥐고 흔들었다.

"회장님이 이곳 혜민 의원 원장이시네."

"감기나 소화불량, 언제나 찾으십시오."

여러 사람 손을 잡았고, 박민서는 사람들 냄새 속에 평온해졌다. 빨리 왔어야했는데, 하는 생각이 들기도 했다.

그를 환영하는 점심식사를 같이 한다고 해서 타고 왔던 비행 자동차가 떠나자 박민서는 장훈의 자동차에 올랐다.

"이 동네는 날개달린 괴물 자동차는 없으니까 그리 알게… 그래도 이 동네에는 옛날 먹던 불고기 집도 있고, 횟집, 대포집도 있으니까 살만할 거네… 지독하던 멀미 증세는 이제 나았나?"

"정신이 좀 드는 것 같네. 지금에야."

싱그러운 풀냄새가 창문을 내린 차 안으로 스물거리며 기어들어 왔다.

잊고 있었던 찔레 순 냄새, 익어가는 보리 냄새…, 마을 한쪽으로 누렇게 보리가 익어가며 물결이 되어 출렁거리는 것이 보였다.

잊고 있던 풍경이었다. 시골 풍경 속에 들어와 본 것이 얼마만인가.

전에도 도시생활 속에서 논문 자료, 신문과 컴퓨터, 밀려드는 정보지, 건강 염려증 속에서 오래 시골을 잊고 살았다.

그는 유리창을 내리고 깊이 심호흡을 했다.

그날 환영회는 젊었던 시절, 직장 입사 환영회나 동창회만큼 떠들썩하게 끝났다.

몇 순배씩 술과 음료수가 돌고, 왁자한 웃음소리로 과거의 한 시절로 시간 여행을 한 것 같았다.

거처할 집 마당 한쪽, 작은 텃밭 흙을 그는 집 안에 들어서면서 한 웅큼 손으로 쥐어 보았다. 흙냄새. 유년시절 이후, 자연의 흙을 손에 쥐었던 적이 없었다는 생각이 들기도 했다.

흙에 직접 꽃을 심자.

채소를 심고, 나무도 심고… 우선 백합을 심자.

장훈의 집은 걸어서 5분 거리 정도였다.

이튿날 저녁, 장훈 화백의 집을 찾아갔다가 박민서 교수는 두 가지 충격을 받았다.

거실을 그림 작업실로 사용하는 듯, 우선 집안 전체가 짙은 송진 냄새로 가득했다.

유화 물감냄새 속에 장훈은 깎지 않은 수염에 어울리는 편한 복장으로 그를 맞았고, 대뜸 벽에 가득 걸려 있는 캔버스 앞으로 그를 데려갔다.

벽면에 여러 개, 큰 캔버스들이 흰 천으로 덮여 있었는데, 그가 흰 천을 한 겹씩 걷어 냈다.

"덜 끝났어. 작업 중이야."

물감이 짓이겨진 거친 추상화들이었다.

"술이 기분 좋게 취하면 딱 이 자리에 서지. 그리고는 물감을 손으로 뭉쳐 저기에 던지는 거야. 욕을 하면서…, 세월을 향해 던지기도 하고, 싫은 기억도 내던지지. 억울했던 일도 던지고… 내 속에 들었던 추악한 것들도 다 꺼내 집어 던지는 거야… 그러다가 쓰러져 잠이 들었다가 아침에 눈을 뜨면, 여자가 커피를 내려서 내 손에 잔을 쥐어주네. 해가 뜰 때를 기다려서 그림 위 흰 커튼을 걷어. 그때, 또 다른 내가 나서서 미친 캔버스에 수정작업을 하지."

극에서 극으로 움직여온 그의 그림을 짐작하고 있었지만 물감을 손으로 뭉쳐서 던진다는 작업 방법은 충격이었다.

"내 부서진 복숭아 뼛조각도 저기 던졌고…"

그가 픽 웃더니 그 말을 하고 유리잔을 꺼내 위스키 두 잔을 따라 왔다.

그를 만났을 때 눈여겨보았지만 목발 없이 그는 자유롭게 걸어 다녔다.

"우리 친구, 한민우 박사가 새 것으로 끼워주었지 않았겠나? 그 친구, 참 대단해. 옛날에도, 지금도… 그렇지 않나?"

"나는 간하고 폐라던가 바꿔 끼워놓은 모양인데…"

"우리 사실은 둘 다 반쯤 로봇이야. 그 친구가 좀비를 만들어 놓은 거지. 안 그런가?"

그때 동거하는 여인이 거실로 걸어 나왔고, 그가 내게

"소개하지. 내 죽노(竹奴)일세. 아니지. 내 표현이 틀렸군. 내 죽노가 아니고, 내가 이 사람 죽노야."

많이 보아야 40대 중반, 흰 피부의 미인형 여자였다.

"신경 쓰지 마세요. 언어 표현방법이 자기 그림이나 비슷하더라구요… 오시게 되었다는 소식은 들어서 알고 있었어요… 역사학 교수셨다고요."

"…"

"이 사람, 내 그림에 반해 내 곁에 있는 거야. 1주일 중의 사흘이지만…"

여자는 도시에 남편이 있다고 했다.

며칠 도시에서 남편 아내로 살고, 나머지는 장훈에게 와서 지낸다고 했다.

'죽노(竹奴)'라는 말이 생경해서 묻자, 장훈이 한참 낄낄거렸다.

"깨어나면서 머릿속까지 포맷되었군. 그 단어, 자네가 내게 가르쳐 준 단어라고… 사학 교수 했다는 사람이 젊었을 때는 더러 떠들더니… 내, 자네 논문제목도 말해 줘? '고려시대 신분 계층 대립 연구' 내 기억 어때, 맞지?"

박민서는 장훈에게는 천재성이 있다는 생각을 다시 했다.

옛 친구, 논문을 제목까지 기억하다니…

"양반가에서 여름 날 더우니까, 남자는 사랑방에서 죽부인(竹夫人)을 끼고 잠들고, 마나님도 더운 것은 마찬가지거든. 마님도 안방에서 대나무 인형을 끼고 잔다, 그 마나님 인형 이름이 '죽노'…어때? 기억나? 이제?"

맞아. 노비의 신분 상승. 신분 상승의 투쟁. 그것이 노비의 난이었고…

박민서는 의식 깊은 곳에 숨었던 기억 조각들을 잠시 꺼냈다.

젊은 날, 대립된 신분구조의 벽에 대한 생각을 했던 것 같다.

신분의 벽에 대한 도전이 쿠데타였고, 고려시대, 무신정변들과 실패한 노예반란 사건들에 한동안 빠져 있었지 싶었다.

…준비 안 된 쿠데타는 실패하기 마련 아닌가…? 젊은 날, 장훈이 그런 이야기를 했던 것 같다.

노비반란이 화제에 올려졌을 때였나… 장훈은 정보나 계획의 공유 자체가 실패의 출발점이라 했다. 한 사람, 두 사람, 정보가 공유되면 그것은 세력 확장이 아니라, 배신 기회의 확대라고… 반란은 혼자 해야 해. 계획이 완전해질 때, 한꺼번에 꽝꽝, 그렇게 쓰러버려야 해… 화제가 바뀌었지만 그런 식 대화를 나누었던 것 같다.

박민서 교수의 '고려시대 무신반란과 신분변화' 강의에는 50여명 마을 주민이 참석했다.

마을 회의에서 추진한 '재능 나눔' 행사로 다섯 번째였다.

특별한 일거리를 갖지 않은 사람들 중 과거 경험 중 주제를 정해 발표와 청취의 기회를 함께 갖는 행사는 심리적 무료함에 대한 치유방법 중 하나였다.

첫 음악발표회 호응도가 제일 높았고, 화원주인, 강 여사의 '채소와 꽃 가꾸기' 정도는 호응도가 있었다.

그간 텃밭을 꾸미면서 박민서도 일을 찾았다고 생각했지만 옛날, 강단에 섰다는 것이 알려지면서 '역사'에 대한 강의를 맡았던 것이다.

엄격한 신분사회 기본 틀의 전복에 관한 쿠데타는 학구적으로는 흥미를 끌만한 주제였다.

그러나 박민서 자신도 마을 분위기에 발표 자체가 어색했고, 마을의 청취자들도 실생활과 유리된 과거 역사에 흥미를 느끼지 않은 것 같았다.

그 강의가 끝나고, 장훈이 그를 안내한 곳이 1970년대식 술집이었다.

마을은 기본적으로 2000년대 분위기였지만 사람들은 더 옛날에 대한 향수를 지닌 것 같았다.

"'장애물달리기'라면 같은 조건이 전제되는 게 원칙이지. 그런데 인생은 사실 개인코스의 조건이 다 달라. 그게 묘미이기도 하고… 스타트 조건도, 코스 조건도 다 다른 거야. 달리는 코스에 있는 장애물 종류도 똑같지가 않아… 한 사람은 몇 미터 앞에서 출발하기도 하고, 그 사람 달리는 코스에는 장애물이 놓이지 않을 수도 있지. 그 곁 다른 코스 선수에게는 '철인경기'야. 함정도 있고, 언덕도 낭떨어지도 있고…"

연탄불에 석쇠 양념고기를 굽는 술집은 그들 기억 속에도 낯설었다.

"장애물 경기에서 평탄한 코스가 주어진 선수와 경쟁하는 것은 처음부터 불가능해. 거기 불만을 가지고 덤비는 게 쿠데타 아닌가?"

장훈이 그럴 듯한 변설을 했다.

"그런데 가르쳐 줄까? 진짜는 장애물 위로 발을 땅에 안 딛고, 일부 구간을 훨훨 날아가는 방법이 있거든. 그걸 우리는 상상력이라고 하지. 그게 예술의 본질이야."

무슨 이야기를 하고 있는 건가? 가볍게 두통이 왔다.

그리고 정확하게 휴대폰 신호가 왔고, 휴대폰 화면에서 한민철 박사의 굵은 뿔테 안경이 나타났다.

"박 교수님, 혈액 속 알코올 농도가 높아지고 있습니다. 음주 중이시면 중단하시고 댁에 돌아가서 휴식 취하시기 바랍니다."

"알았어요."

박민서는 휴대폰 전원을 눌러버리고 앞에 놓인 술잔을 한꺼번에 비웠다.

"자네도 날아보려고?"

장훈 역시 술을 털어 넣으면서 낄낄거렸다.

나이 든 마을의 뚱보 의사는 박 교수가 들어서자, 웃음 머금은 얼굴로 의자를 권했다.

"검사 결과 아무 곳도 이상이 없습니다. 아주 건강하세요."

사흘 전, 박민서는 마을 병원에 들려 기초적인 검사를 부탁했었다.

"그렇겠지요."

완전하게 재조립되었을 테니까요, 그렇게 대꾸하고 싶었지만 그는 말을 아꼈다.

"선생님 몸 속 센서는…"

의사가 그의 왼쪽 손목 부위를 가리켰다.

"기본적으로 여기 심거든요. 최대 직경 0.5밀리 정도, 본인은 의식을 못합니다. 의학 기술이 대단해진 거지요."

"그렇군요."

그는 허름하고 낡은 진료용 책상이며, 의자, 군데군데 흰 칠이 벗겨진 벽면을 다시 둘러보았다.

"회장님 병원에 들어서면 편안해집니다. 고향집에 돌아온 것 같아요."

"환자 분들 그 말씀들을 하세요. 그런데도 제가 처방해 드릴 수 있는 게 소화제나 감기약 정도랍니다. 많이 아프면 큰 도시 현대식 병원으로 나가니까요."

며칠 전, 장훈과의 술자리를 가진 후, '생명연구소' 모니터와 연결된 몸속 센서 위치가 갑자기 궁금해지기 시작했었다.

그는 왼손 팔목 부분을 어루만져보고 자리에서 일어섰다.

몸의 한 부분에 이상이 생기면 연구소 모니터가 알아차리고, 알맞은 처치를 할 것이었다. 마을 똥보 의사 역시 그 사실을 알고 있을 것이다. 그러면서도 옛날 시골 의사 모습으로 연기를 하고 있을지도 몰랐다.

"아프지 않아도 가끔 들리겠습니다."

그는 오른손 검지로 결제를 하고, 천천히 걸어서 집으로 향했다.

4.

한영우, 어렸을 때부터 우리 사이에서 각본을 쓰는 게, 자네 몫이었다는 그런 생각이 왜 이제야 드는 건지.

감독과 주연까지도 본인 몫이고. 나와 장훈이는 언제나 조연이나 엑스트라 역할.

자네 각본 속 출연 요청을 앞으로는 거절하고 싶어지네.

나와 장훈이 자네가 기획해 둔 각본 위에서 걷고, 뛰고 했던 것 같은 이상한 배신감이 이 마을에서 며칠을 지나며 점점 강해지는 거야.

절름거리던 장훈이의 다리가 멀쩡해진 것을 확인하면서 이제는 나 역시 출연을 거절해도 된다고 생각했는지 모르겠네.

자네 옛날, 자주 이야기 했던 시간의 이중성.

여러 번 했던 화제라 시간에 대한 그 명제는 잊지 않네.

객관적 시간이 하나의 선으로 존재한다면 그 줄 위에서 줄타기를 하는 개인은 상황에 따라 주관적 시간이 길어지기도 하고, 짧아지기도 한다는 것. 동의하네. 자네 의견.

군대 제대 말년, 그 몇 달이 얼마나 더디고 지루했는지 아니까… 나한테서 강의 받던 학생들도 자네 말대로 졸리고 하품 나오고 그랬겠지… 누구에게나 신나는 즐거운 시간은 눈 깜짝할 사이 지나가는데… 그래, 나도 그 점에 동의해.

우리 모두 그때 초등학교 3학년이었을까, 4학년이었을까, 한국전쟁이 막 끝나고 물자가 귀하던 때 학교에서 방학 끝날 때면 학생들에게 폐품 수집을 시켰지.

깨진 병, 헌 신문지, 부서진 농기구, 유리조각 무엇이건 방학이 끝나면 학교에 가져가야 했어. 나는 집안에 굴러다니던 빈 병 몇 개로 최소한의 의무를 다했고, 자넨 집에서 헌 양은 솥단지를 가져갔던 것으로 기억하네.

그때 장훈이 모습이 학교에 안 보였어.

학교를 파하고 집에 가던 길, 장터를 돌아 나오는데, 거기 고물상 문 앞에서 장훈이가 무쇠 솥을 머리에 쓰고 앉아 훌쩍거리고 있었지. 폐품을 못 가져가면 선생님한테 혼이 나니까, 그 친구. 고물상에서 헌 무쇠 솥을 훔쳐 나오다가 주인에게 잡힌 거야.

그 벌로 그날 학교도 못 가고 하루 밤을 그대로 그 고물상 문 앞에서 무쇠 솥을 쓰고 앉아 있었는데, 그때 영우, 자네 한 손으로 무쇠 솥을 둥둥치면서, 얌마, 그래도 이러고 있으면 소나기 올 때도 멀쩡하지 않어? 안 그러냐? 그러면서 자네 그때 낄낄 웃어대었지.

그래, 그게 한영우, 자네였어. 그 고물상에서 무쇠 솥을 훔치라고 가르쳐준 것도 아마 자네였고..

그것만이 아니지.

그 무렵 여름 날, 산에서 장훈이가 꿩알을 열 개도 넘게 주워 와서 같이 삶아 먹은 적이 있었고, 며칠 후에 이번에는 자네가 또 무슨 알을 주워와서 장훈이네 부엌에서 삶은 적이 있어.

그런데 그 삶은 알을 자네가 우리더러 앞서 먹으라고 했어.

장훈이가 서둘러 자네 시키는 대로 알 껍질을 벗겨 입으로 가져가다가 튕겨 일어났지.

꿩 알이 아니고 뱀 알이었어. 그것도 부화가 막 시작되어 알 껍질 속에서 새끼 뱀이 나왔는데… 그때, 자네는, 거 이상하다, 분명 까투리가 우리 울타리 안쪽에서 이 알들을 품고 있는 것을 보았는데…

그래, 그 울타리… 탱자나무로 된 자네 집 울타리… 장훈이와 나는 늘 그 울타리 앞에서 멈추어 서곤 했지.

촘촘하게 날카로운 가시로 뒤덮인 그 탱자 울타리 틈 사이로 바람이 드나들고, 들쥐와 작은 새들도 통과를 했는데 우리 두 사람은 그 울타리 안으로 들어가 본 적이 없었어.

자네와 여동생 미혜가 나란히 울타리 안으로 들어가면 나와 장훈이는 그 울타리 밖에서 서쪽 하늘이 저녁이 되면서 벌겋게 되었다가 보라색으로, 검은색으로 바뀌어가는 것을 지켜보다가 집으로 돌아서곤 했지.

장훈이가 자네 여동생과 결혼을 했던 것은 그 울타리 안에 들어가고 싶어서였을지도 모르겠어.

그 결혼으로 우리에게 금기였던 그 탱자울타리를 왕래하는 신분변화를 꿈꾸었는지는 상상해보지 않았어.

한 번도 상대방 얼굴을 바로 못보고 눈을 아래로 깔고. 꾸부정한 어깨로 살았던 제 아버지가 농약을 들이키고 세상을 떠났을 때, 장훈이는 탱자나무 울타리 안쪽에 사는 미혜와의 결혼을 계획했는지 몰라. 그러나 젊은 나이, 장훈이 국전 특선 화가로 입지를 굳히지 않았어도 그 결혼을 자네가 찬성했을까.

장훈이 화가로 성장하고, 자네가 '냉동생물학' 연구 선두 학자로 자리 잡지 않았다면 나 역시 지방대학 교수자리 역시 상상하지 못했을지 모르겠네. 사실을 고백하지만 나는 그냥 편하게 엎디어 살고 싶었어.

동물 집단에서 힘으로 서열을 정해질 때, 서열에서 밀리면 상대 앞에 벌렁 누워 배를 내보이고 복종을 맹세하는 것, 굴종이건, 순응이건 그것 역시 생존 전략이라면 나는 서열의 후순위에서 편한 안주의 길을 택했을 걸세.

내가 역사학 쪽 논문을 쓰자, 장훈이는 내게 그런 말을 했지.

행동에 옮길 용기가 없어 역사에 기대서 몽상적인 반란을 꿈꾼다고… 그래, 몽상이라면 미혜에 대한 몽상은 오래 했던 것 같아.

거창한 반란을 꿈꾸어 본 적 없지만 지금의 이 무료, 이 시간의 혼란을 계속할 흥미가 점점 없어져가네.

장훈, 손등이 새까맣던 그 장훈이가 저희 집 좁은 부엌 아궁이 앞에 쭈그리고 앉아 포플러 나무줄기를 태워 '목탄'을 만들던 것을 기억하네.

곱게 탄 포플러 나무 숯을 그는 보물 다루듯이 다루었어. 틈만 나면 그 목탄으로 너덜거리는 제 낡은 스케치북에 그림을 그렸지. 그러면서도 본인 그림을 제대로 보여준 적은 한 번도 없었어. 그가 그 무렵, 딱 한 번, 기뻐 날뛰는 것을 보았는데, 멀리 살던 제 이모가 찾아오면서 새 스케치북을 사다주었기 때문이라는 것을 알았지.

그에게 종이가 있고, 손에 잡히는 그림 도구만 있었다면 그는 먹지도 자지도 않고 그림만 그렸을지도 몰라.

한국전쟁이 끝나고 휴전이 되었을 무렵, 시골 아이들 사이에서 왜 그렇게 불발탄 사고가 잦았는지…

특별한 장난감을 가져본 적 없던 시골 아이들에게는 쉽게 구할 수 있었던 탄피들을 보물처럼 가지고 놀았고, 휴전이 되고나서는 계곡 같은 곳에 굴러다니던 불발탄을 주워서 고물상에 팔거나, 엿을 바꾸어 먹기도 했지. 그때, 탄창을 분해하거나, 불 속에 넣었다가 폭발사고로 다치는 일이 엄청 많았지.

장훈이 불발탄 폭발로 왼쪽 발을 다친 경우도 그 당시에는 보통의 일이었으니까.

이 새끼야, 차라리 그 자리에서 칵, 죽어버리지 그랬냐?

왼발 발목에 붕대를 동여 메고 저희 어머니 등에 업혀 제 집으로 온 날, 나는 그 집 울타리 밖에서 저희 어머니가 내는 울음소리를 들었어.

왼발 복숭아 뼈가 으스러져 그때부터 목발을 짚게 되었지만, 장훈이는 그 불발탄을 어디서 누구와 함께 주워 왔고, 어쩌다 폭발사고가 일어났는지는 이야기하지 않았어.

그 사건이 있고 훨씬 후에도, 어른이 된 뒤에도 장훈이는 그 불발탄 이야기를 입에 올리지 않았어.

한 달여 학교를 못 나오다가 장훈이 목발을 짚고 학교에 나왔을 때,

이상하게 한 해전 여름방학이 끝나고, 폐품수집 사건으로 그가 고물상 앞에서 무쇠 솥을 머리에 쓴 채 앉아 있던 것이 떠올랐는데… 그때. 한 영우, 자네가 그 무쇠 솥을 손으로 툭툭 치면서, 그래도 이렇게 있으면 비는 안 맞겠다… 낄낄거리던 자네 얼굴이 그때, 내게 왜 나란히 떠올라왔는지…

지금 장훈이는 절름거리지 않네.
목발 없이도 쿵쿵 뛰어다니고, 재미있는 여자도 한 사람, 1주일 절반을 그의 곁에 머물더군. 목발 짚던 젊은 시절에는 어깨를 빌려 줄 미혜가 필요했지만 미혜가 없으니까 다리가 불편해서는 안 되는 거 아닐까.

5.

"남편을 사랑하느냐고 물으셨나요?"
석쇠 위의 돼지고기 한 점을 집어 들면서 그녀가 갑자기 꺄르르 웃었다.
1970년대 술집이라는 연탄구이 석쇠집이 박민서와 장훈의 단골집이 되어버렸다.
"저도 물을게요. 박 선생님은 옛날에 부인을 사랑하셨던가요?"
"글쎄, 그게 뭐…"
민서는 소주를 털어 넣으면서 우물거렸다.
사실 그 질문에 자신 있게 대답할 수가 없었다.
"그래도 저는 부부라는 인연을 절반을 이어가는걸요. 남편은 새로운 시간 속에 동화되면서 부부 개념을 완전히 잊더라고요. 젊고 섹시한 여자들이 있고, 날마다 다른 여자를 품을 수 있는데, 옛날 부부라는 인연, 의도적으로라도 망각하고 싶은 거 아니겠어요? 제 경우 반쪽은 이곳의 2000년대에, 다른 반쪽은 2050년에 그런 셈이랄까요."

장훈의 말로는 부부가 함께 차 사고를 당했고, 함께 깨어난 시간 속에 여자는 현재의 새로운 시간적응이 힘들어 1주일 절반을 슬로우 시티에서 그와 함께 지낸다고 했다.

"지금 이런 술집, 정확하게 196~70년대식이니까."

민서 역시 연탄불에 고기 굽는 기억은 훨씬 젊었던 시절이었다.

"2050년대에 데려다 놓았더니 2000년대를 찾고, 그것도 부족해서 연탄불에 안주 굽는 1970년대 소주 집을 찾고 말이야. 그러다가 다 석기시대로 거슬러 올라갈지도 모르지 않나?"

'연탄은 가스 때문에 난방이나, 조리에 부적합하다'는 논리는 한 시기의 명제일 뿐.

'절대적 명제'라는 게 원래 존재하기나 하는 건지, 천천히 두통이 왔다.

"개량종이 많아져 흰 꽃 말고도 분홍, 노랑, 빨강에 한 줄기에 꽃 여러 대 달린 것도 많거든요. 선생님 찾으시는 것은…"

이사를 하고 맨 처음 '꽃집' 간판을 마을 로터리에서 발견하고 박민서는 곧바로 가게 문을 밀고 안으로 들어섰다.

막 피어난 갖가지 꽃들에서 풍겨오는 향기가 감미로웠다.

투명한 화분 속, 뿌리를 내려뜨린 흰 색깔 장미 화분에는 두 대의 꽃이 곧 만개할 듯 보였다.

그의 시선이 장미 화분 가장자리로 향했다.

투명한 화분 가장자리에 붙어 있는 스티커. 흰색 표지 곁으로 빨,

주, 노. 초, 파, 남, 보, 흑.

"저녁에 색깔을 입력하면 아침에는 원하는 색깔 꽃을 볼 수 있어요. 흰색으로 되돌리고 싶으면 흰색 버튼 명령을 내리고요."

그러고 보니 진열대 위 장미 꽃 색깔도 다양해 보였다. 흰색에서 파랑색, 완벽한 검정색.

"이 녀석들도 다 마찬가지인가요?"

"아니에요. 자동 변색 화분… 도시에 나갔다가 신기해서요…"

"내가 원하는 건, 옛날, 흰색 백합입니다."

"눈치로 알고 있었어요."

건강한 탄력이 느껴지는 갈색 피부의 여자는 이름이 강여옥이라고 했다.

꽃집 여자는 화분들 사이에서 흰 꽃 한 대가 막 피기 시작한 백합 화분을 찾아왔다.

햇볕에 그을린 듯 보이는 피부색의 40세 전후. 밝고 서글서글한 인상이었다.

민서는 주인 여자가 건네주는 화분을 받아 숨을 들어 마셨다.

"백합은 향이 강해서 여러 대가 있으면 두통이 와요. 큰 화병에 백합을 가득 꽂아놓고 잠이 들면 그 향기 때문에 죽을 수도 있다던데요."

작은 가위로 장미꽃 줄기에서 잎을 잘라내며 여자가 혼잣말을 했다.

집 마당에 꽃밭이 있었고, 지방 공무원이던 아버지가 꽃을 좋아해서 마당 한쪽에 작은 온실이 있던 집에서 자랐다고 했다.

"사람은 어린 시절에서 누구도 자유롭지 못한가 봐요. 도시에서 몇 해 살면서 꽃 같은 것 잊고 살았는데, 어느 날, 마당 한쪽에 있던 꽃들이 그리워지는 거 있지요? 맨드라미, 채송화, 장미에서부터 모란꽃,

작약, 팬지, 시클라멘, 유도화, 백합… 도시생활을 접고 어린 시절 자랐던 이곳 고향에 와서 꽃 장사를 시작했어요…"

묻지도 않았는데 여자는 자기 이야기를 했고, 박민서도 아파트생활을 하면서 화분 몇 개를 길렀노라고, 까다롭다는 난초도 몇 화분 길렀다는 이야기를 했다.

"댁에서 흰 백합만 기르시게요?"

"우선 뜰에다 백합을 잔뜩 심으려고요."

꽃들 사이에서 커피를 대접 받았고, 마당 한쪽에 심을 백합 묘목을 부탁했다.

"화분에 심어진 것도 한 50분…"

"장훈 화백님과 친구 분이라고 들었어요. '재능 나눔' 선생님 강의도 들었어요."

"그 지루한 강의를…"

유리 상자 속, 실험실 쥐에 관한 꿈을 '슬로우 시티'로 옮겨 온 후에도 박민서는 두 번이나 더 꾸었다.

내용이 똑같지 않았지만 마지막 장면에서 쥐들이 피를 흘리며 죽어가는 모습과 큰 집게로 죽은 쥐를 꺼내 기록한 후, 시체를 쓰레기통에 내던지는 장면은 같았다.

남아있던 쥐에게는 더 강한 전류로 자극을 주거나, 다른 날 꿈에서는 주사기로 약물 투여를 하기도 했다. 그때마다 마지막 남은 쥐의 모습이 장훈과 박민서로 바뀌고, 실험실 의사 모습에 한영우 모습이 겹친 적도 있고, 한민철인 적도 있었다.

그 꿈을 꿀 때면 몸서리를 치며 식은 땀 속에 깨어났고, 수면제를 털어 넣고서야 침대로 돌아갔다.

그 꿈 이야기를 장훈에게 하자 장훈은 큰 소리로 웃어재꼈다.

"그래서 자네더러 꽁생원이라는 거야. 물어뜯어. 주사 바늘을 들고 들어오는 손을 꿈속에서라도 꽉 물어 뜯어버리라고…"

며칠 사이 그 여자, 강여옥과 가까워지게 된 것은 꽃 모종과 채소 덕분이기도 했다.

백합 화분을 배달하면서 백합 모종에 거름까지 준비해 와서 그 여자가 집 화단을 꾸며주었던 것이다.

"지렁이가 많네요. 흙이 살아있다는 뜻이죠. 소독된 인공 흙으로 식물들을 키우면서 지렁이들이 사라졌거든요."

괭이와 호미로 흙을 파 뒤집고, 거름을 섞어 꽃을 심는 여자 모습을 그는 물끄러미 지켜보기만 했다.

그때 여자 이마에 땀방울이 배어나오는 것이 보였다.

그 땀방울이 잊었던 어머니 생각을 나게 했고, 손등에 때가 까맣던 소년을 떠올리게 했다.

여자는 울타리 한쪽에 백합을 심고, 그 가장자리로 봉숭아와 채송화까지 심고 나서, 작은 둔덕에 채소 모종을 심어 주었다.

"며칠 후면 상추, 풋고추, 가지도 직접 따실 거예요."

이마의 땀을 손등으로 훔치고 그를 돌아보는 여자의 흰 이가 가지런했다.

"전문 농사꾼 못지 않으시군요."

"어렸을 때부터 쭈욱 이렇게 자라서요."

"화분 몇 개, 난초 화분 몇 개 길러본 게 나는 전부입니다."

사실 그랬다. 부모는 그에게 호미도 쥐지 못하게 했다. …너는 손에 흙 묻히지 말고 살거라. 지열이 푹푹 올라오는 한 여름, 콩밭에 있던 어머니는 물 주전자를 들고 찾아가도, 어서 가서 책을 보라고 성화를 냈다.

땀을 소매로 훔치는 여자에게서 박민서는 잠깐 어머니 냄새를 맡고 있었다.

"부모님은 자기들처럼 내가 농사를 지을까봐 흙을 못 만지게 했어요."

찬 음료수를 건네며 잠시 그가 유년 이야기를 했다.

넓은 농토와 탱자나무 울타리 안에 살던 한영우네 가족과 그 여동생 미혜.

남의 집 일만 다녔던 장훈네 가족.

"그 영우네 탱자나무 울타리 안쪽에 꽃밭이 있었어요. 그 꽃밭에 백합이 많았지 싶어요."

"며칠이면 이곳 백합이 더 많이 필거예요."

"미혜에게 줄 게 없어, 초가을이었나, 고추잠자리를 잡은 적이 있어요. 잘 익은 고추색깔로 엄청 빨간 놈이었는데, 잠자리를 받고 미혜가 깡충깡충 뛰더니, 백합 한 송이를 꺾어다 주었어요… 장훈이는 어렸을 때도 틈만 나면 그림이었고. 목탄으로 미혜 초상화를 그린 걸 몰래 보았지요. 고추잠자리 보다 초상화에 끌렸던지 둘은 훗날 부부가 되었고… 참 전설의 시대 이야기입니다."

"추억은 누구에게나 재산이죠."

꽃밭과 채소밭이 만들어진 뒤 박민서는 뜰에서 보내는 시간이 많아졌다.

물을 뿌려주고 잡초를 뽑고, 벌레들을 손으로 잡아주는 일, 그는 흙 냄새 속에서 자주 유년의 냄새를 맡았다.

그 냄새 속에는 나른한 안온함과 슬픔이 함께 묻어 있었다.

도시로 중학교를 진학한 후로 방학 때 외에는 고향 친구들과 어울리는 기회가 많지 않았다. 거기에 부모님 뜻대로 그는 책에만 매달리려 했다. 강렬한 목표나 욕망, 집념을 가졌던 것은 아니었다.

20대 중반에 한영우가 '냉동생물학'의 연구로 박사가 되었다는 소식을 들었지만 그는 그때 별로 놀라지 않았다. 당연하다는 생각이었다.

그러나 젊은 개성적 화가, 장훈의 기사가 신문에 실리자 초조해지면서 그는 진로를 '고대 역사' 쪽에서 찾기로 했다.

텃밭 상추 싹이 제법 올라온 토요일, 손녀 서영이의 방문이 있었다.

직접 얼굴을 대하게 된 피붙이와의 상면이 설렜지만 그의 기억 속, 어린 시절 손녀와 현재의 서영을 연결시킬 수가 없었다.

서영은 짐작대로 직접 '비행 자동차'를 몰고 왔고, 집 앞 길가에 차를 세우면서 트렁크부터 열었다.

"할아버지, 선물이에요. 허전하실 때 도움이 될 것 같아서요."

실물과 구별 안 되는 젊은 여자 로봇이 트렁크에서 나왔고, 박민서 교수 턱 밑에서

"귀여워 해주세요."

깜찍하게 고개까지 숙였다.

로봇 광고는 TV를 통해 여러 번 본 적이 있지만 사람과 외형상 구별이 안 되는 로봇, 새파랗게 젊은 여자 로봇 앞에 그는 적잖이 당황했다.

"할아버지 혼자 계시지 않아요? 곁에 두세요."

"아니다. 이건."

"저 무엇이든 다 잘할 수 있어요."

검고 큰 눈을 깜박이며 종알거리는 로봇 앞에서 박민서는 등에 소름
이 쫙 돋았다.

손사래를 쳐서 여자 로봇을 자동차 트렁크에 다시 집어넣고, 그는
손녀에게 막 피어나기 시작한 백합꽃과 채소밭을 보여 주었다.

그러나 서영은 꽃이나 돋아나는 푸성귀에 별로 흥미를 보이지 않
았다.

서영은 로봇 선물을 거절한 할아버지가 이해되지 않는 듯 했다.

"아침에 도우미 아주머니가 마을에서 매일 일찍 다녀가서 전혀 불편
하지 않아."

서영을 데리고 2000년대식 갈비식당에서 점심을 함께 하고 배웅을
한 다음, 박민서 교수는 온몸에서 힘이 빠져나가면서 심한 무력감에
빠졌다.

젊은 여자 로봇이 그의 기분을 영 뒤틀리게 한 듯했다.

서영을 보낸 뒤, 기분이 가라앉아 있었는데 그 여자, 강여옥의 방문
이 있었다.

밭에서 손수 바로 뜯은 상추와 풋고추, 애호박이 한 바구니였다.

"흙으로 기른 채소로 저녁 한 끼 대접해드릴까 하고요. 가게는 주말
이라 닫았어요."

서영의 방문과 여자 로봇 이야기를 하자, 손녀 딸 효성이 대단하다
며 그녀는 대수롭지 않게 웃어버렸다.

여자의 방문이 그로서는 약간 불편했지만 직접 가꾸었다는 푸성귀
로 차려내온 저녁 밥상 앞에 앉자 기분이 풀어져 버렸다.

흙에서 햇볕으로 제대로 기른 상추와 풋고추라니…

"반주 한 잔 해야겠습니다. 흙에서 자연적으로 자란 음식에 대한 예

의로요"

"그래야죠. 흙에 대한 예의, 햇볕에 대한 예의…"

여자가 술잔을 부딪치며 깔깔거리고 웃었다.

"70년대 술집인가, 장훈 화백과 거길 갔어요. 시간이 거기서는 잠시 거꾸로 흘러요. 그런데… 이상하지요…? 그런데도 더 옛날로, 더 옛날로… 호기심과는 다른 차원인데 그 심리 말이지요."

둘은 여러 잔을 함께 마셨다.

"고추잠자리 시간으로 돌아가고 싶어 그러세요. 저 아래 마을에서 살던 때, 아버지 목마타고 놀던 시절이 저도 맨날 그리워지는데요."

"회귀욕구, 그런 것인가?"

"미혜라고 그러셨지요? 친구 여동생을 많이 좋아하셨던 모양이에요."

"아, 그래요. 미혜…"

상을 치우고, 한 손에 커피 잔을 들고 둘은 어둠 속, 막 피기 시작한 백합 꽃밭 앞으로 나갔다.

백합향기가 시골 밤공기 속에 섞여 달콤하게 다가왔다.

"나, 선생님 곁에서 오늘 밤 자고 갈까요?"

"예?"

"남자 곁에 오래가지 않았어요. 참 오래 남자 곁에 안 갔어요."

"…"

"소쩍새가 우네요."

땅거미가 탱자울타리를 휘감아 돌고나면 어둠과 함께 들었던 소쩍새 울음소리. 그 소쩍새 소리를 들은 것이 오래 전이었는데…

"어렸을 때는 저 소쩍새가 자주 울었어요… 최근 들어서는 잘 안 들렸는데…"

여자 머리칼에서도 백합꽃 냄새가 났다.

백합 향기가 콧속을 파고들면서 박민서는 엉겁결에 기우뚱하며 자기 앞으로 쓰러지는 여자를 안았다.

어둠 속 멀리서 소쩍새 소리에 섞여 물결소리가 들렸고, 백합 냄새가 안개같이 콧속으로, 목덜미로 휘감기어 오기 시작했다.

나비 한 마리가 여자 머리칼 위 하늘로 날아오르고 있는 것을 본 것 같았다.

"선생님도 추억을 창조할 수 있다는 것은 모르셨지요?"

"추억을 창조해요?"

성형외과에서 본인 요구에 따라 외모를 바꾸는 것처럼, 아직은 비밀스럽게 진행되지만 본인의 추억도 수정과 창조가 가능해졌다고 했다.

몇 곳 되지 않지만 서울에도 비공식적 영업을 하는 '심리성형 병원'이 있다고 했다.

본인이 꿈꾸어 온 과거를 원하는 타입으로 무의식 속에 심어주는 최면술 기술은 우리나라 의료진이 세계 최고라고 했다.

특히 불행했던 유년이나 청소년 시기를 보냈던 사람들은 어느 정도 자기 인생이 안정되었다고 생각하면 대부분 '심리성형'의 유혹에 빠진다고 했다.

"이런 말씀 드려야할지 망설였어요."

"..."

"꽃이 많이 피는 마당과 온실이 있는 집에서 자라는 아이들, 그게 항상 부러웠거든요."

"..."

"만들어 심어준 추억에 잘못해서 원래 기억 조각들이 일부 섞여들

때가 있어요. 그때는 혼란스럽고, 불안하고 두려워요…. 그리고 말씀
안 드렸는데, 또 저도 냉동되었다가 깨어났어요."

"강 여사도 그럼?"

여자 허리를 감싸 안았던 팔에 힘이 빠져 나갔다.

"슬퍼요. 모든 것이…"

여자가 흑 흐느끼는 것 같더니 갑자기 그의 가슴으로 쓰러져 왔다.

여자 몸 전체가 그의 가슴에 무너져 온 그 순간, 그의 휴대폰과 여자
의 휴대폰이 동시에 울렸다.

그의 휴대폰 신호음인 산새소리에 묻혀서 어둠 저편에서 조금 전까
지 들려오던 소쩍새 울음이 끊겨 버렸다.

"연구소 한입니다. 박민서 교수님. 선생님 현재 심장 박동에 이상 신
호가 잡힙니다. 정상 이상으로 상승 중, 심호흡을 반복하시고 빨리 안
정을 취해주세요."

박민서의 손에서 휴대폰이 땅으로 떨어져 내렸다.

여자도 몸을 돌려 자기 휴대폰을 받고 있었다.

"강여옥씨, 깊이 심호흡을 하세요. 심장박동 이상이 감지되고 있어
요. 심호흡을… 깊이 심호흡을…"

돌아선 여자의 휴대폰 속 음성이 선명하게 새어 나왔다.

두 개의 휴대폰에서 계속 들리는 기계음 속에서 은은하던 백합 향기
역시 아침 안개같이 흩어져갔다.

일요일 오후, 경찰 비행차가 마을에 나타난 것은 마을이 생긴 후, 처
음이라 했다.

그것도 살인사건이라니…

도시 젊은이들 캠핑카가 들어 온 것이 발단이었다.

일부 젊은이에게는 '슬로우 시티' 생태가 호기심일 수도 있었을 터였다. 마을에서 그들 방문을 거절했어야 했는지 모른다. 그러나 그들 중에도 훗날 생활 터전을 옮겨올 수도 있으리라는 기대로 마을 회의는 그들 방문을 허락했다. 사실 마을은 신선한 수혈이 필요했다. 도시 적응이 힘든 사람들, 몇몇 냉동시술 생존자들의 향수로 만들어진 마을에는 젊은이들이 아무도 없었다.

젊은이 10여 명은 그날, 캠핑카에서 내리자, 마을 곳곳을 기웃거리며 돌아다녔다. 비키니 차림에서 털옷까지, 다른 피부색과 머리칼 색깔들이 식당과 커피숍 주변을 기웃거리자, 주민들은 창문을 닫기도 하고, 몇 사람은 떠나온 도시를 떠올리기도 했다.

밤내 캠프파이어와 음악으로 시끄럽던 산골 마을의 일요일 아침, 흑갈색 피부의 젊은 여자가 다른 여자 칼에 찔려 사망했다고 했다.

'경찰 비행차'들이 사이렌을 울리며 마을 앞 공터에 날개를 접었을 때, 박민서는 마을 병원에서 막 아스피린 몇 알을 처방받았다.

"나도 현장에 잠시 가 보아야겠습니다."

"소쩍새가 울어댄 것이 사고원인일지도 모르겠습니다."

"소쩍새라니요?"

"지난밤, 소쩍새가 심하게 울어댔거든요."

"피해자의 냉동치료가 가능할지 연구소 의사들이 왔을 것입니다."

"그렇겠군요."

의사가 앞서 병원 문을 나서자, 박민서는 서랍장에서 작은 메스와 핀셋 한 개를 호주머니에 넣었다.

현관을 나오자 구급차가 날개를 펴면서 떠오르는 것이 보였다.

어제 손녀딸이 떠나던 하늘로 날아오르는 구급차 사이렌 소리가 마을 위로 퍼져들었다.

"심장 정지 시간이 넘어 정밀검사를 해보아야 할 것이라 그럽니다."

마을 의사가 병원으로 돌아오고 있었다.

"심장 정지에서 한 시간이 현재 냉동 가능 한계 시간입니다."

"한 시간을 넘기면 폐기처분이군요."

"시간도 머잖아 극복되겠지요."

잠시 소란이 가라앉자 일요일 오후의 마을은 다시 물밑 같은 고요와 무료에 잠겨갔다.

민서는 마을 로터리를 돌아 '꽃집' 앞에 잠시 서 있었다.

휴일이라 가게 문들이 거의 닫혀 있었다.

문을 닫은 가게들 앞을 천천히 걸어 그는 장훈의 집 대문 안으로 들어섰다.

조용했다.

주말이 되어 여자가 도시로 돌아간 듯 했고, 장훈은 그때까지 잠자리에서 일어나지 않은 듯 거실은 송진 냄새 뿐, 내려앉은 고요가 무거웠다.

그는 친구의 거실에 들어서면서 벽에 걸린 그림들부터 눈여겨 둘러보았다.

몇 작품은 아직 흰 천에 덮여 있었고, 그 중 셋은 작업이 끝났는지 맨 살을 들어내고 있었다.

원색 유화 물감들이 덧칠된 화면들은 너무 거칠어 일종의 귀기가 풍겼다.

혼란, 카오스적 혼돈. 화산 같은 분노의 표출, 그의 감식안으로는 친구의 예술 세계의 본질에 접근해갈 수 없었지만 제일 구석진 자리의 낯선 그림 한 폭으로 시선이 끌렸다.

추상적인 그림들과 전혀 다른 사실적 풍경화 한 점.

옅게 안개 덮인 시골마을. 사진으로 착각할 만큼 극사실적인 터치의 풍경화 앞에서 박민서는 잠시 호흡을 멈추었다.

낯익은 풍경이었다. 이 마을의 현재 시간보다는 한참 과거로 퇴행된 시간의 풍경. 그러다 그는 고개를 저으며 주인 없는 빈 거실을 바쁘게 빠져 나왔다.

그 풍경화 안쪽에서 그는 손등이 까만 소년들과 안개에 휩싸인 탱자울타리를 떠올렸던 것이다.

저녁이 되자 박민서는 집안 울타리 안쪽에 겹겹이 놓였던 흰 백합 화분을 한 개씩 조심스럽게 거실로 옮겨 갔다.

실내에 화분 수효가 불어나자 꽃에서 풍겨 나오는 향기가 거실 전체를 안개처럼 음흉하게 떠돌기 시작했다.

두 개, 세 개, 넷… 거실로 옮겨진 화분 수효가 40개가 되었을 때, 화분들을 거실 벽에 빙 둘러 늘어놓고, 화병에도 여러 개 물을 채워 화분 앞쪽에 놓은 다음 마당으로 내려갔다.

마당은 어둠으로 덮였고 하늘에 별들이 나타나기 시작했다.

그는 피기 시작한 백합꽃을 가위로 잘라 한 아름 거실로 옮겨와서 화병에 꽂기 시작했다. 꽃이 많아지면서 거실 전체가 백합 향기의 구름 속에 잠겨가기 시작했다.

그는 병원에서 집어넣었던 작은 메스와 핀셋를 욕실에 놓고 실내를 한번 둘러보았다.

한 달간 머물었던 공간이었다.

이제 컴퓨터 앞에 앉아 있다가 컴퓨터를 끄고 서재를 나온 후, 집안의 모든 문을 닫고, 욕실에 들어가서 팔목 센서를 뽑아내어 변기에 넣고 물을 내릴 것이다.

피가 흐르는 팔목을 미지근한 욕조에 담고 눈을 지그시 감고 백합꽃 향기를 들이킬 것이다.

천천히, 아주 천천히… 꽃향기의 작은 입자들이 코끝을 휘감고 얼굴을 간지럽히다가 유년의 탱자나무울타리 바깥에서 맡았던 백합향기가 되어 목덜미를 휘감아 오리라.

그러다가 한순간 장훈의 거실 한쪽에 숨겨두었던 그 안개 덮인 시골 풍경화 속으로 걸어들어 갈 것이다.

장훈이 어린 시절 그렸던 단발머리 소녀, 그림 속 소녀 머리 위로 날아오르던 나비를 한 손으로 잡아 미혜 손에 쥐어줄 것이다.

6.

지상의 모든 생물은 생존 자체가 결국 서열놀음일지 모른다.

서열에서 밀리면 넙죽 엎드려 복종과 순응이 유일한 생존방식이 되는 것.

사자무리 속의 힘센 수컷도 늙고 노쇠해지면 집단에서 쫓겨나고, 한동안 초라하게 무리들 뒤를 따라가며, 목숨을 부지하다가, 드디어 하이에나 무리에게 잡혀 먹히는 광경. 그 다큐멘터리 필름들. 그 숫사자도 과거 한 때, 그 무리의 우두머리 수컷을 쫓아내고, 그 새끼들을 찢어 죽인 다음, 왕좌를 차지했는데… 이상하지. 그 새끼 잃은 암사자는 왜 금방 제 새끼 죽인 수컷과 새로 짝짓기를 하는 건지?

어느 세계나 서열이 있어. 동물도, 사람도, 식물도.

큰 나무 아래에서 발아한 작은 식물들은 어차피 얼마 지나지 못해 고사하고, 나무들은 햇볕을 차지하려고 위로 더 위로 곧게 치솟기도 한다. 산불로 온 산이 불타 버린 뒤, 그 재 속에서 움트는 작은 식물군들.

산에 대형 산불이 나면 인위적으로 녹화를 시행한 곳보다 방치해 둔 장소의 회복력이 빠른 것은, 그 치유력의 본질, 직립이 불가능한 칡넝쿨들이 거목을 휘감아 고사시키는 현상.

'겨우살이', 깊은 산 거목 가지 끝에 뿌리를 흉측한 이빨처럼 박고 나무 영양분을 훔쳐 먹으면서 한 겨울에 푸름을 유지하는 그 기막힌 생존술.

컴퓨터 자료실의 넘쳐나는 자료들.

먼 과거의 역사, 풍토와 인종, 새로운 과학기술과 우주, 종교, 개인 개인의 프로필… 컴퓨터 안에는 너무 많은 세계가 공존한다.

마우스를 움직이다가 제2차 세계대전 당시 일본군들의 생체 실험에 관한 자료와 사진에서 잠시 멈춘다.

제2차 세계 대전 당시 일본 731부대 마루타 생체실험 정보

1. 착혈실험―대형 원심분리기를 고속으로 회전, 안에 있는 마루타의 눈, 귀, 코, 입, 성기, 항문의 출혈과정 관찰.

2. 매독실험―여자포로에게 매독 균 주입, 진행과정 관찰.

3. 대체수혈실험―동물 피와 인간의 피 교환 실험. 주로 말이나 원숭이의 혈액 이용.

4. 동상실험 – 영하 40도 얼음물 속, 온몸이나 팔다리를 담그게 하고, 동상 진행과정 관찰.

5. 보병총 성능실험 – 일렬종대로 선 맨 앞 사람 가슴에 총을 바짝 대고 방아쇠를 당겨 관통력 측정.

6. 신무기 성능시험 – 밀폐공간에 마루타를 둥그렇게 둘러서 묶어놓고 수류탄이나 소 폭탄을 터뜨려 피해 정도 관찰.

7. 진공압력실험 – 압력실에 마루타를 넣고, 공기를 서서히 빼면서 눈알과 내장 돌출 시간 관찰.

8. 독가스 실험 – 밀폐된 방안에 청산가스 주입, 체급별 사망 시간 관찰.

9. 내열실험 – 망가진 전차 속에 마루타를 넣고 화염방사기를 쏘아 피해정도 관찰.

10. 인공낙태실험 – 임산부 자궁에 구더기를 넣어 태아를 갉아먹는 과정 관찰.

12. 화상실험 – 화약을 얼굴에 심고 불을 붙여 타 들어가는 정도 실험.

13. 교잡 실험 – 아시아인과 러시아인 교배 실험.

그 외 수많은 세균 주입 실험.

100년 전, 일본군 731부대 실험에 대한 보고문의 인터넷 자료실.

아무도 읽지 못하게 영구 삭제했으면.

영우. 오늘 밤, 이 집안에는 개화한 흰 백합꽃 수백송이가 화병에 꽂혀 있네.

화분에도 심어 실내에 들여놓은 화분 수효만도 40개.

잠시 후, 출입문과 창문을 다 밀폐하고 꽃 사이에 누워 꽃향기에 묻혀있으면 유리 실험 상자를 빠져나갈 수도 있겠지.

낡고 느슨해진 육신을 군데군데 수리해서 새로운 센서를 부착해 또 다른 실험용 철장에 가두기 전, 바이킹 장례식 꿈속으로 들어가려 하네.

오늘, 마을이 잠시 어수선해진 틈을 타서 병원에서 작은 수술용 메스를 훔쳐 왔네.

팔뚝 센서를 뽑아 변기에 넣고 물을 내릴 거네.

하수구에 처박혀 흘러가면서 내 센서는 연구소 컴퓨터에 무슨 신호를 보낼까.

백합꽃송이를 가슴에 올리고 썰물에 실려 먼 바다로 떠나는 뗏목 위에서 불꽃 속에 산화해가는 꿈.

같은 시간, 우리를 동질화시킨 그 바이킹 장례식 환영은 여행에 동행했던 자네에게도, 장훈에게도 앞서 우주 속으로 흩어져 간 미혜에게도 집단 감염을 일으키지 않았나?

집단 감염의 환영, 그러한 용어가 가능할지 모르지만 그 집단감염은 원래 자네 계획서에는 빠져있지 않았을까.

그날 노르웨이 스타벙거, 불붙은 뗏목이 멀어져가던 비현실적 환영에 우리 네 사람이 함께 감염되리라는 생각은 자네도 못했을 것 같아.

확실한 것은 그때만큼은 우리 모두, 바이킹 식으로 뗏목위에 시신이 실려 먼 바다로 떠나는 환영에 빠져들었다고 믿네. 기름 뿌린 장작더미 위에 눕혀진 시체를 향해 동료들이 쏘아주는 불화살, 한 순간 파도 위의 장작에 불이 붙고, 그 불 속에서 시신은 불과 물, 공기 속에 산화되어 사라져가고… 그때 자네 들었는지 모르겠네만, 미혜가 그 말을 했어, 그 시체 위에 백합꽃을 한 아름 덮어 함께 보냈으면 더 좋겠다고…

그림엽서 같던 그 작은 도시 정원들에 어느 집에나 꽃들이 엄청 피어 있었지. 그 중에도 꽃 양귀비의 귀기 돌던 진한 꽃 색깔이라니… 추운 기후 탓이었나, 우리가 알던 꽃들보다 그곳 꽃송이들이 훨씬 적었던 것도 기억나네.

어린 날, 자네 여동생 미혜에게 고추잠자리를 잡아주고, 백합 한 송이를 건네받았던 그 시간, 나는 숙명적으로 기름 장작더미 위 뗏목에 눕혀졌을지 모르겠네.

그날 목발을 짚고 서 있던 장훈이의 복숭아 뼈 쪽을 자네 그때, 분명 바라보고 있었어. 아니, 장훈이의 목발 쥔 팔을 붙들어주던 여동생 미혜의 희디흰 손가락 쪽을 보고 있었을까.

자네 집 탱자울타리 안쪽에 피어 있던 백합꽃에서 탱자가시들 사이로 밀려나왔던 백합 향기를 자네는 이해하지 못해.

나와 장훈이는 그 무렵 자네와 미혜가 그 울타리 안으로 들어간 후에도 그 울타리 밖에 오래 서 있고 했어. 나나 장훈에게는 넘어서면 안 되는 금기였지만 그 탱자나무울타리, 날카롭고 촘촘한 가시 사이를 빠져나오는 꽃향기는 누구라도 맡을 수 있었으니까.

내 짐작이 틀리지 않았다면 노르웨이 여행을 떠나기 전, 자네는 장훈이와 미혜를 맺어주기로 계획하고 있었어.

자네 여동생을 짝지어 장훈이의 불편한 다리를 붙들어주도록.

해가 뜨고, 지지도 않는 그 축축한 안개의 공간에 천재성 있는 다리 불구의 젊은 남자와 감수성 예민한 여자를 한 무대에 올려놓은 거지. 두 사람의 교류시간 자네가 다른 곳으로 눈을 돌릴 수 있도록. 그래, 나, 박민서의 배치. 그 정도면 연출지시가 필요하지 않다는 것을 자네는 짐작하고 있었던 거야.

장훈이 미혜를 끔찍하게 좋아했던 것은 알고 있었네.

그에게 그림이란 미혜를 제 스케치북에 담아놓는 것. 날아가는 나비를 손으로 잡으려는 소녀 그림을 몰래 훔쳐보았네. 그 그림이 미혜에게 갔고, 미혜는 내가 고추잠자리를 잡아주었을 때처럼 장훈이에게도 백합꽃을 주었어.

장훈이 불발탄 폭발사고로 왼쪽 발목이 부서졌을 때, 내가 떠올린 것이 무엇인지 알겠나? 고물상 앞에서 무쇠 솥을 뒤집어쓰고 앉아있던 장훈이의 모습에 겹쳐 히죽거리는 자네 얼굴이 겹쳐져 왔거든.

기억날지 모르겠네.

어느 해였던지 그 여름 날, 뱀 알을 삶아놓고, 우리 두 사람에게 앞서 먹어보라고 했던 일. 알 껍질이 가죽 같아 나는 망설이고 있었지만, 장훈이가 앞서 덥석 그 뱀 알을 물어뜯었지. 자네가 시킨 일이었으니까. 물론 부화된 새끼 뱀이 들었을 것이라는 예상은 자네도 안 했으리라 믿네만.

시간을 오래 잡아먹었네.

영우, 상호소통 없는 홀로그램 메시지를 내게 남겼듯 더 구식 방법으로 내가 남기고 있는 이 글을 자네가 읽을 수 있을지도 확실하지 않네.

자네 말했던 그 객관적 시간으로 이 글을 쓰고 있는 시점에서 1년이 지나고 운이 좋아야 자네가 이 글을 보게 될 테니 소통 없는 독백의 가능성도 생각하네.

그러나 1년 후, 자네가 196도C 액화가스 통 속에서 건강하게 밖으로 나온다면 2000년대식 이 '슬로우 시티'에 자네도 한 두 번은 들를 것 같고, 장훈 화백이 그때도 이곳에 남아있다면 내 이야기를 화제로 두 사람이 만날 것이라는 예상을 하네.

장훈이 이제 목발을 짚지 않네.

한 환자의 왼쪽 복숭아 뼈에 대한 완전한 수리사례는 '대체 장기' 이식 성공 확률의 의미가 있겠지.

그러나 목발이 없어도 되는 장훈에게는 부축해 줄 미혜의 손 길 역시 필요하지 않다는 사실에 조금 기묘한 기분이 들지 않을까.

다리가 멀쩡해진 장훈을 보면 냇가 모래밭에서 함께 주워온 불발탄을 해체하다가 일어난 그 폭발사고 기억에서 자네가 완전히 자유로워질지 나는 지금 알 수가 없네.

고물상에서 무쇠 솥을 집어 나오라고 부추겼던 그때의 악동 기억까지 완전히 지울 수 있을까.

오래 전이지만 만년설 쌓인 킬리만자로 정상이 올려다 보이는 아프리카 '마사이족' 마을에 이틀 간 머문 적 있었네.

엉뚱한 곳에 대한 여행벽은 젊은 날, 자네에게 이끌려 따라갔던 해가 지지 않은 그 여름의 노르웨이에서 내가 배운 게 틀림없을 거야.

사는 게 권태로워질 때면 젊었던 날, 빙하가 떠다니던 그 여름날 노르웨이 생각을 많이 했으니까.

소똥을 진흙에 이겨 지붕과 벽을 바른 늙은 '마사이 전사' 집 마당에서 소똥 모닥불을 피우며 많은 이야기를 그 늙은 마사이 전사에게서 들었지.

붉은 색 망토에 창 한 개, 살아있는 소의 동맥에서 피를 빨아먹을 수 있는 대롱 하나를 들고 '마사이' 소년들은 누구나 사자를 잡으러 마을을 떠난다고 했네.

사자를 잡아 돌아와야 전사로 취급되는 전통으로 젊은 남자아이들은 사냥터에서 죽기도 하고, 겁이 나서 도시로 도망가 버리기도 하고… 결국 남자가 부족해진 종족은 일부다처의 관습이 되었다고.

그 늙은 '마사이 전사'도 아내가 셋이었네.

그 무렵만 해도 정부 시책으로 사자를 함부로 죽일 수 없었지만, 그들 전통 속에서 사자 사냥은 그들 '마사이' 전사의 몫이고, 세상 모든 가축 역시 그들의 위대한 신, '렝가이 신(神)'이 그들에게 주었다는 믿음으로 다른 종족 가축들도 필요하면 언제나 끌어와도 된다고 믿고 있었어.

그때, 모닥불 반대쪽에 사바나 원숭이 암놈 한 마리가 죽은 지 오래된 제 새끼를 품에 안은 채 낯선 이방인을 빤히 올려다보고 있었네.

원숭이들은 새끼가 죽어도, 그 죽음을 받아들이지 않고, 새끼의 시체가 말라비틀어질 때까지 품속에 품고 다닌다는군.

하이에나 두 마리가 마사이족 사람들이 '로꼬니'라고 부르는 '우산 아카시아' 밑동아래서 눈에 파랗게 불을 켠 채 우리 쪽을 바라보고 있던 그 밤을 나는 오래 잊지 않았네.

소똥 불에 고기를 구우면서 그날 노인이 내게 '체체파리' 이야기를 들려주었네.

야생동물 서식지와 '마사이' 목동이 사는 지역 사이에 경계 표시가 없어도 자기 영역을 지키면서 충돌 없이 살아갈 수 있는 것이 '체체파리' 때문이라고 했어.

무덥고 습한 삼림지대의 '체체파리'는 야생 동물에게 전혀 피해를 주지 않으면서 사람이나 가축은 이 파리에 물리면 '트리파노소마증', 그 치명적 수면병에 걸려 잠에 빠져 죽게 된다는…

그렇게 다 살아가게 되어 있는데, 문명과 정치라는 게 이것, 저것 만들어서 세상을 복잡하게 한다던 노인에게 나는 고개를 끄덕이며 한국에서 가져간 팩 소주를 노인에게 권했네.

"아산테 사나(정말 고맙습니다)."

"포레 포레(천천히)."

노인은 낯선 이방인이 소똥 불에 구운 고기를 먹는 것이 기쁘고, 그 것만으로 기분이 좋은 모양이어서 계속 아산테 사나… 아산테… 그렇 게 중얼거리면서 웃어 보였어.

늙은 마사이 전사에게 세계는 조상으로부터 물려받은 가치관으로 단순하고 평화롭게 유지되고 있었던 거지.

그들에게 일부일처제 개념이나 국경, 위생에 대해 밤을 밝혀 이야기 해 보아야 넌센스일 뿐, 죽은 새끼를 안고 다니는 원숭이에게 죽은 새 끼는 버려야한다고 강요하는 것이나 마찬가지라는 생각을 했네.

오랜 세월 전인데도 나는 그날 밤, 노인에게 들은 체체파리 이야기 를 잊을 수가 없네.

이 글을 끝내면 컴퓨터 전원을 내리고, 곧바로 출입문과 창문들을 다 닫을 거네.

미지근한 욕실 물속에 센서를 빼낸 내 팔목을 내려뜨리고 눈을 감고 백합꽃 향기를 맡을 걸세.

출렁거리는 욕실 물에서 노르웨이 연안, 잔뜩 안개 낀 스타벙거 해 안, 기름 머금은 장작더미 실은 뗏목에 누워서 백합꽃 향기를 마시며 불화살이 날아오기기를 기다릴 걸세.

그러다가 한 순간 활활 타는 장작더미 위에서 불과 물과 공기에 섞 여서 하늘로 날아오르는 나비를 향해 손을 뻗치겠네.

폭설(暴雪)

이 규 정

1937년 경남 함안 출생.
경북대학교 사범대학 국어과, 동아대학교 대학원 석사과정 수료.
1977년 단편 〈부처님의 멀미〉로 등단.
소설집 『부처님의 멀미』외 8권. 장편 『먼 땅 가까운 하늘』전 3권 외
문학이론서 동화 등 20여 권.
일붕문학상, 부산시문화상, 한국가톨릭문학상, 요산문학상,
PSB(현 KNN)부산방송 문화대상 등 수상.
신라대학교 교수로 2002년에 정년.

폭설(暴雪)

1.

광주행 고속버스를 탈 때까지만 해도 하늘은 맑았다. 그냥 맑은 정도가 아니고 쾌청한 가을 하늘처럼 투명했다. 그런데 버스가 오른쪽으로 진주를 끼고 지날 무렵부터 검은 구름이 한 겹 두 겹 내려앉기 시작하더니 하동을 지나면서 기어코 굵은 눈발이 날리기 시작했다. 눈발은 갓 탄 솜을 뭉텅이 뭉텅이로 뚝뚝 떼어서 날리는 게 흰 들국화송이만큼 컸다. 눈은 갈수록 심해져, 이제 운전석 앞 유리창을 닦아내는 와이퍼의 속도를 아무리 빨리해도 눈을 다 닦아내기가 힘들 정도였다.

고속도로 바닥은 눈이 내리는 족족 녹아 차가 달리기에 그리 문제가 되어 보이지 않았지만 날벌레처럼 차 앞 유리창에 수도 없이 달라붙는 눈송이 때문에 차는 속도를 줄여야 했다. 앞에서 달리는 차들도 모두 속도를 줄이고 있었다. 앞 유리창에는 와이퍼가 지나는 두 개의 반원을 경계로 그 위쪽 유리에 붙은 눈의 두께가 10센티는 되어 보였다. 마치 차가 이마에 눈 모자를 쓰고 있는 것 같았다.

순천이 가까워지자 산과 들에 빈틈없이 하얗게 덮인 눈은 이날 내린 눈만이 아닌, 이미 며칠 전부터 내려 쌓인 눈에 지금의 눈이 덧쌓여지고 있음을 알 수 있었다. 불과 두 시간 반 만에 온 산과 들판이 그렇게 눈 천지로 극지대처럼 백색으로만 보일 수는 없을 터였다.

버스 차창 밖은 온통 흩날리는 눈뿐이어서 사람이 그 가운데로 들어서면 당장 질식할 것만 같았다. 눈은 그렇게 숨통이 막힐 것같이 고밀도로 내리고 있었다. 공중에서 춤추듯 내리는 눈송이 하나만을 주시하며 시선을 따라가 보면 눈은 잠시도 그냥 내리지 않았다. 곡선에 곡선을 그리면서 뱅뱅 돌다가 어떤 때는 수평으로 총알처럼 움직이기도 했다. 그런데도 눈송이들은 어느 하나도 서로 부딪치거나 엉기지 않고 따로따로 땅 위까지 하강하여 사뿐사뿐 내려앉았다.

병석은 어릴 때부터 눈 오는 광경은 지겹게 봐 왔지만 이런 폭설은 처음이었다. 아니, 어렸을 때, 6·25 직전인 1949년 겨울, 그때 병석은 8살이었다. 밤중에 고모 일가가 모두 갈밭골을 떠나 아랫마을을 향해 산길을 내려올 때에도 눈은 이렇게 폭설로 내리기는 했다. 고모부는 일호를 업고, 고모는 병석의 손을 잡고 조심조심 눈이 내린 산길을 엉금엉금 기듯이 걸어 내려왔던 것이다.

다행히 고속도로는 아직 막히지 않아서 차들이 엉금엉금 거북이처럼 기고 있었다. 창밖에 순백의 색깔과는 달리 버스 안의 승객들은 대부분 어두운 표정으로 입을 굳게 다문 채 멍하니 창밖만 주시하고 있었다. 모두들 뜻밖의 엄청난 폭설에 할 말을 잃었거나 너무 기가 차서였을 것이다. 그렇지 않겠는가. 모두들 부산에서 탄 손님들인데, 차를 탈 때만 해도 날씨는 맑다 못해 잘 닦은 유리알처럼 명징해서 눈이 이렇게 오리라고는 아무도 예상하지 못했을 테니까.

차가 광주시내로 들어갔을 때 눈은 잠시 그쳤으나 이미 어두워지고 있는 바깥은 온 천지가 눈으로 뒤덮여 있었다. 띄엄띄엄 서 있는 가로수나 길가의 가게나 집들이 없다면 어디서부터가 차도이고 어디서부터가 인도인지도 분간할 수가 없었다. 그때도 그랬다. 고모는 병석의 손을 꽉 잡고 걸었고, 병석은 벌써 몇 번이나 헛발을 디뎌 길가로 나뒹굴어지곤 했다. 그러면 고모도 덩달아 자빠지곤 했다. 고모부는 일호를 업고, 나뒹구는 병석을 보면서 아이구 아이구, 잘 보고 걸으라 캐도 그라네, 하며 병석을 나무라곤 했다. 폭설로 뒤덮인 캄캄한 산길, 어디가 길인지, 어디가 산인지 도무지 분간이 안 되었다. 병석은 무릎까지 푹푹 빠지는 산길을 고모의 손길을 잡고 걷기만 했다.

광주시내의 간선도로바닥은 전혀 녹지 않은 눈으로 온통 뒤덮여 있었다. 차가 그렇게 지나다녀도 눈은 녹지 않았다. 병석은 아까부터 연신 시계를 들여다보며 고속버스 터미널에서 멀지 않다는 ○○병원만 생각하고 있었다. 운전석 바로 뒤에 앉은 병석과 그의 아내는, 운전사가 혀를 툴툴 차며 가벼운 한숨과 함께 내뱉는 소리를 듣고 있었다. 허어 참, 폭설 폭설, 말만 들었더니 이런 눈은 정말 오늘 처음이네. 하늘에 있는 눈이 씨알 하나 안 남기고 몽땅 내려와 삐리도 그렇지….

아무도 맞장구를 치지 않자 운전사는 반사경으로 병석을 응시하며 다시 한 번 혼잣말을 했다. 버스 기사 생활 30여 년에 이런 눈은 처음이네. 그러다 그는 숫제 반사경으로 병석과 눈을 맞추며 말했다. 어쩌면 그는 창밖의 눈도 눈이지만, 오히려 너무 심심했는지도 모른다. 그래서 운전사는 다시 말했다. 병석을 아주 자기의 대화 속으로 끌어들일 생각인 것 같았다. 손님, 오늘 여행 날짜를 영 잘못 잡으셨네요? 눈이 이렇게 많이 내려서야 터미널에 닿아서 지적인들 어떻게 분간하고 이동하시겠습니까? 안 그래요?

병석은 엷은 미소만 알 듯 말 듯 짓고 있었다. 운전사가 다시 말했다. 누가 마중이라도 나오기로 돼 있습니까? 병석이 억지 미소를 띠고 있다가 말했다. 마중 나올 사람 아무도 없지요. 날은 우리가 잡아 떠난 여행이 아니고, 오늘 이 시간에 오지 않으면 안 될 특별한 일이 있어서 왔는데…. 그러고는 아예 등받이에 등을 붙이고 눈을 감아버렸다.

병석이 고모님의 부음을 받은 것은 어제 오후였다. 고모님이라고 했지만 그에게는 단순한 고모, 아버지와 오누이 관계인 그런 혈연관계인 고모가 아닌 어머니와 같은 분이었다. 안방 머리맡의 작은 문갑 위의 전화벨이 울려 송수화기를 들었더니 탁하고 갈라진 음성이 전화선을 타고 와 고막을 때렸다. 거기 부산 나병석 씨 댁입니까? 그런데요. 제가 나병석입니다만. 아, 형님, 광주 일홉니다. 박일호…. 순간, 그는 밤길을 걷다가 허방에 빠진 것 같은 낭패감에 사로잡히며 잠시 말문이 막혔다. 그날 밤도 병석은 얼마나 자주 눈 속에서 허방에 빠지며 나뒹굴어졌던가.

일호가 그런 일을 저지르고 고향을 떠난 게 70년대 후반이니 벌써 30년이 넘었다. 하도 오랜만에 듣는 그의 음성이었기 때문에 말문이 막힐 만도 했다. 물론 광주인가 어딘가로 가서 살고 있다는 소리는 오래 전에 들었지만 서로 소식을 주고받을 처지는 아니었다. 병석이 일호의 소식을 알고 싶은 생각도 없었고, 또 알고 싶다 해도 쉽게 물을 처지도 못 되었다.

그래서 병석은 전화를 받으면서 더듬거렸다. 어? 일호? 일호가 웬일고? 고모님은 잘 계시나? 라고 묻자, 어무이가 조금 전에 별세하셨습니다. 그래서…. 그래서 전화를 한다는 뜻이었다. 뭐? 고모님이 돌아가셨다고? 그동안 많이 편찮으셨던가? 노환 아닙니까? 그는 마치 연습이라도 해두었던 듯이 노환이란 말에 방점을 찍고 있었다. 노환에는 약이 없고, 누가 무슨 방법을 써도 도리 없이 가는 것이 아니냐, 하는 뜻이 숨어 있는 음성이었다. 하기는 일호도 늦게나마 고모님을 모셔 가서 그동안 고생은 했으리라.

병석은 속으로 고모님의 연세를 헤아려봤다. 금년에 아흔이었다. 끝 나이가 병석과 같았고 스무 살 위였다. 참 오래도 사신 셈이었다. 그런데 병석에게는 모레 아침 7시에 또 하나의 장례식에 참석해야 했다. 그 소식은 오전에 들었다. 결코 병석이 빠져서는 안 될 자리였다. 병석이 정년 전 동직이었던 오 교수의 부친이기도 하지만, 그 이전에 오 교수의 부친 오세광 옹은 나병석이 절대로 잊을 수 없는 은인이었기 때문이다. 절대로 빠질 수 없는 부음을 한꺼번에 두 군데서 받다니! 병석은 잠시 생각하다 말했다. 알았다. 내일 그리로 가끄마. 도리 없이 당일로 부산에 돌아올 생각을 하고 말했다. 광주 어느 병원이고? 일호가 말했다. 고속버스 터미널에서 택시를 타시면 기본요금밖에 안 나오는 거린데, ○○병원 장례식장입니다.

이럴 줄 알았으면 마산의 오세광 옹 빈소에는 어제 저녁이라도 다녀왔어야 하는데 어제 저녁에는 또 절친한 지인의 출판기념회가 있었다.

2.

병석은 신발에 묻은 눈을 툭툭 털고 아내와 함께 병원 장례식장 안으로 들어갔다. 고속버스에서 내려 택시를 타면 병원은 기본요금의 거리라고 했지만 택시가 아예 없어 물어물어 걸어서 병원에 도착했다. 가까운 거린데도 무릎이 안 좋은 아내 때문에 더군다나 시간이 많이 걸렸다. 병석은 그런 눈길을 걸으면서 마침 어둠이 깔린 길이어선지 또 옛날 그때가 떠올랐다. 폭설 속에 고모의 손을 잡고, 고모부와 함께 갈밭골을 떠나 산길을 걸어 내려오던 일….

이른 점심을 먹고 일찍 부산을 떠났건만 장례식장에 도착한 시간은 저녁 8시가 넘어서였다. 빈소는 을씨년스럽기 그지없었다. 여느 장례식장에서나 너무 흔해서 탈인 조화는 하나도 없었고, 빈소를 지키는 사람도 일호 한 사람뿐이었다. 아하, 일호는 광주에 와서도 수십 년을 이렇게 외롭게 살았나, 병석은 혼자 생각했다. 안 상주도 안 보였다. 그 누가 다녀간 사람도 없어 보였다. 제상 밑의 퇴주잔이 바짝 마른 상태로 있었기 때문이다. 물론 모든 문상객이 잔에다 술을 따라 올리지는 않는다 해도 빈소의 분위기가 그때까지 아무도 다녀간 사람이 없어 보였다.

병석은 한심스러움과 밀려드는 연민의 정으로 한숨이 나왔다. 먼저 향을 하나 집어 들고 촛불에 댕겨 향로에 꽂았다. 그리고 빈 잔을 들고 상주인 일호더러 술을 따르게 해서 제상 위에 올려놓고, 얼른 고모님의 영정에 시선을 던졌다가 아내와 함께 절 두 번을 천천히, 아주 천천히 했다. 아내의 두 무릎 때문에 절을 하기가 몹시 불편했기 때문이다. 절을 하고 몸을 일으켜 일호와 맞절을 했다. 일호는 친형 같은 외사촌형에게 절은 아주 공손히 했다. 병석이 고개를 들고 한참을 기다려서야 일호는 몸을 일으켰다. 그런 그의 눈에는 애통한 빛과 함께 눈물이 어른거리고 있었다. 병석은 어떤 안도를 느끼며 생각했다. 몹쓸 짓을 해서 노모의 속을 썩인 셈 치고는 그래도 영 쇠쌍놈은 아니구나.

자리를 잡고 바로 앉아서야 병석은 고모님의 영정을 멀거니 올려다보았다. 영정의 사진은 적어도 10여 전에 찍은 것이었고, 그것도 병석이 카메라로 직접 찍어 현상해드린 그 사진이었다. 병석이 일호를 보고 물었다. 장지는 어데로 할 끼고? 일호가 답했다. 광주 공원묘지에 모시기로 했습니다. 그래, 잘했다. 매장을 할 끼가? 화장을 하기로 했습니다. 그래, 그것도 잘 결정했다.

어느새 들어왔는지 사종숙모(11촌 아주머니)였던 금촌 아지매가 고종제수가 되어 일호 옆에 고개를 숙인 채 앉아 있었다. 얼굴을 마주 대하기도 어려웠고, 그렇다고 피할 수도 없는 것이 피차의 입장이었다. 그녀도 벌써 많이 늙어 있었다. 나이를 따지면 병석과 동갑이고 일호보다 세 살 위인 일흔, 늙지 않을 수 없을 터였다. 어색한 분위기를 피하기 위해서라도 이 무거운 침묵을 깨뜨려야 했다. 그러나 쉽게 떠오르는 말이 없었다. 마침 방금 일호와 고모님의 장례 문제를 이야기를 하던 중이었으므로 장례 이야기를 계속했다. 병석이 말했다. 다시 말하지만 광주 공원묘지에 모시기로 한 것, 화장을 하기로 한 것은 참 잘했다.

눈이 오지 않았어도 광주에서 경남 함안의 선산까지 고모님의 시신을 운구해 가기는 여간 힘든 일이 아닐 터였다. 그러자 일호의 아내가 말했다. 지가 들어서 장지를 광주 공원묘지로 정했다 아입니꺼? 그녀는 계속했다. 이 양반은 화장도 안 하고 어무이를 고향의 선산에 모실라 캤는데, 그기 오데 말이나 될 소립니꺼? 물론 어제까지만 해도 눈이 오기 전이었지마는 요새 세상에 누가 그런 장사를 칩니꺼? 그럴 필요가 없다 아이니꺼? 괜히 돈 많이 들고 사람 고생하는 그런 장사를 와 합니꺼? 그러고는 병석을 한 번 힐끗 바라보면서 다시 이었다. 지는 아주버님께서 오시면 큰 꾸지람을 하실 끼라고 꾸지람 들을 각오를 하고 있었는데, 잘했다 쿠시니 지가 먼저 마음이 놓이네예.

처음 듣는 아주버님 소리! 그 옛날 병석은 이 동갑내기 부인에게 놀림 반, 어리광 반으로 애도 많이 먹었다. 명절 때 고향으로 가면(고모님은 그때 이미 친정 마을로 이사를 한 뒤였다) 고모집 이웃인 그 아지매 집으로 가서 화투놀이도 하곤 했다. 당시 병석은 야간 고교에 다녔었고, 총각으로서 한창 물이 오른 때였다고나 할까.

그때 일호의 아들 둘이 빈소로 들어왔다. 장례식 준비 차 밖에 나가서 일을 보고 오는 것 같았다. 눈이 오기 전 오전 일찍 부산에서 광주에 도착했다고 한다. 일호의 본처는 보이지 않았다. 하기는 그녀까지 부산에서 여기에 오면 상갓집 분위기가 더욱 엉망이 되리라. 일호의 딸도 보였다. 아주 세련된 아가씨였는데 대학을 졸업하고 지금 중학교 교사로 있다고 한다. 일호의 본처가 낳은 아들들의 불우한 처지가 얼른 병석의 가슴을 아리게 했다.

고모님은 함안에서 사시다 결국 함안을 떠나 부산으로 이사를 오셨다. 그동안 혼자 끓여 자시다 당신께서 이제 힘이 부치게 되니 장성한 손자들을 찾아오신 것인데, 오시고 보니 일호의 본처가 살고 있는 집이 아닐 수 없었다. 일호의 본처는 남편을 이웃의 아지매 뻘 되는 여자에게 뺏기자 진작 어린 아이들을 데리고 부산으로 나와 혼자 온갖 고생을 해가면서 살고 있었다. 물론 그 사이 고모님은 삯군을 데려 농사를 지어 가을에 추수를 하면 양식을 부산 며느리한테로 보내곤 했다.

고모님이 부산으로 와서 며느리와 합가를 했을 때, 일호 본처는 말했다. 그 잘난 아들한테로 가지 우짠다꼬 내한테로 와서 붙입니꺼? 그때 고모님은 입을 닫고 아무 말씀도 않으셨다고 한다. 생각하면 일호 본처의 말도 영 틀린 말은 아니었고, 그렇다고 병석마저 고모님을 일호에게로 가시라고 할 수는 없었다. 고모님은 수시로 병석의 집으로 오시어 그런 푸념과 하소연을 하는 고모님을 위로하고 달래는 수밖에 없었다. 그렇게 부산에서 사신 지 한 10년쯤 됐을까.

일호는 그 사이에 광주에서 부산으로 어머니(고모님)를 뵈러 한 번씩 오는 모양이었지만 병석에게는 일절 연락하지 않았다. 일호가 부산으로 오면 본처에게는 어떤 표정으로 대할까. 아니 일호 본처는 일호를 어떻게 대할까. 지금도 남편이라 생각하고 무던하게 맞이하기는 할까. 병석은 가끔 그런 궁금증을 아내에게 비치면, 아내는 펄쩍 뛰면서 그걸 서방이라고 맞이할 소갈머리 없는 년이 세상에 어디 있을까보냐고 했다. 일호가 가끔 다녀간다 해도 본처에게 경제적으로 도움을 주지는 않은 것 같았다.

일호의 현재 처는 식당을 해서 얻는 수입 전부를 몽땅 움켜쥐고는 일호에게는 한 푼도 안 준다고 했다. 그래서 고모님은 가끔 말씀하셨다. 그리(그렇게) 들온 년은 오데가 달라도 다르다 쿠디이, 그 여시 겉은 년이 그렇단다…. 그런 말을 들으몬 일호 그 자슥이 내 속으로 빠진 놈이지마는 참 밉다 쿠이…. 못난 사나 아이가?

게다가 현재의 여자와의 사이에서 딸이 둘인데, 그 딸들은 모두 호강스럽게 키우면서 공부도 대학까지 시킨다는 것이었다. 이러니 지금 아이들 둘이 모두 지 아비를 원수처럼 생각한다고 했다. 이런 일은 모두 고모님이 병석에게 오시어 하신 말씀이다. 고모님은 병석에게는 비밀이 없었다.

일호의 아이들은 모두 중학교만 겨우 마치고는 공장에 다녔다. 일호의 본처가 낳은 아들은 본래 셋이었다. 그 중의 막내는 생기기도 아주 잘 생긴 아이였는데, 신평의 공장에 다니다 공장의 화재사고로 불에 타 죽기까지 했다. 이때 병석이 당한 수고도 보통이 아니었다. 고모집에 장성한 남자라고는 아무도 없었으니 병석이 공장으로, 관공서로 뛰어다니며 아이가 죽은 후의 모든 치다꺼리를 해야만 했기 때문이다. 그런데도 일호란 놈은 얼굴도 내비치지 않았다.

그러다 드디어 고모님이 몸져눕게 되시자 일호의 본처는 이제는 죽었으면 죽었지 더는 시어머니를 모시지 않겠다고 했고, 이런 사실을 아이들이 광주로 가서 아버지인 일호에게 알렸다. 결국 고모님은 병이 들어서야 평생을 두고 애지중지하던 아들네에게로 가셨던 것이다.

고모님이 부산을 떠나 광주 일호에게로 가시기 전까지 사셨던 아파트는 병석이 사는 망미동의 대단지 아파트 밑의 작은 아파트 단지에 있었다. 그래서 고모님은 자주 병석의 집으로 오시곤 했다. 그가 사진을 찍어드렸던 날은 추석날이었다.

고모님은 병석에게로 오시면 병석의 눈을 한참이나 들여다보시면서 그의 손을 감싸 쥐고 당신의 볼에 대고 비비기도 했는데, 그날도 고모님은 오전에 손자들과 함께 영감님의 차례를 모시고 오후에 병석의 집으로 오셨다. 설이나 추석이 되면 그가 고모님을 찾아뵙기 전에 고모님이 먼저 손자들을 데리고 오시곤 했다. 언제나 너무 바쁜 병석에게 수고를 끼치지 않겠다는 배려에서였다.

그날도 그랬다. 병석은 해마다 설 추석 차례를 모실 때면 아내와 단 둘이서 모시곤 했는데 제상 위의 푸짐한 제물들과 할아버지 할머니 영정을 제상 위에 모셔놓고 차례를 지냈다. 그 다음, 아버지 어머니는 모두 병석이 어릴 때 돌아가셨으므로 영정이 없어 지방(紙榜)만 써 붙이고 차례를 모시곤 했다. 병석은 차례상에 진설된 제수(祭需)들을 사진으로 찍어 보관하곤 했다. 세월이 더 지나 병석 부부가 이렇게 차례를 모시지 못할 때, 그의 자식들이 차례를 지내게 되면 자 봐라, 이렇게 제수를 장만해서 차례를 모셨으니 너희들도 이렇게 해서 설 추석 차례상을 차려야 한다는 것을 보여 주기 위해서였다. 그러나 그 당시 외국에 나가 있던 자식들은 아직도 외국에서 그대로 살고 있고, 지금도 병석은 아내와 단 둘이서 차례를 모시고 있다.

차례 후 그는 차례상을 찍은 카메라를 치우지 않고 있다가 마침 집으로 오신 고모님을 소파에 앉으시게 하고는 사진을 찍었다. 고모님의 손자들은 할머니를 모시고 와서 잠시 앉아 있다가 이내 자리를 뜬 후였다. 병석은 혹시 이 사진이 영정 사진이 될지도 모른다는 생각에서 정성을 들여 고모님의 표정과 자세를 몇 번이고 고치게 하면서 사진을 찍었다. 그런데 그 예상이 적중해서, 한복을 단정히 입으신 위에 만면에 미소를 머금은, 인자해 뵈는 그날의 고모님 사진이 영정이 되어 놓여 있다니. 영정 사진을 찍는 그날 고모님은 그에게 말씀하셨다.

"야아야, 오데라 캤노? 저기 불란서와 미국에 가 있는 아아(아이)들 소식은 오나? 지금 잘 있는강? 운제쯤 들어온다 쿠더노? 명절에 혼자 제사 지내기가 인자 많이 외롭재? 그럴 나이가 안 됐나. 와 안 그렇겠노? 쯧쯧, 조카도 벌써 머리가 허옇다쿠이."

고모님은 언제나 그가 답할 사이도 없이 혼자 말하고 혼자 답하시곤 했다. 그날 그런 말씀 끝에 그가 무슨 말씀을 드렸는지는 잘 기억나지 않는다. 며칠 뒤 사진을 현상해서 고모님께로 가서도 끝내 일호 이야기는 꺼내지 못했다. 처자식과 노모까지 팽개치고 외가쪽 집안 아지매(혼자 살고 있기는 했지만)를 꿰차고 집을 나간 지 벌써 이십 년도 넘은 일호에 대한 소식이 왜 병석에겐들 궁금하지 않았겠는가. 그러나 일호에 대하여 물었다가는 고모님께서 또 어떤 서운한 말씀을 하실지 몰랐다.

병석이 언젠가 한 번, 일호가 나쁘다고, 조강지처와 아들 셋에다 청춘에 혼자되어 오직 지 놈 잘 되기만을 바라면서 온갖 고생을 마다 않으신 노모마저 팽개치고 외가 집안 아지매를 데리고 야반도주한 놈을 자식이라고 생각하시냐고, 고모님께 말했다가 병석은 혼이 난 적이 있었기 때문이다. 고모님은 입에 게거품을 물고 독자인 당신 아드님을 편들고 나섰는데, 그 눈길이 절대로 평소의 고모님 같지 않게 무서웠다. 병석을 그렇게 당신 아들처럼 애지중지하셨건만, 역시 친정 조카인 병석은 당신의 아들 앞에서는 지푸라기 같은 존재였을까. 그래서 그 후로는 지금까지도 고모님 앞에서 일호 말은 입에도 벙긋하지 않고 있었다. 그때 고모님은 눈물까지 글썽이며, "일호 그놈이 나도 밉기야 하지마는 그래도 자식이라곤 달랑 혼자뿐인 그 놈을 내꺼정 미워하몬 그 놈은 오데 가서 하늘을 이고 숨을 쉬고 살 끼고? 안 할 말로 나는 지금이라도 일호 저 놈이 세상에서 없어지몬 나도 당장 그놈 따라 세상을 하직할 끼라 쿠이. 행실이사 좋거나 나쁘거나, 사램이사 잘났거나 못났거나 자슥이라고는 그 놈뿐인데, 다른 사람들은 다 그놈을 쥑일 놈 살릴 놈 하고 욕을 해도 조카 니꺼정 그러 쿨 줄은 몰랐다. 그라고 그 놈이 그런 몹쓸 짓은 했지만 이 에미 생각하는 사람은 그 놈뿐이니라."

아, 그는 이 말씀에 그만 말문이 닫히고 말았다. 그랬다. 그 지경이 된 고모님께 병석이 해 드린 게 뭐가 있다고 고모님 앞에서 일호 험담을 하고 욕을 할 것인가. 입이 열 개라도 할 말이 없었다. 병석은 병석 대로 고학에 고학을 거쳐 일찌감치 교수가 되느라고, 그야말로 죽을 판 살 판 앞만 보고 살아오면서 단 한 분뿐인 고모님을 언제 한번 제대로 모셔 봤던가. 그러다 몇 년 전에 정년퇴임을 했지만 그래도 병석은 여러 가지 사회 일로 하루도 편할 날이 없지 않은가. 아무리 그렇기로서니 생각하면 병석은 고모님께 그동안 너무 무심했던 걸 그때야 가슴이 저미도록 자책했던 것이다. 사실 부모를 일찍 여읜 병석에게 고모님은 하늘 같은 보호자요, 유일한 피붙이였고 바로 어머니 같은 분이 아니었던가.

그는 고모님 영정 앞에서 기어코 눈물을 떨어뜨리고 말았다. 솟구치는 감정을 주체할 수 없었기 때문이다.

3.

병석의 아버지 원국은 해방을 1년 앞두고 일본에서 가족들을 데리고 고향 함안으로 돌아왔다. 가족이래야 아내와 누이동생 옥점, 4살 된 병석이 가족의 전부였다. 아무래도 일본이 패전하고 말 것 같은 생각에서 미리 귀국했던 것이다. 그러나 떠난 지가 15년이나 된 고향은 이름만의 고향일 뿐 그에게는 논밭도 집도 없었다. 못사는 대소가가 있었지만 모두 남과 같았다. 원국은 고향마을을 떠나, 같은 함안이지만 진양군과의 경계지역인 군(郡)의 남쪽 끝의 갈밭골이란 곳으로 들어갔다. 마침 일본에서 가져온 돈이 좀 있어 그 돈을 모두 갈밭골에서 논을 사는 데 썼다. 그러나 원국은 농사를 지어보지 않았다. 그런데 갈밭골로 들어온 지 얼마 안 돼 해방이 되었다.

원국은 기왕 장만한 농토로 농사를 지어야겠기에 농사를 지을 만한 총각을 찾아 누이 옥점과 결혼시켰다. 그러고는 매제에게 처가살이를 시키면서 농사를 짓게 했다. 원국은 농사보다는 세상 돌아가는 일에 관심이 더 많았다. 해방이 된 세상에서 비록 깊은 산골에 살지만 원국은 하고 싶은 일이 많았다. 이렇게 일본이 빨리 패망할 줄 알았다면 이런 깊은 골짜기 갈밭골까지 들어오지 않았을 것이란 생각도 여러 번 했다.

그 무렵 남한 일대에 호열자가 창궐했고, 불행히도 병석은 이 호열자로 어머니를 여의었다. 원국이 상처를 하고 혼자가 된 것도 그가 집을 자주 비우고 밖으로 나돈 원인이 되었지만, 당시 남한의 좀 똑똑한 젊은이들의 상당수가 사회주의에 물들어 있었는데 원국도 그런 젊은이 중의 하나였다. 원국은 일찍이 일본에서 살 때부터 독서를 통해 관심을 갖고 있던 사회주의 사상에 경도되어 있었던 것이다. 그러나 그에게 서울로 가서 본격적인 정치 활동을 하자고 하는 어른도 친구도 없었다. 그러니 자연히 자주 만나는 사람들은 함안의 이웃고을인 의령, 진양군의 좌익 사상가들이었다.

그러다 1948년 8월 15일 대한민국 정부가 수립되면서 이제 공산주의 활동은 법적으로 금지되었다. 집에는 어린 아들 병석이 있었지만 병석은 누이 옥점이 생모 못지않은 관심과 사랑으로 돌보고 있었다. 그때 이미 옥점도 아들 일호를 낳은 뒤였지만 옥점은 일호와 병석을 똑같이 돌보며 키웠다. 그래서 그는 마음 놓고 동지들과 함께 지리산으로 들어갔다. 지리산으로 들어간 뒤의 원국의 활동은 알려진 바가 별로 없다.

다만 1948년 말경이었는데, 그때쯤 갈밭골 병석의 집으로는 거의 밤마다 빨치산이 찾아와 고모 부부를 공포에 떨게 했다. 그러나 이 빨치산들은 과연 빨치산이 맞느냐고 의심이 갈 정도로 고모와 고모부에게 싹싹하고도 친절하게 대했다. 밥을 해 달래서 해 먹이고, 양식과 된장 간장 고추장을 달래서 주고도 별로 억울하다는 생각이 들지 않을 정도로 인간적이었다. 물론 고모부와 고모는 원국이 지리산에 가 있다는 사실을 아직 모르고 있을 때였다.

병석은 빨치산들이 집으로 내려오던 일을 지금도 어제 일처럼 기억하고 있다. 나이 7살 때였으니까. 빨치산은 집으로 올 때마다 사람이 바뀌었지만 언제나 그 수는 6명에서 7명이었다. 그런데 지휘를 하는 우두머리는 늘 같은 사람이었다. 이들은 내려오면 번번이 밥을 해 달래서 먹었다. 그때마다 집에서 키우던 닭도 잡아먹었다. 떠날 때는 반드시 쌀과 보리쌀 등 양식과 고추장이나 간장 된장을 퍼 갔다.

빨치산은 사람을 해치기는커녕, 아주 어질고 착한 아저씨처럼 보였고, 고모부에게 세상 돌아가는 소식, 주로 경찰들의 움직임에 관심이 아주 많았다. 고모님이 밥을 짓는 동안 우두머리는 일호를 무릎에 앉히고 볼을 비비기도 했지만 일호는 낯을 가린다고 자지러지게 울면서 방의 구석으로 도망을 쳤는데, 그러면 우두머리는 병석을 끌어당겨 무릎에 앉히곤 했다. 고모부는 고모가 밥을 짓고 있는 부엌에서 아궁이에 불을 때주기도 하면서 방에서 피해 있었다. 되도록이면 빨치산들과의 얼굴을 맞대지 않기 위해서였다.

한번은 우두머리 아저씨가 병석을 끌어안고 다른 일행들을 돌아보며 이런 말을 했다. 원국이 그 사람, 아들 하나는 잘 두었어. 아이가 얼마나 똘똘하게 생겼나. 이놈은 장차 큰 인물이 될 거야. 병석은 참 이상하다고 생각했다. 이 아저씨들이 아버지를 어떻게 알아 이런 말을 할까. 병석은 아버지의 이름을 알고 있었던 것이다. 이밖에도 아버지 원국에 대해 많은 말을 했지만 병석은 잘 알아들을 수 없었다. 빨치산 우두머리 아저씨는 말을 하면서 중간 중간에 시커먼 수염의 볼을 병석의 볼에다 마구 비비곤 했다. 병석은 그때마다 찡그리며 무릎에서 벗어나려 했다. 아저씨의 입과 몸에서는 아주 고약한 냄새가 났기 때문이다.

이러다 밥상이 차려지면 일시에 엄숙하게 자세를 고쳐 앉으며 우두머리의 지시에 따라 밥을 먹었다. 우두머리가 숟가라악 들엇! 하면 일제히 숟가락을 들었다. 식사아 시작! 해야만 밥을 먹기 시작했다. 밥을 먹는 속도가 얼마나 빠르던지! 된장찌개 뚝배기에는 여러 개의 숟가락이 한꺼번에 들어와 숟가락끼리 부딪치면서 요란한 소리를 내곤했다. 닭을 잡아 양념을 넣고 끓인 그릇에는 우두머리를 생각해선지 숟가락의 출입이 좀 덜했지만 그렇다고 닭고기 탕을 우두머리가 혼자 다 먹는 건 아니었다. 밥을 다 먹고 나서도 우두머리가 숟가라악 놓앗! 해야 일제히 숟가락을 놓곤 했다. 우두머리는 점잖게 생긴 남자였다.

밥을 먹고 떠날 때는 고모부와 고모님께 깍듯이 인사를 했는데, 언제나 같은 말을 했다. 좋은 세상 오면 오늘 신세진 것 몇 배로 갚을 겁니다…. 이런 일이 있고 나면 고모부는 반드시 십리가 넘는 아랫동네 면소재지의 지서에 신고를 해야 했고, 그러면 경찰들 20여 명이 떼를 지어 갈밭골로 올라와 온 산을 샅샅이 뒤졌지만 빨치산의 흔적을 찾을 수는 없었다. 경찰들은 산을 뒤지다 다시 병석의 집으로 몰려와, 고모님이 애지중지 모아두었던 귀한 계란을 날 것으로 한 사람이 몇 개씩이나 먹어치워 결국은 계란바구니가 순식간에 거덜나버리곤 했다.

그러던 1949년 가을 어느 날, 고모부가 읍내 경찰서로 다녀왔다. 경찰서에서 고모부를 불렀던 것이다. 고모부는 뜻밖에 경찰서에서 병석의 아버지 원국을 만났다. 그리고 처남 앞에서 어떤 서류에 이름을 쓰고 서명을 했는데, 그게 보도연맹에 가입하는 서류였다.

원국은 그 얼마 전, 지리산 피아골 전투에서 토벌작전차 지리산으로 들어온 경찰군에게 생포되어 고향 경찰서로 압송되어 와 전향서를 쓰고, 보도연맹에 가입하였던 것이다. 그리고 얼마 후 매제인 일호의 아버지도 보도연맹에 가입하게 했던 것이다. 그러나 원국은 그때부터 집에는 오지 않았고, 함안의 경찰서 동네에서 지낸다고 했다. 빨치산들의 보복이 두려워서였던 것이다.

1949년 겨울 어느 날 오후, 눈이 내리고 있는데 고모부가 지서로 불려 내려갔다. 해가 다 저물어서야 돌아온 고모부는 급히 집을 떠나야 한다고 했다. 눈이 엄청나게 내리고 있었다. 고모와 고모부는 서둘러 옷가지 몇 점과 이불만 챙겨, 밤중에 집을 떠났다. 가재도구 일체를 버려둔 채 가족들만 데리고 지서가 있는 동네로 이사를 했다. 물론 경찰과 처남 원국의 권고에 의해서였다. 캄캄한 밤 중, 폭설은 펑펑 하염없이 내리는데, 고모부는 등에 진 옷과 이불 보퉁이 위에 일호를 태우고, 고모는 한 손에 그릇 보퉁이를 들고 다른 손으로는 병석의 손을 잡고 밤길을 걸어 아랫마을로 내려왔다. 고모의 손에 잡혀 산길을 내려오면서 병석은 길을 잘못 찾아 산에서 허방을 딛고 얼마나 자주 나뒹굴었던지. 그러면 병석의 손을 잡고 있던 고모도 함께 나뒹굴었던 것이다.

길과 산의 구별이 안 되는 폭설, 병석의 기억 속의 폭설은 이것이 처음이었다.

지서 곁의 새집으로 이사를 온 다음 해인 1950년 봄, 병석은 국민학교에 입학했다. 그리고 병석은 그 무렵 집으로 온 아버지와 함께 지낼 수 있었다. 그즈음 고모와 고모부는 아버지의 재혼을 위해 백방으로 애쓰고 있었다. 그러나 지서 옆의 집으로 이사를 온 지 반 년이 조금 넘자 6·25가 터졌다.

전쟁이 나고도 병석과 고모님 집은 그런 대로 잘 지내고 있었다. 한창 농번기여서 고모부와 고모는 먼 갈밭골까지 농사를 지으러 올라갔고, 원국은 조기 방학을 하고 집에서 놀고 있는 아들 병석과, 생질 일호를 데리고 집에서 책만 읽고 있었다. 그러는 원국의 주변에는 항상 경찰이 살피고 있었다. 문제는 국군과 유엔군이 자꾸 후퇴만 한다는 흉흉한 소식이 들려오는 것이었지만 그렇다고 원국에게 무슨 방법이 있는 건 아니었다.

그러던 1950년 7월 하순의 어느 날 저녁 어둠이 깔리는 때였다. 마당의 한 귀퉁이에 모깃불을 피워 놓고 평상에서 막 저녁을 먹고 있는데 바로 이웃의 지서에서 보도연맹원들을 불러 모으는 확성기 소리가 온 동네를 쩌렁쩌렁 울렸다. 전에도 걸핏하면 무슨 교육이다, 연락이다 하면서 자주 불렀으므로 이날도 아무 의심 없이 병석의 아버지와 고모부는 지서로 갔다. 그런데 이 날은 밤이 늦어도 아니, 이튿날 날이 새어도 아버지와 고모부는 돌아오지 않았다. 밤새도록 고모부와 아버지를 기다리며 한숨도 못잔 고모가 새벽에 지서로 가 봤으나 동네의 보도연맹원들은 아무도 없었다. 그 전날 밤에 함안 경찰서에서 나온 트럭에 실려 이미 모두 본서로 이송된 후였던 것이다.

그리고 본서에 집결된 사람들, 함안군의 다른 면에서 그렇게 이송되어 온 보도연맹원은 모두 이튿날 해거름 때에 굴비 엮이듯 손목을 묶여 또 다른 여러 대의 트럭에 실려 깊은 산 속으로 갔고, 산 밑의 신작로가 끝나는 지점에서 내려진 이들은 한쪽 손은 손목이 묶인 채, 또 다른 손에는 곡괭이나 삽을 들고 더 깊은 산속으로 걸어가 자기 손으로 구덩이를 파고 수십 명의 경찰들이 쏜 총에 맞아 죽었던 것이다. 그러나 이런 일은 동네 사람은 물론, 그 가족들도 까마득히 모르고 있었다.

지서로 불려가 사라진 보도연맹원들은 모두 전쟁터로 끌려가 총탄을 나르거나, 다친 국군들을 들것에 실어 나르거나 한다는 소문도 들렸고, 더러는 급히 훈련을 받고 군인이 되어 전장으로 가서 싸우고 있을 거라는 사람도 있었다. 그러나 죽었을 거라는 사람은 아무도 없었다. 죽어야 할 아무 이유가 없었기 때문이다. 1950년 7월 말쯤 인민군 선발대는 진양군을 넘어 병석이 살던 갈밭골 일대의 산에 진지를 구축했다. 그러나 그때까지만 해도 낮에는 국군과 유엔군의 세상이었고, 밤에만 인민군들이 동네에까지 몰래 내려와 밥을 해 달래서 동네 남자들에게 지우고 산으로 가져가곤 했다.

그러다 전쟁이 일어난 지 50여 일 만인 8월 14일, 유엔군의 탱크 부대가 갈밭골의 아랫마을을 향해 줄지어 올라왔다. 탱크는 기다란 포신을 앞으로 쑥 내밀고 있었는데, 더 무서운 건 탱크가 내는 엄청난 굉음이었다. 고무바퀴가 아닌 큰 쇠사슬 같은 게 움직이면서 내는 큰 소리는 사람들로 하여금 절로 사지를 떨게 만들었다. 차 한 대가 겨우 다니는 신작로는 수십 대의 탱크가 지나자 대번에 큰 길로 변해 버렸고, 길 주변의 논밭이나 수목들은 모두 형체를 알아볼 수 없는 쑥대밭으로 변해 버렸다.

그 다음 날인 8월 15일 한낮, 병석은 일호와 함께 고모님을 따라 마을에서 쫓겨나 피란을 떠났다. 세상에 태어나서 처음 보는 새까만 피부의 사람들이 군복을 입고 눈에 불을 켜고 허공에다 대고 마구 총을 쏘며 동네 사람들을 쫓아냈다. 총질을 해대는 미군들에게 쫓겨, 동네 사람들과 같이 동네를 떠났던 것이다. 아비규환(阿鼻叫喚)이란 말이 있지만 그렇게 처참하고 갈피를 잡지 못하게 허둥거리던 사람들이 또 있을까 싶었다. 병석 자신이나 일호와 같은 아이들의 비명에 가까운 날카로운 울음소리, 가족을 찾고 부르는 어른들의 고함 고리, 미군이 허공에다 대고 쏘는 총소리. 총소리에 놀라 우리에서 빠져나와 이리 뛰고 저리 뛰며 설쳐대는 소와 돼지들의 광분…. 특히 소는 코뚜레를 끊을 때 코를 다쳐 피를 철철 흘리며 그 와중에도 사람들을 따라 다녔다.

고모님과 일호와 병석은 이런 참상을 뒤로 한 채 집을 떠나, 다른 피란민들과 함께 걷고 걸어서 오후 늦게야 중리의 곤천내에 도착했다. 거기에서 중리 기차역까지는 멀지 않았다. 병석이네는 다른 사람들과 함께 그날 밤 곤천내의 하천 바닥에서 노숙을 했는데, 떠나온 함안 쪽의 밤하늘은 쿵쿵하는 대포소리와 함께 벌건 화광에 물들어 있었다. 동네가 불타는 것이라 했다. 다른 사람들은 가지고 온 솥에다 밥을 지어 먹었건만 병석이네는 아무 것도 가져나오지 못해 그냥 굶어야 했다.

김해로 가는 마지막 피란열차에는 기차의 화차 굴뚝 옆이며, 열차 칸의 지붕에까지 사람들이 빼곡하게 올라타 있었다. 병석은 고모님과 일호와 함께 천신만고 끝에 열차 안으로 들어가 끼여 섰지만 옴짝달싹할 수가 없었다. 열차 안은 더위로 푹푹 쪘다. 게다가 심한 땀 냄새며, 벌써 노약자나 환자들이 배설한 오물 냄새가 온 차 안에 진동하고 있었지만 그런 게 싫다고 열차에서 내리면 바로 죽는 판이었다. 하늘에서는 낮게 뜬 쌕쌕이가 몇 대씩 편대를 지어 무서운 소리를 내며 열차 위를 날며 사람들의 혼을 빼고 있었고, 폭탄인지, 대포의 포탄 터지는 소리는 멀지 않은 곳에서 계속 간헐적으로 들려오고 있었다. 그러니 차안의 악취가 문제겠는가.

피란을 갔다 오자 병석은 하루아침에 고아가 된 자신을 발견했다. 끝내 아버지가 고모부와 함께 돌아오지 못했기 때문이다. 이때부터의 병석의 삶은 그야말로 눈물겨운 것이었다. 4년 동안 고모 밑에서 초등학교를 다니면서 고모가 짓는 갈밭골의 농사를 거들었다. 그러나 그는 4년 동안 월반을 2번이나 해서 6학년을 4년 만에 졸업했다. 졸업을 하고도 집에서 또 2년 동안 농사를 거들었다. 1954년 14살이 되었다. 이때 그는 당돌하게도 집을 떠나 무작정 마산으로 나왔다. 함안에서 마산은 그리 멀지 않은 거리였지만 14살 밖에 안 된 어린 병석이 혼자 마산으로 온다는 건 어려운 일이었다. 그런데도 그는 누가 시키듯이 집을 나왔다.

집을 나오기는 했지만 무슨 계획이란 게 있을 수 없었다. 휴전 직후의 마산 시내는 그때까지 돌아가지 못한 피란민들로 온 시내가 어수선했다. 고아들은 여기 저기 떼를 지어 다녔다. 병석이 그런 가운데서 구두닦이를 하게 되면 썩 잘 풀리는 것이고, 잘못되면 소매치기패의 꾐에 빠질 상황인데도 요행히 한 선량한 공무원의 눈에 띄었다. 병석의 운명이 결정되는 순간이었다. 고모님보다 더 큰, 평생 도움을 받은 은인과의 만남이었다.

당시 마산시청 인사과장인 오세광 씨가 병석을 발견했던 것이다. 병석이 시골에서 무작정 마산으로 나와 신마산역에서 내려 역전의 우체국 앞에서 볕 바라기를 하며 오들오들 떨고 있는데 오세광 씨의 눈에 띄었다. 첫눈에 봐도 소년은 눈빛이 초롱초롱한 게 똑똑하게 생겼다. 오세광 씨에게는 그때 막 초등학교에 들어간 외아들이 있었고, 이 아이는 유달리 몸이 약한 데다 선천적으로 시력도 아주 안 좋았다. 그래서 누군가 이 아이를 돌봐 줄 사람이 필요해서 그런 사람을 찾고 있던 중이었다.

오세광 씨는 병석의 앞으로 다가가 병석의 현재 상황을 차근차근 물었다. 그런 오 씨는 제발 이 아이가 올 데도 갈 데도 없는 아이이기를 바랐는데 바론 그런 아이였다. 오세광 씨는 이 아이를 월영동의 자기 집으로 데리고 갔다. 당시 시청에는 모두 10여명의 사환이 있었지만 마침 시장실에 또 한 사람의 사환이 필요했다. 오 씨는 병석을 시장실의 사환으로 일하게 했다. 그리고 오 씨는 마침 입학철을 놓치지 않고 병석을 어느 야간 중학교에 입학시켰다.

병석은 하늘에라도 오른 기분이었다. 그는 시청의 사환일이나 오 씨 집의 외아들을 돌보는 일에도 정성을 다했지만 자기 공부에도 최선을 다했다. 병석은 야간 중학교에서도 이내 두각을 드러내었고, 1학년 말에는 바로 3학년으로 월반했다. 그리고 졸업하고 다시 야간 고등학교에 진학했다. 고등학교 2학년 때 부산의 ○○대학으로 진학했다. 1958년이었다. 그 무렵 병석은 사환에서 촉탁(임시직원)으로 발령받아 마산 시청에서는 누구나 그의 재능을 인정, 서로 자기 부서로 데려가려고 하던 때였다. 나이가 차서 신체검사를 했지만 그는 본태성고혈압이었다. 신체검사를 3년 동안 해마다 했고, 결국 군에도 가지 않게 되었다.

대학에 입학하자 마산에서 부산으로 온 병석은 오세광 씨의 힘으로 부산의 어느 무역회사에서 입사했다. 오래 몸담았던 오 씨의 집을 떠난 것이다. 부산의 회사에서도 재능을 인정받고 있었다. 그는 대학에서 영문학을 전공하고 있었고, 무역회사에서 병석의 영어 실력은 대단히 유효하게 쓰였다. 1962년에 야간대학을 졸업하고 바로 주간의 대학원에 진학, 석사과정에 다니면서 열심히 공부해서 1964년에 석사학위를 받았다.

그 무렵 각 대학에서는 거의 모든 학과에서 신임 교수 요원이 크게 늘어났다. 특히 병석이 공부한 영문학은 그 수요가 더욱 그랬다. 그리고 당시만 해도 박사 학위 소지자가 귀해 석사 학위만 가지고도 교수가 될 수 있는 시절이기도 했다. 그도 당연히 대학으로 가려고 했으나 뜻밖의 장애에 부딪쳤다.

그것은 그의 아버지 문제였다. 병석은 보도연맹에 희생된 아버지 때문에 연좌제에 걸려 있었다는 사실을 그때야 알았다. 아, 이런 일도 있구나! 그는 자신의 모든 일을 앞장서서 해결해주는 아버지 같은 은인 오세광 씨를 찾아 마산으로 가서 터놓고 의논했다. 그러나 다른 건 몰라도 연좌제 문제는 그도 속수무책이라며 한숨만 쉬었다. 그는 터덜터덜 도로 부산으로 돌아왔다. 그런데 며칠 후 또 다른 낭보가 오세광 씨로부터 날아왔다. 오세광 씨는 시외전화로 말했다. 좋은 소식이네. 급히 마산으로 오게.

병석은 즉시 오세광 씨를 다시 찾아갔다. 그도 고급 공무원에서 물러나 집에서 쉬고 있었다. 그가 잘 아는 어느 젊은이가 사법고시에 합격했으나 병석과 똑같은 사정으로 법관 발령을 못 받고 있었는데 천우신조로 이번에 통영 지원의 판사로 발령을 받게 되었다는 것이었다. 그 행운의 주인공은 부친이 6·25때 월북을 해서 연좌제에 관련된 사람이라 했다. 오세광 씨가 음성을 낮추어 사방을 버릇처럼 한 번 돌아보면서 말했다. 박정희 씨가 군복을 벗고 민간인 신분으로 대통령이 되려고 해서 작년에 되지 않았는가. 무슨 말인지 알아듣겠나? 그러나 병석은 그때까지도 오 씨의 말이 무슨 뜻인지 알아들을 수 없었다. 오 씨의 입만 뚫어지게 바라보았다.

오 씨가 계속했다. 그러나 박정희 씨의 과거도 그리 밝지 못했고, 더군다나 그의 형도 어두운 전력이 있거든. 대통령이 되려는 박정희 씨에게 이 불미스러운 과거는 대단한 지장을 주었지, 그래서 연좌제를 철폐함으로써 박정희 씨는 스스로의 올가미에서 벗어날 수 있었던 것이네. 그게 바로 작년이야. 그러나 체면상 한 해만 연좌제를 철폐하게 되면 세상이 웃을 것 아닌가. 그래서 금년에도 연좌제는 아직 힘을 잃고 있는 모양이야. 하지만 내년에는 틀림없이 이 괴물이 다시 살아날 거라고 보고 있어. 금년이 마지막 기회가 될 거야. 여기까지만 내가 일러 주겠네. 남은 일은 자네가 알아서 해결하게. 그리고 만약 자네가 대학으로 가게 되면 우리 저 놈도 장차 자네가 좀 끌어주게나. 병석이 오랫동안 한 집에서 기거하며 가르친 그의 외아들을 두고 하는 말이었다.

이런 말을 듣고 부산으로 돌아온 그는 있는 힘을 다 한 결과 그해 1964년 후학기에 교수로 임용될 수 있었다. 오 씨도 말은 그렇게 했지만 병석이 대학에서 전임으로 발령받는 일에 백방으로 힘을 보태 주었음은 물론이다. 병석은 일생일대의 행운을 잡은 사람이었고, 그런 행운으로 대학에서 평생을 봉직할 수 있었다. 교수가 되어 쉽게 결혼을 했고, 오늘까지 병석의 생활은 그런 대로 안락할 수 있었다. 그리고 오래 전에 오세광 씨의 외아들이 모든 자격을 갖추어 교수직을 희망했을 때, 병석이 최선을 다해 그의 상담자가 되고 후견인이 되어 결국 같은 대학의 동료 교수로 지낼 수 있게 했던 것이다.

4.

그동안 고모님은 친정 동네인 병석의 고향 마을로 이사해 살았다. 고모님은 일호가 고등학교를 졸업하자 대학에도 보내지 않고 있다가 스물세 살이 되자 장가를 보냈다. 일호가 비록 괜찮은 대학을 졸업하고 실력을 갖춘 사람이 되었다 해도 그 역시 연좌제에 걸려 있었으므로 공직에는 어떤 곳에도 들어가지 못했을 것이니 차라리 농사를 짓게 한 것은 잘된 일이라고나 할까. 어쨌든 일호는 아들만 셋을 낳았다. 이로써 고모님은 4대 독자의 한을 푸신 셈이었다. 그러나 고모님은 끝내 노후가 그리 좋지 못했다. 일호가 남부끄러운 짓을 해서 동네를 떠났기 때문이다. 그것은 지금 일호 처가 된, 병석과 11촌 숙항(叔行)이 되는 아저씨의 처와 야반도주를 해버렸기 때문이다.

병석은 지금 일호의 처가 된 그 아지매를 어떻게 불러야 할지 난감했다. 옛날에는 집안 아지매였는데 지금은 고종 제수가 아닌가. 제수가 된 지 30년도 훨씬 넘은 세월이어서 그녀도 노파가 되어 있었다.

일호도 그의 부친, 병석의 고모부를 닮아 키도 컸고 남자답게 생긴 사람이었다. 그런 일호는 그 아지매와 광주까지 흘러가서 슬하에 딸만 둘을 낳았다. 그 아지매는 아이를 못 낳는다는 이유로 남편의 버림을 받았지만 일호를 만나 딸 둘을 잘만 낳아 예쁘게 키웠던 것이다. 둘 다 장성했는데 큰 애는 이미 대학을 졸업하고 중학교에서 교편을 잡고 있었고, 작은 애는 대학 졸업반이라 했는데, 모두들 어머니를 닮아 예뻤다. 식당을 차려, 먹고 살기는 했으나 고향에는 얼굴도 내비치지 못하는 신세가 된 일호와 그 아지매.

그런 일호인지라 객지인 광주에서 어머니의 상을 당했으니 딴에는 얼마나 마음고생이 심할까 싶다가도 병석은, 모두가 인과응보요 자업자득이란 생각에 속으로 말했다. 오지고 꼬시다, 이 자슥아!

일호는 부지런했다. 그는 시골에서 닭과 돼지를 키워 논도 사고 밭도 사서 꽤 따시게 살았다. 그렇게 조강지처와 함께, 깎아놓은 알밤 같은 아들 3형제를 키우면서 고이 살았다면 지금쯤 고향땅에서도 대접 받고 자식들로부터도 아비 대접 받으며 잘 살았을 건데 지금은 아들들이 아무도 일호를 아버지로 생각하지 않는다.

남편을 뺏겨버린 일호의 본처는 시골을 떠나 아이 셋을 데리고 부산으로 나왔다. 처음은, 그때만 해도 아주 변두리였던 부산의 신평에서 셋방을 살았다. 시골에서 부쳐주는 쌀로 양식은 되었지만 아이들 공부는 시킬 수가 없었다. 어찌어찌해서 일호의 행방을 알고 거처를 알게된 그녀가 큰아들을 광주로 보내 돈을 좀 얻어오게 했지만 일호는 빈손으로 쫓아 보냈다.

시골에서 살던 고모님이 그 무렵 연세가 드시어 시골집을 처분해서 부산으로 왔다. 손자들과 며느리와 함께 살게 된 것이다. 일호의 본처가 시어머니 앞에서 광주 사람들 욕을 하거나 험담을 하면 고모님은 불같이 화를 내면서 아들을 감쌌다. 그럴 즈음 고모님은 신평에서 망미동의 병석이 사는 아파트 이웃으로 이사를 왔다. 그러다 병이 났고, 그 병이 깊어지자 광주로 옮겨 갔던 것이다. 광주로 간 후로 병석은 한 번도 고모님을 뵐 수 없었다.

병석은 그날로 부산으로 돌아와야 했다. 이튿날 아침의 발인은 물론, 마땅히 화장장까지 따라가야 할 계제였음에도 부산으로 돌아오지 않을 수 없었다. 이튿날 오전 일찍 마산으로 가서 또 다른 장례식에 참석해야 했다. 오세광 옹의 장례가 아닌가. 병석은 일호에게 자신의 사정을 말하고 정중히 양해를 구했다. 그래서 빈소에서 사람을 시켜 광주역에 가서 사정을 알아보게 한 결과, 부산으로 가는 차표는 이미 매진되고 없다는 것이었다. 그런 말을 듣고도 병석은 아내와 함께 광주역으로 걸어 나왔다.

광주역으로 나온 병석은 역사 안팎에 구름처럼 몰려 있는 인파에 넋이 빠졌다. 그때야 광주에서 출발하는 일체의 시외버스가 모두 두절된 것을 알았다. 운집한 사람들은 모두 열차를 타기 위해서였다. 부산까지의 좌석 표는커녕, 입석도 표가 매진된 상태였다. 병석은 도리 없이 광주에서 출발하는 완행열차를 타기로 하고, 가까운 화순까지의 입석 표를 사서 억지로 열차에 올랐다. 6 · 25 때, 중리역에서 탄 마지막 피란열차가 떠올랐다.

광주에서 탄 완행열차의 사정이 그때 그 피란 열차와 같았다. 다만, 여름이 아니어서 땀 냄새나 오물의 악취만 없었을 뿐이었다. 병석은 화순을 지나 진주에 가까워져 열차 안의 승객이 많이 내려 사람의 내왕이 가능해져서야 열차 승무원으로부터 부산까지의 추가 차표를 발급받았다. 밤새도록 완행열차를 타고 온 것이다. 마산에 도착해서야 여기저기 빈 좌석이 생겼으나 가만히 생각하니 앉을 필요가 없었다. 아무래도 마산역에서 그냥 내려 여관에 들어가 아내와 날 새기를 기다렸다가 바로 오세광 옹의 장례식에 참석하는 게 나을 것 같아서였다. 발인이 아침 7시라니까 부산에 갔다가 오기는 힘들 것 같았다. 마침 옷도 검은 양복에다 검정 넥타이까지 매고 있지 않은가. 그는 서둘러 아내와 함께 마산역에서 내렸다. 날이 새기는 멀었지만 희붐한 미명이 그들 부부를 맞이했다.

건널 수 없는 강

정 소 성

서울대 문리대 불문과 졸업, 동 석박사과정 수료,
프랑스 그르노블대학교 문학박사(생텍쥐페리의 자연관연구).
단편집 『아테네가는 배』, 『뜨거운 강』, 『벼랑에 매달린 사내』, 『혼혈의 땅』,
『타인의 시선』, 장편 『여자의 성』, 『안개내리는 강』, 『악령의 집』, 『대동여지도』,
『태양인』, 『두 아내』, 『바람의 여인』 등. 현대문학 추천으로 등단,
동인문학상, 윤동주문학상, 월탄문학상, 박영준문학상 등 수상.
단국대학교 명예교수.

건널 수 없는 강

"여보, 일어나세요. 지금 다섯시가 넘었어요!"

아내가 흔들어 깨우는 통에 영태는 잠에서 깨어났다. 아내의 몸에서는 언제나 향기가 났다. 그러나 몸이 쉽게 움직여지지 않았다. 지난밤에 이 생각 저 생각으로 일찍 잠들지 못했기 때문이었다. 하필 송광사란 말인가. 전국에 수많은 절이 있건만 아내는 굳이 송광사로 가자고 했던 것이다. 영태는 속으로 뜨끔했으나 겉으로는 굳이 반대할 이유를 찾지 못했다.

그들은 몇 달 전부터 결혼 30주년 기념 여행을 하기로 합의해 놓았다.

"아 어서 일어나세요. 정말 시간이 없어요. 아침 먹을 시간도 없겠어요."

"알았어. 정말 눈이 떠지지 않네…"

"새벽같이 일어나야 한다면서 일찌감치 잠자리에 드신 분이 누구신데…"

"…"

영태는 할 말을 찾지 못했다. 그가 몸을 뒤척이면서 쉽게 잠들지 못한 것을 아내가 알 턱이 없었다.

"내 목을 끌어 안으세요. 내가 일으켜 세울게요. 어서요!"

"알았어. 조금만 참아. 내 어떻게 일어나리다!"

그러나 결국 영태는 아내의 목을 두 손으로 감아 그녀의 상체를 끌어안아서 겨우 몸을 일으켜 세웠다. 오랜 세월 동안 의지하며 살아온 아내는 언제나 자신의 바로 눈 앞에 있었다.

쉰을 훨씬 넘게 일생을 이끌어온 영태이기에 전국의 웬만한 절은 거의 안 가본 데가 없을 지경이었다. 그러나 그는 굳이 그 유명하다는 송광사만큼은 가보지 않았다. 그것은 그가 송광사 행을 굳이 피해왔기 때문이었다. 그것은 그 절이 혜진스님의 원찰이기 때문이었다.

원찰이란 한 사람의 속인이 출가하여 처음으로 불문에 입문하는 절을 말한다. 중이란 원래 거처가 없어서 전국적으로 그리고 세계적으로 떠도는 사람들이라, 어떤 곳이든 붙박이 신분이란 있을 수 없다. 그러나 그런 그들이지만 그가 어느 절 출신이라는 사실은 대단히 중요해 일생 동안 따라다닌다고 한다.

송광사가 혜진스님의 원찰이라 하여 그분이 지금도 거기에 무슨 연을 대고 있을 리가 만무했다. 세상에서 가장 어려운 일 중의 하나가 떠도는 중 찾기란 말이 있다. 이들은 전국을 그야말로 구름이나 물처럼 떠돌기 때문에 어느 절에 유하고 있는지 알 도리가 없다. 그래서 중들은 스스로 그러한 자신들의 삶의 모습을 운수행각(雲水行脚)이라고 하지 않는가.

사람이 나이 쉰을 넘게 살면 굳이 입산수도하지 않는다 할지라도 스스로 도가 터져서 어떤 경지에 이르게 되는 점도 없지 않을 것이다. 꼭 그래서가 아니라 영태는 가슴 저미는 우여곡절 끝에 혜진스님 찾기를 거의 포기하고 있었다.

왠지 모르지만 그녀는 이제부터 자신과는 인연을 다한 사람으로 느껴져 왔기 때문이었다. 그녀가 어디서 무엇을 하는지 알아낼 도리가 없었다. 그리고 알아낼 필요도 없었다. 그러니 그녀를 찾는다는 것은 도무지 무모하고 불필요한 일이었다.

어디선가 묻어오는 그녀에 대한 소문이 전부 다였다.

혜진스님을 그녀라는 말로 표현해 보았지만 도무지 어울리지 않는 말이었다. '그녀는' 속세적인 표현이지 그녀는 사실 여자가 이미 아니었다.

그러나 영태는 자신이 지상에서 삶을 영위하는 한 그녀에의 관심을 거둘 수 없었다. 그녀와 나눈 삶의 시간을 도저히 잊을 수 없기 때문이다. 그래서 그는 조금만 시간이 나면, 아니 고의적으로 그녀의 현재 거처를 수소문하곤 했었다.

그러나 요즈음은 그것마저도 포기하고 있었다. 이제 그분은 자신만의 삶의 영역을 가지고 있어서 영태 자기와의 세속적인 인연을 완전히 차단해 버리고 말았다는 강한 느낌을 받고 있었기 때문이었다. 검은 절망의 휘장이 자신의 눈앞을 가리웠으나 어쩔 수 없었다.

도대체 출가불자들의 세계란 워낙 세속의 세계와는 모든 것이 너무나 달라서 논리라든가 풍습이라든가 하는 것이 먹혀들지가 않았다. 이제는 그녀를 깨끗이 포기하고 마는 도리밖에 없다는 생각을 했다.

중이 되는 사람들 중에 상당수가 실연이 원인이라는 말이 있기는 하지만, 혜진스님의 경우가 꼭 여기에 해당하는지는 알 수 없다는 생각을 영태는 하고 있었다.

몸을 잠자리에서 일으켜 세우기는 했으나 영태는 좀처럼 움직이려 하지 않았다. 그만큼 몸이 무거웠다.

"아 어서 준비하시라니까요!"

"지금 몇 시오? 아직 두 시간이나 남아 있는데 뭘 그래… 시간이 안

되면 안가면 그만이지… 한 세시간이나 잤나 원…”

아무리 생각해도 두 시가 넘어서야 잠이 든 듯했다. 몹쓸 여편네, 하필 송광사란 말인가. 누굴 잡으려고 작정을 했나. 사실 영태는 예약을 해둔 기차를 타기 위해서는 지금 당장 자리를 박차고 일어나 세수를 하고 준비를 해야만 했다. 그러나 왠지 그는 자기를 잠자리에 붙잡아매는 듯한 느낌을 떨쳐버릴 수 없었다. 송광사로 지금 당장 달려가고 싶지가 않은 것이다.

그때 마침 전화벨이 울렸다. 영태는 움찔 몸을 돌렸다. 자신이 전화를 받아야만 될 것 같았다. 아내가 받아서는 안 될 전화가 온 것만 같이 느껴졌던 것이다. 이런 꼭두새벽에 전화를 할 사람이란 도무지 없었던 것이다. 무슨 비밀스런 전화인지도 알 수 없었다. 정말이지 지금 이 순간 아내에게 죄를 짓고 살지는 않는 그였지만 그는 그런 느낌을 받았다.

그러나 전화통 옆에 있던 아내가 수화기를 들었다.

“여보세요, 누구세요?”

아내도 조금 놀란 모양이었다. 그러나 수화기에서는 아무런 소리도 안 들리는 듯했다.

“누가 장난 전화를 하나… 그럼 그렇지 누가 이런 새벽에 전화를 다 할려구…”

아내는 수화기를 내려놓았다. 영태도 안심이 되었다. 일평생 아내에게 이런 비밀스런 마음의 한구석을 가지고 살았다는 것이 솔직한 표현이었다. 스님이 된 희애 때문이었다. 하지만 티벳인가 네팔인가에 가서 살고 있다는 혜진스님이 지금 이 순간 자기에게 전화를 할 턱은 없었다. 잊혀진 지 오래된 사람이다. 그녀는 세속의 사람이 아니지 않는가.

영태는 비밀스런 마음의 한구석을 다독거렸다. 그럴 이유는 전혀 없다고 자신에게 변명을 늘어놓았던 것이다. 사실이 그랬다. 그녀는 지금 한국 땅에 없지를 않는가. 그녀와 인간적인 대화를 나누지 못한지 벌써 몇 해인가. 십 년도 넘는 세월 동안 서로 교신이 없는 사람이 아니던가. 사실 그녀를 잊어버리고 살아온 그 오랜 세월이 아니던가. 지금 이런 꼭두새벽에.

장난질 같은 전화벨 소리를 듣고서 희애를 생각한다는 것은 언어도단이었다. 그 길고 긴 지나간 세월 속에서 그 정도의 탈선도 없는 자기 또래 남자가 또 어디 있단 말인가. 이제는 잊어도 좋은 과거지사였다.

영태는 자신의 이런 자격지심이 아무래도 오늘의 여행목적지가 송광사이고 그 절이 바로 희애가 출가한 사찰이기 때문이라는 생각을 했다.

그는 벌떡 몸을 일으켜 세웠다. 더 이상 지체할 수 없는 시간 사정이었다. 그러나 그는 금방 다시 털썩 주저앉아 버렸다. 정말 송광사로는 가기 싫었다. 그 쓰라린 일을 다시금 회고하고 싶지가 않았기 때문이었다. 밑도 끝도 없는 전화벨 소리 하나에 별 상상을 다하고 있는 지금 자신의 모습이잖는가. 희애가 출가한 그 절로 가면 자신은 또 무슨 악몽에 시달릴는지 알 수 없었다.

"오늘 당신 도대체 왜 이러시는 거예요? 여행을 떠나시려는 거예요, 안 떠나시려는 거예요?"

"떠나기는 떠나야 하지만 몸이 도무지 말을 듣지 않아…"

"아 어서 일어나세요! 이 양반이 언제부터 세운 계획인데… 별로 날 거기로 데리고 가고 싶은 생각도 없으시면서 괜히 말로만 생색을 낸 것은 아니예요?"

"아 당신은 무슨 말을 그렇게 하오! 여자가 새벽부터 방정은! 아 몇 년만에 떠나는 결혼기념 여행인네…"

"아 그걸 몰라서 물어요! 몇 년만은 무슨 몇 년만이예요! 30년만이지! 남들은 해마다 결혼기념 여행을 미국이나 유럽으로 떠납디다! 이건 도대체 말도 안돼요! 당신 주제에 왠 생색이냐 했더니만! 이제 그만 가기 싫어서 밍그적거려 보자는 수작이지 뭐예요!"

"여보 무슨 말을 그렇게 하오. 내가 아무리 꼬지지한 사람이지만 모처럼의 여행계획을 그런 식으로 무산시킬 턱이야 있겠오! 다만 지난밤에 근 두 시가 넘어서 잠이 든 것만 같소. 그래서 도무지 몸이 말을 듣지 않아서…"

정말 다른 곳은 몰라도 송광사만은 가고 싶지가 않았다. 그 오랜 세월이 흘렀건만 심장을 빙초산에 절이는 듯한 그 쓰라린 추억을 다시금 되씹고 싶지 않았던 것이다.

처음 아내가 여행의 목적지로 송광사를 들고 나왔을 때 딱 잘라서 거절하지 못한 자기가 잘못이었다. 사실 그때는 거절할 적당한 이유를 금방 발견할 수가 없었다. 어물어물하다가 동의하고 말았던 것이다.

"차 안에서 주무시면 되지 않아요! 새마을호가 좋다는 것이 뭐예요. 얼마나 잠자기 좋아요! 레스토랑카도 있을 테고!"

"여보, 내가 지금 이러고 있는 것이 꼭 내가 잠을 덜 깨서 그런 것만은 아니요. 당신 건강 때문이라는 것을 왜 그리 모르오!"

"이 양반이 이제 보자 보자 하니 별 소리를 다 하시누만!"

아내는 남편을 뒤에서 안아 일으켜 세웠다. 그리고는 방문을 향해 밀었다.

"그건 사실이요!"

"내 건강은 걱정하지 말아요! 그게 언제 때 얘긴데! 나는 건강하잖아요! 이렇게!"

"그렇지만 항상 조심해야지!"

아내에게 등이 떠밀려 목욕탕으로 향하면서 영태는 독백처럼 투덜거렸다. 아내는 십 년도 더 전에 딸인 명옥에게 신장을 하나 떼어준 적이 있었다. 영태는 갑자기 그 사실을 들고 나선 것이다.

목욕탕 안으로 들어가기도 전에 영태는 다시금 벨소리를 들었다. 이번에는 장난전화가 아니라는 생각이 들었다. 누군가가 분명 무슨 목적이 있어서 전화를 한 것이다. 누굴까. 아무려면 혜진스님이 전화할 턱은 없겠지. 영태는 습관처럼 되어있는 불안감을 떨쳐버리면서 목욕탕 안으로 들어갔다.

"여보, 전화 받으세요. 명옥이예요."

"으응! 명옥이가 이 새벽에 웬일이야!"

"그 아이가 우리 여행을 알고 있잖아요. 잘 다녀오라는 인사겠지요 뭐!"

"그 인사라면 벌써 받았잖아."

"자 어서 받아보기나 하세요!"

아내는 무선 수화기를 가지고 왔다. 영태는 수화기를 받아 들었다.

"나다! 아빠다! 벌써 인사를 받았잖니!"

"인사 여러 번 드리면 안 되나요? 아빠!"

"그래 말해라! 어서, 시간이 없어!"

"아빠!"

"어서 말하래두!"

"아빠, 아무 말이나 해두 돼요?"

"얘가 새벽부터 왜 이래, 네 어머니 오해하겠어. 어서 말해! 너는 미국이 어딘데 전화를 이런 식으로 하니? 어서 말해!"

"그럼 말씀드리겠어요! 아빠! 저하고 아빠하고만의 얘기예요! 어머니에게는 절대 비밀이니 안심하세요, 아빠! 아빠는 저와 어머니를 사랑하시죠?"

"에잇, 무슨 뚱딴지같은 소리냐! 그런 소리는 입밖에도 내지를 말아라! 누가 들으면 큰일날 말이다! 그래 존은 잘 크니?"

"아빠 절대 내색하시지 마시고 어머니를 위해서 그 절에 다녀 오세요! 인사는 드렸지만 걱정이 되어서 다시 전화 드린 거예요."

"고맙구나. 걱정하지 말아라. 잘 다녀오마."

영태는 서둘러 전화를 끊었다. 바로 옆에 아내가 서 있었기 때문이었다. 무슨 말이 자신의 입에서 튀어나올지 알 수 없었다. 작은 꼬투리를 가지고 예민한 아내가 무슨 상상을 할지 알 수 없는 일이었다. 영태는 그것이 두려웠다.

명옥은 영태 내외의 하나밖에 없는 자식이었다. 결혼을 해서 미국으로 건너갔지만 그녀는 친정에 자주 전화를 하곤 했다. 영태는 사실 이 일점혈육 때문에 지나간 한 시절 얼마나 노심초사했는가를 생각하면 지금도 등골에서 땀이 흘렀다. 명옥의 시원찮은 신장 때문이었다. 딸의 고질병은 결국 아내의 신장기증으로 해결되었지만, 지금도 그 시절을 생각하면 전신이 오싹해지는 것이었다.

명옥이가 영태 자신과 혜진스님과의 속세에서의 인연을 알고 있지는 않을 것이다. 영태가 명옥에게 단 한마디도 그런 말을 비친 적이 없었기 때문이다. 영태 자신은 자기와 혜진스님과의 세속적인 관계는 절대적으로 둘만의 비밀로 시종했다고 확신하고 있었다.

세상에는 비밀이 없다고는 하지만, 그렇지 않을 수도 있다. 세상에는 당사자 둘만이 알고 그야말로 비밀로 끝나 버리는 것도 있는 듯했다. 그러나 또 모를 일이었다. 인간사란 원래 불가사의 하잖는가. 지금 전화로 보아 그녀는 뭔가를 눈치채고 있는 듯했다.

영태는 서둘러 얼굴에 물을 끼얹었다. 딸아이의 전화가 그에게 힘을 주었다. 딸과 아내가 바로 자신의 곁에 있다는 사실을 그는 확인한 것이다. 이제는 두려움에 빠질 이유가 없었다. 혜진스님은 자신의 길을 찾아 멀리 멀리 떠나 있지 않은가. 그녀와의 사이에는 십 년이라는 세월의 긴 강이 흐르지 않는가. 그것은 넘을 수 없는 강이 아니겠는가.

영태 내외는 택시를 잡아타고 서울역을 향해 달렸다.

아내가 영태의 손을 잡아왔다. 따뜻했다.

"당신은 마누라 말은 안듣고, 딸년 애기만 들어요!"

"당신같잖게 마누라가 뭐요? 딸아이라고 하지 딸년은 또 뭐고!"

"당신한테는 이런 말투가 더 어울릴 것 같은데요…"

"우리 둘만의 얘기지… 자꾸 그런 어투를 쓰면 강단에서도 자신도 모르게 튀어나온다구… 조심하구려."

"결국 아침식사를 하지 못하고 떠났잖아요. 당신이 꾸물적거리는 통에…"

"차 안에서 먹으면 됐지 무슨 걱정이요! 걱정하지 말아요. 얼마든지 먹을 수 있을 테니까! 기사님, 남산순환도로를 거쳐서 좀 빨리 가 주십시오. 기차 시간이 있어서…"

"지금 빨리 가고 있습니다. 기차시간이 몇 시라 하셨지요?"

"여섯 시 반입니다."

"될 것 같습니다…"

택시는 텅 빈 거리를 쏜살처럼 달렸다.

남산순환도를 달려온 택시는 힐튼호텔 앞에서 좌회전하기 위해 급정거를 하는 통에 쾅 하면서 뒤따르던 검은색 승용차에 추돌을 당하고 말았다. 교통사고가 난 것이다. 영태 내외는 충격을 전신에 받았다. 앞 시트에 정면충돌하지는 않았다. 안전벨트를 매었기 때문이었다. 그러나 헐거운 벨트는 그들을 완전하게 보호하지는 않았다.

"손님 괜찮습니까? 이거 참 죄송합니다."

"괜찮습니다."

영태 내외는 전신을 쓰다듬으면서 말했다. 심한 충격을 받은 것 같지는 않았다.

"다행이십니다. 차도 심한 충격을 받은 것 같지는 않습니다만… 잠깐만 앉아 계세요. 좀 나가보고 오겠습니다."

차들은 길 가장자리로 옮겨졌고, 두 사람의 운전자가 차 밖으로 나왔다. 두 사람의 사내들이 내뿜는 입김이 여기저기서 뻗혀오는 차량들의 헤드라이트에 비쳐 허옇게 드러나 보였다.

금방 교통차가 달려올 만한데 그런 일은 없었고, 두 사내는 계속해서 입김을 내뿜고 있었다. 두 사람이 사건을 경찰로 끌고 갈 것이 아니라, 직접 타협을 보는 듯했다.

"기차 탈 일은 글렀어요."

"죽지 않은 것만도 다행이지."

"못할 여행을 하는 것은 아닐까요?"

"거참 아까운데!"

"못 떠나더라도 표는 바꿔야지요!"

"기차가 떠나고 나타나면 얼마를 환불해준데?"

"십 프로 깎고 되돌려주나봐요."

"그럼 일단 갑시다. 멀쩡한 표 그냥 썩힐 수는 없잖소."

영태 부부는 택시를 갈아타고 서울역으로 향했다.

거대한 도시는 밀어닥친 동장군에게 완전히 점령당해 있었다. 어디

든 얼어붙지 않은 데가 없었다. 아직도 어둠이 물러가지 않은 거리에
는 인적이 드물었다. 그러나 차량들은 벌써 길게 행렬을 짓고 있었다.

대합실 안에는 그래도 사람들이 웅성거렸다. 지금 막 떠나는 기차가
있는 모양이었다. 기차역의 대합실에 오면 거의 언제나 알 수 없는 여
수에 젖는 것이 사람들의 심정이다. 사람의 일생 자체가 여행이기 때
문인지도 몰랐다. 영태는 시간이 지나버린 표를 바꾸기 위해 예약창구
로 갔다.

"다음 차표로 바꿀 수는 없을까요?"

환불금을 막 받아들려는 순간 아내가 영태의 등 뒤에서 창구직원에
게 물었다. 그녀도 모처럼 계획해서 떠나는 여행을 취소하고 싶지가
않은 모양이었다.

"일곱 시에 떠나는 차가 있으니, 옆 매표창구로 가서 새로 표를 사
세요."

"자리가 있을까요?"

"가서 물어 보세요. 요즈음은 사람이 많지 않으니까요."

어느 틈엔가 아내는 옆 창구에 가 있었다.

"여보 자리가 있대요. 사요, 떠나자구요!"

"그럽시다."

영태는 얼떨결에 아내의 요구를 받아들이고 말았다. 지금 집으로 돌
아가 보아야 낮잠만 잘 것이 틀림없었다. 시간을 기다려 차칸에 올라
자리를 잡았다.

영태는 정말 이 여행이 못할 것인지도 모른다는 생각을 했다. 그런
교통사고를 당하다니. 어깨가 좀 찌쁘뜨한 것 이외에는 별 탈은 없
지만 새벽의 교통사고는 분명 불길한 징조였다. 남들이 그 흔한 교통
사고로 그렇게들 떠들썩하게 떠들어대지만 아직 손가락 하나 긁힌 적

이 없는 자신들이 아니던가.

기차가 출발하고 나서 얼마되지 않아 영태는 금방 잠으로 떨어졌다. 잠이 절대적으로 부족하기도 했지만, 새벽의 사고로 극도로 몸과 마음이 긴장되었다가 새로운 출발로 그것이 어느 정도 풀어졌기 때문이리라.

잠결 속에서도 영태는 자신의 몸이 자꾸만 뒤로 끌려가는 느낌을 받았다. 그만큼 자신은 서울을 벗어나서는 안된다는 무의식에 이끌리고 있었다. 아니 송광사로 가서는 안된다는 생각에 빠져 있었다.

후덥지근한 감각에 잠시 눈을 뜨고 보니 옆자리의 아내도 잠이 들어 있었다. 차는 서울을 벗어나 있었고, 차창 너머로는 눈에 덮인 풍경이 끝없이 이어지고 있었다. 그는 다시 잠으로 떨어졌다.

잠결 속에서 영태는 가녀린 명옥이를 만났다. 그녀는 거의 죽어가고 있었다. 초등학교학생 시절의 명옥이었다. 그녀는 사흘에 한 번씩 인공투석을 받고 있었다. 피를 거르지 않으면 단 하루인들 생명을 이어갈 수 없는 입장이었다. 아이가 해골처럼 말라가고 있었다. 이제 학교 공부를 계속한다는 자체가 불가능해졌다.

아빠 엄마 살려주세요. 아빠 엄마 살려주세요…

어린 것이 이제 죽음의 순간 직전에서 아비인 자기에게 긴급구호를 보내고 있었다.

그러나 그때 그 순간 영태 부부가 할 수 있는 일이란 아무것도 없었다. 신장이식 수술밖에 없는데 조직검사로 영태 자신의 것은 불가하다는 판정이 나와 있었던 것이다. 아내가 신장을 딸에게 이식해 주는 도리밖에 없는데, 아내도 몸이 그리 건강한 편이 아니었다. 그녀는 오래 전부터 신경쇠약증이라는 병 아닌 병을 앓고 있었고, 소화기능도 좋지 않아 체력과 정신력이 이런 큰 수술을 감당할 처지가 되지 못했다.

그리고 아내의 경우, 이런 건강상의 문제가 아니라 여러 가지 정신적인 문제로 친정에 가 있었던 것이다. 그들은 사실 별거를 하고 있었다.

부부가 의가 좋은 상태에서 편의상 별거를 하고 있는 것이 아니라 심각한 갈등으로 둘은 도저히 한 집에서 살 수 없는 상태에 있었기에 별거하고 있었다. 그러니 그들은 사실상 대화가 단절되어 있었던 것이다.

일점혈육의 생사를 상의할 수 없을 정도로 이들 부부는 갈등이 심각했다. 영태는 언제부터인가 아내와의 이별을 생각하고 있었다. 이렇게 살 바에야 차라리 헤어져 삶의 질곡을 벗어던지고 싶었다. 그것은 자신만을 위한 것이 아니고, 아내를 위한 처사이기도 했다.

아내와의 사이가 이 지경이 된 직접적인 이유는 물론 희애의 존재 탓이었다. 이제 정말 영태는 희애와 아내 중 누구 하나를 선택해야 하는 기로에 서 있었던 것이다.

남들은 이런 처지의 영태를 욕할지도 몰랐다. 그러나 영태 자신은 정말 어쩔 수 없는 노릇이었다. 이제 영태는 자신의 일생의 삶을 위한 혁명을 시도해야 할 입장에 처해 있었다. 이것은 어떤 상황의 개선을 위한 새로운 시도가 아니었다. 그것은 혁명인 이상 일체의 논리가 통하지 않았다. 죽기 아니면 살기 식으로 어떤 결단을 시도하지 않으면 안되었다.

그러나 그는 생각 뿐 이것을 실행에 옮기지 못하고 있었다. 명옥의 극심한 병고 탓이었다. 아내와의 헤어짐이 이 어린 것에게 미칠 악영향을 생각하면 선뜻 결단을 내릴 수 없는 입장이었다.

"두 분이 어떻게 상의를 해 보셨나요?"

식음을 전폐하다시피 하고서 딸의 병상을 지키는 영태에게 주치의는 최후의 결단을 촉구하곤 했다. 그러나 대화가 단절되어 있는 그들 부부가 딸의 수술 문제를 두고 상의할 수 있는 처지가 되지 못했다. 그만큼 둘의 갈등의 골은 깊었다.

그 갈등의 골 깊숙이 희애라는 돌이 박혀 있다고는 하지만 그것은 영태에게만 해당되는 일이었다. 아내가 희애의 존재를 알 턱은 절대로 없었다. 희애와의 관계는 그만큼 철저하게 베일에 가려져 있었다. 이 점만은 영태는 자신하고 있었다.

그러나 여자의 고유의 본능적 느낌이 있어서 식어버린 남편의 사랑을 그녀가 감득했는지는 알 수 없었다. 사실 근 삼 년 이래로 부부다운 생활을 하지 않고 있었던 것이다.

"곧 상의를 해 보겠습니다…"

"시간이 없습니다. 환자의 상태가 급전직하로 나빠지고 있습니다. 언젠가 부인이 찾아와 스스로 조직검사를 했듯이 이 위급한 상태를 알리기만 하면 다시 나타나시리라 생각합니다만…"

"알겠습니다. 곧 연락을 취하기로 하지요."

마침 희애가 미국으로 곧 떠날 처지여서 영태는 그날을 기다리고 있었다. 희애가 떠나고 없으면 자신의 마음이 한결 가벼워지리라 생각했다. 그럴때 좀 더 적극적으로 아내를 설득해볼 작정이었다.

희애와 아내 그리고 명옥, 이 세 명의 여자는 영태의 삶을 수놓은 가장 큰 요소였다. 그의 짧지 않은 인생여정은 이 세 여자에 의해서 갖가지 풍경으로 빚어졌다 해도 과언이 아니었다.

남들은 희애를 포기해 버리지 못하는 영태를 비난할지도 모르겠다. 그러나 당사자인 영태의 입장에서 보면 그것이 절대로 마음대로 되지 않았다. 영태 자신을 희애는 자기의 목숨보다 더 생각하는 듯했다. 영태 자신도 그러한 듯했다. 희애를 향한 영태의 절실한 마음이란 무어라고 필설로 표현하기 어려운 바가 있었다. 두 사람의 남녀로서의 역사도 쉽게 허물 수 없을 만큼의 연륜을 쌓았다. 그런 그녀와 어떻게 헤어질 수 있단 말인가.

남들의 경우 아무리 철두철미한 남녀간의 인연이라 해도 돌아서면 그만이고 그 상처는 세월이 치유해 준다고는 하지만, 영태는 그것이 마음대로 되지 않았다.

"희애, 미국에 좀 가 있으면 어떨까요?"

"또 유배 명령이신가요?"

"꼭 그런 표현을 쓰지는 마세요. 명옥의 치유에 전념하기 위해서요."

"제가 곁에 있으면 방해가 된다는 말씀이신가요?"

"꼭 그런 뜻은 아니요. 다만 저 죽어가는 아이를 어떻게든 살려내야 하지 않겠소."

"선생님의 사랑과 관심과 열정을 딸에게만 바치겠다는 말씀이군요."

"그런 뜻이 되는가요…"

물론 영태가 희애를 깊이 생각하는 것과 딸 명옥을 간호하는 것은 같은 성질이 아니다. 하나는 이성 간의 배려이고 하나는 부모와 자식 간의 사랑이다. 그러나 한 인간의 관심과 열정이라는 측면에서는 그것은 중첩될 수 있었다.

영태는 그것에서 잠시라도 벗어나고 싶었던 것이다. 사람이 파김치가 될 지경이었다. 또 그래야만 아내의 관심도 명옥으로 끌어올 수 있을 것만 같았다.

아내는 영태와 희애와의 관계를 전혀 모른다고 보아야 한다. 그러나 남편이 얼마나 딸과 자신에게 관심을 기울이냐는 너무나 잘 판단하는 듯했다.

"또 오랜 세월 내던져 놓으시는 것은 아니겠지요?"

"그것은 절대 아니요, 나를 믿어 주시오. 명옥의 병세로 보아 반 년이면 충분한 것 같소이다. 그 사이 준비 중인 학위논문의 자료나 좀 더 리서치하고 돌아오구려."

"그동안 미국에 한 번 다녀가실 수 있나요? 혼자서 너무 외로울 것만 같아요. 전번에는 혼이 났어요."

"물론, 딸아이의 병세가 호전되면 당연히 한 번 다녀가리다. 우리 둘 사이에는 믿음 밖에 없소이다. 서로 믿읍시다."

"선생님에 대한 믿음이 없으면 어떻게 지금까지 버티어 왔겠어요. 새삼 그런 말씀을 하시는 것을 보면 선생님도 많이 약해지신 것만 같아요."

"그건 절대 아니요. 다만 사람과 사람 사이란 어차피 세월이 흐르면서 조금씩 그 질을 달리하기 마련이요. 우리 둘의 역사도 여러 가지 곡절을 겪었습니다. 십 년이면 강산도 변한다는데, 어찌 인간관계가 변하지 않을 수 있겠어요. 가장 중요한 것은 믿음이 아니겠어요?"

"하시라는대로 하겠어요. 마침 미국에 볼 일도 있고."

희애는 선선히 영태의 요구에 응해 주었다. 그러나 영태는 이런 요구를 함에 있어서 대단히 조심스러웠다. 무슨 오해를 불러 일으킬 우려가 있었기 때문이었다. 오해를 불러 일으켜 잠시라도 희애를 잃어버리는 경우라도 다시 발생한다면 영태는 정말 견디기 어려울 것만 같았다.

희애는 몇 년 전에 영태에게 절교를 선언한 적이 있었다. 무슨 이유가 있어서가 아니었다.

"우리 둘의 관계를 사제지간이나 친구 사이로 할 수 없을까요?"

그녀는 느닷없이 이런 제의를 해왔다.

"…"

너무나 뜻밖이라 영태는 당장에 무슨 대꾸를 할 수 없었다. 그녀의 진의를 파악할 수 없었다. 그때 영태의 기분이란 순도 높은 빙초산을 뒤집어 쓴 듯했다.

"갑자기 무슨 말이요?"

"갑자기가 아니예요. 오래 전부터 생각해 오던 것이었어요."

"나는 전혀 그런 낌새를 눈치채지 못했습니다."

"우리의 관계를 변질시키고자 하는 얘기는 아니예요. 다만 나의 마음을 좀 더 깨끗하게 하고 싶은 욕구 때문이예요."

"마음을 깨끗하게 하고 싶다, 무슨 말씀이신가요?"

"나는 우리의 만남이 참으로 순수하고 깨끗하다는 생각을 해 왔어요. 사랑 그 자체이니까요. 그 어떤 배경도 없으니까요. 하지만 왠지 모르게 그것이 조금은 탁하다는 생각이 들었어요."

"그럴 경우 나의 슬픔과 고독을 생각해 본 적이 있습니까?"

"나의 슬픔과 고독도 선생님의 것에 못지 않을 거예요. 허지만 나는 내가 왠지 조금은 죄스러운 짓을 하고 있다는 생각을 하기 시작했거든요."

"그 죄스러움은 구체적으로 어디서 오는 것입니까?"

영태는 이야기를 본질적인 것으로 이끌어가고자 했다. 이 사랑스런 여인이 겪고 있는 심리의 실체를 알고 싶었다.

"저는 물론 지금 미혼의 여성입니다. 제가 만약 어떤 남자와 결혼을 했었더라면 아마 지금쯤 이혼하자고 했을 거예요."

"…"

영태는 희애에게 한방 얻어 맞은 기분이었다. 그렇게 자주 만나고 열정의 순간들을 수없이 가졌지만, 영태는 자신의 가장 가까운 사람의 내면에서 일어나고 있는 변화를 전혀 눈치채지 못한 것이다.

"그럼, 나와 영영 만나지 않겠다는 말인가요?"

"그것은 너무나 가슴 아픈 일이예요. 그래서 나는 선생님과 사제지간이나 친구지간으로 해서 만나고 싶다는 얘기죠."

"으음…"

영태는 긴 한숨을 토했다. 이 여인에게 들인 정성과 시간, 그리고 열정이 하루아침에 물거품이 되고 있었다. 영태는 그 순간 이 여인에게 가장 강렬한 집착심이 자신의 내면에서 불처럼 일어나는 것을 느꼈다. 정말 놓아버릴 수 없는 여인이라는 생각이 자신을 엄습해 왔던 것이다.

"그럼 우리 영혼의 연인이 되면 어떻겠습니까?"

"여고생들이 말하는 플라토닉 러브를 하자는 것인가요?"

"그럴지도 모르지요. 살다가 보니 별 소리를 다 합니다만…"

영태는 자신이 너무나 치사하게 굴고 있다는 생각을 했다. 돌아선 여자의 마음은 좀처럼 돌릴 수 없다고들 한다. 그런 소리를 들은 바가 없는 영태는 아니지만, 지금 자신의 감정은 어쩔 수 없었다.

"그러죠."

이런 합의를 보고서 희애는 미국으로 건너갔고, 박사과정을 수료하고 돌아왔던 것이다.

그리고 나서 그들의 합의는 무산되고 말았다. 그들은 오랜 세월의 공백에서 오는 그리움의 갈증을 끄지 못했던 것이다. 누구의 요구랄 것도 없이 그들은 다시금 옛날 관계를 회복하였다. 달라진 것이 있다면 그녀는 옛날처럼 열정적이지 않았고, 두어 달에 한 두번 만나는 정도로 그들의 만남은 아주 드물었다.

자신과의 조금은 비정상적인 만남에서 그녀는 권태가 아니면, 허무감을 느꼈는지도 모를 일이라고 영태는 생각해 보았다. 아니면 그때 희애는 절간을 자주 출입하는 눈치였다. 그녀가 미국에서 박사과정을 밟을 때, 그 도시에 있는 한국승려가 세운 선원을 다녔다는 말을 들은 적은 있었다.

그녀가 무슨 보살계를 받았다거나 아니면 무슨 출가를 꿈꾸었다거나 하는 말은 절대 아니다. 그녀는 조금 불교에 관심을 가지는 듯했다는 뜻이다. 그러나 드물게나마 영태와 희애의 연인관계는 이어지고 있었다.

불교란 것이 워낙 계(戒)에 묶인 종교이고 보면, 보살계든 사미계든 받고 나면 옴짝 달싹을 못한다. 정식 승려가 되는 구족계를 받고 나면 세속과의 인연을 완전히 차단해야 한다. 그럴 경우 그 사람은 인간이기 전에 수도승이 되는 것이다. 그에게는 부모 자식도 없으며, 친구도 없고, 자연의 나이도 없으며, 자신의 정해진 거처도 없다. 그에게는 오직 지켜야할 계가 있을 뿐이다. 비구가 지켜야 할 계가 240개이고, 비구니가 지켜야 할 계가 348개이며, 사미승이 지켜야할 계가 10개이고, 재가불자가 지켜야할 계가 5개라고 한다.

파계승이 되지 않는 한 불자는 이 계를 목숨보다 더 소중히 지켜야한다. 그만큼 그들은 보통 인간들로 이루어진 이 세상을 무상하게 그리고 부질없는 것으로 본다는 뜻이다.

희애의 2차 도미는 영태에게 돌이킬 수 없는 쓰라림을 안겨주었다. 그는 미칠 것같이 쓰라리고 뻥 뚫린 가슴을 안고 거리를 비틀거려야만 했다. 그러나 그는 자신을 방기할 수만은 없었다. 명옥을 살려야만 했던 것이다.

세월이 흐르면 치유되겠지 하는 생각으로 하루 하루를 버티어보는 도리밖에는 없었다. 영태는 몸무게가 무려 10킬로나 줄어들었다. 아무리 먹지 않아도 배가 고프지 않았다. 참으로 알 수 없는 현상이었다.

확인할 수는 없지만, 희애와의 인간적인 관계가 완벽한 비밀로 부쳐졌다고는 하지만, 아내의 신경성 와병은 아무래도 이 사실과 무관하지 않은 듯했다.

희애가 떠나고 얼마되지 않아 아내는 자신의 신장을 명옥에게 기증하였다. 그러나 아내의 수술 후유증은 참으로 심각하였다. 회복을 장담할 수 없는 입장이었다. 그녀는 정신을 잃고서는 쉽사리 깨어나지 못했다. 딸을 살리려다가 아내를 잃는 꼴이 되고 말 것만 같았다.

여보 제발 살아만 주오, 제발… 왜 이런 악조건으로서 신장을 떼어내겠다고 우겼단 말이오. 내가 잘못이지…

그러다가 아내는 기적적으로 회복되었다. 그리고 명옥도 건강을 되찾았다.

그리고 아내와의 부부관계가 서서히 회복되었다. 기품 있는 여성인 아내는 사실 영태 자신에게는 과한 여자였다. 그녀의 인간적 특징은 순수성 그 자체였다. 그 순수성을 바탕으로 그녀는 남편인 영태를 조금의 흔들림 없이 신뢰하였다. 남편이 그렇게 오랜 세월 동안 그런 일탈된 인간관계를 맺고 있으리라고는 추호도 생각하지 않는 듯했다.

그러나 또 모를 일이었다. 그녀가 뭔가 심상찮은 낌새를 느끼고도 그녀 특유의 그 고즈넉한 성격 때문에 침묵을 지키고 있는지도 몰랐다.

이런 그녀의 성격과 분위기는 해맑은 외모와 더불어 그녀를 왠지 고상한 여인으로 느끼게 했다. 그래서 영태는 그녀 앞에서 아무리 화가 나도 언성을 높일 수 없을 지경이었다.

영태가 아내와의 사이에서 어떤 혁명을 모의하고 있을 때에도 그녀는 순수하게만 그를 대해 주었던 것이다.

그녀는 별 주저도 없이 명옥이를 위하여 자신의 신장을 떼어 주었다. 이것을 꼭 기회로 했다고는 말할 수 없지만, 그런 그녀 앞에서 영태 자신의 쿠데타 계획은 눈처럼 녹아 버렸다.

희애와 아내 사이에서의 방황의 삶이 영태의 일생이라고 해도 과언이 아니었다. 남들은 왜 그런 일탈된 삶을 살았느냐고 그를 비난할지 모르지만 그것도 어쩔 수 없는 전생의 업과도 같은 운명이었다. 이런 방황의 삶은 그에게 행복과 만족감을 주기보다는 그 몇 백 배의 쓰라림과 고독 그리고 슬픔을 주었다.

"이제 그만 놔 버리세요. 자기 것이 되지도 않을 것을 뻔히 알면서 왜 그 줄을 놔 버리지 못하세요. 이제는 제발 놔 버리세요!"

"놔 버리라고? 지금 어떻게! 그러면 나는 낭떠러지에서 떨어져 영영 살아남지 못할 거야!"

"그 질긴 인연의 줄을 놔 버려도 결코 낭떠러지에서 떨어져 죽는 일은 일어나지 않을 거예요!"

명옥의 완치를 위해 희애를 잠시 미국에 가 있게 한 사람은 자신이었다.

그러나 명옥이 완치되고 아내가 정상을 회복하였으나, 희애는 미국에서 돌아오지 않았다.

그녀를 기다리다 못한 영태는 그녀를 데리러 보스턴으로 날랐던 것이다. 그녀를 찾아간 그에게 그녀는 위의 말을 했던 것이다.

결국 영태는 희애를 한국으로 데려오는데 실패하고 말았다. 그녀는 일차 도미 때와는 너무나 달라져 있었다. 그녀는 딴 사람이 되어 있었다. 두 사람은 설전만 벌였지 어떤 문제에도 합의점을 찾지 못했다. 두 사람은 자신들도 모르게 헤어져 버린 것이다. 한참의 세월이 흐르고 그녀를 수소문했으나, 그녀의 행방은 묘연하였다.

학생들을 데리고 백두대간 종주순례를 하던 영태는 그녀가 송광사에서 출가하였고, 지금은 인도에 가 있다는 사실을 알게 되었다.

 갠지스 강 유역의 한 허름한 사원으로 그녀를 찾아갔으나, 그녀는 면회사절이었다. 하안거 중이었다. 뉴델리 공항에 내려 그녀가 있는 갠지스강 상류의 고락푸르까지 가는데만 보름이 걸렸다. 철도 시설이 빈약한 편은 아니었으나, 사람이 너무 많아 도무지 객차칸에 몸을 쑤셔 넣을 수가 없었다.

 "이역만리 코리아에서 날아왔소이다. 잠시라도 좋으니, 좀 만나고 싶소."

 "스님은 지금 이 년째 묵언 수도 중이오. 일체 말을 하지 않소. 그리고 일주일째 단식하면서 용맹정진 중이시오. 우리나라 절 풍습에서는 하안거 3개월 용맹정진 중에 속세인을 만나면 한쪽 눈을 빼 버리는 경우가 있소이다. 그래도 좋소?"

 "한쪽 눈을!"

 "그리고 스님은 좀 중한 병을 앓고 계십니다. 지금 부처님의 계시를 받아 많이 호전되었지만 조그마한 충격도 허락되지 않소이다."

 "중한 병이라니? 도대체 무슨 병이시오?"

 "알 필요 없소. 어서 돌아가시오! 불치병이라는 것만 알아두시오!"

 "불치병! 암이나 에이…"

 "속세에서는 불치병이지만 불가에서는 고칠 수 있소."

 "어떻게?"

 "속세 사람들과의 인연을 끊고, 삼 년 동안 묵언해야 하며, 하안거 동안 각각 한 달씩 용맹정진해야하오! 그 병은 속세에서 너무 속을 썩이고 음식을 잘못 먹어서 생긴 거요!"

 "그러면 위암이란 말이요?"

"도대체 당신은 누구길래 그렇게 관심이 많으오?"

"나는 스님의 옛날 남편이었소이다!"

"거짓말을 하지 마시오. 스님은 결혼한 적이 없는 낭자였소이다! 고운 스님이 봉사가 되는 꼴을 보고 싶소? 어서 가시오!"

영태는 소스라쳐 놀라지 않을 수 없었다. 안거 중에 수도의 혹독함을 견디지 못하여 도망치는 스님들의 발목을 자른다는 얘기는 들은 바가 있었으나, 눈알을 빼어 버린다는 얘기는 듣기에 처음이었다. 전신에서 소름이 돋았다.

그 절간에서 근 일주일을 머물면서, 그것도 단식까지 하면서, 그녀를 만나기 위해 백방으로 노력하였으나 끝내 그녀의 모습을 보지 못한채 영태는 정신을 잃고 말았다. 단식 수도가 몸에 배어있지 않던 그에게 그것은 무리였다.

절간의 스님들은 그를 업어 갠지스 강에 던졌다. 강물을 따라 어디론가로 흘러 가라고 하는 뜻인 듯했다. 간신히 정신을 차린 영태는 죽음 직전에서 정신을 차리고 구조되었다.

그리고는 그는 희애를 잊기 시작했다. 쉽게 말해서 그녀는 인간 세상의 사람이 아니었다. 그녀를 두고 인간적인 생각을 해서는 안 된다는 사실을 그제서야 깨달은 것이다.

그 질간 세속의 인연을 그제서야 끊은 것이다.

그리고 세월이 흘렀고, 초등학생이던 명옥은 결혼을 하여 미국으로 건너갔고, 영태는 아내와 그야말로 불이 꺼진 삶을 살고 있었다. 불가에서는 세속의 개개인을 불난 집으로 보고 있다. 물론 그 불이란 탐욕과 성냄과 어리석음의 불이다. 불 꺼진 집이란 별다른 탐욕도 없이 성냄도 없이 그리고 허황된 꿈도 없이 살아간다는 뜻이다.

그렇다고 아내가 영태에게 삶의 기쁨을 주지 않는 것은 아니다. 그

녀 고유의 품위 있고 고상한 분위기는 언제나 영태로 하여금 여인의
신비를 느끼게 했다.

순천행 새마을호는 신나게 달리고 있었다.

영태는 꿈에서 깨어났다. 차창 너머로 흐린 하늘이 내려와 있었고,
자세히 보니 눈발이 휘날리고 있었다. 큰 바위로 전신을 짓누르는 것
같이 통증이 왔다. 새벽의 교통사고 탓인 듯했다. 당시에는 아무렇지
도 않았으나, 서서히 후유증이 나타나는 듯했다.

불치병을 앓고 있다는 희애를 인도의 산사에 남겨놓고 인도를 떠날
수밖에 없었던 영태는 스스로 인간사에 초연해지기 시작했다. 인생에
는 그리 급한 것도 중요한 것도 없는 듯했다. 인생만사가 이럴 수도 있
고, 저럴 수도 있는 듯했다. 꼭 그래야만 한다는 것은 있을 수 없는 듯
했다.

이제 영태에게 있어서 희애는 잊혀진 존재였다. 십 년이란 세월의
강 저 너머 한날 꿈결처럼 그녀의 존재가 의식될 뿐이었다. 그녀는 근
간에 티벳인가 네팔로 들어갔다는 소문을 들은 것이 전부였다.

영태는 어깨를 으깨는 듯한 통증을 참으면서 다시 잠을 청했다. 옆
을 보니 아내도 생각에 잠겨 차창 너머 흐린 하늘로 시선을 던지고 있
었다.

"여보, 레스토랑카에 가요. 커피라도 한 잔 하게요."

"레스토랑 카에? 생각 없소. 혼자 가서 마시고 오구려."

"아이참, 이이는! 이렇게 무감각하세요. 눈이 마구 쏟아지는데…"

"너무 졸려서 그래… 혼자 마시고 오구려. 날 좀 혼자 버려 두구려.
새벽잠을 못자서 그래…"

"그럼 할 수 없군요. 혼자 마시고 올게요."

아내는 객차칸을 떠나 레스토랑카로 갔다. 그녀가 비운 자리에 십

년 전의 희애가 와서 앉았다. 아 그리운 여인이여. 그의 가슴 속에서 무슨 이런 함성이 일었다. 그도 그녀를 따라 속세에서의 인연을 끊었다고 하지만 그는 그 긴 오랜 세월의 강물을 따라 그녀를 계속 사모하고 있었던 듯했다.

희애… 지금은 어디에 살아있소, 아니면 죽었소?

그녀에의 그리움이 눈송이가 되어 마구 쏟아지는 듯했다. 영태는 자신도 모르게 흐윽 흐느꼈다. 그녀에의 그리움 탓이었다. 몹쓸 여편네, 왜 하필이면 이렇게 눈이 쏟아지는 날 송광사 행인가. 이런 괴로움을 이기기 위해 불자들은 백팔번뇌라 하여 속세의 인연을 끊고 참선수도의 길로 들어서는 듯했다.

기차는 정오가 거의 다 되어 순천역에 닿았다. 영태 부부는 한정식으로 점심을 먹고, 송광사행 버스에 몸을 실었다. 남도의 날씨는 매섭게 추웠고, 눈이 엄청나게 많이 내려 있었다. 게다가 지금 현재 눈송이가 무리지어 쏟아지고 있었다.

사하촌 여관에 여장을 푼 그들은 절을 향해 걸음을 옮겼다. 내린 눈이 얼어붙어 길이 엄청나게 미끄러웠다.

눈 덮인 산사는 꽁꽁 얼어 있었다. 겉으로 보아 이 거대한 절간 안에서 무슨 일이, 어떤 가혹한 수도가 일어나고 있는지 알 수 없었다. 거기에는 다만 침묵과 냉기만이 서려 있을 뿐이었다. 가끔 관광객들이 눈에 띄었었으나, 그들도 절간의 분위기와 냉기에 압도되어 걸음을 빨리 옮길 뿐 말이 없었다.

대웅보전과 관음전을 돌아 불일선사 사리탑으로 올라가 보았다. 거대한 절 전체가 조망되었다. 사미승 하나가 계단을 쓸고 있었다. 아내는 마침 다른 관광객들의 요청을 받고 사진을 찍어 주고 있었다.

"여기 혹시 이 절에서 출가한 혜진스님의 소식을 알 수 없습니까?"

"혜진스님이라면 아는 것이 전혀 없습니다. 속가의 인연이 있으신지요?"

"한때 저의 약혼자였습니다."

영태는 적당히 둘러대었다.

"조금 중한 병이 들어서 외국으로 치유 차 나갔으나 잘 되지 않았다는 말을 들었습니다."

"그래서 그 결과는?"

"전해 들은 바가 없습니다."

그렇게 말하면서 사미승은 영태를 빤해 바라보았다. 그는 배추뿌리처럼 희고 작고 오동통했다. 그는 분명 혜진스님에 대해 무슨 이야기거리를 가지고 있는 듯했다.

몸이 너무나 얼어와 두 부부는 절간에서 더 지체할 수 없었다. 그들은 사하촌의 여관으로 돌아와 이불 밑으로 들어가 정신없이 잠을 잤다. 언 몸을 녹인 것이다. 영태는 잠을 자면서도 교통사고 후유증으로 끙끙거렸다.

잠에서 깨어난 그들은 허기를 느껴 식당을 찾아 나섰다.

거대한 사찰의 그늘이 드리워진 사하촌에는 어둠이 들어차 있었다. 어둠의 짙은 켜 속에는 침묵과 냉기가 두텁게 스며들어 있었다. 비수기라 그런지 관광객들도 많이 보이지 않았다. 저쯤 슈퍼와 식당이 보였다. 영태는 담배를 사러 슈퍼 안으로 들어갔고, 아내는 그 옆 식당 안으로 뛰어들어갔다.

슈퍼마켓 안의 조명은 흐릿했다. 거기서 영태는 얼마 전 불일선사 사리탑 앞에서 만난 사미승과 해후했다. 스님은 가벼운 목례를 했다. 무슨 일용품을 사러 온 듯했다.

"스님…"

영태는 가슴이 떨려와 쉽게 발음이 되지 않았다. 두판 잡고 스님에게 말을 걸어본 것이다. 그를 처음 만났을 때 그의 인상이 영태의 뇌리에 남아 있었기 때문이었다.

"네, 말씀하시지요."

"혜진스님의 생사여부라도 좀…"

"확실하지는 않지만 열반하셨다는 소문을 들었습니다."

"아…"

영태는 흐릿한 공간이 울리는 탄성을 발했다.

"그럼…"

배추뿌리 사미승은 문을 열고 사라지려 했다.

그러나 영태는 그의 소매를 잡았다. 사미승은 벌써 문을 열고 어둠 속으로 사라졌다. 영태도 그를 따랐다.

"어디서 무슨 일루? 제발 좀 알으켜 주시구려."

"참, 그걸 알아서 뭘 하시게요. 선생님같은 분이 계셔서 그분이 열반했는지도 모르오. 그분 티벳 산사에서 분신공양(焚身供養) 했다고 합디다! 자 됐습니까… 이제는 나를 더 붙잡지 마오"

"아 분신공양을…"

"불치병 때문이라는 말도 있고, 철저하게 속세와의 인연을 끊고 일편단심 부처에게 귀의하기 위해서라는 말도 있소이다…"

"아아 희애… 분신을… 분신을…"

그 순간 영태는 전신이 포탄 맞은 바위처럼 마구 깨어지는 환상을 느끼면서 얼어붙은 땅바닥을 데굴데굴 굴렀다.

"부처님 사랑이 그만큼 지극했던 것이지요."

배추뿌리 사미승은 못 볼 것을 보았다는 듯이 한마디 내뱉고는 어둠 속으로 사라졌다.

꽃피는 전설의 언덕

채 길 순

1955년 충북 영동에서 태어나 청주대학교 국문학과 동 대학원 박사학위를 받았다.
1983년 『충청일보』 신춘문예 당선하고, 1996년 『한국일보』 광복50주년기념 1억원
장편공모에서 「옷 이야기」가 당선되어 소설가로 활동하고 있으며,
명지전문대학 문예창작과에서 소설창작을 가르치고 있다.
장편소설 『어둠의 세월』 상·하(도서출판 마루, 1993), 『흰옷이야기』 ①-③,
한국문원, 1998), 『동트는 산맥』-⑦, (신인간사, 2000), 〈조캡틴 정전〉(2011)이 있다.
기타 저서 『소설창작 여행』, (한올출판사, 2006),
『소설창작의 길라잡이』, 모시는사람들, 2010)

꽃피는 전설의 언덕

사람이 살다 보면 누구나 남이 모를 비밀 하나 쯤은 가지게 되는 것처럼, 내게는 어렸을 적에 간직하게 된 비밀 이야기가 하나 있습니다. 한동안 까맣게 잊고 지내다 오랜 세월이 지나 다시 만나게 되었지요.

하루 일과에 지치고 고단한 사람을 가득 태운 버스가 일터가 있는 도시를 벗어나는 다리를 막 들어설 때 강이 한 눈에 들어왔습니다. 해질녘 저녁놀이 강물 위에 덮인 붉은 바탕에 흰 비늘을 번뜩이고 있었는데, 거기에 어렸을 적 아득한 전설의 꽃들이 피어나고 있었습니다.

뭐 그렇다고 아주 밀봉된 비밀 이야기는 아니고, 언젠가 딱 한 번, 가깝게 지내는 친구에게 이 비밀스러운 이야기를 들려준 적이 있었는데, 심각하게 듣고 나더니 고개를 꺄우뚱하더군요. 꼭 지어낸 이야기 같다고요. 다시 말하지만 정말 있었던 이야기입니다.

내 어린 날, 마을의 낮은 구릉에는 봄부터 가을까지 아름다운 꽃들이 천국을 이루었습니다. 꼽추 옥경이 말로는 밤이면 하늘에서 꽃귀신들이 내려와 사방을 돌아다니면서 작은 꼬챙이로 꽃봉우리를 스칠 때마다 꽃이 피는데, 꽃귀신이 밤새도록 꽃을 피우고는 날이 샐 때면 하늘로 올라간답니다. 옥경이는 새벽녘에 꽃귀신들이 꽃 피우기를 마치고 올라가는 모습을 가끔 보기도 했답니다.

산과 들에 꽃이 막 피어나던 어느 봄날이었습니다. 금빛 찬란한 아침 햇살이 꽃잎 위에서 부서지고, 꽃들의 함박웃음이 온 세상으로 퍼져갔습니다. 우리 집 뒤에는 오래 묵은 소나무가 있는데, 그 언덕이 온통 아름다운 꽃동산이었지요. 옥경이가 꽃동산 꽃더미 속에서 내게 손짓을 했습니다. 벌써 옥경이는 토끼풀 꽃에 여러 꽃들이 섞인 댕기를 엮어 머리에 쓰고 있었습니다. 옥경이가 비록 꼽추이긴 해도 얼굴이 너무도 고왔는데, 꽃댕기까지 두르니 마치 하늘에서 내려온 꽃귀신 같이 예뻤습니다. 옥경이는 나를 제 곁에 앉히더니 제 머리에 둘렀던 꽃댕기를 풀어 내 목에 걸어 주고 나서 깔깔대고 웃었습니다. 나는 옥경이가 이렇게 환하게 웃는 얼굴을 보지 못했습니다. 옥경이 엄마는 무당이라 하냥 집을 비우고 다녀서 옥경이는 늘 침울한 빛이었지요.

그날부터 나는 옥경이랑 꽃을 따서 꽃반지며 목걸이를 만들며 놀았습니다. 꽃이 시들면 버리고 다시 만들곤 하여 우리는 해가 지는 줄을 몰랐습니다.

어느 날입니다. 언덕에서 옥경이와 꽃을 따며 놀다가 지루하여 옥경이네 방에 들어와 신랑각시 놀음을 하면서 놀았습니다. 내가 곤히 잠들었다가 먼데서 암탉이 알을 낳고 야단을 피우는 소리에 잠을 깼습니다. 그러나 나는 어떤 황홀 지경에 빠져서 차마 눈을 뜨지 못했습니다. 천천히 눈을 뜨자 점차 눈앞에 무서운 것들이 보이기 시작했습니다.

어느새 날이 설핏 저물어 있었는데, 곁에는 실오라기 하나 걸치지 않은 옥경이가 봉태기에 푹신한 이불을 넣어 꼽추의 굽은 등을 그 안에 넣고 편안하게 누워 있었습니다. 곁에 누운 나도 바지가 반쯤 내려져 있었습니다. 옥경이의 작고 부드러운 손이 내 손을 만지작거리고 있었는데, 나는 가위에 눌려 도로 눈을 감고 가만있었습니다. 옥경이가 속삭였습니다.

"넌 내 신랑이야. 오늘은 각시가 하자는 대로 해야 해. 알았지?"

나는 신랑각시놀음이 무서웠지만, 옥경이가 시키는 대로 했습니다. 내 바지가 마저 벗겨지고, 꼽추여서 한 줌밖에 안 되는 옥경이가 두 팔을 벌려 나를 안아 제 품 안으로 들였습니다.

시간이 얼마나 흘렀을까요. 나는 생전 처음 맞는 황홀경에 빠졌다가 깨어났습니다. 정신을 차리고 보니 이불에는 붉은 핏자국들이 마구 흩어져 꽃피어 있었습니다. 나는 그제야 신랑각시놀음이 무서웠고, 세상도 무서워졌습니다.

그렇지만 이 일은 옥경이와 나만의 비밀이고, 세상 누구에게도 말하지 못했습니다.

가끔은 옥경이의 눈과 마주치곤 했지만, 그때마다 멀리 도망쳐서 다시는 꽃동산이나 옥경이네 집을 가지 않았습니다. 그렇지만 이런 무서움 속에서 가끔은 옥경이의 부신 알몸이 생각났고, 그때마다 정신이 아득해지고 뜨거워진 가슴이 설렜습니다.

마을에 떡배라는 청년이 있었습니다. 사람들이 말하는, '아비 어미도 없는 호로 자식'이었는데, 덩치가 어찌나 큰지 어른들 말로 떡을 먹어도 한 소쿠리를 먹어야 성에 차고, 술도 한 동이를 먹어야 겨우 간에 기별이 간다는 겁니다. 떡배는 장날만 되면 나타나서는 술을 얻어 마시고 애나 어른 닥치는 대로 시비를 걸어 술주정을 하곤 했습니다.

그날도 떡배가 술에 취해 거리에 나타나자 사람들은 집 안으로 피해 들어가 사립문을 굳게 걸고 쪽창으로 밖을 내다보았습니다. 떡배가 흥얼거리는 노래가 텅 빈 길거리로 퍼져 나갔습니다.

옛날 옛적에 떠꺼머리총각이 살았네
예쁘디 예쁜 딸을 가진 사람들아
어서 나와 사윗감을 맞아라
힘은 넘쳐서 밤낮 일을 해도 끄떡없고
술은 말술이니 술도가 장인이면 좋겠네
……

마을 사람들은 떡배의 술취한 노래를 들을 때마다 비아냥거림을 놓았습니다.

"흥! 주제에 부잣집 딸 좋은 건 아나벼?"

"아나, 이놈아. 어느 시러배 아들놈이 너 같은 술주정뱅이 망나니한테 딸을 줄라."

마을에는 술도가 있었는데, 떡배의 노래대로 정말 예쁜 딸도 있었습니다. 참으로 예뻐서 꽃을 탐하는 나비가 저절로 날아들 것 같았습니다. 사람들은 떡배가 양조장 집 딸을 몰래 탐내고 있지만 그게 뜻대로 되지 않아서 술을 먹고 행패를 부린다고 말했습니다.

그런데 어느날 나는 술을 억병으로 마신 술주정뱅이 떡배가 옥경이네 집으로 들어가는 것을 보았습니다. 설마 무슨 일이야 있으려구 생각했는데, 정말 이상한 일이 벌어졌습니다. 떡배와 옥경이가 서로 눈이 맞아서 떡배가 그 집에 묵기 시작한 겁니다.

"술도가 집 딸 대신에 무당집 딸 옥경이를 차지했구먼. 암 그렇고말고. 너한테는 그게 딱이지."

"아비 없는 후레자식이 그래도 옥경이를 딱하게 여길 줄도 아는구먼."

그제야 사람들은 떡배를 좋게 말하였습니다. 다른 사람이 다 그렇게 말해도 나는 봉태기에 알몸으로 누운 옥경이와 황소같이 큰 떡배의 알

몸이 어울려 노는 모습이 떠올라 미칠 것만 같았습니다.

급기야 나는 병이 나서 드러누웠는데, 옥경이를 향해 '꼽추!' '바보!'를 연달아 외치며 속으로 욕하며 미워하기 시작했습니다.

오랜 날이 지나서야 겨우 내 병이 낫기 시작했습니다.

얼마 아니 되어 떡배가 꼽추 옥경이에게 장가를 간다는 소문이 떠돌았습니다. 오랜만에 집에 들어온 무당 옥경이 엄마도 승낙을 했다는 겁니다. 그 소문을 듣는 순간 더 불 같은 질투가 일어났지만 전날처럼 앓아 눕지는 않았습니다. 그래도 나는 '오냐, 바보 꼽추야, 어디 잘 살아라' 질투 하였고, 대신 나는 양조장집 딸을 차지하겠다고 다짐하니 마치 나비가 된 듯이 몸과 마음이 가벼워졌습니다. 아니, 내가 나비가 되었으니 언제라도 양조장 집 딸에게 날아갈 수 있을 것만 같았습니다.

마치 내 속을 알고 심술을 부리 듯, 이번에는 새로운 소문이 돌기 시작했습니다. 떡배가 옥경이와의 혼삿 일은 깨끗이 없었던 일로 하고 양조장집 딸한테 장가를 간다는 것이었습니다. 그러자 이번에는 화가 나서 눈물이 날 지경이 되었습니다.

마을 사람들이 저마다 말했습니다.

"세상에! 옥경이 몸을 버려놓고 양조장 집 딸한테 장가를 들다니, 그건 천벌을 받을 짓이다!"

"그러고 양조장 집도 뭐에 홀린 게다. 어디 시집보낼 데가 없어서 떡배 같은 망나니한테 시집을 보낸다던가?"

사람들도 이번에는 나와 꼭 같은 생각이었던 겁니다.

참 이상한 일이지요. 떡배가 정말 양조장 집 딸에게 떡하니 장가를 든 겁니다. 하늘도 우습지요. 떡배가 장가가는 날에 난데없이 여우비를 퍼붓더니, 비 끝에 무지개까지 둥실 떴습니다. 술을 진탕 얻어먹은 사람들은 '이게 다 하늘에서 복을 내려 줄 징조라'고 아첨을 했습니다.

혼자 남은 옥경이는 그만 몸져누웠고, 옥경이의 몸에서 떡배 귀신을 몰아내는 옥경이 엄마의 굿이 잦아졌습니다. 징이 징징거릴 때마다 나는 차츰 허공으로 떠올라 먼 하늘나라로 들어가 옥경이와 함께 뛰어놀기도 하고, 때로는 전날의 꽃피는 언덕을 노닐곤 했습니다.

안개가 자욱하게 내리고, 그래서 꽃귀신들이 많이 나타나는 여름을 훌쩍 지나 가을이 왔습니다. 옥경이의 병은 깊어만 갔고, 가끔 귀신 쫓는 굿을 하는 징소리가 났습니다.

그러던 어느 날, 마을이 발칵 뒤집혔습니다. 떡배가 양조장 집 새 주인으로 떵떵거리며 예쁜 색시랑 천년만년 잘 살 것 같더니만 집 뒤 언덕에서 누군가의 칼침을 맞아 죽은 겁니다. 순경들이 금기 줄로 꽃동산을 에워쌌고, 살인범을 잡는다며 근동에 품행이 좀 불량한 청년들을 지서에 잡아다 거꾸로 매달아 코에다 물을 부어댔지만, 결국 살인범을 잡아내지 못했습니다. 이 세상에서 떡배를 죽일 사람으로야 누가 보아도 옥경이겠지만, 간신히 죽이나 먹는 병죽어리 옥경이를 어느 누구도 살인자로 볼 턱이 없었지요.

그때 또 신기한 일이 생겼습니다. 옥경이의 배가 불러오기 시작한 겁니다. 사람들은 모두 한 입으로 '저게 칼침을 맞아 죽은 떡배의 새끼이니 설움 건더기를 얼른 지워야 한다'는 겁니다. 여기에 더 무서운 것은, 꼽추가 애를 낳으면 대신 아이를 낳은 엄마가 죽게 된다는 겁니다. 옥경이 엄마가 독초인 맥아(麥芽)와 신국(神麴)을 달여 먹여 애를 떼려고 했지만 옥경이는 펄쩍 뛰더랍니다.

"내가 죽더라도 사랑하는 사람의 애를 낳을 거예요!"

독한 옥경이의 말에 사람들은 떡배가 순하고 여린 옥경이의 가슴을 뻥 뚫어 놓았다고 한숨들을 내쉬었습니다. 옥경이 엄마는 '옥경이가 떡배 귀신에 씌었다'며 연일 굿을 해댈 뿐이었습니다.

어느 날입니다. 나는 초저녁에 징이 동당거리는 소리를 들으면서 잠이 들었다가 다음날 아침에 잠을 깨었는데, 굿 구경을 다녀온 어머니가 '참, 별 괴상한 일도 다 많지' 하고 운을 떼었습니다.

"아 글쎄, 초저녁에 시작한 굿이 시퍼렇게 날이 샐 녘에야 겨우 대가 뛰는데, 자꾸 우리 집 쪽으로 뛰지 뭐냐? 애구 무시라! 그럼 떡배 귀신이 우리 집에 붙었다 그 말이여?"

겨울이 오고 눈이 펄펄 날리던 날 밤이었습니다. 달이 차서 애를 낳으려는 옥경이의 진통이 시작되었습니다. 이제 옥경이가 죽을 날을 맞았구나 하고 걱정을 하다가 나는 그만 깜빡 잠이 들고 말았습니다.

아침에 일어나 밖으로 나가보니 온 세상은 하얗게 눈꽃이 피어있고 너무도 조용했습니다. 옥경이 한 목숨을 잡아먹은 세상이 이렇게 고요하다니⋯⋯ 세상은 참으로 무정하다 싶었습니다. 이때였습니다. 마치 하늘에서 눈과 함께 내려온 듯한 아이의 맑은 울음이 들렸습니다. 그리고 얼마 뒤에는 옥경이네 집에서 이불 홑청에 둘둘 감은 옥경이가 지게에 얹혀서 나오는 것을 보았습니다. 지게 상여에 실린 옥경이는 눈꽃이 하얗게 핀 앞산 아장터로 갔습니다.

그날 저녁에 나는 어머니에게 하늘이 무너지는 말을 들었습니다.

"사람이 살다가 별 꼴을 다 본다. 옥경이가 죽으면서 이 애가 꼭 니 아이라면서, 너를 숨 넘어갈 때까지 보고 싶어했다지 뭐냐. 떡배 귀신이 하필이면 너한테 달라붙을 일이 뭐냐. 참말로 흉흉하다."

나는 아무 말도 하지 못했습니다.

우리가 아무도 모르게 그 마을을 떠나 이사를 하던 날 밤이었습니다. 나는 옥경이가 묻힌 앞산 아장 터에 하늘에서 하얀 별이 쏟아져 쌓이는 것을 보았습니다.

노을 깔린 강물에서 아주 오랜만에 어린 날의 꽃밭을 만났습니다.

살다보면 가끔은 옛 추억이 불같이 살아오를 때가 있지요. 그리고 가끔 한 스무 살쯤 먹어 보이는 젊은이를 보면 혹시 저 애가 내 아이가 아닐까 하여 나도 모르게 다정한 눈길을 주곤 했는데, 그의 등 뒤에는 꽃피는 언덕이 함께 보이곤 합니다.

믿어지지 않겠지만, 정말이지 내 가슴에 또렷이 살아 있는 이야기입니다.

* 이 글은 2000년 〈서울우유〉 9월호에 실린 것을 개작한 것입니다.

교육자의 훈장

― 소문의 덫 6

홍 성 암

1942년 강원도 강릉 출생.
1981년 『현대문학』 데뷔.
소설집, 『남한산성』(전9권) 등 다수.
전 동덕여대 교수.
종교연합문인회 회장.

교육자의 훈장

- 소문의 덫 6

영진리의 교육자 박재갑이 전화를 받은 것은 깊은 밤 자정이 넘는 시각이었다. 그는 잠결에 전화를 받았다. 전화는 감이 멀었고 거기에다 소음마저 심해서 무슨 말인지 알아들을 수 없었다. 뭐라고요? 내가 박재갑이요. 병원이라고 했나요? 박윤수라면 우리 아들이 맞는데요. 전라도 어디라고요? 지리산이라고 했습니까? 우리 애가 그리로 출장을 갔었나? 박재갑의 아들 윤수는 대학을 졸업하고 1년 전에 취업했다. 우리나라 제일의 재벌기업에 입사했다고 축하를 많이 받았다. 동료교사들이 자신의 일처럼 기뻐해서 술도 많이 샀다. 근래에 대학을 졸업해도 직장 잡기가 하늘의 별따기다. 그런데 대학 졸업과 더불어 대기업 취업이니 축하를 받을 만도 했다. 딸도 없이 오직 하나뿐인 외아들이라 여간 대견하지 않았다. 그런데 그 아들에게 무슨 일이 일어난 것인가? 전화는 심한 소음 때문에 말을 제대로 알아들을 수 없었다. 태풍이 다가오고 있어서 밖에는 바람이 심하게 불었다. 거기에다 장대비였다. 전국이 모두 태풍권에 들어서 오늘이 고비라고 뉴스에서는 말하고 있었다. 그것이 통신에 영향을 주고 있는 모양이었다. 그러다 보니 서로 소리만 빽빽 질러대는 형국이었다. 박윤수가 어찌

됐다는 말이요? 병원에 입원했다고 했소? 걔가 왜 지리산까지 가서 입원을 해요. 서울 본사에서 근무하는데. 그건 알 수 없다고요. 박윤수가 맞소? 주민등록증을 조회하여 연락하는 거라고요? 그러는 댁은 누구요? 그러는 댁은 누구냐 말이요? 그러나 그의 질문에 대답도 없이 전화는 뚝 끊어지고 말았다.

박재갑은 잠이 깨면서 정신이 확 돌아왔다. 이게 무슨 날벼락이란 말인가? 윤수가 병원에 입원했다고? 지리산 어디라고 했던가? 박재갑이 정신을 못 차리고 빙빙 도는데 옆 방에서 자고 있던 아내가 무슨 낌새를 챘던지 문을 열고 나온다. 여보, 무슨 일이요? 윤수가 입원했다누만. 느닷없이 윤수가 입원하다니요. 글쎄 말이요. 지리산 어디라고 하던가? 아니 서울에서 직장 생활을 하는 애가 지리산은 또 뭐요? 그러게 말이요. 어디가 아프대요? 모르겠어. 전화의 감이 멀어서. 이 양반이. 그렇게 벙벙 댈게 아니라 자세히 알아봐요? 아내의 말에 박재갑은 퍼뜩 정신이 차려졌다. 휴대폰이어서 발신지 번호가 찍혀 있었던 것이다. 박재갑이 발신지 번호를 향해서 전화를 걸어도 상대편은 전화를 받지 않았다.

이런 젠장. 아들이 병원에 입원했으면 전후사정을 말해야 하지 않나? 왜? 무엇 때문에. 어떤 일로 지리산까지 갔고. 그리고 지리산의 어느 병원이란 말인가? 그리고 전화를 하게 된 동기는 무엇이고 전화번호는 어찌 알았고. 그런 식의 의문이 한꺼번에 밀려왔다. 이런 저런 설명도 없이 박윤수가 아들이 맞느냐 하는 식의 확인만으로 전화가 끊겼으니 도무지 감을 잡을 수 없었다. 박재갑이 그의 아내와 더불어 안절부절 못하며 애꿎은 발신지 번호에다 자꾸만 통화를 찍어대는데 20~30차례나 넘어서야 겨우 다시 통화가 되었다.

이번엔 전화의 감이 보다 선명했다. 뭐라고요? 윤수가 교통사고를

당했다고요? '지리산국립의료원'에 입원했다고요? 그게 어디에 있는
데요? 전라도 남원 쪽이라고요? 응급실에 있다고 했나요? 생명이 위
독하다고요? 댁은 누구라고 했나요? 사건 담당 경찰관이라고 했나요?
응급실의 소음이 심해서 전화벨 소리도 듣지 못했다고요? 어서 보호자
가 와야 한다고요? 살아 있습니까? 잘 모르겠다고요? 잘 모른다고 했
습니까? 알아 볼 수는 없습니까? 지금은 안 된다고요? 이건 도무지 무
슨 말인지 알 수가 없었다. 그러자 그쪽 경찰이 오히려 짜증을 내었다.
그렇게 전화로 시시콜콜 묻지 말고 지금 당장 오라는 것이다. 와서 확
인하라는 것이다. 온 가족이 사랑하는 외아들 윤수가 죽었는지 살았는
지 확인하라는 것이다. 아니 죽었는지 살았는지를 보호자가 직접 와서
확인해야 알 정도란 말인가?

　박재갑은 제정신이 아닌 중에도 아내의 도움을 받아 전화번호부를
뒤져 콜택시에 연락했다. 택시가 도착하자 곧바로 남원 쪽 어디에 있
다는 '지리산국립의료원'을 향하여 달리기 시작했다. 함께 따라오겠다
는 아내에게는 일단 가서 알아볼 테니 그 다음에 준비해야 할 것들을
챙겨서 따라오라고 일렀다. 지금 어느 경찰관이 날려 보낸 한 마디의
불완전한 전화 통화만으로는 도무지 종잡을 수 없었던 것이다. 흔히들
귀신에 홀린다는 말이 있지만 그와 다르지 않았다. 평소 좋은 직장에
서 근무를 잘하고 있는 줄 알았던 아들이 아닌가. 그야말로 오직 하나
뿐인 외아들이다. 윤수는 그들 부부의 오직 하나의 희망이었다.
　자식에게 부모의 모든 것을 기대한다는 것은 어리석은 일이다. 그런
정도는 누구나 알고 있다. 그러나 현실이란 게 어디 그런가? 윤수는 그
들 부부의 모든 것이다. 평생 시골 초등학교 교원으로만 살아온 그였
다. 무슨 큰 포부가 있었던 것도 아니고 국가나 민족에 대한 특별한 임

무가 있었던 것도 아니다. 세월 따라 학교엘 다니고 직장엘 다니고 결혼을 하고 자식을 키우고 그러다 보니 어느 순간 오직 하나뿐인 자식이 그들의 전부가 되었던 것이다.

윤수는 자라면서 말썽 부리는 일도 없었고 건강하고 공부도 잘했다. 그래서 좋은 대학교 나오고 우리나라 제일이라는 대기업에 취직했다. 이제 좋은 여자와 결혼하고 그들이 평소 바라던 대로 손자 손녀 쑥쑥 나아주면 더 바랄 것이 없었다. 그렇게 한 세월 지나가고 순리대로 조용히 숨을 거두는 것. 그것이 남은 소망이다. 지금껏 살아오면서 특별히 욕심을 부린 일도 없었다. 그런데 이게 웬 날벼락이란 말인가?

택시는 전라도 땅 남원 쪽을 향해서 달렸다. 어서 갑시다. 빨리 갑시다. 남원 쪽 어디에 '지리산국립의료원'이란 게 있는 모양입니다. 그리로 갑시다. 일단 남원으로 가면 알게 되겠지요. 박재갑은 쉴 새 없이 운전기사를 채근하며 중얼대었다. 비바람이 무섭게 몰아치고 있었다. 헤드라이트의 불빛이 빗줄기에 갇혀서 멀리 뻗어나가지 못했다. 운전기사는 두 눈을 부릅뜨고 빗줄기에 갇힌 어둠의 동굴을 노려보며 그로서는 최선을 다하고 있겠지만 박재갑에게는 도무지 성이 차지 않았다. 평소의 성깔대로라면 택시기사의 운전대를 빼앗아 자신이 직접 몰고 싶을 정도였다.

박재갑이 '지리산국립의료원'에 도착했을 때는 아직 해가 뜨기 전의 새벽이었다. 병원의 응급실 앞에는 죽은 자들과 죽어가는 자들로 아비규환 그대로였다. 지리산의 비탈길에서 대형 버스 추락사고가 있었다는 것이다. 태풍이 온다는 일기 예보를 듣고도 상당한 차량들이 지리산 관광을 강행했는데 그 중의 하나가 빗길에 미끄러지며 앞차를 들이받은 것이다. 두 버스 모두 계곡 밑으로 굴러 떨어지게 되어 대형 참사가 생긴 것이다. 수십 명의 사상자가 발생했다. 그들이 국립의료원의 응급실을 채운 것이다. 이미 죽은 사람들은 시체가 되어 거적에 말린 채 버려져 있고 경상자들은 이웃 병원으로 실려 가고 중상자들은 응급 실을 메운 채 비명을 질러대었다.

몇 안 되는 의사들과 간호사, 그리고 병원 종사자들이 이리 뛰고 저리 뛰며 정신을 차리지 못했다. 그런 아수라장판에 박재갑이 불쑥 뛰어들었다. 내 아들 윤수는 어디 있소? 그는 의사나 간호사를 잡고 그렇게 물었다. 내 아들 어디 있소? 그러나 아무도 그를 상대해주지 않았다. 하는 수 없이 박재갑은 스스로 침대마다 기웃거리며 윤수를 찾아야 했다. 그러나 허탕이었다. 교통사고의 뒤처리를 위해 오가는 순경들을 잡고 물어도 마찬가지다. 그들은 의사를 손가락질 해 보일 뿐이었다. 의사들한테 물어 보시오.

이런 젠장. 이봐요. 내 아들 윤수를 찾소. 박윤수요. 그렇게 헤매다가 그는 문득 시체처럼 버려진 것들 중에도 아직 숨이 붙어 있는 몇 명을 발견했다. 워낙 중태라 그들은 이미 죽은 것으로 취급해서 응급실 앞의 현관에 그냥 버려두었던 것이다. 그런데 그 속에 윤수가 있었다. 세상에, 산소마스크도 하지 않고 침대도 없이 거적에 말린 채 땅바닥에 그냥 버려져 있는 것이다.

이봐요. 이 환자가 내 아들이요. 아직 숨이 붙어 있소. 그는 마침 지나가는 의사의 가운을 잡아채었다. 이것 보라고. 아직 숨을 쉬잖아. 빨리 침대로 옮겨. 침대로 옮기라고. 산소마스크를 씌우란 말이야. 그가 울부짖었지만 전공의로 보이는 의사는 난처한 표정이다. 환자를 분류하는 것은 제 몫이 아닙니다. 그럼 누구 몫이야. 누구냐 말이야. 이 양반, 아무나 보고 반말하지 마세요. 뭐야. 사람이 죽어가고 있잖아. 어떻게 해야 할 게 아니야. 이게 내 아들이란 말이다. 이 손을 놓고 말하세요. 박재갑은 저도 모르게 가운을 입은 사내의 멱살을 틀어쥐고 있었던 것이다. 사내가 목이 졸리는지 울상을 하며 재갑의 손을 떨쳐버리려고 애를 쓴다. 임마. 어떻게 할 테야. 내 아들 어떻게 할 테냐고. 어서 침대에 눕혀. 침대에 옮기라고. 산소마스크라도 씌워야 할께 아냐. 산소마스크를 씌우라고. 박재갑의 거대한 손아귀에 멱살을 잡힌 의사가 제대로 숨을 쉬지 못해 캑캑거린다.

뒷전에서 구경하던 경찰관이 달려와 그를 떼어놓는다. 조금만 고정하시고. 협조해 주세요. 댁의 아드님만 문제가 되는 게 아닙니다. 갑작스런 사고라 제대로 환자를 분류해야 하고 후송해야 하고 응급해야 하고 모두 차례가 있고 순서가 있습니다. 의사들 탓만도 아닙니다. 이런 대형사고가 나리라고 누가 상상이나 했겠습니까? 이곳 지리산에선 처음입니다. 워낙 이번 태풍이 위력적인데다가 하필 이런 판에 관광을 떠난 관광 회사에게도 책임이 없는 것은 아닙니다.

이봐. 씨알도 안 먹히는 그 따위 말은 집어 치우고 내 아들을 어서 침대로 옮기라고. 산소마스크를 씌우란 말이야. 씨팔. 지금은 늙었지만 내가 해병대 출신이야. 개병대 출신이라고. 씨팔 내 자식 죽기만 해봐라. 개새끼를 와르륵 다 갈겨 버릴 거라고. 지금까지 나라에서 시키는 대로 다 하면서 살았다. 군대 가라면 군대 가고 학생들 잘 가르치라면 잘 가르치고 제 때 세금 내라면 세금 내고 시키는 대로 했단 말이다. 그런데 아직 죽지도 않은 내 자식에게 산소마스크 하나 씌워줄 수 없다고. 다 나오라고 해. 씨팔 다 죽여 버린단 말이야.

병원 관계자가 와서 그를 달랜다. 고정 하세요. 워낙 갑작스런 대형사고라 난리입니다. 침대도 모자라고요. 산소마스크도 모자랍니다. 저 울부짖는 가족들을 보세요. 그러니 대책을 세울 때까지 조금만 참으세요. 뭐얏. 대책을 세울 때까지 참으라고. 죽고 난 후에 뭘 참아. 당장

내 자식을 침대에 눕혀. 산소마스크라도 씌우란 말야.

박재갑이 발광을 해도 어쩔 수 없다는 표정이다. 침대도 산소마스크는 차례가 오지 않는다. 차트를 들고 환자의 인적사항을 살피던 의사가 머리를 갸우뚱한다. 이분은 이번 버스 사고의 명단에 없는데. 의사보조원이 설명한다. 버스 승객이 아닙니다. 다른 교통사고의 환자입니다. 경찰에서 급히 데려왔습니다. 처음엔 시체인 줄로 알았는데 아직 살아 있는 모양입니다. 그러니 인적사항 같은 것은 아직 모릅니다.

윤수는 아예 숨을 쉬는 것 같지 않았다. 죽은 것만 같다. 그러니 의사의 눈길이 머물지 못한다. 더구나 대형 버스의 승객도 아니지 않은가? 지금은 매스컴의 관심이 집중되어 있는 버스 승객이 우선이다. 그리고 당장 고함을 지르며 살아 있는 환자들이 우선이다. 살아날 가능성이 있는 환자가 우선이다. 급한 대로 우선순위를 매겨서 응급처치의 순서를 정하는 것이다. 윤수는 아예 죽은 시체와 동급으로 취급되고 있었다. 경상자는 모두 이웃 병원으로 후송한다. 후송하다 죽을지 모르는 중환자들만 이 병원의 몫이다. 앰뷸런스가 환자를 싣고 떠나며 경적을 울려댄다. 병원 응급실은 복마전 그대로다.

윤수야. 죽지만 말아라. 아버지가 있지 않느냐? 해병대 출신의 아버지란 말이다. 간첩을 잡은 솜씨가 아니더냐? 재갑은 그런 와중에도 자신이 간첩을 잡은 엄청난 공로가 있음이 생각났다. 의사들은 정신이 돈 듯한 그를 아예 상대조차 하지 않으려 했다. 마음이 급한 재갑은 병원장을 만나보아야 하겠다는 생각이 문득 들었다. 그래서 이층 복도로 뛰어 올라 '원장실'이란 팻말이 붙어 있는 방의 문을 와락 잡아 젖혔다. 의료원 원장은 몇 명의 간부들과 회의를 하고 있는 중이었다. 지방의 관계 기관장들도 나와 있었다. 무슨 일이요? 주인격인 원장이 놀라서 쳐다보았다. 이봐요. 내 아들이 죽어가고 있소. 침대도 없이 거적에 누워있소. 산소마스크도 없이 죽어가고 있단 말이요. 어서 내 아들을 치료하도록 하시오.

원장이 놀라서 어쩔 줄 모르는 터에 문밖에 대기하고 있던 병원 종사원들이 우르르 달려들어 박재갑을 붙잡는다. 재갑이 팔을 휘둘러 뿌리치니 서너 명의 장정들이 그냥 뒹군다. 예전 군대에서 단련된 힘은 아직 남아 있다. 이런 위기의 순간에 폭발적으로 남아 있다. 원장님. 내 아들 살려낼 거요? 말거요? 재갑이 입에 거품을 물고 을러대자 원장이 달래듯 말한다. 이봐요. 고정하세요. 그러고는 병원 종사원들을 보고 말한다. 이분의 아들이 심각한 모양인데 어서 돕도록 하세요.

종사원들이 박재갑을 호위하며 원장실에서 끌어낸다. 같이 가 봅시다. 무슨 방도가 있겠지요. 그들은 그렇게 박재갑을 달랜다. 그들이 응급실로 돌아오자 윤수는 여전히 처마에 거적에 말린 채 버려져 있다. 누군가 간이 침대라도 찾아보라고 지시한다. 종사원들이 바쁘게 움직인다. 그러나 간이침대 하나도 쉽지 않은 모양이다. 그렇게 어수선한 중에 병원의 경비들이 경찰관의 도움을 받으며 길길이 뛰고 있는 재갑을 저지시켰다. 물론 그렇게 길길이 뛰는 사람은 박재갑만이 아니다. 자식을 잃게 된, 또는 아버지와 어머니를 잃게 된 사람들이 모두들 머리가 돌아 있는 것이다.

그런 와중에 박재갑은 문득 아내의 전화를 받게 되었다. 전화기의 폴더를 여니 아내로부터 수백 통의 전화가 와 있었다. 이봐. 뭐야. 뭣 하고 있어. 어서 오라고. 아이가 죽어가고 있어. 어서 오란 말이야. 준비할 게 뭐가 있어. 아이한테는 엄마가 있어야 해. 당신이 있어야 한단 말이야. 어서 오기나 하라고. 죽기 전에 손이라도 만져 봐야지. 어서

오라고. 택시를 타라고 돈 같은 것을 걱정할 땐가? 어서 와. 아. 깜박
잊을 뻔 했네. 안방 아랫목 벽에 걸려 있는 태극무공훈장증 있지. 그걸
가져와. 이 난리에 그게 무슨 소용이냐고? 무슨 소용이 있는지 어떻게
알겠어. 하지만 떼어 오라고. 이 새끼들이 내가 간첩을 맨손으로 잡은
태극무공훈장을 받은 사람이란 것을 알게 해야 돼. 그래야 침대 하나
라도 얻을 수 있어. 산소마스크 하나라도 씌울 수 있어. 주사 한대라도
맞출 수가 있다고.

  그는 전화기를 향해서 버럭버럭 소리 질렀다. 이렇게 위급한 순간
에 그가 내세울 것이라고는 아무 것도 없었다. 그저 착하게 살았고,
초등학교 교사로서 학생들을 열심히 가르쳤고, 나라에서 세금을 내라
면 세금 내고, 군대 가라면 군대 가고, 새마을운동 청소지도 나가라면
청소지도 나가고 무엇이든 시키는 대로 꼬박꼬박 했다. 그런데도 특별
히 내세울 것은 아무 것도 없었다. 대통령이나 장관 같은 유명인사와
의 친분도 없다. 아니 지역구 국회의원 하나라도 끈 댈 곳이 없었다.
집안이 가난하고 출세한 사람도 없어서 부탁할 사람도 없었다. 초등학
교 교사생활도 산골만 다닌 터이라 부탁을 할 만한 학부형 하나 없었
다. 이런 엄청난 일을 당하고 보니 그런 끄나풀 하나라도 얼마나 간절
히 필요한지 몰랐다. 그러나 그는 아무도 없었다. 누군가 도와주는 전
화 한 통화라도 해주어야 하는데 아무도 없다. 그러니 고립무원이다.
그가 아무리 악을 써도 모두 강 건너 불 보듯 한다. 자식을 잃은 미친
사람의 헛된 몸짓으로 여긴다. 그러다 문득 떠올린 것이 대통령으로
부터 받은 태극무공훈장이다. 이런 훈장은 아무나 받는 것은 아니다.
그는 무장간첩을 맨손으로 잡았던 것이다. 그는 그제야 이 훈장만이
그가 내세울 수 있는 유일한 것임을 깨닫게 되었다. 그래서 아내의 전
화기에다 대고 악을 바락바락 쓰며 무공훈장증을 가져오라고 호통 친

것이다.

그기 태극무공훈장을 받게 된 내력은 좀 특이했다. 그기 오대산 산자락에 있는 청학분교에 근무할 때였다. 청학동은 오대산의 턱밑에 있는 하늘 아래 첫 동네다. 소금강이 있어 계곡의 경치는 소문이 났지만 사람들은 경치를 먹고 살지는 않는다. 계곡뿐이라 농사지을 땅이 없다. 그래서 모두 산자락 멀리 떨어진 곳에 단독가옥을 짓고 화전을 일구어 잡곡을 부치며 근근히 산다. 국유림에 불을 질러 그 땅에다 농사를 짓고 사는 게 화전민들이다. 화전은 법으로 엄격하게 규제되어 있지만 목구멍이 포도청이라고 먹고 살자니 방법이 없다. 그런 깊숙한 산골 단독가옥에는 이따금씩 무장 공비가 나타났다. 토벌에 쫓기다가 대오에서 이탈했거나 병들어 숨어버린 경우다. 그들은 살기 위해 깊숙한 산속 단독가옥에 숨어들어서 먹을 것을 훔치는 것이다.

그러다 들키는 경우가 있다. 상대가 워낙 무서운 무장공비라 감히 신고하는 사람도 많지 않다. 그런데 이놈은 좀 어리숙한 놈이었던지 밥을 훔쳐 먹고는 부엌 아궁이에 마침 군불을 지피던 중이어서 그 불에 언 몸을 녹이다가 그만 꾸벅 잠들고 말았다. 그 틈을 이용해서 그 집의 아낙네가 이장집으로 몰래 연락을 했다. 이장은 즉시 파출소로 연락했다. 마침 휴일이라 파출소엔 모두 외출하고 당직만 둘이 있었다. 나이 든 오순경과 젊은 양순경이다. 그들은 즉시 본서로 연락했다. 그러자 본서에서는 우선 놈의 동태만 살피고 있으라고 했다. 그러면 이웃 경찰지서의 병력을 동원해서 달려가겠다고 했다. 무장공비란 게 워낙 잘 훈련된 놈들이라서 손오공처럼 하늘을 날고 홍길동처럼 몸을 변신해서 땅속을 기는 놈들이다. 거기다 총 쏘는 솜씨도 대단해서 아무나 잡을 수 있는 종류가 아니다. 그래서 한 놈을 잡기 위해서도 대병력을 동원해야 한다. 주위를 철통같이 에워싸고 빈틈없는 작전을 펴야 한다. 그렇게 준비해도 당하는 것은 매번 토벌 나온 경찰들이다. 놈들은 정확한 사격 솜씨로 몇 명을 저격하고는 두더지처럼 숨어서 감쪽같이 사라져 버린다. 그러니 경찰서장은 대병력을 모아 올 때까지 망만 보라고 지시한 것이다.

그런 위험한 곳에 박재갑이 뛰어든 것은 나이 든 오순경 때문이다. 나이 든 오순경은 젊은 양순경을 데리고 칼빈 소총을 들고 헐레벌떡 걸어오다가 청학동 분교의 운동장에 서성이던 박재갑을 만났다. 어디로 그리 급히 가시오? 간첩이 나타났소. 잡으러 가는 길이오? 젠장 그 무서운 공비를 우리 둘이서 어떻게 잡소. 본서에서 병력이 올 때까지 지키기만 하라고 했소. 나이 든 오순경이 그렇게 말하다가 문득 말했다. 검둥이골 막장집이 어딘지 몰라선데 박 선생이 길안내 좀 해주오. 검둥이골 막장집은 검둥이골 샘터집 아니요? 샘터집이든 우물터집이든 같이 갑시다. 박 선생은 해병대 출신 아니요. 오순경의 그 한 마디에 박재갑은 꼼짝없이 볼모잡히고 말았다. 무장간첩이 나타났는데 해병대 출신인 그가 그냥 모른 척해서야 될 일이냐는 투다. 젠장. 박재갑은 늘 한 번 해병대면 영원한 해병대라고 큰소리쳤다. 월남전에 참전하여 귀신 잡는 해병대란 성가도 듣지 않았던가? 하지만 총 한 자루 없는 터에 그냥 덜렁 따라 나선 것은 박재갑다운 의협심과 무관하지 않다. 도움이 필요한 순경들을 돕는 게 옳은 일이 아닌가? 무장 간첩을 잡는 일에 내 일 네 일이 따로 있는 게 아니다. 그런데 피하려 든다면 비겁한 일이 아니겠는가? 아무튼 그런 의협심으로 그는 두 순경의 뒤를 줄레줄레 따라 나섰던 것이다.

그것이 계기가 되어 박재갑은 두 순경과 더불어 무장 간첩을 잡는 일에 일등 공을 세웠다. 그게 소문으로 퍼져서 고향 후배들은 박재갑만 보면 궁금해 한다. 형. 형이 간첩을 맨손으로 잡은 게 맞아? 그래, 맞다. 어떻게? 놀래미를 움키듯 그렇게 꽉 움켰지. 에이. 거짓말. 후배들은 박재갑이 소문난 뻥장이라는 것을 잘 안다. 그러면서도 매번 그의 뻥에 속아 넘어간다. 우럭이나 놀래미를 맨손으로 움킨다는 것도 그런 뻥에 속한다. 박재갑은 영진리에서 가장 잠수질에 능하다. 한번 잠수하면 몇 십 분이고 물속에서 나오지 않는다. 그는 전복이며 멍게며 해삼 등을 무더기로 건져 올린다. 그러다 어떨 때는 팔뚝만한 우럭이나 놀래미도 잡아 올린다. 그런데 작살 흔적이 없다. 그럴 때마다 재갑은 맨손으로 움킨 거라고 우긴다. 바다의 돌 틈에 사는 놀래미나 우럭 같은 물고기는 천적이 많지 않아서인지 민물고기와는 달리 동작이 둔하고 어리버리한 놈들이 많다. 사람이 다가가서 손등으로 툭 건들어야 화들짝 놀라서 달아나는 놈도 있다. 그렇더라도 맨손으로 움킨다는 것은 쉽지 않다. 그런데도 재갑은 맨손으로 움킨거라고 우긴다. 고기의 어디에도 작살 흔적이 없으니 그렇지 않다고 반박할 수도 없다. 그런데 박재갑은 간첩도 그렇게 꽉 움킨 거라고 말했다.

하지만 무장간첩이란 게 어떤 놈들인가? 북한은 폭력혁명의 일환으로 무자비한 테러 및 파괴활동으로 공포분위기를 조성하기 위해서 수시로 무장간첩을 내려 보냈다. 대표적인 것이 울진·삼척지구에 무장공비를 침투시킨 일이다. 120명이나 되는 무장간첩을 경북 울진군 해안에 침투시킨 것이 1968년의 일이다. 이들 무장공비들은 북한의 민족보위성 정찰국 산하 124군부대에서 특별히 선발되어 수개월 동안 특별 유격훈련을 받고 원산에서 배로 출발하였던 것이다. 그들은 군복·신사복·노동복 등 갖가지 옷차림에 기관단총과 수류탄으로 무장했다. 무장공비들은 남한의 주민들을 집합시킨 다음 북한책자를 나누어 주면서 북한 발전상을 선전하는 한편, 정치사상교육을 시키면서 '인민

유격대'에 가입할 것을 강요했다. 그런 식으로 남한에 민중 봉기의 거점을 만들려고 했던 것이다.

이때 남파된 무장공비는 대부분 사살되었지만 그것을 시발로 강원도 산간지방에는 무장간첩이라고 일컫게 되는 공비들이 수시로 출몰했다. 그들은 그들의 정체가 드러나는 것을 막기 위해 민간인들도 무참히 살해했다. 그러다 보니 나라에서는 산골짜기에 있는 독립가옥들을 마을로 옮기도록 종용하기도 하고 비상연락망을 두어서 수상한 자들을 신고하게도 했다. 휴전선이 가깝고 험한 산의 능선이 많아서 은폐가 쉬운 설악산, 오대산 일대가 공비의 출몰지역이었다.

아무튼 무장간첩은 검둥이골 막장집의 부엌 아궁이에서 군불을 쬐며 꼬박꼬박 졸았다. 그동안 쫓기느라 잠도 못 자고 며칠이나 굶주린 터여서 두 명의 순경과 박재갑이 다가가도 모르고 있었다. 간첩은 생포되었다. 두 명의 순경이 총을 드리밀고 박재갑이 수갑을 채운 것으로 조서가 꾸며졌다. 그래서 세 사람 모두 간첩을 잡은 포상금을 받을 수 있었다. 두 명의 순경은 일등급씩 특진하고 무공훈장과 간첩 잡은 포상금도 두둑히 받았다. 박재갑의 경우는 학교 선생이어서 특진 같은 기회를 얻을 수 없었다. 그래서 간첩 잡은 포상금과 훈장증만 받았다.

그런데 소문엔 두 순경이 벌벌 떨면서 간첩에게 접근하려고 하지 않아서 박재갑이 단독으로 오순경의 허리춤에 있는 수갑을 잡아채서는 졸고 있는 놈의 손에다 덜컥 채웠다는 것이다. 그러고는 주먹으로 머리통을 되게 후려쳤는데 얼마나 세게 맞았던지 간첩은 짚단처럼 쓰러져서 일어나지도 못했다고 한다. 이늠아야. 자수를 하려면 제대로 해야지. 박재갑의 입에서 나온 말이다. 집에 가면 부모형제 있을 게 아닌가? 맞제. 자수하려고 여기 졸고 있은 게 맞제? 아무튼 재갑은 분명 공비가 자수하려고 했다고 우겼고 나중에 공비도 그렇게 시인해서 자수자로 처리되었다고 한다. 그러나 당시의 자세한 상황을 재갑은 말하려 하지 않있다. 조서에서 밝힌 대로 되풀이할 뿐이었다. 두 순경과 간첩에게 불리하지 않게 하려고 의협심을 발휘한 것이라고 사람들은 쑥덕거렸다.

경과는 어찌 되었던 그는 두 순경과 더불어 무장간첩을 잡는데 혁혁한 공을 세웠다. 그래서 태극무공훈장이라는 거창한 훈장증을 수여 받았다. 전시나 비상시에 특별한 공로를 세운 사람에게만 수여하는 큰 훈장을 받은 것이다. 그리고 대통령 면담도 했다. 무장공비에 대한 경각심을 불러일으키기 위해서 대통령이 특별히 세 사람을 청와대로 초대한 것이다. 사람들은 그 훈장증이 앞으로 박재갑을 도울 것이라고 했다. 평소에는 별로 쓸모가 없지만 아주 위급한 경우, 교통사고를 내어서 사람을 죽게 했거나 그런 특별한 경우에 한 번은 나라에서 도움을 준다는 것이다. 박재갑은 그것을 굳게 믿고 있었고 그래서 집 안방 벽에다 고이 모셔두었다. 그것만 보면 마음이 흐뭇했다. 사람이란 언제 어떤 곤경에 빠질 것인지 모른다. 그럴 경우 단 한 번 써 먹을 수 있는 부적 같은 것이니 어찌 소중하지 않으랴.

박재갑은 아내가 가져온 태극무공훈장증을 가지고 다시 의료원 원장방을 찾았다. 이것 보시오. 내가 분명 간첩을 잡았다는 증거요. 젠장. 간첩을 잡았을 때 대통령이 만나자고 합디다. 그래서 만났지요. 뭐 바라는 게 없냐고 묻습디다. 내가 바라는 게 뭐겠소. 국민으로서 해야 할 바를 한 것뿐이요. 대통령이 허허 웃으며 참으로 대단한 분이라고 존경할만한 분이라고 치켜세웁디다. 그리고 언제라도 바라는 게 있으면 말하라고 합디다. 들어 주겠다고요. 대통령 면담을 하고 나오는데 그 밑의 사람이 귀띔해요? 서울로 직장을 옮기고 싶지 않느냐고요. 펄쩍 뛰었지요. 나는 산골선생이 내 적성에 맞지요. 나는 음치에다 풍금도 못 칩니다. 그러니 서울 아이들을 어떻게 가르칩니까? 시골서도 매번 산골학교만 다녔소. 그게 내 적성에도 맞소. 그래서 아무 것도 바라는 것이 없다고 했지요. 아무튼 그건 그거고. 간첩을 잡았다고 훈장을 줍디다. 간첩을 잡는데 옆에 거든 순경 둘은 일계급씩 특진하고요. 선생은 특진이란 게 없소. 그러니 제일 좋은 훈장이라며 훈장을 줍디다. 물론 포상금도 좀 받았지요. 훈장이 어디에 필요하냐고 물으니 앞으로 어려운 일이 있을 때 그게 한 몫을 한다고 했소. 교통사고를 저질러도 이 훈장이 있으면 한 번은 봐 준다는 거요. 어쩌다 잘못 죄를 지어도 판사나 검사가 한 번만은 봐준다는 거였소. 그런데 산골 초등학교 선생이 죄지을 일이 뭐가 있소. 자가용도 없으니 교통사고 낼 일도 없고요. 아무튼 아들이 죽어가는 이 힘든 때에 이 훈장의 낯을 보아서라도 내 아들 어서 치료해 주시오. 살려주시오.

박재갑이 훈장증을 흔들어대며 그렇게 애원해도 지리산 국립의료원 원장은 입맛만 쩝쩝 다신다. 사정을 모르는 것은 아니지만 워낙 대형사고가 터져서 말입니다. 의사들이 제대로 공평하게 분류해서 일처리를 하고 있는 것입니다. 사사롭게 할 수 없습니다. 경찰관들도 입회하에 하는 일입니다. 그러니 조금만 참으세요.

이봐요. 이게 공평한 겁니까? 내 자식이 숨이 간당간당하는데도 응급실에 들어가 치료도 못 받고 죽기만을 기다리는데 이게 공평한 거란 말이요. 내가 여북하면 평생 자랑하지 않던 훈장까지 가져 왔겠소. 내 세울 것이라고는 이것밖에 없어서 내 아내가 수 백리 길을 허위허위 갖고 온 거요. 내 고향 영진리에서 지리산까지는 천리가 넘소. 택시를 세내어 달려온 거요. 다른 것 다 젖혀두고 오로지 이 훈장증 하나만을 신주단지 모시듯 가져온 거요. 그런데 순서대로 한다고요. 규정대로 한다고요. 여기서 규정이란 게 뭐요. 위독한 환자부터 먼저 치료하는 게 순서가 아니겠소. 때를 놓치면 목숨이 끊어지오. 죽은 다음에 무슨 치료가 필요하단 말이요.

의료원 원장이 주위에 둘러선 종사원들을 향해서 말했다. 이분의 아들이 매우 위독한 모양인데 어서 이분의 아들부터 돌보아드리게. 네 알겠습니다. 비서실의 종사원들이 공손하게 허리를 굽힌다. 그리고 박재갑을 달래서 같이 밖으로 나가자고 한다. 그들이 응급실로 나가자 밖은 좀 전보다 더 아수라장이다. 뒤늦게 소식을 알고 달려온 사고자의 가족들이 몰려들어서였다. 내 자식들 살려내라고 아우성이다. 내 부모 살려내라고 아우성이다. 그 북새통에 의사들은 이리 뛰고 저리 뛰고 갈팡질팡이다.

경찰관이 보다 못해 개입한다. 가족들은 일단 뒤로 물러서시오. 응급실 밖으로 나가란 말입니다. 가족들이 이렇게 북새통을 이루면 의사가 어떻게 환자들을 돌봅니까? 심정은 이해하지만 장내가 정리될 때까지 잠시만이라도 밖으로 나가세요. 그들은 그렇게 가족들을 강제로 문밖으로 밀어낸다. 밖으로 밀려나온 가족들은 응급실 창문에 매달려 발만 동동 굴러댄다. 더 이상의 방법이 없다. 경찰과 병원 수위들이 응급실 앞을 막아서서 타인의 발길을 철저히 막고 있어서다. 박재갑도 도리가 없다. 발광을 하다시피 해서 자식을 응급실안의 간이침대에 눕히긴 했지만 더 이상의 경과를 알 수 없으니 오히려 더 답답하다. 아내는 기진해서 몸도 가누지 못하고 병원 복도의 거적에 아예 누워 버린다.

기막힌 일이다. 박재갑은 자신이 이렇게 무력한가를 새삼 되새기지 않을 수 없었다. 무섭게 쏟아지는 빗줄기와 나무뿌리를 뒤흔드는 바람만 쳐다보고 있어야 했다. 자식이 죽어가고 있는데, 그것도 단 하나뿐인 외아들이 죽어가고 있는데, 빗줄기만 바라보고 있어야 한단 말인가? 그는 얼결에 초등학교 교원이 되었다. 얼결에 교원이 되었다고 하는 말은 빈말이 아니다. 당시에는 초등학교 교원이 되려면 사범학교를 나와야 했다. 사범학교는 수재라는 소리를 들어야 입학할 수 있었다. 박재갑은 수재가 아니다. 오히려 둔재에 가까웠다. 거기에다 주먹질에 능한 싸움꾼이었다. 그래서 고향의 실업계 고등학교를 겨우 졸업했다. 그런데 5·16 군사쿠데타 이후 교원수가 급격히 모자라서 6개월 강습만으로 임시교사 자격증을 주는 제도가 새로 생겼다. 박재갑이 군대를 제대하고 직장도 없이 빈둥거리고 있을 때였다. 주위의 강권에 못 이겨 시험에 응시하게 되었다가 그야말로 얼결에 교원이 된 것이다. 교원 응시자가 별로 없어서 정원 안에 간신히 턱걸이로 걸린 것이다.

그는 산골학교만 빙빙 돌았다. 스스로 실력이 없음을 알고 있어서 도시학교는 엄두도 내지 못했다. 그렇게 평생 살다보니 세력 있는 사람 하나 알지 못하고 그저 산골 촌놈으로 평생을 살아왔다. 이제 나이가 들어서 정년을 앞두고 영진리 고향 초등학교로 돌아오게 되었다. 시간이 되어 정년이 되기만을 기다리고 있는 것이다. 그런데 이게 웬 날벼락인가? 오직 하나인 외아들을 잃게 되었는데도 이렇게 속수무책으로 빗줄기만 바라보고 있어야 하니 말이다.

그런 와중에 시간이 흐르고 있었다. 바작바작 가슴이 탔다. 심장이 얼어붙는다. 아들의 목숨은 바람 앞의 촛불로 간당간당한데 자신은 아무런 대책이 없다. 태어나서 이처럼 무력감을 느껴 본 적이 없다. 자신의 존재란 것이 이처럼 무기력한 것인가? 그런 비참함과 절망 속에 빠져 있는데 누군가가 그에게 귀띔했다. 전화가 온 것 같소. 그가 듣지 못한 전화의 벨소리를 옆 사람이 듣고 알려주는 것이다. 지금 전화벨 소리를 개의할 때인가? 그러나 옆에서 알려준 사람의 성의를 생각해서라도 전화를 받지 않을 수 없다. 휴대폰의 폴더를 연다. 여보세요. 어디선가 가마득하게 들려온다. 감이 멀다. 심한 빗줄기와 거센 바람으로 전화의 음이 고르지 않다. 누구라고? 재갑은 그렇게 거듭 묻다가 겨우 산골에서 가르친 적이 있는 제자 김형만이란 것을 알아냈다. 자네가 어쩐 일인가? 선생님 저 기억하십니까? 그럼, 너 순경한다는 소식은 들었다. 삼척 어디라고 했지? 춘천으로 옮겼습니다. 오토바이 몰고 다니는 교통순경이 되었습니다. 어. 그래? 어쩐 일이냐? 꿈에 선생님 모습이 보이길래 궁금해서 전화했습니다. 평안하시죠?

형만이 평안하시죠? 하는 질문에 박재갑은 새삼 자신의 현재가 생각났다. 야. 평안이고 뭐고 말도 아니다. 재갑은 아들이 교통사고로 죽게되었다는 말과 지금 치료도 받지 못하고 죽어가고 있다는 말을 횡설수설 지껄이기 시작했다. 누구에게라도 이 억울한 사정을 말해야 했다. 빌어먹을 세상. 이럴 수가 있느냐 말이다. 그렇게 한참을 지껄이는데 그냥 듣기만 하던 녀석이 불쑥 말했다. 선생님. 기운을 내세요. 무슨 방도가 있을 것입니다. 방도는 무슨? 선생님께서는 하늘이 무너져도 정신만 차리면 산다고 늘 그러셨잖아요? 임마. 그건 선생이 학생한테나 하는 말이지. 상놈의 세상엔 그런 것도 없어. 선생님. 꼭 그렇지만도 않습니다. 제가 다시 전화드리겠습니다. 녀석은 그렇게 위로하며 전화를 끊었다.

응급실 문은 안으로 잠그어지고 이따금씩 문이 열리면 죽은 시체가 앰뷸런스에 실려 나간다. 재갑은 죽어가고 있는 아들의 모습을 볼 수조차 없었다. 여러 명의 경찰관이 응급실 문을 막고 있어서 뚝심 있는 박재갑으로서도 방법이 없다. 무섭게 몰아치는 바람과 빗줄기만을 멍

하니 바라보고 있는 한심한 자신의 모습을 생각하자 더욱 울화가 치민
다. 치미는 울화대로 콱 죽어 버리고 자식을 살릴 수만 있다면. 장래가
구만리 같은 자식이 아닌가. 이미 한 물 간 자신은 이제 더 산다 하더
라도 더 이상 할 일도 없다.

한낮이 되었을까? 의료종사원 하나가 황망히 그를 찾는다. 박재갑
선생이십니까? 내가 그요. 다시 보니 원장실에서 자신을 몰아내던 비
서실 직원이다. 원장님이 찾으십니다. 종사원의 갑작스레 정중해진 태
도에 박재갑은 어리둥절하지 않을 수 없었다. 원장실로 가니 원장이
깍듯하다. 이거 몰라 뵈었습니다. 청와대에서 연락을 받았습니다. 재
갑은 어안이 벙벙하다. 청와대라니. 그에게 무공훈장을 주던 그 대통
령은 이미 세상을 떠난 지 오래다. 그런데 웬 청와대. 아드님은 저기 5
층의 특실에 입원되었습니다. 그리로 가시지요.
　원장이 손수 그를 안내한다. 5층 특실은 소위 VIP실이다. 백여 평 넘
는 방이다. '지리산국립의료원'이 개원되고 지금까지 아무도 입원한
적이 없다고 한다. 매우 특별한 분을 위해서 늘 비워 두는 그런 방이란
다. 윤수는 그런 방에 입원되었다. 응급실 간이침대 하나 차지하지 못
하던 처지에서 너무나 갑작스런 변화여서 도무지 믿어지지 않는다. 의
료진이 바쁘게 움직인다. 십여 명의 의사들이 들이닥친다. 환자를 처
음부터 다시 검사한단다. 원장이 재갑을 향해서 설명한다. 저희들은
최선을 다하고 있습니다. 우리 병원은 개원한지 일천해서 아직 권위
있는 전문의사가 많지 않습니다. 그래서 이웃 국립대학 병원에서 몇
분 의사님들을 초빙하기로 했습니다. 곧 도착할 것입니다. 그동안 잠
도 못 주무셨을 터인데 좀 쉬십시오. 환자는 저희들께 맡겨두시고요.
　병원장의 태도가 왜 이처럼 갑자기 변하게 되었는지 어안이 벙벙했

다. 담당 의사는 물론 간호원이 둘이나 딸려 있었다. 번갈아 체온을 재고 혈압을 재고 피검사를 하고 산소 호흡기를 점검하고 온통 난리다. 그런 중에도 윤수는 산소 호흡기에 의지해서 겨우 숨을 쉬고 있을 뿐 의식은 가마득했다.

밖으로 나갔던 아내가 들어와 쏘곤댄다. 청와대 경호실에서 전화가 왔대요. 경호실장이 병원장에게 호통 쳤다누만요. 살려내지 못하면 내려가서 모두 쏘아 죽이겠다고요. 그 경호실장이란 사람 호랑이라고 소문났잖아요. 경호실장이 은사선생이라고 했다는데, 당신은 기억에 없수?

뭐가 어떻게 돌아가는지 어리벙벙 하는 중에 형만에게서 전화가 왔다. 선생님. 진철이한테서 연락이 갔습니까? 진철이라고? 그 왜 이장 아들 최진철이 말입니다. 걔가 어디 있는데. 걔가 청와대 경호실 근무합니다. 저와 같이 순경시험에 합격해서 같이 근무했었는데 워낙 무술 솜씨가 뛰어났다고 소문이 나서 경호실로 특채되었습니다. 그랬었군. 아마도 곧 연락이 갈 것입니다.

박재갑은 첫 부임지인 삼척군 하장면의 탄광촌을 떠올렸다. 그때 6학년 반장이 최진철이었다. 그 아버지가 이장이었고 육성회 회장을 겸했다. 리 단위의 산골학교에서는 이장이 제일 유지였다. 그때의 이장은 아들이 여러 명 있었고 그 자식들이 초등학교에 다니는 동안 몇 년이고 육성회장을 겸하고 있었다.

그가 근무한 학교는 삼척과 정선이 경계가 되어 있는 하장면 소재지에서 산골 쪽으로 20여리 떨어진 산촌마을 학교였다. 개울 비탈로 산판길이 꼬불거리는 그런 벽촌이었다. 그래도 마을이 제법 컸던 것은 마을의 바로 위에 새로 광산이 개발 되어서였다. 그가 부임을 하니 대뜸 6학년 담임이었다. 교사 초년병이라 6학년은 곤란합니다. 그는 그렇게 사양했다. 그런 항의에도 불구하고 교장과 교감은 태평이었다. 이 학교에 젊은 사람이라고는 박 선생 밖에 없네. 교감은 덧붙여 말했다. 입시 걱정은 말게. 지금까지 여기서 중학교 진학한 학생은 한 명도 없으니까. 그러니 진학걱정은 않아도 된다는 말이었다. 산골학교지만 탄광이 번창해서 한 반이 40여 명 되었다. 그런데도 지금껏 중학교에 진학한 학생이 한 명도 없다는 것은 믿어지지 않았다. 그러나 부임해서 며칠 지나고 보니 그 말의 뜻을 알만했다.

학부형들이 매일 선생들을 초대했다. 결혼식, 장례식, 제사는 물론 어른 생일이라고 초대하고 아이들 돌이라고 초대했다. 심지어는 농사철 행사에도 초대했다. 이른 봄에는 무논에 갈잎을 베어서 쌓는데 그것을 시작으로 모내기, 김매기, 추수하기 같은 일에도 초대를 받았다. 산촌이라 마을이 크지 않고 일꾼도 많지 않아서 모내기 같은 행사에는 순서를 정해서 마을 사람들이 모두 몰려가서 함께 일했다. 그러다 보니 일이 있는 집은 품앗이 일꾼과 점심식사 등을 돕는 아낙네들로 법석이며 잔칫집 같이 되기 마련인데 기왕이면 이런 기회에 몇 안 되는 초등학교 선생들을 모두 초대해서 식사와 술을 대접하는 것이다. 그러니 초대받는 횟수가 한두 번이 아니다. 집집마다 돌아가면서 일을 하다보니 선생들은 매일 초대받아 다니게 되었다. 저학년들은 아예 4시간으로 수업을 끝내고 점심시간 되기 전에 모두 집으로 돌려보냈다. 고학년인 경우엔 점심시간 이후는 그냥 자습이었다. 점심식사와 더불어 으레 술추렴인데 그렇게 시간이 길어지면 반장이 알아서 학생들을 돌려보내도록 지시되어 있었다.

선생들로서는 매일 술추렴이니 그렇게 좋을 수 없었다. 거기에다 광산에 다니는 학부모들은 월급 때가 되면 닭 마리나 잡아서 푸짐하게 한 턱 쓰는 것이다. 놀기 좋아하는 박재갑으로서는 천국이 따로 없었다. 이렇게 재미난 곳도 있구나 싶었다. 그런데 문제는 자신이 6학년 담임이란 데 있었다. 지금껏 한 명도 중학교 진학을 못시킨 곳이라고 한다. 이런 생활이니 학생들이 중학교에 갈 실력이 못되는 것은 당연한 일이다. 박재갑은 처음엔 어영부영 교사들과 어울리며 그냥 세월을 보냈지만 어쩌다가 학생들에게 글을 읽게 하면 한글을 깨친 아이가 별로 없었다. 소위 6학년 진학반임에도 학급의 반 정도가 까막눈이다. 책을 읽히면 까막눈이지만 재치 있는 학생들은 책에 나와 있는 그림으로 대충 읽는 흉내를 내고 그렇지도 못한 놈은 아예 벙어리다. 심지어는 책을 들고 그냥 눈물만 뚝뚝 흘리는 놈도 있었다.

박재갑은 이거 큰일 났다 싶었다. 학생들에게 죄를 짓는 일이다. 그래서 나름대로 계획을 세우기 시작했다. 학생들을 두 분단으로 나누었다. 글을 읽을 수 있는 학생들과 그렇지 못한 학생들이다. 그리고 글을 읽을 수 있는 학생들에게 읽지 못하는 학생들을 하나씩 배당했다. 그리고 퇴근시간 관계없이 밤늦도록 과제를 주어서 그날 분량을 다 해결하지 않으면 아예 집으로 돌려보내지 않았다.

처음엔 학부형들의 항의가 빗발쳤다. 중학교에도 못 갈 놈들인데 집안일이라도 거들게 해야지 학교에서 돌려보내지 않으면 어쩌느냐는 것이다. 박재갑은 아이의 교육은 교사가 책임지는 것이라며 그들의 항의를 일축했다. 그러자 그런 불평이 교장에게도 전해졌다. 박 선생. 이 학교에선 지금까지 중학교에 간 학생이 한 명도 없었네. 교장은 그렇게 말했다. 박재갑은 그냥 수긍할 수 없었다. 그런 건 자랑할 만한 전통이 아닙니다. 학생들 문제는 제게 맡겨 주세요. 박재갑의 뚝심은 아무도 당할 수 없었다.

박재갑이 워낙 무섭게 학생들을 다그치니 문맹이던 학생들이 점차로 한글을 읽을 줄 알게 되었다. 그러자 이번엔 산수다. 구구단을 외는 학생들이 십여 명도 안 되었다. 구구단을 외우지 못하면 아예 집으로 돌려보내지 않았다. 그래서 심지어는 학교에서 밤을 새는 경우도 있었다. 물론 박재갑이 교실에 늘 붙어 있는 것은 아니다. 그도 다른 교사들처럼 술추렴에 초대받아 가서 음식도 들고 술도 마시고 고스톱 화투도 쳤다. 그러나 시간이 늦어서라도 반드시 교실로 돌아와 과제가 제대로 수행되고 있는지를 확인했다. 그리고 미진된 학생들이 있으면 그 학생과 더불어 가르치는 학생도 집으로 돌려보내지 않았다. 그런 날은 박재갑도 학교에서 밤을 샜다.

그렇게 몇 달이 지나자 글을 못 읽는 학생들이 한 명도 없게 되었다. 구구단을 못 외는 학생도 한 명도 없었다. 이번엔 책을 달달 외우도록 강요했다. 당시의 시험은 교과서 안에서만 출제되었기 때문에 책을 달달 외우는 것이 교육의 한 방법이었다. 학생들은 무서운 박재갑의 성미를 아는 터이라 한 번 시키는 일은 무슨 수를 써서라도 달성해야 했다. 1학기가 지나는 동안 학생들은 공부하는 요령을 알게 되었다. 특별할 것이 없었다. 책의 첫 글자에서 끝 글자까지 달달 외는 것이다. 외는 것을 학생 서로가 확인하고 감독했다.

놀기 좋아하고 술 좋아하는 박재갑이라 마을의 경조사에 빠지는 법이 절대로 없지만 아이들은 꼼짝없이 학교에 붙들려 있었다. 집에선 아예 심부름 시킬 엄두도 내지 못했다. 허. 그 선생, 별종이야. 전에 없던 짓이지. 그래 보았자 중학교에도 못갈 놈들을 그렇게 다잡는다고 무슨 결과를 얻을 것이람. 학부형들은 그렇게 말하면서도 자식들이 밤 늦도록 책상에 붙어 있는 것을 보면서 신통해 했다. 6년 동안 학교에 다녔지만 이런 경우는 처음이었다. 드디어 중학교 입학시험이 다가왔다. 놀랍게도 40여명 학생 중에서 30여 명이 합격했다. 한 명도 합격한 예가 없던 이 학교에서 그렇게 많은 학생이 한꺼번에 합격을 하니 산골 마을은 온통 경사가 난 것이다. 그렇게 합격은 했어도 더러는 입학금이 없어 진학하지 못하는 경우가 있었다. 박재갑은 월급을 털어서 학부형과 담판을 지었다. 돼지를 파세요. 그래도 모자라는 것은 제가 보탤 것입니다.

말만이 아니고 실제로 모자라는 것은 박재갑이 보탰다. 그래서 입학한 학생들 중에 등록금이 없어 낙오된 학생은 한 명도 없었다. 자식을 중학교에 보낸다는 것을 꿈도 꾸지 못하던 사람들이 앞뒷집에서 모두 중학교엘 보내니까 축에 끼지 못할까 보아 그런저런 방법으로 등록금을 마련했다. 그 이후로 이 화전민 부락 아이들은 중학교는 물론이고 대부분 고등학교까지 다니게 되었다.

그러다 보니 부모들도 자식 공부시키는 의무감 때문에 농사꾼은 더욱 열심히 농사를 지었다. 비닐하우스 재배에 달려드는 사람도 많았다. 광부들은 월급을 저축하기 시작했다. 전에 없던 일이다. 탄광엔 사고가 잦았다. 그렇게 되면 그날로 광부의 제삿날이 된다. 그러니 광부들은 저축 같은 것은 생각도 못했다. 그런데 자식이 중학교엘 가고 고등학교엘 가니 저축을 하지 않을 수 없었다. 농부든 광부든 술집 출입도 뜸해졌다. 자식의 등록금을 위해서였다. 박재갑은 이 학교에 붙박이 6학년 담임이 되었다. 몇 년째 계속 6학년만 담임했다. 그리고 매년 많은 학생들을 진학시켰다. 가정 형편이 어려운 학생에게는 등록금을 보태주었다. 그렇게 되어 중학교 교모를 쓴 아이들을 전혀 볼 수 없던 마을의 모습도 달라졌다.

훗날의 이야기지만 이 마을 아이들은 과거엔 모두 대물림으로 농사꾼이 되어 농사를 짓고 광부가 되어 광산 노동자로 일했다. 다른 직업은 생각도 못했다. 그러나 중학교 진학을 하게 되고 고등학교 진학자도 나오게 되면서 변화가 생겼다. 특히 공무원으로 취직하는 자가 많이 나왔다. 면사무소 직원, 군청 직원은 물론 농협 직원, 은행원, 우체국 직원, 경찰순경 등의 다양한 직업인이 나오게 되었다. 마을 사람들은 그 모두가 박재갑의 은덕이라고 생각했다. 그러니 형만이나 진철은 모두 그 하장면 산골마을 출신들이다. 박재갑의 우격다짐 덕으로 중학교를 다니고 고등학교를 졸업해서 경찰관으로 채용된 제자들이다.

  윤수가 특실로 옮긴지 3일째 되는 날이었다. 의료원 원장이 청와대 경호실에서 온 손님이라며 직접 안내를 했다. 경호실장님이 보낸 사람입니다. 원장은 그렇게 소개했다. 청와대 경호실장이 보냈다는 젊은 경관은 재갑을 보자 군대식 거수경례를 올렸다. 경찰정복에 경감 계급장을 달고 있었다. 그리고 허리에는 권총을 찬 모습이었다. 실장님께서 급히 찾아뵈라고 했습니다. 뜻밖에도 최진철이었다. 최진철이 재갑을 처음 보는 듯한 말투라 박재갑도 시침을 뗄 수밖에 없었다. 고맙소. 실장님의 지시에 따라 당분간 이 병실에서 근무를 서도록 하겠습니다. 원장이 다른 방을 배정할 수도 있다고 설명했지만 최진철은 실장님께서 환자의 용태를 수시로 보고하라고 지시했기 때문에 환자곁에 있어야 한다고 말했다.

  원장이 자리를 비운 다음에야 재갑은 어떻게 된 거냐고 물었다. 형만이한테 연락을 받았습니다. 그래서 직접 병원에 전화를 걸어 환자의 용태를 조사했습니다. 절망적이더라고요. 어떻게 합니까? 선생님의 은혜는 하늘같은데. 그래서 경호실장에게 매달렸습니다. 도와 달라고요. 경호실장이 성미가 고약하지만 화끈한 데가 있거든요. 그렇게 되어 병원장에게 직접 전화를 걸어 준 겁니다. 그리고 제게 한 달간 휴가를 허락했습니다. 환자를 돌볼 수 있도록 말이지요.

  자네가 맡은 일은 뭔데? 경호실장을 경호하는 임무입니다. 그러니 개인 비서 비슷합니다. 최진철은 그렇게 말했다. 박재갑이 알고 있는 최진철은 성격이 거칠고 아버지가 이장이란 유세도 있어서 마을의 말썽꾸러기였다. 그러니 공부 같은 것은 아예 안중에도 없었다. 녀석은 어린 나이에도 탄광의 깡패들과 어울리고 그 똘마니 노릇을 했다. 때로는 집안의 돈을 훔쳐내기도 했다. 공부와는 거리가 멀었다. 6학년이 되도록 자신의 이름 석자도 쓰지 못했다. 그러니 구구단인들 외울 수가 있겠는가? 더구나 그 학교의 분위기가 공부와는 담을 쌓은 터이라 더욱 한심했다. 그런 그가 박재갑을 만난 것이다.

　이장인 최진철의 아버지는 아예 박재갑 선생에게 매달렸다. 아들을 사람 만들어 달라는 것이다. 그는 아들이 6학년이 되기 1년 전부터 아들을 당부했다. 최진철이 6학년이 되자 박재갑은 최진철을 반장으로 임명했다. 처음엔 아버지가 이장이니 그 아들을 보아주는 모양이라고 생각했다. 그런데 그게 아니다. 학급에서 일어나는 일은 모두 반장의 책임이다. 그래서 책임을 완수하지 못했다고 걸핏하면 매질이었다. 최진철을 돕겠다고 깡패들이 나서기도 했지만 박재갑에겐 통하지 않았다. 최진철이 단 시간에 한글을 깨치고 구구단을 외우고 한 것은 담임인 박재갑의 매질이 위력을 발휘한 것이다.

　박재갑은 공부에만 머무르지 않았다. 임마. 제대로 깡패 노릇을 하려면 싸움을 배워야 하는 거야. 당시 하장면은 산골마을이지만 탄광이 번창한 터이라 태권도와 검도, 유도의 도장도 있었다. 재갑은 그를 그곳에 가서 제대로 싸움을 배우게 했다. 학교에서 공부하고 방과 후에는 태권도와 유도를 배웠다. 너무 바빠서 깡패들 똘마니 할 시간도 없었다. 그렇게 바쁜 중에도 반장의 임무를 게을리 할 수 없었다. 박재갑의 주먹이 두려워서였다. 그런 과정을 거쳐 진철이 초등학교를 졸업할 때는 태권도나 유도에 있어서도 이미 유단자로서의 상당한 실력을 쌓게 되었다.

제가 경호실에 특채될 수 있었던 것도 선생님이 무술을 제대로 배우도록 지도해 준 덕택입니다. 그는 덧붙여 말했다. 그런 것들이 계기가 되어 고등학교를 졸업하고 군대에 갔는데 자신감이 있어서였던지 거기서 특등 사수가 되었습니다. 태권도, 유도에다 특등 사수까지 되니 경찰에 들어가자 소문이 나게 되고 그래서 경호실로 특채된 것입니다. 경호실에서는 무술 교관으로 활동하고 있습니다. 그러다 보니 경호실장 경호팀에 소속된 거고요. 그래서 경호실장님과는 한 가족처럼 가까이 지내는 처지입니다.

최진철이 병원에 경호를 서면서부터 주위의 눈들이 달라졌다. 박재갑이 특별한 인물로 소문이 난 것이다. 의료원 원장은 매일 한 번씩은 시간을 내서 병실을 방문했다. 외부에서 초빙된 국립대학 전문의들이 시간을 짜서 번갈아 진료를 맡았다. 그들은 협의체를 만들어 함께 의논하고 수술 날짜를 정하고 투약 방법을 의논했다. 그렇게 정밀 검사와 진료를 거듭하다 보니 처음엔 도저히 살아날 가망이 없어 보이던 환자의 용태가 조금씩 좋아지기 시작했다.

그러는 동안에 윤수가 다치게 된 경위도 밝혀졌다. 그들은 급한 임무로 출장중이었다. 회사의 운전수가 특별히 차출되어 윤수를 출장지까지 동행했다. 깊은 밤중이었다. 장대비가 쏟아져서 앞을 분간하기가 어려웠다. 그러나 약속시간까지 출장지에 도착해야 했다. 시골길이라 가로등이 없어 앞이 보이지 않았다. 그저 캄캄 절벽이다. 자동차의 헤드라이트만이 어둠의 동굴 속에서 갇혀 있다. 쏟아지는 빗줄기의 절벽이 앞을 가로막았다. 산모롱이를 도는데 느닷없이 경운기가 나타났다. 경운기에는 건축자재로 쓸 철근이 가득실려 있었는데 후미의 경고등이 고장 나서 불이 들어오지 않았다. 그러니 빗줄기 속에 달리던 승용

차는 매우 갑작스럽게 경운기와 조우한 것이다. 느닷없이 불쑥 철근더미가 다가왔다. 빗줄기가 워낙 거센 터라 경운기를 몰던 시골 농부는 더 이상 차를 몰 엄두가 나지 않아 빗줄기를 맞으며 비가 그치기를 기다리고 있었다고 한다. 그때 승용차가 그대로 돌진했다. 철근의 묶음이 창대가 되어 와락 달려들었다. 운전을 하던 운전기사 보다 그 옆에 앉아서 졸던 윤수의 가슴팍으로 철근더미가 창날이 되어 그냥 들어와 박혔다. 건축의 골조로 사용하는 철근 묶음은 현수의 가슴과 배, 옆구리 할 것 없이 그냥 맞창을 내었다. 그냥 죽을 목숨이었다. 그나마 다행이었던 것은 시골 파출소가 그리 멀지 않아서 경운기 농부가 급히 달려가 신고를 한 모양이었다. 경찰 백차가 정신을 잃은 두 사람을 인근에 있는 지리산국립의료원에 긴급 수송하였던 것이다. 운전기사는 윤수 보다 사고가 경미한 터라 지금은 의식이 돌아온 모양이었다. 운전기사의 말과 경운기를 몰던 농부의 말을 종합해서 어느 정도 사고 경위를 알 수 알 수 있었다. 그런 경위를 경찰이 조사해서 최진철에게 보고를 했다.

경호실장의 전화 확인과 최진철의 보고는 꾸준히 이어졌다. 병원장은 태크포스를 구성한 의사들을 독려하며 윤수의 병 회복에 전력을 기울였다. 그 결과로 윤수의 병은 눈에 띄게 호전되었다. 아직 의식은 돌아오지 못했지만 맥박이나 혈압이 점차로 안정되고 있었다. 그리고 넝마처럼 찢겨진 가슴의 상처와 부서진 뼈들도 인공뼈를 주입해 가며 점차로 정상화되고 있었다. 보통 같으면 도저히 살아날 가망이 없는 환자입니다. 어느 의사가 귀띔했다. 그런데 이렇게 각계의 전문가들이 동원하여 최선을 다하고 보니 살아날 가망이 매우 많아졌습니다. 입원 초기에 살아날 가망이 10%도 안 되던 것이 지금은 60%가 넘습니다.

그러던 확률이 시간과 더불어 생존율이 70, 80%로 높아가고 있었다. 상처가 안정적으로 나아지고 있다는 것이다.

윤수의 병이 뚜렷하게 회복기미를 보인 어느 날 최진철이 문득 말했다. 선생님. 아직도 시험때 등사잉크를 사용합니까? 지금은 그렇지 않아. 무심코 대답하던 박재갑의 머리에 지난날의 어떤 사건이 갑자기 떠올랐다. 최진철과 있었던 일이다.

예전엔 학생들에게 시험을 칠 때면 등사지를 사용해서 프린트를 했다. 등사지를 가리방에 올려놓고 철필로 문제를 쓰고 그것을 등사판에 붙이고 등사잉크로 문지르면 글자가 종이에 찍혀 나오는 것이다. 지금은 인쇄소에서 인쇄되거나 또는 복사판에서 복사하지만 예전엔 모두 가리방에 긁어서 사용했던 것이다.

당시 박재갑은 6학년 담임을 하면서 업무는 교과서계를 맡았다. 교과서계란 학생들이 주문한 교과서를 구입하는 일이다. 교사가 돈을 만지는 일은 별로 많지 않은데 교과서는 전교생이 구입하기 때문에 거출되는 돈의 액수가 제법 컸다. 그렇게 모금된 돈은 매일 계산을 해서 은행으로 넘기게 된다. 경우에 따라서는 늦게 모금된 경우가 있어서 책상 서랍에 임시 보관하게 되는 경우도 있다. 교무실 서랍의 잠금장치가 신통치 못해서 박재갑은 교실에 있는 자신의 책상 서랍에 돈을 간수하곤 했다.

그런데 한 번은 돈이 상당히 축 나 있었다. 그럴 턱이 없는데 하고 세어 보아도 여전히 상당한 액수가 맞지 않았다. 의심할 사람이라곤 학생 밖에 없다. 박재갑은 반장인 최진철을 불러 의논했다. 그럴 턱은 없지만 학생 중에 누군가가 내 서랍을 뒤지는 것 같다. 돈이 조금씩 축이 난다. 전에도 그런 의심이 더러 들었지만 꼼꼼하지 못한 박재갑은 자신이 잘못 계산한 것으로 여겨서 모자라는 만큼 자신의 돈으로 메꾸곤 했던 것이다. 그런데 이번은 액수가 제법 컸다. 그리고 일정한 시간을 두고 자꾸만 없어지는 것이다. 그러니 도둑은 매우 지능적으로 돈을 훔쳐내는 것이다.

최진철이 제안했다. 저기 교실바닥 밑에 숨어서 엿볼까요. 학교가 일제시대 지어진 것이어서 교실 뒤쪽에 마루 밑으로 내려 갈 수 있는 작은 구멍이 있었다. 뚜껑이 있어서 보통 때는 그곳에 청소도구를 챙겨 두곤 했다. 최진철이 방과 후에 그 마루 밑창에 숨어서 망을 보겠다는 것이다. 박재갑으로서는 별로 달갑지 않는 일이지만 도둑을 키워서는 안 되겠다는 생각으로 그런 방법을 써 보기로 했다. 그러나 그런 방법으로도 효과가 없었다.

그러던 어느 날 또 돈이 없어졌다. 이번엔 상당한 액수였다. 도저히 그대로 방치할 수 없는 문제였다. 박재갑은 학생들에게 정식으로 문제를 제기했다. 내 서랍에 손을 대는 놈이 있는 것 같다. 정직하게 말하면 용서한다. 또 누가 본 사람이 있으면 내게만 조용히 알려주면 된다. 그러나 40여 명의 학생들은 눈만 끔벅댈 뿐 아무도 자수하지 않았다. 잡을 방법이 없다.

그러다 문득 한 가지 방법을 생각해 냈다. 그의 책상 서랍은 자물쇠로 채워 두어도 여는 방법이 있다. 책상이 낡아서 책상 서랍 밑으로 손을 넣어 위로 치켜 올리면 자물쇠의 고리가 어긋나면서 문을 열수 있도록 되어 있다. 그것은 박재갑만 아는 비밀이다. 그런데 그런 비밀을 누군가도 알고 있는 모양이었다. 답답해진 박재갑은 등사기 밀대로 등사 잉크를 묻혀서 책상 서랍 밑을 칠했다. 그러니 서랍을 열기 위해서 서랍장 밑으로 손을 넣으면 등사잉크가 손에 칠해지기 마련이다. 조심스럽게 실험까지 해서 확인한 후에 학생들이 보는 틈을 타서 상당한 돈을 세어서 서랍 속에 넣고 자물쇠를 채웠다. 학생들을 도둑으로 모는 것 같아서 죄스러웠지만 어떻게든 도둑을 잡아서 버릇을 고쳐 놓아야 한다고 생각했다. 초등학교 때 도둑을 키워놓으면 커서 큰 범죄자가 된다는 것은 불을 보듯 빤한 일이었다.

예상했던 대로 다음 날 역시 상당 액수의 돈이 모자랐다. 박재갑은 돈이 분실되었음을 알리고 다시 자수를 촉구했다. 내게만 몰래 와서 말하면 지금까지의 모든 죄를 용서하겠다고 말했다. 그러나 그렇지 못하면 과거에 없어진 돈에 대한 책임도 모두 지우겠다고 엄포를 놓았다. 그러나 자수하는 학생이 없었다. 방과 후에 박재갑은 학생들을 정렬시켰다. 그리고 소지품 검사를 시작했다. 그러면서 손의 청결상태도 아울러 검사했다. 소지품 검사는 그저 명목일 뿐이고 사실은 손가락의 등사잉크를 조사한 것이다. 가슴이 두근거렸다. 학생들 중에서 그런 도둑이 나오지 않기를 바라는 마음과 범인은 반드시 잡아야 한다는 마음으로 갈등이 느껴졌다. 그렇게 하나씩 조사를 해 나가던 중에 문득 박재갑의 심장이 멎는 듯했다. 반장인 최진철의 손가락에 등사잉크의 흔적이 뚜렷했던 것이다. 본인은 그것을 지워보려고 매우 노력한 모양이다. 그렇게 종일 씻고 씻었지만 등사 잉크의 흔적은 완전히 없어지지 않았다. 두 손의 엄지를 제외한 여덟 손가락을 모두 서랍에 붙여야만 되기 때문에 여덟 손가락 지문에 그대로 등사잉크가 묻어 있었던 것이다.

재갑의 실망은 너무나 컸다. 상대가 반장인 최진철이다. 그 아버지와의 관계에서도 그렇지만 그동안 그가 반장으로 키우면서 제대로 사람 만들려고 엄청 공을 들여왔던 것인데 그게 하루아침에 와르르 무너지는 것이다. 그동안 얼마나 그를 위해 노력했던가? 하늘이 무너지는 기분이기도 했다. 그날은 방과 후의 과외도 그만 두고 그는 술집으로 들어가 밤새도록 술을 마셨다. 아이들을 볼 낯이 없었다. 그가 의심한 학생이 한두 명이 아니었다. 그러나 정작 범인은 그가 가장 신뢰했던 반장인 최진철이었던 것이다.

다음 날 박재갑은 학생들을 향해서 말했다. 내가 너희들에게 사과하겠다. 돈은 엉뚱한 곳에서 나왔다. 내가 제대로 관리를 못하고 착각해서 너희들에게 혐의를 둔 것이다. 그동안 너희들을 의심한 것에 대해서 잘못을 사과한다. 앞으로 그런 의심은 두 번 다시 않을 것이다. 나를 용서하기 바란다. 그는 덧붙여 말했다. 간절히 부탁하건대 앞으로 정직하게 살기 바란다. 정직하다는 것은 손해를 보는 것 같을 때가 많다. 그러나 길게 보면 정직한 자에게 기회가 온다. 정직해서 조금 손해를 보더라도 성실하게 노력함으로써 극복하기 바란다. 내가 너희들에게 바라는 오직 하나의 당부라고 생각해라.

박재갑은 최진철의 얼굴을 보지 않으려고 애를 썼다. 그러나 어느 순간 머리를 푹 숙이고 있는 그를 발견할 수 있었다. 이 문제는 더 이상 발설되지 않았다. 학생들이 졸업하는 날 최진철이 무슨 할 말이 있는 듯 다가와 쭈뼛거렸지만 박재갑은 기회를 주지 않았다. 임마 졸업장을 받았으면 어서 부모님께 뵈야지. 어서 가라. 그리고 매우 바쁜 일이 있는 것처럼 그가 먼저 자리를 떴다.

한 달 여를 지난 어느 날 윤수가 눈을 떴다. 의식이 회복된 것이다. 윤수야. 아버지다. 나를 알겠니? 윤수가 머리를 끄덕였다. 여기 엄마도 있다. 알겠니? 윤수는 다시 머리를 끄덕였다. 의료원 원장이 달려왔다. 다른 의사들도 달려왔다. 어려운 고비는 이제 넘겼습니다. 뇌에 이상이 있을 경우는 병이 나아도 식물인간처럼 될 수도 있습니다. 그런데 다행히 그런 후유증은 없네요. 이젠 완치 될 일만 남았습니다. 의료원 원장은 내일처럼 기뻐했다. 경호실장으로부터 그에게 지워진 큰 짐을 덜어낸 기분인 모양이었다. 며칠 후에 산소마스크를 제거했다. 그러자 윤수는 말도 할 수 있었다. 왜 내가 여기에 있어요? 아버지, 어머니는 어쩐 일이고요? 그는 그동안의 일을 전혀 모르는 듯했다. 하긴 차에서 졸다가 갑자기 당한 일이니 무슨 기억인들 날 것인가? 그는 지금도 출장 중의 차안에서 졸고 있던 자신만을 생각하고 있는 것이다. 죽었던 자식이 이제 살아난 것이니 박재갑으로서는 새로운 인생이 시작된 기분이었다.

윤수가 의식이 돌아오고 말도 하게 된 것을 확인한 며칠 후에 최진철이 자신의 직장으로 복귀해야 한다고 전해왔다. 경호실장님께서도 상황을 파악하시고 귀대하라고 지시한다고 했다. 그는 의료원 원장을 찾아 그동안의 노고에 대해 감사했다. 아마도 실장님께서도 전화를 주실 것이라고 말했다. 그리고 덧붙였다. 고마움을 표시하기 위해 직접 한 번 방문할 것이라고 말씀하셨습니다. 병원의 어려운 일이 있으시면 제게 전화를 주십시오. 도움이 되도록 하겠습니다. 그는 이미 전달한 바가 있는 명함을 다시 한 번 건네었다.

최진철이 떠나간 다음에 소문이 분분했다. 매일 같이 전화를 해대던 사람이 경호실장이 맞느냐의 문제였다. 국사에 바쁠 경호실장이 아무리 스승의 아들을 위한 것이라고는 하지만 매일 같이 사태를 점검한다는 것은 정상적이 아니라는 것이다. 그러나 그런 소문은 그냥 소문으로만 떠돌다가 잦아지고 말았다. 확인할 방법이 없었기 때문이다.

박재갑은 등사잉크로 그의 지문을 확인할 때의 일을 떠올렸다. 최진철이 과거의 고마움을 이런 식으로 갚은 것은 아닌가 하는 생각도 들었다. 박재갑은 학생들에게 정직하라고 가르쳤지만 정직보다 더 큰 것도 있는 것이 아닌가 하는 생각도 해 보는 것이다. 아무튼 최진철의 도움이 아니었더라면 그의 외아들 윤수의 생명은 구하지 못했을 것이다. 청와대 경호실장의 권위를 빌어서 아들의 생명을 구해준 그에 대해서 그 고마움을 결코 잊을 수 없을 것이었다. 박재갑은 문득 간첩을 잡은 공로로 받은 태극무공훈장 보다도 제자를 열심히 가르친 열성, 때로는 그것이 더 값진 훈장이 아니겠느냐는 생각도 해보는 것이다.

빛에 대한 예의

이 강 홍

충북 진천 출생.
주성대 문예창작과 졸업.
충북작가 신인상(2009). 『동양일보』 신춘문예(2009)

빛에 대한 예의

우-웅, 곤충이 떠는 듯한 소리.

핸드폰에 불이 깜박인다.

-프라하 호텔 커피숍!

누구에게도 절대 복종하지 않을 것만 같은, 작은 체구에서 어찌 그런 당당함이 나오는지 늘 궁금하기만 한 그녀와의 통화로 내 손가락이 가늘게 떨고 있다.

커튼을 젖히자 커튼 뒤에 숨어 있던 빛들이 일제히 얼굴에 달라붙었다. 빛살에 찔린 눈동자가 씀벅거리며 아려왔다. 나는 눈살을 찌푸려 해의 방향을 가늠하며 손차양을 만들었다.

프라하 호텔은 고풍스러운 본관과 붉은 대리석을 입힌 현대식 건물인 별관이 나란히 서 있었다. 유럽풍의 아름다운 외관을 지녔지만, 그 아름다움을 실감하게 되는 것은 눈부신 조명 때문이다. 요요하게 유혹하는 불빛 아래 양탄자 위를 걸어갈 때면, 아! 하고 새삼 깨닫게 된다.

로비 한쪽 벽엔 황금빛을 내뿜으며 시선을 끄는 구스타프 클림트의 〈키스〉가 걸려 있다. 물론 저건 실물 크기의 복제품이겠지? 황금빛 광채 속에서 목이 부러지도록 격렬하게 포옹하고 있는 두 남녀. 사랑의 느낌을 어쩌면 저토록 황홀한 색채로 나타낼 수 있는 것일까. 아버지가 금 세공사였다는 클림트는 고온에 녹은 액체 상태의 황금을 보며 자란 게 틀림없을 거다.

이 그림은 클림트의 작품 중 가장 유명하죠. '키스'라는 독특한 주제와 특이한 화면 구도 때문이에요. 에로티시즘의 대표적 화가답게 순결한 소녀의 첫 경험을 내포하고 있다고나 할까? 절벽 위에서 남자에게 매달려 있는, 곧 떨어질 것 같은 불안한 위치임에도 불구하고 표정에선 기대감과 설렘이 드러나지 않나요? 게다가 화려한 색채와 기하학적인 문양들을 보세요. 음, 왠지 오래전에 돌아가신 클림트 할배의 정신세계가 몹시 궁금해지기 시작하는걸요.

손바닥으로 비스듬히 턱을 괸 채 중얼거리던 그녀의 입술이 그림 위에 겹쳐진다.

병원장은 캘린더 제작을 서두르고 있었다. 신설된 종합병원 이미지에 맞는 신예작가 열두 명의 추상화를 화보로 삼아 홍보를 한다는 계획이었다. 작가는 미술협회 추천을 거쳐 이미 정해진 상태였지만 작품 선정은 어울리지 않게도 내게로 넘어왔다. 단지 내가 정신과 의사라는 이유에서였다.

그녀의 모습은 눈부신 신호탄 같았다. 뛰어난 미인은 아니지만 감히 범할 수 없는 은근한 아름다움이 감돌고 있었다. 그 아름다움이 그녀의 어디에서 흘러나오는 것인지 알 수는 없었지만 단숨에 내 모든 걸 뒤흔들어 놓았다. 그녀의 손길이 닿은 탁자나 창문 어디에서나 신비한 기운이 신기루처럼 서려 있는 것 같았다.

화실에는 물감을 희석하는 테레빈유 냄새가 진하게 났다. 창턱에 가지런히 놓인 갖가지 모양의 희석제 병들은 석양을 받아 여러 가지 색들로 빛나고 있었다. 병마개를 따고 냄새를 맡아보았다. 병 속에는 액체를 닮아 일렁이는 꿈 같은 것이 들어 있을 것 같았다. 휘발성이 강한 꿈들이었다.

그곳에선 빨강과 노랑과 파란색의 원색적인 마찰이 눈을 아리게 했다. 거기서 다시 초록과 보라, 그리고 주황이 잉태되는 과정은 참으로 신비로웠다. 꿈으로 색이 잉태되고 또한 색이 꿈을 잉태하듯 찬란한 색깔의 빛이 만들어지고, 거기서 다시 분사되는 빛의 신기루를 볼 수 있었다.

토요일 오후, 온갖 상상력 속에 준비된 그녀와 나의 만남은 분명히 '우연'이라고 지시되어 있었다. 술이라도 마시며 그림에 대한 얘기를 들려 달라는 나의 제의에 그녀는 싫다고 아주 분명하게 잘라 말했다.

짧은 순간, 그녀가 내게 혀를 쏙 내미는 것처럼 느껴졌다. 용용 죽겠지, 하며.

예상 문제를 잔뜩 뽑아들고 자신만만하게 시험장에 들어갔다가 전혀 엉뚱한 질문을 받아들 때의 기분이었다. 즉흥 연기를 할 자신이 없어서 대본을 만든 것인데 그 순간 나의 상상은 코미디가 될 수밖에 없었다. 왜 이렇게 질문이 서툰지, 무안한 표정을 감추지 못해 등을 돌릴 때였다.

─저기요.

부드럽고 나직한 목소리였다. 조용한 바다, 무인도와 무인도 사이의 깊은 바다, 그 멀고 먼 심연으로부터 들려오는 소리 같았다.

─술 대신 볼링은 어때요?

그녀는 볼링을 아주 잘 쳤다. 나중에 안 사실이지만 노래와 춤까지. 그녀는 젊은 나이의 여자가 할 수 있는 그 어떤 것 하나도 놓칠 수 없다고 생각하는 여자였다. 발랄한 남성교제 취향도 놓칠 수 없는 그 여러 가지 일 중 하나일지도 모른다.

나는 차마 거절하지 못하도록 온갖 그럴듯한 구실을 만들어서 데이트를 청하곤 했다. 그녀는 나의 열정에 못 이겨 적선을 하듯 아주, 아주 가끔씩 데이트에 응해주었다. 그러면서도 속으로는 코웃음을 쳤을 테지.

흥, 유부남인 주제에.

그녀와의 공통점을 찾으려고 노력하다 영화를 좋아한다는 말을 듣고 가슴이 벅차올랐다. 하지만 그건 잠시 뿐이었다.

─내가 좋아하는 영화 속에서 당신이 알 만한 배우들은 결코 등장하지 않을 텐데요. 볼프강 크시프트 이반 키로스키라는 영화감독을 아세요? 몇 번쯤 반복해서 알려주어도 절대 그 이름을 외우지 못할 텐데.

그녀의 말은 아름다운 음향에 가까웠다. 길게 또는 짧게, 깊게 또는 얕게, 그것은 눈에 보이지 않는 미묘하고도 신비로운 리듬에 따라 주변의 공기를 진동시키는 아름다운 발음이며 발성이었다. 그녀의 음성이 나의 고막을 가볍게 두드릴 때마다 나는 심장 가까이에서 울려오는 맑고 은은한 종소리를 함께 들었다. 그녀의 목소리를 들을 때마다, 뇌리의 어디쯤에선가 죽었던 세포가 다시 살아나듯 아릿아릿한 자극이 느껴졌다. 차단되어 있던 환상의 빛살이 튕기듯 밀려들어 눈앞을 아득하게 만들었고, 귀에는 세상 저쪽에서 들려오는 그녀의 목소리가 메아리치며 울려왔다.

─물론 내겐 데이트하는 남자들이 여럿 있어요. 그중엔 유부남도 있

고. 하지만 대단한 데이트를 하는 건 아니에요. 가끔 식사하거나 술을 마시면서, 그들이 예술계에서 하는 일이 얼마나 중요하고 또 얼마나 고된 일인지를 알아주기만 하면 되는 거죠. 감탄과 안타까움을 적절히 표현해주고 남자의 권태로움을 이해해주는 척 할 뿐이에요. 난 뛰어난 미인은 아니지만 젊고 청순해 보이는데다 수십 번을 되풀이한 이야기들도 늘 처음 듣는 이야기를 듣듯 재미있다는 듯이 들어줄 수 있거든요. 그렇게 그들 이야기에 고개를 끄덕여주기만 하면 저절로 매력 있는 여자가 되는 거지요. 뭐, 그런 감정을 우려낸 후에 당신들이 부럽고 존경스럽다고 지나가는 말처럼 툭 던지면, 갑자기 정색을 하고 그간 나에게 소홀히 했던 것을 진심으로 미안해하더라고요. 그리고 내게 어떤 식으로든 도움을 주고 싶어 안달을 하는 거죠. 예술계란 게 원래 좀 그렇잖아요.

그녀의 솔직성은 때로 소녀처럼 순진무구해 보이기도 했고 상대방의 반응을 미리 계산한 것처럼 치밀한 행위로 보이기도 했다.

어쩌면 그녀는 관심이 아닌 권태 때문에 나를 만나는 것인지도 몰랐다. 그래도 그녀의 자리만 지켜주면 같이 밥을 먹을 수 있고 술을 마실 수 있었다.

그녀를 만나는 동안 애꿎은 여자들을, 그리고 불특정한 다수의 남자들을 측은하게 여겼다. 길에서나 전철에서나 여자들을 보면 나도 모르게 속으로 혀를 찼다. 저들도 애인이나 남편이 있을까? 있겠지 왜 없겠어. 그래서 저들도 섹스란 걸 하긴 하겠지. 저런 여자를 안는 남자들이 정말이지 불쌍해. 어떻게 저런 몸에 자기 몸을 포갤 수 있을까. 어느새 그녀는 내 뇌리 속에서 세상 최고의 여자가 되어 있었다.

함께 여행을 가기도 했다. 아내에게는 친구와 직원들의 부모들이 가

짜로 죽어나갔다.

그녀가 저녁을 먹자는 것을 외면하고 아내와 약속한 저녁식사 시간에 늦을까봐 조바심치며 나가던 때였다.

－당신 아내는 예쁜가요?

한 여자와 지속적인 관계를 유지하다 보면 부딪치게 되는 상황이고, 여자들이 이렇게 나오면 으레 골치 아픈 일이 시작되기 마련이다.

－예민하게 굴어야 할 이유를 알 수 없군요. 내가 당신 아내에게 전화를 걸어 남편을 양보해 달라고 하기라도 할까 봐요? 그래서 두 여자가 길거리에서 만나 머리채를 붙잡기라도 할 거라고 생각하나 보죠? 관계에 대한 소망은 당신에게 있지 나에게 있는 게 아니에요. 적어도 나는 당신에게 내가 가질 수 있는 만큼의 자리만을 원하고 있다고 생각해요. 나는 그저 알고 싶을 뿐이에요. 예쁜 여자인지, 무슨 일을 하는지, 나처럼 키스를 하는지… 날 만나는 게 무슨 의미가 있는데요? 가정적으로 무슨 문제가 있거나, 혹은 아무 문제도 없다는 게 너무 무료해서 갑자기 생이 공허해진 건가요? 김빠진 콜라병처럼……. 유부남은 누군가 찔러주고 간 뇌물 같은 거라더군요. 처음엔 짜릿한데 오래 가면 부담스러워진다고. 당신이 당신 병의 거품을 비워가고 있는 동안 내 병은 점점 차올라 급기야 저절로 뚜껑이 열려버릴 지경이 되었다는 걸 난 너무 늦게야 알아버린 거죠. 그렇다고 도둑이 제 발 저리듯 내 인생 당신한테 헌납할 테니 마음대로 처분하라는 얘길 기대하고 있는 건 아니겠죠?

만약 변신을 꿈꾸는 여자와 안주하고 싶은 여자 사이에 놓여 있다면 어떤 선택을 해야 할까? 익숙한 것은 지루하다. 낯선 것은 매혹적이지만 불편하다. 삶을 익숙한 것과 낯선 것으로 나눈다면 그 황금 분할은 어떤 구도일까?

　그때 난 사랑이 옥토신이라는 호르몬의 이상 분비 때문에 빚어지는 일종의 병리 현상이라는 걸 잘 알고 있는 30대의 정신과 의사였다.
　사랑에 빠지게 되면 필로폰과 유사성분인 페닐에틸아민이라는 물질이 상대방을 그리워하게 만들고, 세상 모든 것보다 최고로 보이게 한다는 것도 알고 있었다. 나는 세상물정 알 만큼 아는 나이로 사실 별로 순진하지도 않았다. 그녀에게 복종했어도 비굴하다고 느끼지는 않았고, 어떤 여자라도 반했을 거예요, 따위의 말을 듣고 싶은 것도 아니었다. 하지만 어느새 그녀가 나의 어떤 점이 좋다고 하면, 그걸 확대해서 하루 종일 행복해하고 감격해하는 밥통이 되어 있었다.

　겉으로 그다지 달라진 것은 없었다. 여전히 문자를 주고받고 전시회를 다녔으며 연애감정과 섹스를 인출해갔다.
　돈이 떨어졌을 때 현금지급기에서 일부를 인출하듯 당연하게.
　어느 날 술을 마시며 결혼제도에 대해 얘기하다가 대판 싸우게 되었다. 결혼이란 엄밀히 따진다면 기호 가치가 아닌 교환 가치일 뿐이라고 말하다 나도 모르게 세컨드라는 말이 튀어나왔다. 그녀의 입장을 고려하지 못한 결정적 실수였다.
　용수철처럼 발딱 일어서 나가는 그녀를 따라 황급히 나갔다. 걸음이 제법 빨랐다. 그녀가 육교를 반쯤 건너다 말고 뒤돌아서, 날 똑바로 바라보며 말했다.
　―그래. 맞아. 나에게는 어떤 교환 가치가 있을까? 난 아무래도 덜 떨어진 인간인 모양이야. 서른이 넘은 나이에도 불구하고 남의 남자나 빌려서 쓰는 여자인 걸 보면. 대여료라도 내야 되는 건가? 날 아무

리 그럴듯한 말로 포장해봐야 결국은 세컨드 아냐? 세컨드라는 말은 매우 잘 만들어진 말인 것 같아. 초라한 나를 조롱하기에 꽤나 적절한 걸 보니.

그리고는 갑자기, 괴성을 지르며 아래로 뛰어내리려고 했다. 나는 수류탄을 든 채 자살기도를 하는 탈영병을 달래듯 간절하게 빌고 또 빌었다. 지나가는 사람들이 무슨 대단한 구경거리라도 있는 것처럼 우릴 힐끔힐끔 바라보았다. 정말 미칠 지경이었다.

파출소에서 둘이 지문을 찍고 나오면서 그녀의 눈에 흐르는 눈물을 보았다. 솜뭉치 구름이 낮게 드리워진 채 서쪽으로 서서히 몰려가고 있었다.

그날 이후 그녀의 모습은 어디에서도 찾을 수 없었다. 불 꺼진 화실을 바라보며 발걸음을 돌려야만 하는 날들이 늘어만 갔다. 지금은 외출 중이어서 전화를 받을 수 없습니다. 삐 소리가 난 뒤에 용건을 말씀해주세요.

응답기를 통해 전달되는 그녀의 음성은 나를 초조하게 만들었고, 그녀의 휴대폰 번호를 누를 때마다 부재를 확인하는 것은 고역이었다. '이 번호는 없는 번호이니'에서 이젠 다른 목소리가 귀찮다는 듯이 아닌데요, 하고 있었다. 그 숫자들의 조합이 그렇게 쉽게 목소리를 바꿔버릴 수도 있다니. 그가 오랫동안 소유했던 그 일련의 숫자들이 이제는 다른 사람에 의해 쓰여진다는 것이 기이했다. 그 일련의 숫자들은 그를 기억할까. 그녀의 몸처럼 익숙하고 생생한 일련의 숫자들, 때로는 은밀하고 때로는 일상적이면서도 끈끈한 욕망이 오갔던 그 친밀한 숫자들이 거대한 공허가 되어 나를 끌어들이고 있었다.

인터넷마저 '존재하지 않는 메일'임을 알리고 있었다. 도대체 뭐가 존재하지 않는단 말인가?

그녀가 준 편지를 읽어보았다. 얼굴을 파묻으니 그녀의 냄새가 났다. 편지는 전화보다 훨씬 더 고백적이어서 그 유혹은 더욱 길고 깊다. 심장을 파르르 떨게 만드는 그 달디단 문장들이 벽시계의 초침 소리처럼 귀에 꽂히고 송곳처럼 눈을 찌른다. 그리고 이내 눈꺼풀의 둑을 범람한 눈물이 투둑 편지에 떨어진다. 눈물방울에 갇힌 글자가 진해지더니 편지지가 얼룩지고 뒷면의 글씨가 은은히 배어나왔다.

잊어야 한다고 유행가 가사처럼 수없이 다짐했지만, 말과는 달리 그녀와의 추억을 미행하는 자신의 초라한 모습만을 확인할 뿐이었다.

그녀가 자주 다니던 곳을 서성이며 우연을 끔찍하게 기다려보기도 했지만 세상에 우연 따위는 없었다. 우연이란 아무 준비 없이 정말로 뜻밖에 오는 것이거나 아니면 치밀한 연출일 뿐이었다. 우연은 이름을 갖고서도 존재하지 않는 추상명사였다.

사소한 질문이나 부탁을 핑계로 그녀의 주변 사람들에게 전화를 걸기도 했다. 그녀와의 관계를 아는 사람은 많지 않았으므로 그의 이야기가 나오도록 화제를 이끌었다. 용케 그녀의 이름이 귓속으로 들어오는 것만으로도 온몸에 전류가 퍼져 나가는 걸 느끼며 만개한 꽃처럼 동공이 활짝 열렸다.

그녀에 대해서 모든 것을 알고 있다고 생각했지만 알고 있는 것은 삶의 한 조각일 뿐이었다. 그녀에 대한 생각을 모은 목록은 빈약했고 그것으로 그녀 내면의 영토를 들여다볼 수가 없었다.

내가 한없는 슬픔으로 젖어 있는 건 그녀와의 추억이 그렇게 가슴에 남겨지리라는 걸 미처 예견하지 못한 까닭인지도 모른다. 아니면 그녀보다 강렬한 존재감을 느끼게 하는 상대를 두 번 다시 만날 수 없을 거라고 모든 걸 단념해버린 탓인지도 모른다.

눈이 크면 겁이 많다는데, 이 사람 정말 왕눈이네, 나는 다시 쿡 웃
었다.

—나 예뻐?

여자는 장난인 듯 물었다. 나는 미안한 듯이 대답했다.

—솔직히… 예쁘진 않지.

—못생겼다고?

—아니, 아니 꼭 그런 뜻이 아니고.

미모가 제2의 신분증이라는 이 시대에 여자의 얼굴은 고르지 못한
치아, 주저앉은 코하며 눈 빼고는 도대체 무기로 삼기엔 턱없이 부족
한 수준이었다.

'모범적 이성교제를 위한 데이트 매뉴얼' 방식대로 데이트했다. 성
실하고 지루한 데이트였다.

여자는 숨어 있는 명소의 목록을 다 준비해 가지고 다니는 사람처
럼, 그런 기분 좋은 장소로 자기 집에 초대하듯이 나를 안내하곤 했
다. 여자는 빌딩 너머로 지는 저녁노을에도 시선을 빼앗겨 차를 세웠
고, 자금성쯤 가야 느껴지는 탄복을 우리나라의 손바닥만 한 고궁에
서도 느끼곤 했다. 나는 이라크의 전쟁 소식을 접하고도 느껴지지 않
는 분개심을 여자는 신호를 지키지 않는 차량에서도 수시로 느끼곤
했다.

생일 선물로 성형외과 수술 예약 티켓을 건넸을 때 여자는 여왕이
라도 된 듯 기뻐했다. 행복해서 죽겠다는 얼굴을 하고 속삭이듯 말했
다.

—내 인생을 바꿔줄 거지?

결혼으로 이어지는 인연이란 결국 타이밍의 문제일까. 나는 여자에게 약점이 있다는 사실을 오히려 다행이라고 믿었다. 한 점 빈틈이 없는 여자 앞에서 평생 동안 긴장한 채로 살아가느니, 여자의 약점을 너그럽게 받아주며 느긋하게 살아가는 남자가 더 행복하리라고, 이런 여자라면 평생 군말 없이 순종할 거라고 믿고 손을 내밀었다.

여자는 그 지긋지긋한 칼국수 집 맏딸이라는 꼬리표를 떼기 위해 튼실해 뵈는 나의 수레에 편승했다.

질질 늘어지는 음악소리. 아내는 지금 요가 중이다. 아름다움과 젊음을 위한 헬싱 요가. 젊음을 유지하려는 아내의 노력은 안쓰럽기까지 하다.

아내는 스스로 미인이라고 생각한다. 스스로 아름답다고 믿는 아름다움도 아름다움일까. 그 아름다움은 교만한 데다 변덕스럽고 표독스럽기까지 하다.

결혼 후 변변치 않은 집안에 물려받을 재산도 없다는 걸 알고 난 뒤부터, 아내와의 감정은 소풍갔다가 되가져온 웨하스처럼 바스라져 있었다. 이 년간 둘 사이에 오간 대화를 녹음했다면 아마 카세트테이프 두 개면 충분했을 것이다.

누군가 그랬다. 세상에서 제일 속이기 힘든 상대는 마누라라고.

―당신, 요즘 이상해졌어. 꼭 혼이 빠진 사람 같애. 혹시 여자 문제라면 염려하지 말고 털어놔. 어떻게 보면 우린 가장 가까운 친구잖아. 나는 내게 유리하지 않은 기억 같은 거라면 이 순간 이후는 결코 기억하지 않을 거야.

나는 아내의 설득에 공감했다. 고해 성사를 하듯 모든 걸 털어놓은 뒤에 용서를 빌었다.

―아마 내게는 첫사랑이었나봐. 당신한테는 정말 미안했어.

하지만 아내는 자신이 선택한 남자에 대한 실망을 견디기 힘들어했다. 아무것도 아닌 일에 풀이 죽는가 하면 툭하면 공격적이 되었다. 문화강좌 같은 데에도 다니는 것 같았지만, 회원모집의 광고전단에서 보장하는 것처럼 삶이 윤택해지는 것 같진 않았다. 이웃 아줌마에게서 장미나무 묵주를 선물 받고는 그녀를 따라 교회에도 몇 번 나갔지만 영혼의 안식 같은 건 얻지 못하는 것 같았다.

그러나 새로운 남자를 찾을 정도로 모험을 좋아하지는 않는 듯 했다.

결혼이란 사랑이나 눈물 없이도 살 수 있는 것이었다. 내게 아내는 집안에 있는 가구와 별반 다를 바 없어 보였고, 아내는 나를 생활비나 건네주는 자동이체 구좌 정도로 여기고 있었는지도 모른다.

아내는 사랑하기보다는 사랑받길 원했고, 이해하기보다는 이해받길 바랐고, 내 편이 되어주기보다는 자신의 편이 되어주길 원했다.

아내는 계산하는 사람에 속했다. 그녀는 오년 뒤, 십년 뒤의 숫자와 싸우느라 현실의 말에 대해서는 무감각해졌다. 끝없는 수치와의 전쟁, 숫자와 확률의 가능성, 오직 그것만으로 확인되는 미래. 그녀의 현실은 미래였고, 그 미래는 숫자였다. 아내의 이 지독하리만치 냉정한 이성은 어디서 나오는 걸까.

깔끔을 떠는 아내가 머리카락 한 올도 안 보이게 치워놓은 거실에서, 나 혼자만이 휴지 뭉치처럼 구겨져 있다는 생각이 들 때가 있다. 매일 아침과 저녁, 하루에 두 번씩 청소기를 돌리는 아내가 가장 치워버리고 싶어 하는 것이 어쩌면 바로 나, 남편이라는 물건일지도 모른다.

내가 말없이 새벽에 사라져 준다면 아내는 다시는 청소기 같은 건 안 돌리고도 살 수 있을지도 모르겠다.

어느 땐가부터 아내의 핸드폰 통화는 길어졌다. 예전과 달리 벨소리가 나면 아내의 얼굴은 눈에 띄게 화색이 돌았다. 핸드폰을 쥐고 부리나케 안방으로 들어가 이십 분이고 삼십 분이고 나오지 않았다. 아내의 뒷모습은 몹시 낯익기도 했지만 몹시 낯설기도 했다.

커피가 식고 사과가 갈변할 때까지도 통화는 계속 되었고 벽 너머로 아내의 웃음소리가 들렸다.

들어본 적도 없는 상냥한 목소리. 부드러운 속삭임. 그녀는 통화가 끝나면 늘 콧노래를 부르며 방에서 나왔다.

나는 아내의 가슴에 갈등이라는 화학기호들이 난무한다는 것을 알았다. 그건 부식의 기미였다. 내가 잠든 사이 아내는 짧은 탄식과 함께 조근 조근 속삭이면서 전화 통화에 취해 있는 적이 많았다. 아내는 매일 밤 무슨 이야기를 나누고 있는 것일까. 누구에겐가 끊임없이 이야기를 늘어놓지 않으면 못 견디는 외로움이 있는 걸까? 그것은 명백한 불륜보다도 오히려 더 견딜 수 없는 일이었다.

─친구예요.

그럴 때면 아내는 묻지도 않은 대답을 하며 황급히 휴대폰을 껐다.

아내의 옷차림은 나날이 세련되어 갔고 숨길 수 없는 생동감으로 살아났다. 아침마다 노란색 수영가방을 흔들며 나가는 아내의 뒷모습을 물끄러미 바라보았다.

빨래건조대에는 매일 다른 색깔의 수영복들이 널렸다.

가슴이 깊게 파인 까만 벨벳 드레스를 입은 그녀는 루비목걸이를 한, 백작 부인 같은 우아한 모습이었다.

루비의 빨간 색은 불빛에 반사돼 더욱 오만스럽게 빛내고 있었다.

─존재는 저마다 슬픈 거야. 그 부피만큼의 눈물을 쏟아 내고서야 비로소 이 세상을 다시 보는 거라고. 아무도 상대방의 눈에서 흐르는 눈물을 멈추게 하진 못하겠지만 적어도 우리는 서로 마주보며 그것을 닦아 줄 수는 있어. 내가 너에게 네가 나에게 그런 사람으로 남았으면 해.

─제발 한 번만 만나주라고 친구가 사정해서 나오기는 했어. 하지만 감정이란 건 자연스럽게 마음속으로 스며들어야 하는 거야. 리트머스 시험지처럼. 우리 사이에 금이 간 건 가능성 없는 서로에게 짜증이 나서였던 거야. 그리고 그 짜증이 출구 없이 지속되자 증오로 변한 거야. 하루의 절반은 당신에 대한 증오로, 그 나머지 절반은 나에 대한 증오로 보냈어.

그녀의 목소리는 해맑음과 천진성이 되살아나 있었지만 어쩐지 어색했다. 대화는 자주 끊어지고 바라보는 시선은 엇갈리고 생각은 더 멀리 가 있었다. 같은 자리에 무릎을 마주 대고 앉아 있었지만 그녀와의 거리는 시동을 건 차 안과 차 밖처럼 멀었다.

─사랑이라는 게 만약 존재하는 거라면, 그 순간순간의 진실일 거야. 순간의 진실에 대해서 물은 거라면 난 당신을 영원히 사랑해.

─같이 밥 먹고 극장가고 입술이나 훔치는, 그게 사랑이야? 그리고 영원을 믿어? 있지도 않은 영원이라는 걸? 그게 사실이라면 같이 죽어. 같이 죽을 수 있어? 그러지도 못하면서 변함없다고 말하는 것은 거짓말이야. 사람은 누구나 다 그래. 당신도 나도. 진실? 진실이 어디에 있다는 거야. 책 속에? 백 속에? 진실은 당신 발바닥 밑에 있고 당신 발길 닿는 곳에 있어. 난 솔직히 무서워. 당신이랑 헤어지는 게 무섭고

당신이랑 헤어질 수 없게 될까봐 더 무서워.

그녀의 표정에는 알 수 없는 여백이 드리워져 있었다. 내 가슴 속에는 검은 안개가 피어오르기 시작했다. 사람들에게 드러낼 수 없는 우리 사랑, 당당하게 인정받지 못하는 사랑, 자랑할 수 없는 연인. 나는 내가 만든 사랑의 부피를 이해시킬 수 없어 정말 답답했다.

─다음 달에 결혼해.

그것은 믿고 있던 둑이 폭우에 무너지고 있다는 보고를 듣는 것처럼 허망한 느낌을 불러 일으켰다. 나는 볼륨을 줄여놔 아무도 보지 않는 흑백텔레비전처럼 앉아 있었다. 꿈에 의해 지탱되던 내가 바로 그 꿈에 의해 주눅들 수밖에 없다니. 무인도에 갇혀 터무니없는 기적을 기다리는 사람처럼 현실을 상실해버린 인간과 폐기 처분해야 할 소모품들만 남아 있는 것 같았다. 아니 나 자신까지도 폐기처분 대상이 되어버린 건지도 모른다.

그림을 몽땅 사준 돈 많은 홀아비와 보험 드는 기분으로 결혼한다는 걸 구경만 하고 있어야만 될까.

─당신을 사랑하지 않는 게 아냐. 당신 같은 안전주의자가 평생을 나누어도 못 나눌 양의 사랑을 나는 했어. 그런데 당신과 지냈던 일을 감쪽같이 속이라고? 난 그럴 배짱도 용기도 없어. 그렇게 억울하면 당장 이혼해. 당신이야말로 그럴 용기도 없잖아? 나에게도 너만큼의 권리는 있어.

가슴 속에서 커다란 뭉텅이 하나가 쑤욱 빠져 달아나는 느낌이었다. 삶에 대한 모든 기대감을 잃은 사람처럼 허망한 눈빛으로 허공을 보는 그녀의 얼굴은 선연한 빛으로 물들어 있었고 분산되는 빛의 신기루를 볼 수 있었다.

일어서는 그녀의 뒷모습은 봄이 오기도 전에 뚝뚝 떨어져 내리는 목련과도 같았다.

나는 내 안에서 모든 힘이 빠져나간다는 느낌을 지워 버리기 어려웠다. 헛된 정열만이 남아 있다는 생각이었다. 내가 갈구하는 것이 사랑인지 집착인지 자문해 보았다. 대답은 모두일 수도 있고 아닐 수도 있다.

그녀가 결혼하던 날, 무수한 빛의 입자가 파종되어 각양각색으로 명멸하는 주점에서 나는 녹색지대의 〈준비 없는 이별〉을 불러대고 있었다. 애절한 가사가 길게 이어지는 노래에 취해 난 눈물을 훌쩍였다. 그것은 황폐하고 삭막한 남자의 한과도 같은 보상심리 혹은 비뚤어진 욕망이었다. 사랑하는 사람이 떠난 후에도, 사랑하고 있는 자기 자신의 모습을 그대로 지키고 싶어 하는 마음은 가장 이기적이고 본능적인 욕망이었다.

한강이 바라다 보이는 모텔에서 홀로 밤을 새웠다. 창백한 달빛이 가득한 그 공간 속으로 새 한 마리가 꽥꽥거리며 날아갔다. 그녀의 몸속에서 강이 흐르고, 노을이 지고, 바람이 불어서 안개가 걷히고, 새벽이 밝아오고, 새떼들이 내려와 앉는 환영이 밤새 마음속에 어른거렸다.

문득, 돌아갈 길도 모른 채 가고 있는 존재가, 한순간 포말이 되어 공중으로 흩뿌려지는 것을 느꼈다. 나는 시간 속으로 빨려 들어가고 있다. 나는 흡입 당하고 있다. 나는 우주 속으로 버려진다. 고개를 흔들어서 생각을 떨쳐냈다. 하지만 생각은 떨어져 나가지 않았다.

아내가 차근차근 이혼소송 준비를 하고 있었다는 걸 난 꿈에도 몰랐다. 갑자기 자살한 여배우 소식보다도 더 까무러칠 노릇이었다. 사람의 속 깊은 심중을 투사할 기계는 왜 발명되지 않는 걸까. 뼈의 관절이나 내장 속에 숨어 있는 암세포까지 찍어내는 세상인데도 말이다. 생각을 찍는 카메라가 나온다면 아마도 내가 첫 구매자가 될 것이다. 남자의 결핍이나 공허가 얼마나 위험한 도화선인지 나는 그제야 깨달았다.

아내는 내가 외박했던 날짜며, 사소한 일로 다툴 때 했던 기억하지도 못하는 욕설들까지도 기록하고 있었다. 화났을 때 걷어찬 현관문의 신발자국과 집어던진 텔레비전 리모컨까지 전부 촬영해 놓았다. 카드 사용내역을 조회해 그녀에게 배달시킨 꽃이며 극장표 예매, 심지어 자주 간 레스토랑 종업원들의 진술까지 확보해 두었다.

―내가 찾았던 건 모험이었던 거야. 폭풍을 좋아한다고 말했잖아. 그런 차원일 거야. 늘어진 일상에 탄성을 부여하는 일, 긴장감으로 머리끝이 짜릿해지는 세계, 심호흡을 하면서 숨통을 트는 새로운 세계, 내게 필요했던 건 바로 그것이었어. 나는 당신보다 나은 사람을 찾았던 게 아니야. 눈을 감고도 알 수 있는 익숙함과 편안함, 그것들을 줄 만한 사람이 당신 이외에는 없다는 걸 잘 알아.

―당신이 가정을 파괴하려는 마음은 아니었다는 걸 나도 알아. 또 일부일처제가 인간의 본성에 맞지 않는 제도라는 것도 어느 정도는 이해해. 하지만 그거 알아? 난 결혼이라는 벤처에서 완전히 실패한 투자자야. 그리고 당신은 나에 대해 아는 게 너무 많아. 갈빗집이 옛날에 칼국숫집이었다는 것도 그렇고, 내 코 높이가 어느 정도였는지, 어디어디다 칼을 댔는지, 속속들이 다 아는 사람하고 같이 사는 건 재미가 없어.

아침 햇살이 방안 깊숙이 들어와 어둠을 밀었다. 유리창 무늬를 관통한 두툼한 빛 몇 가닥이 침대 머리맡 사진액자에 닿았다. 파타야 해변에서 찍은 신혼여행 사진이다. 둥그스름한 얼굴에 도톰한 입술, 건드리기만 하면 눈물을 쏟아낼 듯 커다란 눈이 순정만화 주인공처럼 보이는 아내가 액자 속에서 나를 향해 웃는다. 아침 이슬에 젖은 꽃처럼 화사하고 푸른 미소. 입술을 일렁일 때마다 솔솔 풍기던 웃음향기. 그러나 아내가 품고 있던 그 꽃은 이제 지고 없다. 아내한테는 알싸한 독풀 냄새만 난다.

애초에 우리는 얼마나 엄숙한 선서 속에 사랑의 학교를 세웠던가. 운명이나 약속과 같은 말들을 운운하며 반지를 주고받을 때, 그때 느꼈던 감정들이 과연 자신의 것이었는지 나는 의문스럽다. 하지만 부부라는 풍경의 밑그림으로 곧잘 인용되는, 미운 정이나 고운 정의 버무려짐 같은 것도 이제는 한낱 추상화에 불과해졌다.

한 번도 만난 적이 없었던 사람, 우리의 삶과 아무런 관계가 없는 사람에게 결혼을 마무리 짓는 걸 허락받기 위해 줄 서 있던 그 복도. 가정법원 판사가 대체 우리의 결혼에 대해 무엇을 안다고 그 사람에게 이혼을 허락 받아야 하는지 우습기만 했다.

아내가 작정한 듯 이야기를 늘어놓기 시작한다. 텔레비전 토크쇼에 나와 시시콜콜한 주변 이야기를 늘어놓는 사람처럼. 텔레비전이 아니니 듣기 싫다고 채널을 돌릴 수도 없었다. 기억할 수 없는 것들은 부정할 수 없었고 부정하지 않은 것들은 사실로 인정되어 판결에 부정적인 영향을 미치고 있는 게 분명했다. 가정파탄에 대한 모든 책임은 나에게만 있었다.

누군가는 그것을 실수라, 누군가는 사랑이라, 누군가는 불륜이라 했다. 나는 그것의 온당한 이름을 알 수 없었다.

아내는 청순해 보이는 외모와는 달리 당찼다. 아내가 원하는 건 이혼만이 아니었다. 이미 아파트는 처분금지 가처분 결정이 되어 있었고 통장까지도 가압류를 해놓은 상태였다. 아내는 내 성격을 잘 알고 있었다. 내가 세 번의 금연 결심을 일주일도 못 채워 파기해버리는 유약한 사람이라는 것을. 빠져나갈 도리가 없었고 아내가 선고하는 모든 형벌을 받아들여야만 했다.

아내가 미소를 짓는다. 저 가증스럽고 교활한 미소. 자기가 우위에 있음을 인정하라고 강요하는 득의만면함. 나는 입 꼬리를 살짝 올리며 웃는 아내의 미소를 볼 때마다 섬뜩한 한기를 느낀다. 암 세포가 온통 신비로운 색깔들을 끌어안고 있다는 것이 떠올랐다.

아내가 처음과 같이 느껴지기도 했지만, 본질적으로 다른 사람처럼 느껴지기도 했다. 마치 잉크 냄새나는 빳빳한 통장에 딱 한 줄 적혀있던 잔고 금액 동그라미 개수가, 너절해지고 구겨져 깨알 같은 사연들을 포개 놓은 채 줄어들어 내버려도 아깝지 않을 만큼의 금액만 남은 것처럼.

불륜으로 인한 이혼소송이 알려지자 병원장은 내게 퇴직을 요구했다. 전국에 고작 이천 명 정도인 정신과 의사들 사이에서 소문이 눈덩이처럼 불어날 것은 시간문제였고, 사생활로 낙인이 찍힌 정신과의사가 설 땅은 그리 흔치 않을 것이다.

아무리 두드려 봐도 머릿속 계산은 절대 이익을 남겨주지 않았다. 무슨 수를 써서라도 우선 아내의 마음을 되돌려야만 했다.

원하는 대로 모든 걸 양보한 조정조서를 받은 날까지도 난 아내를 믿고 또 믿었다.

차트에 걸려있는 환자의 엑스레이 사진을 바라보았다. 검기도 하고 희기도 하지만 세상에는 원래 아무런 색도 없다는 것을, 모든 빛을 다 흡수해 버리면 검은색이 되고 모든 빛을 반사해 버리면 흰색이 된다는 그녀의 말이 떠올랐다.

―빛의 삼원색인 빨강 초록 파랑을 모두 섞으면 흰색이 되지. 물체의 삼원색인 빨강 노랑 파랑을 모두 섞으면 검은색이야. 모든 빛의 색깔을 합치면 흰색이 되고, 모든 사물의 빛을 합치면 검정색이 된다는 얘기지. 세상의 모든 색은 검은색과 흰색으로 나뉠 수 있고, 어떤 아름다운 색도 그 두 색으로부터 비롯된다고 볼 수 있어. 나는 삶과 죽음도 그 원리와 비슷하다고 봐. 육안으로 보기엔 가장 딱딱하고 단순해 보이는 두 색이지만, 두 색이 함유하고 있는 색상으로 어떤 아름다운 색도 만들어내듯이, 희망과 절망이 함유하고 있는 다양한 속성을 이용해 나름대로 아름다움을 만들어 나가는 게 그림이고 인생이라고 하면 이해가 되겠어?

아내가 그럴 줄은 꿈에도 몰랐다. 짐을 밖으로 내팽개치고 매정히 문을 닫을 때가 돼서야 사태의 심각성을 깨달았다. 나는 아파트 층계에 '로댕의 생각하는 사람'처럼 앉아서 어디로 갈 것인가를 놓고 고민했다. 변경될 수 없는 현실에 대한 막막한 절망감이 밀려왔다. 원하는 대로 살수 없다는 것은 누구에게나 비참한 일이다.

외곽지 임대 아파트로 추적추적 쏟아지는 겨울비를 맞으며 이사했다. 비온 뒤의 밤공기는 변심한 아내의 눈빛만큼이나 차가웠다.

주차장엔 밤새도록 차가운 바람이 서성였다. 외부차량으로 간주되어 붙여진 주차장의 경고장은, 붉은색은 자극적이었고, 검은색은 냉철했고, 하얀색은 허무해 보였다. 그 색깔들을 보며 그녀를 떠올렸다.

그녀는 지금도 날 사랑하고 있을까. 그리고 행복할까? 지금쯤 돈을 크리넥스처럼 뽑아 쓰고 있을 테니 아마도 죽고 싶을 만큼 행복하겠지.

떠나간 여자를 떠올린다는 것은 날짜 지난 신문에서 오늘의 운세를 보는 것과 마찬가지겠지만.

그녀의 개인전 소식을 들었을 때 나는 그녀의 행복이 깨지길 빌었다. 개인전을 망치길 바랐고, 가정불화가 일어나길 바랐고, 불행의 그늘이 슬금슬금 다가가 그녀의 인생을 좀먹기를 바라고 또 바랐다.

나는 아직도 그녀를 사랑하고 있고 또한 미워하고 있다. 심리학과 일 학년 학생도 인간을 동시에 사랑하고 미워할 수 있다는 것을 배우고 있지 않은가.

빛 가운데에 어둠이 있다는 것도 그때 알게 되었다. 단순히 빛이 없을 때는 그림자도 없으나 빛이 나타날 때면 어김없이 그림자도 생겨난다. 그림자 없는 빛이란 존재하지 않는다. 빛이 강할수록 오히려 그림자가 가진 어둠은 더 거대하고 짙어진다.

창으로 스며든 빛이 방바닥에 떨어지면 나는 그 빛 안에 얼굴을 들이밀고 눈을 감았다. 시야가 분홍빛으로 환해지면서 잠시 후에는 온갖 색깔의 구름들이 뭉클뭉클 스쳐간다. 이어 어둠이, 암흑이 뒤덮였다. 그 어둠은 어떠한 어둠보다도 어둡고 어떠한 빛보다도 현란하다. 빛이 다양한 색깔을 지니고 있다는 것은 놀라운 일이 아니었다. 빛이 만일 밝고 희기만 하다면 어찌 어둡고 음산한 저 온갖 색깔들을 비춰낼 수 있겠는가. 초에 불을 붙이면 빛이 결핍된 꼭 그만큼의 어둠이 지워졌다. 그러므로 어둠이란 빛의 반대말은 아니었다. 빛의 얼굴은 그 빛 가운데에 감춰져 있었다. 마치 우리들 마음이 얼굴에, 말에, 표정에 감춰져 있듯이.

중매를 섰던 친척으로부터, 아내가 이혼한 지 꼭 두 달 만에 재혼했다는 소식을 들었다. 이혼 소송을 담당했던 연하의 젊은 변호사와.

모든 드라마들이 왜 그처럼 수많은 우연에 얽혀 있었던가를 이제야 알 것 같았다. 이제 남은 감정은 영원 속에 익사시켜야만 할 것이다.

빛의 변화가 스러지고 내 스스로 절망의 주체가 되어 빛과 무관한 어두운 삶을 고수하는 날들이 시작되고 있었다.

나는 인터넷은 물론이고 신문이나 TV도 보지 않았고 술도 마시지 않았다. 차를 난폭하게 몰았고, 누군가의 전화를 기다렸고, 자주 거짓말을 했다. 정신과 전문의도 우울증에 걸릴 수 있다는 새로운 논문이라도 써야 하는 걸까.

가끔씩 서랍을 열어본다. 우윳빛 액체, 프로포폴 120mg. 아마 성인 한 사람에게는 충분한 치사량일 것이다.

엘리베이터는 낯선 세계를 향해 천천히 움직인다. 빌딩 모서리를 치고 반사해 날아오는 빛이 예민한 감각의 부위를 스쳐간 느낌이 들었다. 파열된 빛 부스러기가 유리창으로도 여과되지 않은 채, 온몸을 덮치는 햇살은 잃었던 빛을 떠올리게 한다. 닫힌 창문에 부딪혀 떨어지는 빛살은 차고 투명한 것이지만 창안 빛무리의 화사함과 대조를 이루고 있었다.

빛에 의한 시각의 변화를 감지하고 그것이 인상으로 각인되고 다시 감각을 자극하는 지극히 짧은 동안에, 이 세계는 나의 오감 속에서 고스란히 해체되고 재구성 되었다.

빛의 찰나적인 파장 속에서 순간적으로 강조 되거나 덧없이 스러지는 것들의 향연은 얼마나 신비로운가.

그녀가 고속도로에서 연쇄 추돌로 차량이 전복되는 대형 사고를 당했다는 것을 보험회사 직원에게 들었다. 에어백이 터졌다지만 심한 부상으로 두 눈의 시력을 완전히 상실했다는 것도.

나는 그 얘기를 듣고 화장실에 가서 구토를 하며 울었다.

이제 그녀에게 색깔이나 빛은 무슨 의미인가? 눈앞에 펼쳐져 있는 시각의 세계를 감지하지 못하고, 청각이나 촉각만으로 느껴야 하는 세계란 어떤 것일까? 그리고 익숙한 것과 낯선 것의 경계는 어떻게 느낄까.

게다가 모든 보험의 수혜자가 나라는 사실은 또 어떻게 해석해야 할까. 그로 인해 이혼까지 당했다는 걸 보험사 직원은 친절하게 알려주었다. 그 소리는 확성기 바로 앞에서 들린 소리처럼 내 머릿속을 먹먹하게 만들었다.

저녁노을을 바라보며 그녀가 하던 말이 떠올랐다.

—눈에는 일억 이천칠백만 개의 빛을 감지하는 세포가 있어. 백만 가지 이상의 색을 식별할 수 있고 본 것을 시속 사백이십 킬로미터로 뇌에 전달한대. 빛이 프리즘에 반사되어 지구로 오잖아. 그때 꺾이는 각도가 중요해. 빨, 주, 노, 초, 파, 남, 보중에서 붉은빛이 꺾이는 각도가 제일 크다는 거지. 당연히 지구에 맨 꼴찌로 도착할 수밖에 없어. 그게 바로 저 노을이야.

봉투 속 서류를 확인해 본다. 각막이식 수술동의서. 내 한쪽 눈으로 그녀가 볼 수 있고 성공률도 90%이상일 것이다. 이것이 그녀에 대한 나의 마지막 예의일지도 모른다.

 엘리베이터 문이 열리자 바로 커피숍이다. 저만치 그녀의 모습이 보인다.

• 유금호 : 화가 애인과 아내가 차례로 떠나고 혼자 남겨지는 남자의 서사 골격은 특별하지 않지만 서술 방법의 감각적 신선함이 이를 극복하여 수준 있는 서사물로 완성도를 높이 평가한다. 앞으로의 부탁은 전처의 사고와 실명이라는 반전 결말에서 느껴지는 작위성에 유의하고, 습관적인 문장의 겉멋이 때로 서사 이해를 방해할 수 있다는 것을 염두에 두고 정진하기를 기대한다.

• 홍성암 : 이 소설은 남녀 간의 사랑의 삼각관계를 다루고 있다. 정신과 의사인 주인공 화자가 화가인 연인과 아내와의 관계 속에서 갈등을 겪게 된다. 매우 낭만적인 취향의 연인과 현실에 투철한 아내와의 사이에서 화자는 정신적 고통을 겪게 된다. 그러던 중 연인의 결혼 소식과 아내로부터의 이혼 통고를 받게 되어 충격을 겪게 된다. 화자는 결국 약물에 의한 자살을 예감한다.

이런 서술의 양상은 매우 흔한 것이어서 진부한 소재라는 느낌까지 들게 된다. 그럼에도 이 작품이 읽히게 되고 강한 인상을 남기게 되는 것은 작가의 뛰어난 표현력과 사색의 깊이를 독자가 체감할 수 있기 때문이다. 즉 문체적 탁월함으로 인하여 작품의 예술적 승화가 가능해지고 있다고 하겠다.

소설에서의 문체란 그 어떤 요소보다도 중요하다. 문체가 소설의 전부라는 견해도 있을 정도다. 그런 점에서 이 작가는 소설을 쓸 수 있는 기본 능력을 구비했다고 볼 수 있다. 표현의 신선함과 사색의 깊이가 이런 그의 능력을 돋보이게 한다. 작가는 상당한 기간의 습작기를 거쳤다고 보여지고 또한 삶의 깊이에 대해서도 상당한 사색의 과정을 거쳤다고 보게 된다.

예컨대 이 작품의 제목이 되고 있는 "빛에 대한 예의"란 표현도 그렇거니와 휴대폰 신호음을 '곤충이 떠는 듯한 소리'로 표현하거나 연인에 대한 인상을 '눈부신 빛살'로 표현하고, 연인의 목소리를 '조용한 바다, 무인도와 무인도 사이의 깊은 바다, 그 멀고 먼 심연으로부터 들려오는 소리'로 표현 한다든지 연인의 모습을 '차단되어 있던 환상의 빛살이 튕기듯 밀려들어 눈앞을 아득하게 만들었고' 와 같은 표현은 매우 창의적이고 새롭다.

아내와의 관계에서도 아내는 화자를 '집안의 보잘 것 없는 가구의 하나'로 생각한다든지, 또는 '방안에 뒹구는 휴지뭉치 정도로 버리고 싶은 존재'로 인식한다든지 그리하여 '집안에서 치워버리고 싶은 존재일 것'이라는 서술은 화자와 아내와의 관계를 매우 인상적으로 드러낸다고 하겠다.

이 작품은 이런 창의적이고 기발한 표현 능력으로 인하여 독자에게 읽히게 되는 소설이다. 아내와 연인과의 삼각 갈등관계라는 흔한 소재임에도 이상과 현실이라는 극명한 대비를 체험하게 하고 그런 갈등 관계에서 이상의 패배와 현실의 승리라는 삶의 일반적 경향을 성찰하게 한다.

이런 점을 감안할 때 이 작가는 어떤 종류의 소재라도 충분히 소화시킬 수 있는 작가적 소양을 지녔다고 판단하게 된다. 이런 표현력은 짧은 기간에 만들어지는 종류가 아니다. 상당한 기간의 습작과 수련의 과정이 필요하다. 이런 점을 평가하여 이강홍의 『빛에 대한 예의』를 추천한다. 앞으로 좋은 작품 활동을 기대하게 된다.

어제 처음 등단 때 심사를 맡았던 소설가를 만나 뵙고 늦도록 술잔을 기울였다. 그때는 기뻤지만 정말 나를 뽑지 않았어야 된다고 투정을 부렸다. 그때 뽑히지 않았다면 소설로 세상을 바꾸어보겠다는 원대한 꿈도 꾸지 않았을 테고, 세상이 깜짝 놀랄 소설을 쓰겠다는 헛된 상상도 하지 않았을 뿐더러, 이상문학상, 황순원문학상등을 휩쓸어보겠다는 무모한 발상도 하지 않았을 것이며, 그동안 소설 쓴답시고 돈을 못 벌지도 않았을 거라고 푸념을 했다.

그것은 평생 치료되지 않는 불치의 병에 걸렸다는 판정이나 다름없었다며 박장대소했다.

나는 서점에서 책을 고를 때 가슴이 두근거리고 제일 행복하다. 내 글이 다른 누구에겐가 그런 행복을 줄 수 있다면 나의 노력은 헛되지 않을 것이다.

나를 알고 있는 사람이나 또는 모르는 모든 이들에게 감사드린다.

빛에 대한 예의

인쇄 2013년 11월 25일 | 발행 2013년 11월 30일

엮은이 · 한국작가교수회
펴낸이 · 한봉숙
펴낸곳 · 푸른사상사
주간 · 맹문재 | 편집, 교정 · 지순이 · 김재호 · 김소영

등록   제2-2876호
주소   서울시 중구 충무로 29(초동) 아시아미디어타워 502
대표전화   02) 2268-8706~7 | 팩시밀리 02) 2268-8708
이메일   prun21c@hanmail.net
홈페이지   www.prun21c.com

ⓒ 한국작가교수회, 2013

ISBN 979-11-308-0072-1 03810
  값 15,800원

☞ 저자와 합의하여 인지는 붙이지 않습니다.
  이 책의 전부 또는 일부 내용을 재사용하려면 사전에 저작권자와 푸른사상사의
  서면에 의한 동의를 받아야 합니다.

  이 도서의 국립중앙도서관 출판시도서목록(CIP)은 서지정보유통지원시스템 홈페이지
  (http://seoji.nl.go.kr)와 국가자료공동목록시스템(http://www.nl.go.kr/kolisnet)에서 이용하실 수
  있습니다. (CIP제어번호 : CIP2013025122)